별들이 우리를 발견하기를

별들이 우리를 발견하기를

대니 샤피로
서제인 옮김

SIGNAL FIRES

위즈덤하우스

이 책을 제이콥에게 바친다.

✦

땅이 수용소라면, 그리고
바다가 영혼의 납골당이라면,
불꽃을 올려 신호하라
그대가 있는 그 어느 곳에서든.
아침이 오면 배를 띄워라.

— 캐롤린 포르셰, 「애도」 중에서

일러두기

본문의 모든 각주는 옮긴이의 첨언이다.
책에 나오는 별자리를 찾아볼 수 있도록 별자리 찾아보기를 권말에 수록했다.

차례

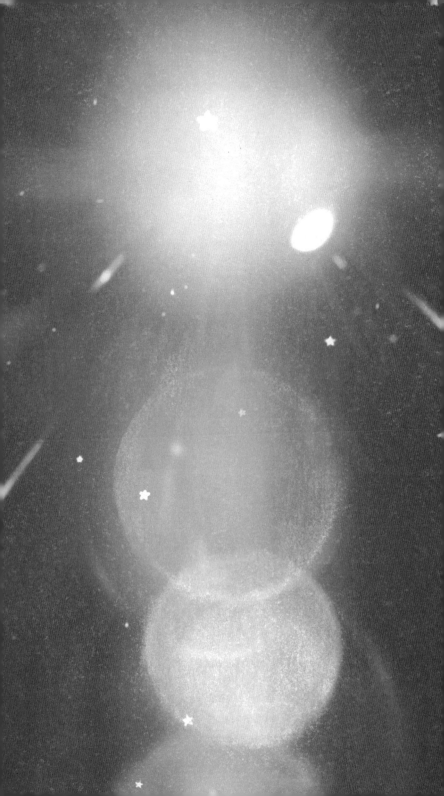

1985년 8월 27일

세라와 테오

그리고 그건 정말이지 별일 아닌 일이다. 아니, 별일 아닌 일일지
도 모른다. 아니, 별일 아닌 일이 맞을 것이다. 테오가 고개를 앞으
로 기울이고 담배 끄트머리를 자동차의 라이터에 가져다 댄 건. 담
배에 닿은 라이터가 치익 소리를 낸다. 이 라이터가 역사 속에 존재
하는 짧은 시기에만 들을 수 있는 소리다. 자동차에 그런 게 달려있
고, 다른 때 같았으면 분별이라는 게 있었을 열다섯 살짜리들이 말
보로 레드를 힘겹게 피워대며 임시 운전면허증조차 없이 자기 어
머니의 뷰익을 운전하고 있는 이날 밤에만 말이다. 테오에겐 깊은
인상을 주고 싶은 소녀가 있다. 그 소녀의 이름은 미스티 지머먼이
고, 이날 밤을 살아낸다면 미스티는 자라서 잡지 에디터나 고등학
교 선생님이나 피고 측 변호사가 될 수도 있을 것이다. 세 아이의
어머니가 될 수도, 아이를 낳지 않고 살 수도 있을 것이다. 난소암
으로 일찍 죽을 수도, 증손주들을 볼 때까지 오래 살 수도 있을 것
이다.

하지만 그런 것들은 단지 삶이 취할 수 있는 몇 가지 경로, 밤하
늘을 가로지르는 한 줌의 유성들일 뿐이다. 한 가지만 바꿔보라. 모

13

든 게 달라져 버린다. 여기서 일어난 작은 떨림이 저기서는 지진을 일으킨다. 단층선이 깊어진다. 전선에 흐르던 전류가 차단된다. 테오는 액셀러레이터에 발을 올려놓고 있다. 자기가 뭘 하고 있는지 사실 잘 모르지만, 모른다고 해서 멈추지는 않을 것이다. 테오는 그저 열다섯 살 소년답게 온통 흥분해 있다. 테오에겐 증명해야 하는 게 있다. 스스로에게. 미스티에게. 누나에게. 테오는 마치 점자로 새겨진 각본을 따라가고 있는 것만 같다. 이해할 수 없는 암호를 손가락으로 더듬으면서.

"테오, 속도 좀 낮춰." 뒷좌석에서 그 말을 하는 건 테오의 누나, 세라다.

미스티는 조수석에 타고 있다.

엄마의 차 열쇠 꾸러미를 테오에게 넘겨준 건 세라였다. 열일곱 살의 세라. 이날 밤이 지나면 세라는 테오로서는 알 수 없는 사람으로 변해버릴 것이다. 여름 하늘은 달과 별들 위에 드리워진 베일 같다. 거리는 조용하고, 아발론의 선량한 사람들은 잠자리에 든 지 오래다. 테오와 세라의 부모님도 퀸 사이즈 침대에 들어가 테오 아버지의 환자 중 한 사람이 털실로 떠준 체크무늬 담요를 덮고 잠들어 있다. 테오의 어머니는 깊이 잠드는 편이지만, 의사인 아버지는 아주 작은 자극에도 벌떡 일어날 수 있도록 평생 동안 훈련을 해왔다. 그는 언제나 준비돼 있는 사람이다.

차 안의 10대들은 말썽거리를 찾아다니고 있는 게 아니다. 그들은 착한 아이들이다. 모두가 그렇게 말할 것이다. 하지만 그들은 지루한 상태고, 지금은 여름의 끝 무렵이고, 다음 주에는 다시 학교에 가야 한다. 세라는 졸업반이 될 테고, 그 뒤에는 사라져 버릴 것이다. 테오의 누나, 세라는 슈퍼스타다. 학교 대표 선수인데 성적 우등상도 탄다. 가능성으로 가득한 소녀다. 반면 테오는 졸업을 하려면 3년이나 남았고 지금까지 주목받은 적도 거의 없다. 테오는 걸핏하면 입을 다물고 부끄러워하는 통통한 아이다. 얼굴도 잘 빨개진다. 라이터를 쥐고 숨을 들이마시고, 치익 하는 소리를 들으며 폐 속 가득 연기를 빨아들이면서, 테오는 자신의 두 뺨이 붉게 달아오르는 걸 느낄 수 있다. 흉부외과 전문의인 아버지가 알게 되면 죽이려 들 것이다. 세라가 테오에게 열쇠 꾸러미를 던져준 건 그래서인지도 모르겠다. 어쩌면 세라는 동생을 도와주려 애쓰고 있는 건지도 모른다. 테오가 그 빌어먹을 행동을 하게 만들어주려고 말이다. 위험을 무릅쓰게 하려고. 아무것도 아닌 것보다는 나쁜 아이가 되는 게 낫지 않은가.

미스티 지머먼은 어쩌다 그냥 따라오게 된 소녀다. 미스티에게 같이 가자고 한 건 세라였다. 테오가 스스로 할 수 없는 일을 세라가 대신해 주고 있었던 것이다. 한 가지만 바꿔보라. 모든 게 달라져 버린다. 그들의 뷰익이 포플러 스트리트를 따라 속력을 낸다. 미스티가 조수석에서 기지개를 켜고 하품을 한다. 테오는 좌회전한 다음 우회전한다. 운전에 조금씩 요령이 붙어가는 중이다. 방향 지시등을 켠 다음 공원도로로 나아간다. 쇼핑몰을 지나가면서, 테오는 버거킹이 아직 영업 중인지 보려고 그쪽을 쳐다본다.

"조심해!" 세라가 소리친다.

테오는 방향을 틀어 차선으로 돌아온다. 심장이 쿵쾅거린다.

하마터면 가드레일을 들이받을 뻔했다. 테오는 다음번 출구로 나가 공원도로에서 벗어난 다음 액셀러레이터에서 발을 뗀다. 아무래도 이건 좋은 계획이 아니었던 것 같다. 집에 가고 싶다. 담배를 한 대 더 피우고 싶기도 하다.

"세워봐." 세라가 말한다. "내가 운전할게."

테오는 주차할 곳을 찾고 있다. 하지만 주차하는 법은 전혀 모른다. 세라 말이 맞다. 이건 멍청한 짓이다.

"아니, 아니다. 그냥 네가 해. 내가 하면 안 되겠어." 세라가 말한다.

집에 거의 다 왔다. 그 생각은 테오의 머릿속에서 마치 노래처럼 맴돈다. 집에 거의 다 왔다, 집에 거의 다 왔다, 집에 거의 다 왔다. 몇 블록만 더 가면 된다. 그들은 헬러 가족의 집을, 처토프 가족의 집을 지나친다.

몸을 앞으로 구부리던 테오의 손가락에서 미끄러진 라이터가 벌어진 옷깃 안쪽으로 떨어진다. 테오는 비명을 지르며 라이터를 붙잡으려 하지만, 상황은 더욱 악화될 뿐이다. 등을 활처럼 구부린 테오가 타는 듯 뜨거운 그 쇠붙이를 털어내려 해봐도 라이터는 반바지와 배 사이에 끼어버린다. 살이 그을리는 냄새. 완벽하게 반질거리는 반달 모양의 무늬 하나가 남을 것이다. 여러 해가 지나 테오의 연인이 된 사람이 그의 배에 남은 흉터를 더듬으며 어쩌다 이랬느냐고 물으면 그는 돌아누워 버릴 것이다. 하지만 지금, 그들의 미래는 움직이는 차에서 감마선처럼 뻗어 나가는 중이다. 세 명의 고등학생. 만약 세라가 이날 밤 여기 오는 대신 친구들과 놀러 갔더라면 어떻게 됐을까? 미스티가 못 오겠다고 했더라면? 만약 테오가 그냥 평소대로 있고 싶은 마음을 이기지 못해 머스터드를 잔뜩 뿌린 살라미 샌드위치 하나를 만들어 침대로 가져갔더라면?

바퀴가 돌아간다. 10대들의 비명 소리가 밤을 가른다. 테오 안 돼 멈춰 맙소사 씨발 도와줘요 하느님. 하지만 브레이크를 밟는 끽 하는 소리는 나지 않는다. 충격을 완화시켜 줄 만한 거라곤 아무것도 없다. 금속과 아주 오래된 참나무 한 그루가 부딪치는 충격. 두 세계가 충돌하는 소리.

뷰익의 펜더와 차체 오른쪽이 찌그러진다. 마치 장난감처럼, 이 모든 게 꾸며낸 설정이기라도 한 것처럼. 위층에서, 벤저민 울프와 미미 울프의 집 2층에서 전등이 깜빡이다 켜진다. 창문이 열린다. 벤 울프가 몇 분의 1초 동안 아래쪽에 펼쳐진 광경을 내려다본다. 그가 현관문으로 나왔을 때는 그의 딸, 세라가 그 앞에 서있는데―하느님 감사합니다 하느님 감사합니다 하느님 감사합니다―세라의 티셔츠와 얼굴에는 피가 튀어있다. 테오는 두 손과 두 무릎을 땅에 대고 엎드려 있다. 그 애의 몸은 다친 데 없이 온전한 것 같다. 하느님 감사합니다 하느님 감사합니다 하느님 감사합니다. 하지만 그때―

"차에 여자애 한 명이 더 있어요, 아빠……."

미스티 지머먼은 의식이 없는 상태다. 그 애는 안전벨트를 안 하고 있고 (요즘 누가 안전벨트를 한단 말인가?) 이마에 깊게 난 상처에서는 피가 울컥울컥 쏟아져 나오고 있다. 구급차를 부를 시간이 없다. 응급 구조대원이 이리로 올 때까지 기다리다간 아이는 죽고 말 것이다. 그래서 벤은 해야만 하는 일을 한다. 운전석 안으

로 몸을 굽히고 소녀의 겨드랑이에 두 손을 넣어 붙잡은 다음 끌어
낸다.

"셔츠 좀 벗어줘라, 테오!" 벤이 소리친다.

테오의 배 속이 요동친다. 금방이라도 토할 것만 같다. 테오는
셔츠를 잡아당겨 벗은 다음 아버지에게 던진다. 미스티의 머리를
들어 올린 벤은 셔츠를 지혈대 삼아 그 애의 두개골을 단단하게 감
싼다. 이제 벤의 마음은 느긋하고 차분하다. 그는 대단히 훌륭한 의
사다. 벤은 아이의 맥박을 더듬어 찾는다.

이제 미미가 현관 계단에 나타난다. 난데없이 일어난 바람 때
문에 미미의 잠옷이 부풀어 올라와 있다.

"무슨 일이야?" 미미가 소리친다. "세라? 테오?"

"저 때문이에요, 엄마." 세라가 말한다. "제가 운전을 하고 있었
어요."

테오가 누나를 빤히 쳐다본다.

"그건 지금 중요하지 않아." 벤이 부드러운 목소리로 말한다.

디비전 스트리트 여기저기서 이웃들이 잠에서 깨어났다. 요란
한 굉음, 목소리들, 공기 중을 떠도는 격한 감정 때문이다. 누군가
가 전화로 신고를 한 모양이다. 멀리서 사이렌 소리가 커다랗게 들
려온다. 벤은 의식하기에 앞서 몸속 깊은 곳에서부터 본능적으로
무언가를 깨닫는다. 차에서 여자애를 끌어낼 때, 어두워서 잘 보이
지가 않았다. 오직 머리의 상처만, 감당이 안 되는 출혈만 인지했
다. 하지만 이제 그는 깨닫는다. 아이는 목이 부러졌다. 그리고 벤
은 상상할 수 있는 최악의 행동을 했다. 그 애의 몸을 움직인 것이

다. 앞으로 며칠 동안, 벤은 관계 당국에, 연명치료팀에, 미스티의 부모에게 그 이야기를 하게 될 것이다. 그 이야기는, 운전을 하고 있었던 건 세라였고, 미스티는 조수석에, 테오는 뒷좌석에 타고 있었다는 이야기는 의심받지 않을 것이다. 그날 밤에도, 그 뒤로도 한 번도. 그것은 가족의 비밀 중에서도 가장 깊숙히 은폐된, 너무 위험해서 절대 말하지 않는 비밀이 될 것이다.

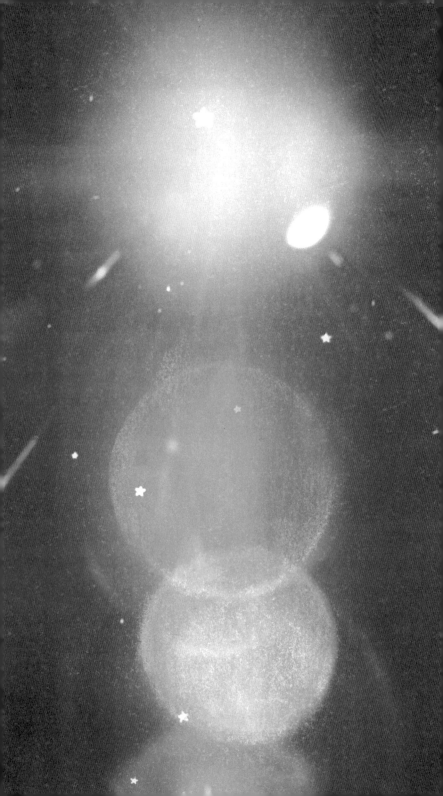

2010년 12월 21일

벤저민

그 소년이 또 자기 집 창가에 나와 있다. 지금은 밤 10시 45분, 분명 그 나이대의 (그 애는 열한 살 생일이 얼마 남지 않았다) 남자아이들은 침대에 들어가 망아지처럼 몸을 휙휙 움직이는 꿈을 꾸면서 잠들어 있을 시각이다. 하지만 그러는 대신 그 애는 저기 시계같이 정확하게 나와 있다. 보름달이 드리운 빛에 검은 머리칼을 희미하게 반짝이며, 작은 두 손으로는 창턱을 움켜쥔 채, 열린 창문으로 가느다란 목을 잔뜩 빼고 머리 위 하늘을 살펴보면서. 소년이 입김을 내뿜자 차가운 공기 속에 수증기 구름이 생겨난다. 이제 그 애는 그 장치를 들어 올려 나침반처럼 이리저리 겨눈다. 장치에서 으스스하게 스며 나오는 희뿌연 푸른색 빛이 아이의 창백한 얼굴을 비추고 있다. 대체 뭘 하는 걸까? 벤이 할 수 있는 일이라고는 창문을 열고 디비전 스트리트 건너편에 있는 아이에게 조심해! 하고 소리를 지르지 않으려고 꾹 참는 것뿐이다. 그 말은 벤의 목에 걸려있다.

너희 부모님은 어디 계시니?

하지만 소년의 부모님 역시 벤의 눈에 들어온다. 밤이 된 지금 그 집에는 소년의 방만 빼놓고 집 전체에 불이 켜져있기 때문이다.

마치 콘 에디슨사*에 보내는 러브레터 같다. 소년의 어머니는 주방 식탁에 앉아 팔꿈치 근처에 와인 잔 하나를 두고 고개를 숙인 채 잡지를 읽고 있다. 아버지의 모습은 차고 위층에 지어진 체육실에서 알아볼 수 있다. 로잉 머신에 앉은 남자는 마치 물에 빠진 사람을 구하러 가듯 열광적으로 노를 젓고 있다.

길 건너편의 그 집은 전에는 플랫 가족의 집이었고, 그 전에는 매카시 가족의 집이었다. 벤과 미미가 이 동네에 처음 이사를 왔을 때는 디비전 스트리트가 실제로 (그렇게 말하는 건 무례한 일로 여겨졌지만) 마을의 좀 더 보기 좋은 구역을 기차역 가까이에 있는 집들로부터 분리해 놓고 있던 시절이었다. 그 무렵에는 집에 추가로 구축하는 체육실도, 옛날에 버클해머 가족이 살았던 집 뒤편에서 하룻밤 사이에 솟아난 듯 보이는 그 집처럼 수영장이 딸린 집도, 이끼 낀 돌벽에 붙박이로 설치하는 야외 화로와 정교한 음향 시스템 같은 것도 없었다.

차 한 대가 디비전 스트리트로 천천히 내려오더니 포플러 스트리트로 돌아 나간다. 멀리서 고양이가 울부짖는 소리가 들려온다. 호랑가시나무의 뻣뻣한 잎들이 아래층 주방 창문을 긁어대고 있다. 지난가을, 벤은 나뭇잎 때문에 집의 낡은 미늘판자들이 더 이상 썩기 전에 그 나무를 파내달라고 정원사에게 부탁할 작정이었지만, 다른 모든 일들이 진행되는 와중에 그 생각은 머릿속에서 스르르 빠져나가 버렸다. 이제 그 문제는 곧 다른 누군가의 문제가 될

---

*   미국에서 가장 큰 투자자 소유 에너지 회사 중 하나로 전기와 가스 등 다양한 에너지를 공급한다.

것이다. 이 집의 새 주인이 될, 벤이 아직 만나보지 못한 부부는 클리블랜드에서 이사 올 것이다. 두 어린아이와 함께. 그리고 슬픈 눈을 한 바셋하운드 한 마리와 함께.

그러니까 이런 식으로 이 마지막 날 밤을 보내게 되는 건가? 플란넬 가운에 감싸인 채 침실 창문 밖을 응시하면서, 그가 다른 어느 곳보다도 오랜 세월을 살아온 이 장소의 모든 풍경과 소리를 빨아들이면서? 벤은 그 모든 것을 기억에 새기는 중이다.

40년.

벤과 미미는 모든 게 눈 깜짝할 사이에 지나간다는 둥 달착지근하고 공허한 말을 하는 사람들을 비웃곤 했다. 하지만 이제 그도 여기서 이러고 있다. 그와 미미가 이 집에 온 뒤로 40년이 흘렀다. 그때 미미는 테오를 임신하고 있었고, 세라는 기저귀를 차고 있었다. 그들 역시 아마도 클리블랜드에서 이사 올, 이곳에서의 삶이 어떨지 상상하고 있을 그 부부와 크게 다르지 않았을 것이다. 아래층의 모든 방은 상자들로 가득 차있다. 바닥부터 천장까지 쌓인 이 상자들에는 목적지에 따라 다음과 같이 꼬리표가 붙어있다.

'S.W.'라고 적힌 것들은 도자기와 미미의 은식기, 그리고 좋은 리넨 제품 대부분이다. 모두 샌타모니카에 있는 세라에게로 배송될 것들이다. 이미 갖고 있는 게 많은 그 애가 왜 그렇게 많은 물건들을 갖고 싶어 하는지 벤으로서는 알 수 없는 일이지만 말이다. 딸아이가 감상적인 아이였던 적은 한 번도 없지만, 어쩌면 중년이 된 지금은 조금 유해지고 있는 건지도 모르겠다.

'T.W.'라고 적힌 것들은 수천 장의 (진짜) 레코드판이다. 테오는 이것들을 듣겠다며 턴테이블을 구입해 브루클린의 자기 로프트에 가져다 놓았다. 테오에게 배송될 다른 상자들엔 B.W.의 파일들이라는 꼬리표가 붙어있는데, 벤의 레지던트 시절까지 거슬러 올라가는, 그가 지금껏 해온 의료 업무를 보여주는 파일들이다. 이 파일들을 달리 어떻게 하겠는가? 태워버릴까? 아니. 벤은 그것들을 아들이 관리하도록 맡겨둘 생각이다.

그 소년이 벤을 발견했다. 지난 며칠 동안 밤마다 그랬듯, 소년은 한 손을 들어 올려 흔든다. 아이답게 손가락을 팔락팔락 흔드는 인사다. 벤은 빗장을 끄르고 창문을 위로 밀어 올린다. 차가운 공기가 가슴에 부딪친다.

"애, 꼬마야!"

벤은 소년의 이름을 잘 알고 있다. 월도. 잊기 힘든 이름이다. 하지만 이름을 부르자니 너무 가까운 사이처럼 느껴진다. 길 건너편 집에서 살아온 지도 이제 10년이나 됐지만 저 집 사람들은 다소 자기들끼리만 지내온 감이 있었다. 미미는 보통 쿠키가 담긴 접시와 이 동네에 이사 온 걸 환영한다는 메모를 가지고 새로 온 사람들의 집에 건너가곤 했지만, 그 가족이 처음으로 이사해 왔을 때는 그럴 기회가 없었다. 미미는 도움이 되는 팁 목록을 여러 장 인쇄해 보관해 두곤 했다. 그랜드뷰 애비뉴에 있는 A&P 식료품점의 생선은 풀턴 스트리트에서 들여와 싱싱하다거나, 2학년을 가르치는 선생님은 부실하지만 3학년을 가르치는 힐 선생님은 보석 같은 분이라거나 하는 팁들이었다. 벤의 눈에는 지금도 미미의 모습이 보이는 것 같다. 이제는 사람들이 조깅이나 하이킹 같은 활동을 설명하듯 '육아'라고 부르는 그 일을 하던 시절 미미의 모습이. 엉망으로 틀어 올린 검고 구불구불한 머리칼. 스키 부츠에 밀어 넣고 있던 기다란 두 다리. 걸핏하면 터뜨리던 웃음.

저 집 사람들은 아침에 일어나자마자 집을 나선다. 소년의 아버지는 새로 산 티가 나는 렉서스 하이브리드를, 어머니는 프리우스를 타고서(둘 다 소음이 없는 차들이다). 그리고 어스름이 깔릴 무렵이 되면 그들의 차는 돌아와 차고 안으로 소리 없이 미끄러져 들어가고, 그 뒤로 자동문이 닫힌다. 그 소년은 세라와 테오가 그랬던 것처럼 길에 나와 놀지 않는다. 동네 아이들 중 누구도 자기 집 뜰에 나와 있는 일이 없다. 그 애들은 부모님이, 혹은 아이 보는 여자들이 모는 차에 이리저리 실려 다닌다. 케이스에 담긴 바이올린이나 첼로를 힘겹게 나르며, 제 몸무게보다도 무거운 배낭을 끌고서. 축구 유니폼이나 멋들어진 흰색 옷을 차려입은 그 애들은 가느다란 허리에 색색의 가라데나 주짓수 띠를 두르고 있다.

"얘, 꼬마야!" 벤이 다시 소리친다. "뭐 하고 있니?"

꼬마 월도는 빛이 난다는 점만 빼면 문고본보다 살짝 큰 검은색 책처럼 보이는 그 희한한 기계장치를 하늘로 치켜들고 있다. 마치 잠자리에 들기 전 신에게 재미난 이야기를 읽어달라고 청하기라도 하듯이. 벤은 목욕 가운 주머니를 뒤져 근시용 안경을 찾아 쓴다. 이제 소년의 스웨트셔츠에 적힌 글자가 보인다. 소년은 보스턴 레드삭스의 팬이다. 양키스 팬들 소굴인 이 동네에서는 놀라운 일이다. 그렇다면 학교에서 지내는 것도 쉽지 않겠다. 특히 레드삭스 구려!라는 구호가 너무나도 사실인 걸로 드러나 버린 올해에는 말이다. 소년의 두 눈 위로는 기다란 일자 앞머리가 드리워 있다.

"페드로이아* 일은 참 안타깝더구나." 벤이 큰 소리로 말한다.

"그리고 유킬리스*도요. 그리고 엘즈버리*도요." 아이는 몹시 기분이 상한 것 같다. 목소리는 뜻밖에도 플루트 소리처럼 높고 아름답다. 그 애는 여전히 그 검은 책을 하늘로 겨누고 있다.

"그게 뭐니?" 벤이 묻는다.

"스타 워크요." 아이가 대답한다.

"무슨, 게임 같은 거니?"

아이의 얼굴에 잠깐 동안 어떤 표정이 스쳐 간다. 디비전 스트리트 건너편에 있는 벤에게도 훤히 보일 만한 표정, 실망 반, 믿을 수 없다는 느낌 반인 표정이다.

"아뇨." 아이가 말한다. "이거 게임 아닌데."

"그래, 그렇구나."

"보여드릴까요?"

"음, 난……."

벤은 망설인다. 오랫동안 소년을 눈여겨보긴 했지만, 결국에는 모르는 아이인 것이다.

"얼른요, 보여드릴게요."

주방 창문 안쪽, 어른거리는 텔레비전 화면 불빛을 배경으로 소년의 어머니의 실루엣이 보인다. 소년의 아버지는 여전히 노를

---

* 보스턴 레드삭스의 야구 선수 더스틴 페드로이아와 케빈 유킬리스, 저코비 엘즈버리를 말한다. 세 선수는 2010년 당시 부상으로 평소보다 적은 경기만 치르고 시즌을 마감했다는 공통점이 있다.

젓고 있다.

"너, 자야 할 시간이 지난 거 아니니?"

"피곤하지 않은데요 뭐."

월도를 보니 벤은 그 나이 때의 테오가 떠오른다. 테오는 저 아이보다 체격도 크고 몸무게도 더 나갔었지만 말이다. 테오는 잠이오지 않을 때면 살금살금 걸어 주방으로 가서 빵 한 조각 위에 살라미 약간을 착 올리고 디종 머스터드를 뿌려서는, 우유 한 잔과 함께먹곤 했다. 마치 그렇게 든든하고 묵직한 식사를 해야 진정이 되고잠을 잘 수 있기라도 한 것처럼. 그 시절 미미는 이를 닦지 않는다고 테오를 꾸짖곤 했고, 테오가 너무 살찐 것 같아 남몰래 애를 태우곤 했다. 아, 그때 두 사람이 벤이 지금 아는 것의 아주 작은 일부만이라도 알고 있었더라면 얼마나 좋을까! 그 모든 사소한 걱정거리들은(충치들도! 몇 킬로그램쯤 더 나가던 젖살도!) 전체적으로보면 아무것도 아니라는 걸 알았더라면!

"마술나무 앞에서 뵈어요." 소년이 외친다. "2분 뒤에요!" 아이는 다시 집 안으로 고개를 수그리고 창문을 끌어 내리더니 어두워진 방으로 사라진다.

벤은 잠깐 동안 두 눈을 감고 있다. 마술나무. 그게 요즘 이 동네 아이들이 그 나무를 부르는 이름이라는 걸 그는 안다. 그래, 안될 게 뭐가 있겠는가? 디비전 스트리트와 버치 스트리트[디비전스트리트의 서쪽에 있는 모든 길에는 '버치'(자작나무)처럼 나무이름이 붙어있다]가 만나는 길모퉁이에 있는 그 위엄있는 참나무는 이제 줄기 지름이 거의 1.5미터나 된다. 그 나무는 계절에 따라

달라지는 수십 가지 들꽃에, 키 크고 향긋한 풀에 둘러싸여 있다. 동네의 다른 모든 화초는 조경사들이 정기적으로 손질하고 다듬지만, 그 참나무는 식물들의 밀생지인 자기만의 작은 땅 덩어리에서, 태곳적부터 내려온 한 덩어리의 토지에서 왕 노릇을 한다. 새로 이사 와서 사연을 잘 모르는 사람들은 디비전 스트리트 18번지, 그러니까 벤의 집에 사는 가족이 그 나무를 관리할 거라고 추측한다. 완전히 빗나간 추측이다. 하지만 벤은 그들의 오해를 바로잡아 줄 생각이 없다.

벤은 아래층으로 내려간 다음 현관 홀 양쪽에 바닥부터 천장까지 쌓인 채 늘어선 상자들 사이의 좁은 통로로 걸어 나간다. 문 가까이에 있는 옷걸이에서 낡은 오리털 파카를 끄집어내려 목욕 가운 위에 걸쳐 입는다. 얼마나 꼴사나워 보일까! 바닥까지 닿는 치마처럼 보이는 옷에, 몽글몽글 솜털을 댄 모카신에, 다 낡아 추레해진 스키 점퍼 차림을 하고 자기 집 현관으로 걸어 나가는 늙은이라니.

소년은 벌써 나무 옆에서 기다리고 있다. 이제 소년 역시 길 건너편에 있는 자기 집에서 어머니가 샤도네이 와인을 한 잔 더 따르는 광경이나 아버지가 노를 젓는 광경이 잘 보이는 위치에 있게 됐다. 하지만 소년은 자기 눈앞에 펼쳐지는 부모님의 비밀스러운 생활을 텔레비전 보듯 지켜보고 있지는 않다. 아니, 그 애는 그보다는 그 물건에 더 관심이 있다. 이름이 뭐라고 했지…… 스타 어쩌고 하는 그것 말이다. 아이는 손에 든 그 물건을 하늘을 향해 열어놓고 있다.

"안녕." 벤이 손을 내민다. "정식으로 만나는 건 처음인 것 같구

나. 난 월프 박사라고 한단다."

"알아요." 소년이 말한다. 당연히 그 애도 알 것이다. 몰랐다면, 한밤중에 전혀 모르는 사람을 만나려고 안전한 집을 두고 나오지는 않았을 테니까. 그렇지 않겠는가? 벤은 아이를 향한 보호 본능이 밀려오는 걸 느낀다. 성큼성큼 걸어 길을 건너가서 저 집의 현관문을 두드리고 싶다. 지금 밤 11십니다. 댁의 아드님이 어디 있는지 알고는 계신가요? 아주 가까이에서 본 소년의 얼굴은 그 나이대 소년들이 다들 그렇듯 아름답고, 매끄러운 피부에서는 빛이 난다. 드리워진 속눈썹은 너무 길어서 두 뺨 위에 그림자가 진다. 저 가느다란 목과 좁은 어깨. 열 살에서 열한 살이 되어가는 나이. 엄청난 변화를 겪기 직전인 소년. 알 수 없는 것들이 가득한 바닷속으로, 돌아오려면 오랜 세월이 걸릴 그곳으로 힘겹게 걸어 들어가기 직전인 소년(여기서 벤은 갑작스러운 통증과 함께 테오를 떠올린다).

"저는 월도예요."

"안녕, 월도."

벤은 그 희한한 기계장치를 힐끗 본다. 그 장치의 화면은 달빛 어린 청명한 하늘을 그대로 비추고 있는 것 같다. 자줏빛이 도는 검은색 바탕에 별들이 빛나고 있다. 그 장치에서는 여러 곡의 음악이 흘러나오는데, 딴 세상에서 온 것 같은 낯선 음악이다. 이름은 기억나지 않지만, 벤은 이제 그 장치가 새로 나온 그 대단히 멋진 장비들 중 하나라는 걸 알아본다. 오로지 저 장치를 누구보다 먼저 사는 특권을 누려볼 마음 하나로 밤새도록 상점들 바깥에 줄을 서있는 사람들 이야기를 뉴스에서 본 적이 있었다. 이 아이의 아버지도 줄을 섰던 걸까, 벤은 궁금해진다. 부당한 판단인지도 모르겠지만, 격렬하게 노를 젓는 움직임으로 볼 때 그 남자는 왠지 줄의 맨 앞에 서있어야 속이 풀리는 사람일 것 같다.

월도가 화면을 기울이자 선들이 생겨나고 형체들이 나타난다. 마치 하늘이 그들을 향해 열리는 것 같다. 황소. 뱀. 게. 하프를 들고 있는 어린아이.

"이것 좀 보세요." 월도가 화면 한쪽에 댄 검지손가락을 쓸어내린다. 화면 속 별들이 화면 속 하늘의 끝에서 끝까지 회전한다. 그러는 동안 그들의 머리 위, 디비전 스트리트 위쪽의 높은 곳에서는 제트기 한 대가 밤하늘의 끝에서 끝까지 활공한다. 제트기 날개에 달린 불빛들이 꾸준히 깜박인다. 아마도 JFK 공항을 향해 가고 있는 것 같다. 현실의 별들은 호기심이 일 만큼 가만히 정지해 있는 것처럼 보이고, 제트기나 월도의 기계장치 화면에 뜬 별들의 시뮬레이션보다 강렬함도 덜해 보인다.

"박사님 생일은 언제예요?" 월도가 불쑥 묻는다.

"1월 16일."

"몇 년도요?"

"내가 몇 살이냐고 묻는 거냐?"

"아뇨— 그게 아니라!" 아이는 극도로, 거의 폭발하기 직전까지 좌절한 것처럼 보인다. 마치 주위의 세상이 자신의 기대에 부응하지 못하고 부응할 생각도 하지 않는다는 듯이.

"1936년이야." 벤이 말한다. "1936년 1월 16일."

"몇 시쯤에 태어나셨어요?"

그건 좀 생각해 봐야 할 것 같다. 벤 자신이 그걸 알기는 하나? 아마 그가 태어난 시각을 기억할 만큼 관심이 있었던 마지막 사람은 돌아가신 지 오래인 그의 어머니였을 것이다. 하지만 거기까지 생각하고 나니 그의 머릿속에 어떤 기억이 떠오른다.

"밤 9시에 가까운 시각이었어."

"태어나신 장소는요?"

"뉴욕시. 정확히는 브루클린."

그러자 아이는 무언가를 작동시킨다. 은하가 회전하기 시작하더니, 화면의 날짜가 어지러운 속도로 뒤로, 뒤로, 뒤로 돌아간다. 아직 그다지 얼어붙지 않은 땅은 차갑고 축축하지만, 그리고 내일이면 삭신이 쑤셔올 거라는 사실을 알고 있지만, 벤은 참나무에서 뻗어 나온 엄청나게 커다란 두 개의 뿌리 사이 한가운데에 앉는다. 목욕 가운에서 튀어나온, 노인답게 앙상한 두 다리를 체크무늬 플란넬 천으로 덮는다. 레드삭스 파자마와 스키 점퍼를 입은 소년이 벤 곁에 무릎을 꿇고 앉는다. 화면의 날짜는 계속 돌아가고, 하늘의 형체들은 계속 다른 것으로 바뀐다. 벤으로선 거의 따라갈 수 없는 속도다. 곰. 사자. 돛단배.

벤은 고개를 들고 디비전 스트리트에서 아직 불이 켜져있는 몇 안 되는 집들을 바라본다. 거기 누가 사는지 그는 더 이상 알지 못한다. 예전에 그는 그 집들에 사는 가족들에 관해 거의 모든 것을 말해줄 수 있었다. 좋든 싫든 간에 (혹은 좋은 동시에 싫은 일이었지만) 벤은 지미 플랫의 경미한 약물 사용 습관과 캐런 루소와 프로 골프 선수 켄의 연애 사건, 겔프먼 가족을 결국 압류까지 당하는 처지로 몰아넣은 도박 문제에 관해 알고 있었다. 벤은 줄리 헬러가 밤 늦게 자신의 스탠더드 푸들을 산책시킬 때면 규칙적으로 마리화나를 한 대씩 피운다는 걸, 아무도 그 이유를 속속들이 알아내지는 못했지만 에릭 워너가 중독 치료 시설에 들어갔다는 사실을 알고 있었다.

그들이 사는 동네는 여느 동네와 비슷했다. 어느 지역 사회든 뚫고 누비며 나아가는 비밀들과 가슴 아픈 일들과 거짓말들이, 환희의 시간들과 은혜로운 순간들이 이곳에도 있었다. 벤은 종종 그것 때문에 숨이 막혔는데 (그리고 신은 아시겠지만 미미는 그것 때문에 미칠 지경이 되곤 했다) 그럼에도 그는 그곳이 자신의 동네이고 이 사람들이 자기 사람들이라는 사실에서 얼마간의 위안을 얻곤 했다. 어느 특정한 거리, 특정한 집에 들어가 정착하기로 결정을 내린 순간 그들 모두는 서로와 운명을 같이하게 된 것이었다. 그들의 아이들은 서로의 집을 뛰어 드나들었다. 첫 담배를 같이 피웠고, 절친한 친구로 지냈고, 그 다음엔 철천지원수가 되었다가, 다시금 친구가 되었다. 부모들은 목격자나 구경꾼 비슷한 입장이 되어 서로 어울리는 법을 배우고 있었고(애들을 생각해서, 미미는 그렇게 말하곤 했다), 가끔씩은 휴가를 같이 갈 만큼 서로를 좋아하게 되기까지 했다.

지금 동네 사람들은 잠들기 위해 문을 꼭꼭 닫아 건 뒤였다. 방범 시스템이 켜져있었다. 리피토*가 섭취되었다. 혹은 프로작**이나

---

* 콜레스테롤 억제 및 심혈관계 질환 예방을 위해 먹는 약.

** 항우울제의 한 종류.

클로노핀*이. 어쩌면 몇 안 되는 운 좋은 사람들은 비아그라를 섭취했을지도 모른다. 부부들, 주로 나이가 벤의 거의 절반밖에 안 되는 30대나 40대의 남자들과 여자들은 침대에 함께, 혹은 따로따로 누워 책을 읽거나 밤 시간대에 하는 의학 드라마를 보다가 잠들어 있을 것이었다. 신생아들, 유아들, 초등학생들, 10대들…… 그들 모두가 오늘 하루를 떠나보내고 다가올 내일에 자신을 내주고 있었다.

월도만 빼고.

"박사님은 일흔넷이신 거네요." 월도가 말한다.

"암산을 했구나."

"보세요." 월도가 벤에게 장치를 건네준다. 장치는 보기보다 무겁다. "여기 있어요."

자신이 보고 있는 것이 무엇인지 벤이 깨닫는 데는 몇 초쯤 걸린다. 그것은 그가 태어났을 때의 하늘이다.

"큰개자리예요." 월도가 말한다. "굉장히 멋진 별자리죠. 큰개자리에는 시리우스가 포함돼 있어요. 천랑성이라고도 하죠. 밤하늘에서 가장 밝은 별이에요."

벤은 화면에 검지손가락을 대고 그 개를 더듬어 찾는다. 그 개는 발이 커다란 짐승으로, 자리에 앉아 머리로 경계 태세를 취하고 있다. 마치 지시 사항이 더 내려오기를 기다리기라도 하듯이. 월도가 장치 위로 몸을 굽히더니 화면의 왼쪽 상단 구석에 있는 동그라미를 두드린다.

---

*   항불안제의 한 종류.

"큰개자리는 2세기의 천문학자 프, 프톨…… 프톨레마이오스가 정리한 마흔여덟 개의 별자리 중 하나로." 윌도는 소리 내 읽는다. "지금도 현대의 여든여덟 개 주요 별자리 중 하나다. 이 별자리의 라틴어 이름인 '카니스 마요르'(Canis Major)는 '커다란 개'라는 뜻으로, 흔히 사냥꾼 오리온을 따르는 개들 가운데 한 마리의 모습으로 표, 표……."

"표현된다." 벤이 일깨워 준다.

"알아요!"

"미안."

"……표현된다. 작은개자리, '카니스 미노르'(Canis Minor)를 참조할 것."

"확실히 작은 개보다는 커다란 개 밑에서 태어나는 게 나을 것 같구나." 벤이 말한다.

윌도가 벤을 노려본다.

"절 놀리시는 거죠."

"아닌데."

"그럼 농담을 하고 계신 거네요."

"음, 그래, 그렇지."

"이건 농담이 아니에요."

그 희한한 기계장치가 쏟아내는 빛 속에서 보니 윌도의 두 눈에는 눈물이 가득 차 넘치려 하고 있다.

"알았다, 애야." 벤이 아이의 손을 어색하게 토닥거린다. "미안하다. 난 그럴 생각은—"

"다들 이게 멍청하거나 뭐 그렇다고 생각해요."

월도는 울지 않으려고 무진 애를 쓰지만, 작고 날카로운 턱은 떨리고 있다.

"'다들'이 누군데?" 벤이 묻는다.

"몰라요."

"그러지 말고 말해봐."

한참 동안 침묵이 흐른다. 그동안 벤은 월도의 손톱 주위 피부가 벗겨지고 주름져 있으며, 속살까지 떼어내고 물어뜯은 흔적이 있다는 걸 알아차린다.

"저희 아빠요." 마침내 월도가 말한다. 그 애는 처음으로 길 건너편 자기 집 차고 위층에 있는 창문들을 쳐다본다. 이제 불은 꺼져 있다.

"음, 내가 장담하는데 그렇지는 않을 거야." 그 점에 대해서는 아무것도 아는 게 없지만 벤은 그렇게 말한다.

월도는 마지못해 그러는 것처럼 슬쩍 어깨를 으쓱하더니, 다시금 화면에 집중하며 또 다른 별자리를 두드린다.

"나침반자리." 그 애가 갈라지는 목소리로 말한다.

큰 개 카니스의 아래쪽 하늘에 나침반 모양이 나타난다. "나침반자리의 라틴어 이름인 '픽시스'(Pyxis)는." 월도가 읽는다. "'상자'를 뜻하며, 이 별자리는 남쪽 하늘에 작고 희미하게 나타난다. '픽시스'는 라틴어로 '항해용 나침반'을 뜻하기도 한다. 또 다른 별자리인 컴퍼스자리와 혼동해서는 안 된다. 라틴어 이름이 '키르키누스'(Circinus)인 컴퍼스자리가 표……." 벤은 월도가 집중하느라 이마에 주름을 잡은 채 그 단어와 씨름하게 그냥 둔다. 벤의 가슴이 아이 때문에 무너져 내린다. 아직 이렇게나 작은데, 이 아이는 자신의 좁은 두 어깨에 온 세상을 짊어지려고 애를 쓰고 있는 것이다.

"……표현하는 것은 '제도용 컴퍼스'이기 때문이다." 월도가 문장을 완성한다. 이제 그 애는 울고 있다.

벤은 월도를 안아주고 싶지만, 그러는 대신 한쪽 팔을 그 애의 어깨에 걸친다. 월도가 벤에게 머리를 기댄다. 너무도 단순하면서도 다정한 그 몸짓에 벤 자신도 거의 눈물을 참지 못할 지경이 되어버린다. 가엾게도 아이는 온몸을 떨고 있다.

괜찮아, 얘야, 벤은 속삭인다. 괜찮아질 거야.

벤은 별다른 생각은 하지 않고 몸을 앞뒤로 흔든다. 테오에게, 세라에게 해주었던 것처럼. 그 애들이 아기였을 때뿐 아니라 지금의 나이가 되어 지금의 위기를 맞게 될 때까지 쭉 그래 주었던 것처럼. 벤은 그 애들을 힘껏 안아주곤 했고, 그런 다음에는 자기 몸이 흔들리며 요동치고 있는 걸 깨닫곤 했다. 마치 음악이 멈춘 뒤의 댄스 플로어 위에 있는 것처럼.

"저희 아빠는 제가 이런 이야기를 하지 않았으면 좋겠대요." 월도가 말한다. 아이는 길 건너편 자기 집을 똑바로 쳐다보고 있다. "아빠가 그러는데." 아이는 몸을 들썩이며 커다랗게 숨을 쉰다. "아빠가 그러는데 제가 이 이야기를 계속하면 스타 워크를 뺏어버릴 거래요. 그리고 제 망원경도요."

"너희 아버지는 왜 네가 이 이야기를 하지 않았으면 하시는 것 같니?" 벤이 묻는다.

"아빠 말로는 제가 중요하지 않은 것들에 시간을 낭비하고 있대요. 제가 꿈나라에서 살고 있대요."

월도가 장치를 이쪽저쪽으로 기울이자 별들이 가득한 하늘 전체가, 그리고 그 무수한 별자리가 각각의 모양과 형태를 만들어내는 윤곽선들과 함께, 양쪽 방향으로 모두 늘어난다.

"그럼 넌 왜 이게 너한테 그렇게 중요하다고 생각하는데?" 벤은 묻는다. 그가 자기 아들과 한 번이라도 이만큼 끈기 있게 대화해 본 적이 있었던가? 테오가 가까이하기 어려운 존재가 되어버리기 전이었던 그 몇 년 동안, 그 애가 아직 벤을 만나주고 자기 이야기를 해주던 그 소중했던 몇 년 동안 벤이 시간을 들여 이렇게 해본 적이 있었던가? 예 혹은 아니오로 간단히 대답할 수는 없는 문제지만, 그럼에도 그 잃어버린 기회들은 너무 고통스러워서 생각조차 할 수가 없다. 벤은 그 시간을 되찾을 수 없다. 재도전의 기회라고는 없는 것이다.

"제 생각에는 이게 기분을 좋아지게 해주는 것 같아요." 월도가 말한다.

"어떻게?"

"제가 아주 쫄아있을 때…… 나쁜 생각들이 떠오를 때…… 그럴 때 저 바깥에 있는 것들을 전부 생각하면요……." 아이의 목소리가 점점 잦아든다. 마치 그렇게 많은 말들을 입 밖에 낸 것만으로 완전히 지쳐버리기라도 한 것처럼.

"나쁜 생각들이란 게 어떤 건데?" 벤이 묻는다.

"아, 아시잖아요."

"아니, 모르겠는데. 말해주렴."

"뭐, 죽고 싶다거나 그런 거요."

벤은 고개를 끄덕인다. 죽고 싶다거나 그런 거. 그렇겠지.

"어쨌든, 저 바깥은……." 월도가 그들 머리 위의 하늘이 아니라 화면을 향해 손짓하는 바람에 벤은 움찔하며 깨닫는다. 이 아이에게는 머리 위의 별들보다는 화면이 더 진짜처럼 느껴지는 것이다. "너무나 엄청날 정도로 거대하고, 여기 있는 우리는 그저……."

"뭔데?" 벤이 묻는다. 이 아이는 흥미롭게도 한편으론 자신을 드러내고 싶어 하지만 또 한편으론 스스로를 억누르고 있다. 마치 다름 아닌 아이의 정신 자체가 그동안 너는 이래야 하고 저래야 한다고 들어온 모든 명령과 싸우고 있기라도 하듯이.

월도가 자리에서 벌떡 일어난다.

"안드로메다자리, 공기펌프자리, 극락조자리, 물병자리, 독수리자리," 아이가 읊는다. "제단자리, 양자리, 마차부자리, 그리고 이건 그냥 A로 시작되는 별자리만 말한 거예요. B로 시작되는 건 딱하나 있어요. 목동자리. 하지만 C로 시작되는 별자리는 많아요. 조각칼자리, 기린자리, 게자리……."

"별자리 이름을 다 외웠구나."

"지금은 별 이름을 외우고 있어요."

한 자락의 한기가 몸을 뚫고 지나가서, 벤은 천천히 땅에서 떼어낸 몸을 마술나무의 줄기에 기댄다. 이 아이와 얼마나 오랫동안 이 바깥에, 얼어붙을 듯한 추위 속에 앉아있었던 걸까? 손끝에 감각이 거의 느껴지지 않는다. 벤은 두 손으로 주먹을 쥐었다 편다.

길 건너편 집에서 월도의 어머니가 주방의 불을 끈다.

"월도? 아무래도 우리 둘 다 이제 그만 가서 자는 게 좋겠구나, 얘야."

"한 가지만 더요." 월도가 말한다. "딱 한 가지만 더 보여드릴게요, 네?"

자신이 한 가지를 더 감당할 수 있을지 벤은 모르겠다. 하지만 그에게 달리 어떤 선택지가 있겠는가? 월도가 화면 오른쪽 하단 구석을 누르자, 이제 그들은 지구 표면의 굴곡 위를 날아가고, 대양들과 대륙들의 표면을 미끄러지듯 질주해 간다. 그러더니 행성 전체가 뒤로 물러나고 두 개의 형광 연두색 선이 화면을 각각 둘로 나누며 지구 위에 있는 그들의 정확한 위치를 보여준다. 조그만 형광색 형체가 중심에 서있는 원은 미국의 가장 동쪽 끄트머리에 자리잡고 있다. 뉴욕주, 아발론 지구에, 그리고 거리는…… 그들이 사는 거리다. 디비전 스트리트.

"우리가 여기 있는 거예요." 월도가 형광색 형체를 가리키며 말한다. "이게 우리예요."

벤은 화면을 두드린다. 손가락을 아주 살짝 오른쪽으로 움직여 본다. 마을들, 도시들, 주들의 이름이 펑펑 지나간다. 오하이오주 댄빌, 미시간주 로즈빌, 펜실베이니아주 이리, 노스캐롤라이나주 콩코드. 대륙들이 주저앉는다. 리옹, 이스탄불, 푸껫, 타이베이, 카이로, 텔아비브. 이렇게 멀리서 보니 모든 것은 연결돼 있다. 대서양 연안에서 중서부로, 다시 남부로. 미국에서 유럽으로, 다시 아시아로. 1936년의 하늘에서 2010년의 하늘로. 이렇게 멀리서 보니 그 모든 일이 동시에 일어나는 것도 가능해 보인다. 이 삶도, 저 삶도…… 헤아릴 수 없이 많은 삶이 평행하게 움직이며 저마다 스스로를 펼쳐 보인다. 벤은 브루클린 유대인 병원에 있는 신생아인 동시에 클래슨 애비뉴에서 스틱볼을 하는 아이이고, 동시에 새 옷을 입어 불편한 몸을 온통 꿈지럭거리며 바르 미츠바*를 치르는 소년이 되어 토라에서 자신이 맡은 부분을 한 단어 한 단어 더듬더듬 읊어나간다. 그는 대학생이고, 잠 못 드는 인턴 의사이고, 젊은 남편이다. 그는 자기 딸이 태어나는 모습을 지켜보고 있다. 자신의 푸릇푸릇한 가족들과 함께 디비전 스트리트로 이사를 오고 있다. 그는 자기 아들의 기운찬 첫 울음소리를 듣고 있다. 그가 화면을 내려다보자, 거기에는 미미의 얼굴이 보인다. 마치 미미 자신이 하나의 별자리이기라도 한 것처럼. 내 사랑. 내가 가고 있어요.

솅크먼

솅크먼은 두 다리를 뻗어 몸을 뒤로 밀어낸다. 매끈하게, 힘껏. 옛날 코치님이 했던 말을 떠올린다. 물 흐르듯 부드럽게. 윗몸을 경첩처럼 움직인 다음 두 팔을 쭉 뻗으며 앞으로 미끄러져 간다. 그러고는 플라이휠이 돌아가는 동안 아주 잠깐 쉬면서 제자리로 돌아간다. 밀어붙이고, 제자리. 밀어붙이고, 제자리. 그는 숫자를 센다. 하

---

* 유대교에서 소년이 13세가 되면 치르는 성인식.

나, 둘. 붙잡으면서 들이쉬고, 마무리하면서 내쉬고. 그는 로프로 (RowPro)를 잽싸게 힐끗 본다. 망할. 이 경기에서 6킬로미터를 달려왔는데 두 척의 보트가 앞에 있다. 거기엔 신경 쓰지 않는 게 좋겠다. 앞쪽 벽에서는 평면 텔레비전이 어느 호수의 수면을 보여주고 있다. 머릿속에서 그는 여기가 아니라 저기에 있다. 위니페소키 호수를 따라 미끄러져 가고 있다. 음악을 틀어놓고도 해봤지만, 알고 보니 그는 음악 듣는 걸 좋아하지 않는 사람이었다. 직장에서 다들 이야기하는 프로그램도 보려고 한 번씩 시도했다. 하지만 그는 1960년대의 광고 회사가 배경인 드라마를 보면서 노를 저을 수는 없다. 그러다간 미쳐버릴 것 같다. 메슈게나*. 얼마간의 시간이 지나서야 그는 이것이, 해 질 녘 호수의 짙은 푸른빛과 그의 블레이드들이 일으키는 것처럼 보이는 잔물결들이 자신이 그동안 찾아 헤매온 것이었음을 깨달았다. 여기, 그의 집 차고 위에 있는, 신용카드로 긁어 장만한 이 체육실, 여기가 그가 삶의 다른 모든 부분을 잊을 수 있는 장소다.

앨리스는 집의 반대편에 있다. 셍크먼은 앨리스가 외롭고 살짝 기분이 상했다는 걸 알고 있다. 매일 이때쯤 앨리스가 셍크먼과 함께 시간을 보내면서 이야기 나누기를 기대한다는 것도. 이야기라…… 그러니까 무엇에 대해서든 말이다. 사내 정치. 셍크먼의 어머니. 봄 휴가 계획. 월도. 이 마지막 주제는 그 무엇보다도 셍크먼이 피하고 싶어 하는 주제다.

* 이디시어로 '미친'이라는 뜻.

하나, 둘. 그의 양쪽 승모근이 화끈거린다.

월도를 침대에 밀어 넣고 자라고 한 지 거의 한 시간이 다 됐지만, 셍크먼은 아들이 잠들어 있지 않다고 확신한다. 그는 월도가 자리에서 일어나 창문을 연다는 걸 알고 있다. 집 안의 문이나 창문이 열리면 도난 경보기 모니터로 전부 볼 수 있기 때문이다. 그는 그 일을 문제 삼지 않으려고 애쓰던 참이었다. 월도가 자라서 더 이상 그런 짓을 하지 않게 되기만 바라면서 말이다. 그 습관은 거의 강박에 가까워져 있었고, 만약 그 이야기를 하기 시작하면 셍크먼과 앨리스는 둘 다 며칠씩이나 밤에 잠을 못 이루며 속상해할 것이다. 그래선 안 된다. 이게 차라리 낫다. 두 팔에서 힘이 다 빠져버릴 때까지 위니페소키 호수의 얼음장같이 차가운 물을 헤치고 나아가는 쪽이 낫다.

셍크먼은 적어도 하루에 한 번씩은 스스로와 긴 대화를 나눈다. 월도를 좀 더 너그럽게 대하겠다고 스스로에게 약속한다. 그의 귀에 아들을 비난하는 자기 목소리의 음색이 들려온다. 그가 정말로 하고 싶은 말은, 하려는 말은 널 사랑한다, 그리고 너에게 세상모든 걸 주고 싶구나다. 하지만 그 대신 그의 입에서 나와버리는 말은 세상에 손가락 뜯는 것 좀 그만두지 못하겠니 아니면 그 망할 놈의 무릎에다 냅킨 좀 깔란 말이야 같은 것에 더 가깝다. 셍크먼이 느끼기에 그의 아들에겐 너무나 말도 안 되고, 이해할 수 없고, 닿을 수도 없는 어떤 구석이 있다. 셍크먼은 그 부분에 관해 너무 많이는 생각하지 않으려고 애를 쓰지만, 그 생각은 어디든, 그가 깨어있는 하루의 어느 시간에든 스르르 스며든다. 그는 월도에게 어떤 일들을 하게 만들려고 애쓰는 걸 그만두었다. 그가 생각하기에 아버지와 아들이 함께 해야 할 것 같은 일들을. 예를 들면, 그들은 공을 주고받으며 노는 일 같은 건 하지 않는다. 그리고 셍크먼이 앨리스가 만류하는데도 월도를 소년 축구팀 '아발론 애스트로스'에 억지로 들어가게 했던 일화로 말하자면, 그들의 가족사 연보에만 남겨두고 다시는 입에 담지 않는 게 나을 것이다. 셍크먼의 눈에는 여전히 그날 축구장 한가운데 서있던 월도의 모습이 보이는 것 같다. 팀 선수들은 주위를 지그재그로 움직이는데 그의 천재 아들 월도만 두 팔을 옆구리에 축 늘어뜨린 채 조금도 갈피를 잡지 못하고 혼란에 빠져있는 모습이.

이제 200미터만 더 가면 된다. 로프로 화면으로 보니 그는 이제 선두의 겨우 4미터 뒤에 있다. 선두는 물론 린드그렌이다. 린드그렌은 그저 간신히 앞서가고 있을 뿐이고, 나머지 여덟 명은 뒤에서 따라오고 있다. 어제, 셍크먼은 열심히 연습했다. 전력 질주를 하고 쉬어가며 40분을 꽉 채웠다. 어쩌면 좀 과하게 했는지도 모르겠다. 하나, 둘. 화면에는 언제나 완벽한 하루가, 초자연적으로 푸른 하늘이 펼쳐져 있다. 한 무리의 나무들이 에메랄드처럼 빛을 낸다. 심박수가 원하는 것보다 살짝 높지만 그는 한 단계를 올린다. 노를 저어 간발의 차로 린드그렌을 앞지른다. 엿이나 먹어, 린드그렌. 58미터 남았다. 셍크먼은 위니페소키 호수로 돌아간다. 하나, 둘. 그는 자신의 뒤쪽에 있을 결승선의 부표들을 그려본다. 멀리 형광색으로 떠있을 그것들을. 그의 귀에 철썩하는 소리가 들려온다. 그의 블레이드들이 수면에 평행하게 바싹 붙었다가 수직으로 세워지며 조용히 물을 베어 내려가는 소리다. 그는 화면을 보지 말자고, 오직 결승선만 생각하자고 되뇐다.

그는 숨을 헐떡이며 결승선을 가로지른다. 땀이 등을 타고 비오듯 쏟아져 내린다. 심장이 방망이질을 해댄다. 그는 그제야 로프로에 표시된 최종 결과를 바라본다. 마지막으로 남아있던 보트가 (뉴질랜드 선수다) 결승선에 미끄러져 들어오고, 이제 모든 보트가 흠잡을 데 없는 꼬마 병정들처럼 줄지어 서있다. 셴크먼은 따가운 두 눈을 수건으로 문지르고는 가늘게 뜬 눈으로 화면 맨 아래 우승자 이름을 확인한다. 린드그렌. 8분의 1초 차이로 우승.

셴크먼은 옷을 벗는다. 흠뻑 젖은 옷가지를 체육실 빨래 바구니 속에 넣어둔다. 깨끗한 새 운동복 바지를 끌어당겨 입고, 집을 증축하면서 돈을 더 내고 욕실도 하나 지었더라면 좋았겠다고 생각한다. 처음 하는 생각은 아니다. 사우나가 있고, 증기가 나오고, 그런 설비 일체를 장만했더라면. 하지만 오직 셴크먼 한 사람만 쓰게 될 가정용 체육실만으로도 충분히 사치스러웠던 데다, 이런 사치를 앨리스에게 정당화할 방법도 없었다. 처음에 그는 주로 스스로의 죄책감을 덜기 위해 앨리스가 운동에 관심을 갖게 만들려고 애를 썼지만, 앨리스는 그런 건 전혀 원치 않았다. 당신의 그 남자동굴, 앨리스는 체육실을 그렇게 불렀다. 그러고는 셴크먼이 자신의 냄새나는 운동복을 직접 처리할 수 있도록 빨래 바구니를 놓아두었다. 앨리스는 체육실에는 발도 들여놓지 않는다. 로프로에 관해서도 아는 게 없다. 린드그렌에 관해서는 더더욱 그렇다.

아래층에서 현관문이 열렸다 닫힌다. 셴크먼은 집과 차고 사이의 밀폐형 통로를 가로질러 가다가, 때마침 계단을 올라가 위층으로 사라지려 하고 있던 레드삭스 스웨트셔츠의 짙은 푸른색을 발견한다.

"월도!"

월도가 그 자리에 얼어붙는다.

"대체 뭐 하고 있는 거냐?"

"아무것도 아니에요, 아빠."

"너 지금 밖에 나갔다 온 거야?"

"아뇨."

"나한테 거짓말하지 마."

"거짓말 아니에요!"

셍크먼은 스스로에게 했던 약속을 지키려고 애를 쓰지만, 그건 마치 바람을 한 줌 움켜쥐는 것과 비슷한 일이다. 치솟는 기분을 따라 시속 0킬로미터에서 160킬로미터로 폭주하는 스스로가 느껴진다. 그는 심호흡을 한다. 아직도 땀이 난다. 그는 월도를 너무 심하게 대하지 말자고 스스로에게 되뇐다. 하지만 상황은 더욱 악화될 뿐이다. 그가 거기까지만 하자고 막 마음을 먹는데 (그는 그러느라고 이를 악물고 있다) 그 순간 월도의 겨드랑이에 끼워진 아이패드가 눈에 들어온다.

"너 지금—"

"아빠! 아빠, 죄송해요!"

"끝났어." 셍크먼은 한 번에 두 칸씩 계단을 올라간다. 월도의 겨드랑이에서 아이패드를 잡아챈다. 그가 할 수 있는 일이라고는 그걸 계단 밑으로 집어 던져 산산조각을 내지 않으려고 필사적으로 참는 것뿐이다. "넌 이제 끝이야."

"제발 그건 가져가지 말아주세요. 제발요."

"내가 경고했니 안 했니?"

월도는 평소보다도 더 작고 창백해 보인다. 얼굴이 푸르스름하고 하얗다. 얼마나 오래 밖에 나가있었던 걸까? 그리고 아이가 집에서 빠져나가는데 어떻게 셍크먼도 앨리스도 알아차리지 못한 걸까? 빌어먹을, 월도는 열한 살도 안 됐다! 어떤 열한 살짜리가 한밤중에 집을 나선단 말인가? 부부 침실에서 나온 앨리스가 계단 꼭대기에 나타난다. 콧잔등에 독서용 안경을 걸친 앨리스의 손에는 소송 의견서 한 뭉치가 들려있다.

"무슨 일이야? 월도?"

월도는 앨리스에게 달려가 몸을 던지고는 고개를 앨리스의 가슴에 파묻는다.

"세상에, 꽁꽁 얼었네!"

앨리스는 셍크먼을 노려본다. 마치 그게 그의 잘못일 수도 있다는 듯이.

"엄마, 아빠한테 스타 워크 가져가지 말라고 해주세요." 월도는 굵은 셔닐 실로 짠 앨리스의 가운에 대고 울음을 터뜨리며 말한다.

"아가, 그건 나중에 얘기하자." 앨리스가 월도의 머리칼을 쓰다듬으며 말한다. "우리 모두 마음 좀 가라앉히고 나서." 앨리스는 항상 월도를 달래면서 코앞의 상황만 개선하려 든다. 하지만 셍크먼은 여러 가지 면에서 생각이 좀 다르다. 셍크먼이 확신하건대 월도는 버릇이 나빠지고 있다. 그저 요즘 아이들이 조금씩 다 그러듯이 나빠지는 게 아니라, 저 애는 정말로 내면이 조금씩 썩어가고 있고, 성격이 좀먹어 들어가고 있다. 부모의 확신 없는 태도 때문이다. 셍크먼은 한 손에 아이패드를 꽉 쥐고는 그 물건을 500달러 가까이 주고 샀다는 걸 스스로에게 상기시킨다.

"얘 밖에 나가있었어, 앨리스."

"그럴 리가."

"직접 물어보지 그래."

앨리스는 월도의 두 어깨를 붙잡고 아이를 가슴에서 떼어낸다. 팔 하나만큼의 거리를 두고 붙든 채 아이의 얼굴을 속속들이 살펴본다. 마치 진실로 향하는 어떤 지도가 거기서 발견될지도 모른다는 듯이.

"월도?"

월도는 눈물을 흘리지 않으려고 눈을 깜빡인다.

"그게 정말이니? 밖에 나갔었어?"

아주 작은 끄덕임.

이제 앨리스는 셍크먼이 대부분의 시간을 보내는 그 위험한 영토로 빠져드는 긴 곤두박질을 시작했다. 그게 셍크먼의 눈에 보인다. 분노가 앨리스를 압도한다. 앨리스는 셍크먼에 비하면 쉽게 화를 내는 성격은 아니지만, 지금은 두려움 때문에 폭발하는 중이다. 앨리스의 양쪽 볼에 새빨간 얼룩이 하나씩 생겨난다.

"저 바깥에서 뭘 하고 있었니?"

"그냥 보고 있었어요……."

"대체 무슨 생각이었던 거야?" 앨리스는 잡고 있던 월도의 두 어깨를 빠르게, 거의 난폭할 정도로 흔든다. "그러면 위험하다는 거 몰라?"

"죄송해요!"

"사과는 그만해!" 셍크먼이 폭발한다. 그는 터져 나온 스스로의 목소리에 놀란다. 그는 앨리스가 이 문제를 알아서 하도록 한동안 놔둘 생각이었다. 이번만큼은 악역을 맡지 않으려고 했다. 하지만 그럴 수가 없다. 아들에 대한 그의 사랑은 엄청나게 크고 강력하다. 월도를 위기로 몰아넣는 게 대체 뭐든 그건 없애버려야 마땅하다. 하지만 월도를 해치고 있는 건 아무래도 월도 자신으로 보이는데, 셍크먼이 뭘 할 수 있을까? 뭘 할 수 있단 말인가?

"넌 외출 금지야!" 셍크먼이 소리친다. 머릿속에서 메아리치는 자기 아버지의 목소리다. 그가 하게 될 거라고는 한 번도 생각해 보지 못했던 말들과 표현들이 이제는 그가 매일 쓰는 어휘의 일부가 되어있다. 왜냐고? 내가 그렇게 말했으니까라든지 이제 내가 하는 말을 들으란 말이야 이 쪼끄만 놈아라든지 청구서를 내는 사람이 나인 한이라든지.

맙소사, 그는 스스로가 싫다.

월도가 어머니에게서 몸을 떼어내더니 자기 방으로 뛰어간다.

그 애가 등 뒤로 문을 너무나 세게 쾅 닫는 바람에 다이닝 룸에 걸린 크리스털유리 샹들리에가 짤랑거린다. 이런 상황에서 듣기엔 기이할 정도로 유쾌한 소리다. 문 안쪽에서 아이가 흐느껴 우는 소리가 들려온다. 아이의 두 주먹이 침대 머리판을 때리고 있다. 셍크먼은 월도가 그럴 능력만 있다면 자기를 당장 죽여버릴 거라는 걸 안다. 그리고 누가 그 애를 탓할 수 있겠는가? 셴크먼이 무너져 내린 마음으로 몸을 돌려 자신의 '남자 동굴'로 돌아가려는데, 앨리스가 그를 쳐다보며 고개를 젓는다. 앨리스의 머리칼은 곱창 모양의 밴드에서 빠져나와 얼굴 위로 부드럽게 드리워져 있다. 셴크먼이 좋아하는 스타일이다. 자기 아내가 예쁘다고 생각하는 게 그렇게나 잘못인가? 월도는 앨리스의 섬세한 이목구비를, 창백하고 도자기 같은 피부를 물려받았다.

"그럴 필요까진 없었잖아." 앨리스가 조용히 말한다.

"그렇게 생각해?" 의도했던 것보다 화난 목소리가 셴크먼의 입에서 튀어나온다. 그에게선 모든 게 화가 난 상태로만 나오는 것 같다. 마치 설정되어 있는 감정이 딱 한 가지밖에 없는 것처럼.

"좀 진정시킬 수도 있었잖아. 그러는 대신에……."

"앨리스, 난 어떻게 진정시켜야 할지 알 수가 없었어. 월도가 밖에서 그 빌어먹을 멍청한 물건을 들고 들어오는 게 보이길래 그냥……."

"참지를 못한 거지." 앨리스가 문장을 대신 완성해 준다.

"그래."

"그리고 이제 당신은 걔를 외출 금지시켰고."

"어, 그래."

"어떻게 걔 외출을 금지시키는데? 피아노 수업을 빠지게 할까? 주짓수도 빠지고? 내일 학교 끝나면 바로 집으로 오라고 해? 텅 빈 집 안에 앉아 벽만 쳐다보고 있으라고? 그렇게 해서 얻는 게 정확히 뭔데?"

셍크먼은 앨리스가 평소보다 더 그에게 화가 나있다는 걸 알아차린다.

"내가 생각이 짧았네." 하지만 그런 다음 그는 태도를 바꾼다. "있지, 그런데 당신도 화를 내긴 했잖아."

"난 소리를 지르진 않았어." 앨리스의 두 눈이, 월도에게 물려준, 속눈썹이 길게 드리워진 그 까만 눈이 셍크먼을 향해 반짝인다. "위협하지도 않았고. 난…… 난폭한 행동은 안 했어."

"나도 난폭한 행동은 안 했거든!" 셍크먼이 소리친다.

앨리스의 두 어깨가 축 처진다. 마치 어딘가에 새는 곳이 생겨나는 바람에 앨리스의 온몸에서 바람이 빠지고 있는 것처럼 보인다.

"그냥 여기까지 하자. 내일 아침에 다시 얘기해."

셍크먼은 앨리스가 자신과 계속 싸워주면 차라리 나을 것 같다. 하지만 앨리스는 변호사답게도 언제나 손해가 더 나기 전에 손을 뗀다.

"앨리스, 난……."

하지만 앨리스는 벌써 위층으로 다시 올라가 월도의 방으로 가고 있다. 틀림없이 월도에게 바싹 붙어 눈물을 닦아주고는 모종의 흥정을 할 테지. 앨리스는 월도에게 아버지는 너를 사랑한다고, 아버지가 한 말은 진심이 아니라고 말해줄 것이다. 당연히 스타 워크는 다시 가지고 놀아도 된다고. 당연히 외출 금지도 아니라고.

셍크먼은 체육실로 돌아간다. 다시 운동을 하려는 건 아니다. 그럴까 하는 생각이 머릿속에 스치기는 하지만 말이다. 그는 매트

위에 편안히 앉아 두 다리를 쭉 뻗은 다음 두 손으로 발가락을 잡아보려고 애를 쓴다. 근육들이 꽉꽉 뭉쳐있다. 등 아래쪽이 아프고, 날카로운 통증 한 줄기가 오른쪽 엉덩이 바깥쪽을 타고 내려간다. 그게 좌골신경통이 아니기를 필사적으로 바랄 뿐이다. 마흔두 살에 아직도 열여덟 살짜리처럼 노를 젓다니. 대체 자기가 뭐라고 생각하는 걸까? 중년 남자, 그게 그다. 혹시라도 그걸 잊었을까 봐 몸이 알려주고 있는 것이다.

빨래 바구니 맨 꼭대기에서 아이패드가 땡 소리를 낸다. 그는 아직도 그 물건에 익숙하지 않다. 그걸 사느라 쓴 돈을 정당화할 유일한 방법은 윌도와 함께 쓰는 것이었는데, 그것도 이젠 끝이다. 솅크먼은 손을 뻗어 아이패드를 집은 다음 스크롤해 내린다. 여남은 개의 메시지가 와있다. 전부 사무실에서 온 것들이다. 닛케이 지수가 하락해 개장했다. 와인 업체들, 골프 리조트들에서 온 스팸 메시지들. 신용카드를 만들라는 제안들. 이름을 들어도 누군지 기억나지 않는 어느 상원의원이 98세의 나이로 사망했다는 뉴스 속보. 그리고 그 다음엔, 여기 있다, 린드그렌에게서 온 메시지가. 제목란에는 요, 친구!라고 적혀있다.

맙소사, 진짜? 솅크먼은 지난 20년 동안 린드그렌에게 무슨 일이 있었는지 전혀 알지 못한다. 그 친구가 그를 8분의 1초 차이로 이길 만큼 몸 관리를 열심히 했다는 것 빼고는 말이다. 로프로가 아니었더라면 린드그렌은 솅크먼의 머릿속에 떠오르지조차 않았을 것이다. 솅크먼이 처음으로 경주를 하려고 접속했을 때부터 게시판에는 린드그렌의 이름이 떠있었다. 꼭 그들이 둘 다 위니페소키 호수로 돌아가 메러디스 베이 코스를 노 저어 가고 있기라도 한 것처럼.

린드그렌은 솅크먼 앞에 앉아있었고, 그들의 움직임은 마치 발레단처럼 정확하고 가지런했다. 린드그렌. 밀색 머리칼이 바람에 마구 나부끼던 그 친구.

어케지내냐? 이메일 본문은 그랬다. 그게 다였다. 딱 한 마디. 어케지내냐. 너야말로 '어케지내냐', 린드그렌? 그건 분명 동문 소식 게시판에 이런 내용 몇 줄과 함께 올라오는 근황 같은 건 아니었다. 잭 린드그렌과 그의 사랑스러운 아내 멀린다는 최근 세 번째 아이이자 아들인 '칩'을 반갑게 맞이했다. 린드그렌 부부는 맨해튼과 뉴포트를 오가며 생활하고 있고, 그곳에서 [이 개떡같은 빈칸은 알아서 채우시길] 일하며 보람찬 커리어를 이어가고 있다.

솅크먼의 엄지손가락이 '삭제' 아이콘 위에서 맴을 돈다. 그는 정말로 그곳으로 돌아가고 싶은 걸까? 린드그렌과 엮이기 위해서? 대학 시절 그들은 언제까지나 서로를 알고 지낼 것 같았지만, 사실 그들에겐 그때도 공통점이라곤 전혀 없었다. 그들을 각각 대학 조정팀의 2번과 3번 자리에 앉혀준 매우 특수한 운동 능력만 빼고는. 린드그렌과 다시 연락을 취한다면 솅크먼은 그에게 자기가 살아온 삶에 관해 이야기해야 할 것이다. 지난 20년 동안을 설명해야 할 것이다. 어케지내냐. 학교를 졸업, 했고. 굳이 언급할 정도는 못 되는 영향력을 지닌 커리어, 있고. 그 와중에 아무래도 어디선가 방향을 잘못 틀어버린 것 같다는 뚜렷한 감각, 있고. 최근에 항우울제를 복용하기 시작한 사랑스러운 아내, 있고. 그가 감당하기엔 살짝 힘에 부치는 교외의 집, 있고, 하지만 그것보다도, 그것보다도, 잘생기고, 복잡하고, 민감하고, 사람 울화통 터뜨리는 데 일가견이 있고, 명석하고, 꿈속에서 살고, 테러를 유발하는 아들내미 한 명, 있지.

그가 그 물건의 전원을 ㄲ자 린드그렌도 꺼져버린다.

세라

세라는 휴대폰으로 게임을 하는 중이다. 속도를 높여놓은 스크래블* 같은 게임이다. L-I-E(거짓말)가 L-I-E-S(거짓말들)가 된다. 세라가 N을 발견하자 단어는 L-I-N-E-S(선들)로 변한다. 생각을 멈춰준다면 뭐든 좋다. 만약 세라가 휴대용 술병을 가지고 다니는 사람이었다면(그런데 세라가 휴대용 술병을 가지고 다니는 사람이 될 일이 있을까?) 그걸 열어 한두 모금쯤 마셨을 것이다. 비행기에서 마신 와인은 불쾌할 정도로 말짱한 정신만 남겨놓고 다 날아가 버린 뒤다. 모자를 쓴 운전사의 두 손은 정확히 운전대의 10시와 2시 방향에 각각 놓여있다. 그는 지금껏 세라에게 한 마디도 말을 걸지 않았다. 아마 세라의 조수가 차량 서비스를 예약할 때 VIP로 표시해달라고 한 모양이었다.

S-E-E-M(보이다). S-E-E-R(보는 사람). S-E-E-I-N-G(보는 일). 세라의 휴대폰이 울린다. 단어 게임이 떠있던 화면에

---

* 철자가 적힌 플라스틱 조각들로 하는 글자 만들기 게임의 일종.

피터의 사진 한 장이 뜬다. 이른 아침에 해변에서 찍은 사진이다. 피터는 웨트슈트를 입고 자신의 서핑보드에 몸을 기대고 있다. 말리부의 이른 아침에 파도는 훌륭한 평형장치가 된다. 오스카상을 받은 감독이든, 힘 있는 에이전트든, 실직 중인 시나리오 작가든 파도는 상관하지 않는다. 그냥 그들 가운데 누구든 보자마자 넘어뜨릴 것이다.

"응." 세라가 전화를 받는다.

"전부 순조롭게 잘 돼가고 있어?" 피터는 자기 차 스피커폰으로 통화하고 있다.

"거의."

"지금 어디야?"

"막 어빙턴을 지나는 중이야."

"거의 다 왔네."

피터는 잠깐 동안 침묵한다. 차들 때문에 정신이 없는 걸까? 그는 아까 오후에 피칭 회의를 하고 온 터다. 세라는 회의 결과를 물어볼지 말지 곰곰이 생각한다. 피터의 목소리에서 낙천적인 기색을 느껴보지 못한 지도 오래된 데다, 지금 세라는 그 낙담을, 쓰라림을, 그 하소연을 듣는다는 게 그저 내키지 않는다. 지난번에 세라가 물어봤을 때 피터가 꺼낸 말은 이런 것이었다. 아마 자기가 피칭에 초청받은 유일한 이유는 세라의 남편이어서였을 거라고.

"나, 당신하고 같이 있어야 될 것 같아." 피터가 말한다.

세라가 두 눈을 감는다.

"알아."

"세라, 나 지금 기분이 너무 안 좋아. 당신이 하루 전에만 알려 줬어도 어떻게 일정을 좀 바꿔볼 수 있었을 텐데."

"알아." 세라가 다시 한번 말한다. 자기 귀에도 딱딱하게 들리는 목소리다. 왜 피터한테 벌을 주고 있는 걸까? 피터가 하는 말들은 완벽하게 이치에 맞는 이야기인데. 세라는 전날 밤 늦은 시각이 되어서야 비행기 티켓을 샀다. 제값을 다 주고 비즈니스 클래스로. 정말이지 완전히 미친 짓이었다. 하지만 마지막 순간까지 주저하다 보면 그렇게 된다. 돈을 너무 많이 쓰게 될 뿐 아니라 아이들과 멀어지게 되고, 남편에게는 죄책감과 쓸모없는 사람이 된 것 같은 기분을 안겨주게 되는 것이다. 죄책감을 느껴야 하는 사람은 세라다. 실제로 느끼고 있기도 하다.

세라는 심호흡을 하고는 분별 있는 척해보려고 애를 쓴다. "내가 충동적으로 굴었다는 거 알아, 피터."

충동적으로. 하. 바움 박사라면 흥미로운 단어 선택이라고 할 것 같다. 최근 들어 상담에서 많이 나오고 있는 말이다. 이런 충동적인 행동의 근원을 캐볼 필요가 있어요라든지. 이런 충동들 때문에 문제가 생길 겁니다라든지.

"솔직히, 내가 여기 꼭 와야 하는 건 아니라고 생각했어." 세라는 서둘러 말을 잇는다. "그랬는데, 아빠가 떠올랐어. 이 모든 걸 아빠 혼자 하고 계실 거 아냐. 그리고 테오는 그냥 걸음을 할 수가 없고……"

잠깐만. 속죄일에 세라는 동생을 안 좋게 말하지 않겠다고 맹세하지 않았던가. 라숀 하라*, 그건 유대교 율법에 따르면 가장 중대한 두 가지 죄 가운데 하나다. 다른 하나는 살인이다. 누군가의 험담을 하는 건 일종의 살인 아닌가? 그렇게 꼬치꼬치 따지는 건 세라 자신부터가 견딜 수 없는 일이었다.

운전사는 포플러 스트리트에서 좌회전한 다음 디비전 스트리트에서 우회전한다. 하지만 세라는 이런 것에 준비돼 있지 않다. 길모퉁이 감청색 우체통 곁 가로등의 각도에도, 갈퀴질해 길가를 따라 무더기로 쌓아놓은 가을의 마지막 낙엽들에 자동차 타이어가 닿으며 나는 바스락하는 대서양 연안다운 소리에도, 헬러 가족의 집(지금 거기 사는 사람이 누구든 그 집은 세라에겐 언제나 헬러 가족의 집일 것이다) 현관문에 걸려있는 리스에서 반짝이는 하얀 조명들에도. 그리고 저 빌어먹을 나무도 있다. 세라는 그 나무를 재빨리 슬쩍 곁눈질한다. 마치 오래 쳐다봤다가는 눈이 멀기라도 할 것처럼. 세라는 무슨 생각을 했던 걸까? 무언가가 변했을 거라고? 아니, 어쩌면 세라 자신이 변했을 거라고?

피터가 뭐라고 말하고 있다.

"세라? 아무래도 난―" 연결이 끊어지려 한다. 피터는 멀홀랜드에 있는 수신 불량 지대에 도달한 모양이다.

운전사가 속도를 늦추더니 차를 세운다. "다 왔습니다, 손님."

"잠시만 기다려주세요."

세라는 핸드백을 뒤져 콤팩트를 꺼낸 다음 5센티미터 크기의

---

* 히브리어로 '사악한 혀' 곧 험담을 뜻한다.

거울에 비친 자신의 얼굴을 바라본다. 차 안, 머리 위에 달린 조명을 받으며 보니 세라의 피부는 얼룩덜룩하고, 두 눈은 흐릿하다. 두 눈썹 사이에는 여드름이 올라오고 있다. 주름뿐 아니라 뾰루지들까지 생겨났다. 40대가 되면 생기는, 세라가 전에는 알지 못했던 일들의 목록. 정말이지 안내서가 있어야 한다. 『어떤 일들을 겪게 될까―유아기편』에 나오는 문장들 비슷하게 쓰인 안내서가. 40대가 된 여자가 할 수 있어야 하는 일들은 다음과 같습니다. 제대로 된 코코뱅* 만들기, 수표책 결산하기, 살림 꾸려나가기. 할 수 있을지도 모르는 일로는 '밤에 앰비엔**이라는 경이로운 약 없이 잠들기'가 있습니다. 심지어 이런 것도 할 수 있을지 모른다! 하는 일로는 '성관계에서 즐거움 느끼기'가 있습니다. 반드시 남편하고의 성관계는 아닐 수도 있지만요.

세라는 엔진이 공회전하는 차 안에 가만히 앉아 닫힌 창문 너머로 어린 시절에 살았던 집을 바라본다. 현관 조명이 켜져있다. 마치 세라의 아버지가 누군가 올 거라고 기대하고 있기라도 한 것처럼. 아버지는 바깥에 멈춰 선 차 안에 세라가 있다는 걸 전혀 모르지만 말이다. 고리버들로 만든 2인용 안락의자와 다른 의자 두 개가 널찍한 집 앞 계단에 길고 거대한 그림자를 드리우고 있다. 어머니가 여기 계셨더라면 가구들에는 덮개가 씌워져 있었을 것이고, 겨울에 대비해 맞춤 제작한 방수포가 그것들을 보호해 주고 있었

* 닭고기를 볶은 다음 포도주를 넣고 찐 요리.
** 불면증 치료제인 졸피뎀의 상표명.

59

을 것이다. 집은 좀 낡아 보이고, 페인트칠이 몹시 필요해 보인다. 문 위쪽에 붙은 번지수 '18'에서 철로 된 검은색 숫자 '1'은 비뚜름하게 달려있다. 앞쪽 덧문 하나는 없어졌고, 창가의 화단들에는 시든 제라늄에서 떨어진 갈색 껍질이 가득하다. 몇 블록 가면 나오는 허드슨강에서 동쪽으로 불어오는 강한 바람이 할 일을 제대로 해낸 것 같다. 이렇게 습한 공기라니. 세라는 차 문을 열기도 전에 그걸 느낀다.

휴대폰이 다시 울린다. 세라는 피터일 거라 생각하지만 화면에는 발신자 정보 없음이라는 글자가 뜬다.

"지금 통화하기 좀 곤란해."

"어디야? 한 시간 기다렸어."

"나 뉴욕에 있어."

긴 침묵.

"뭐라고 말 좀 해야 되는 거 아니야?"

"무슨 말?"

"이를테면 미안하다거나, 네가 나한테 미리 알려줬어야 했다거나? 내가 이놈의 바에서 존나 무슨 얼간이같이 앉아있지 않아도 되도록 말이야."

"미안해." 세라가 말한다.

"있지, 별로 미안해하는 것처럼 안 들려. 근데 한마디만 할게. 그게 가능할 거라고 생각하나 본데—,"

세라는 통화를 종료하고 벨소리를 무음으로 돌려버린다.

그런 다음 보도 위로 올라가 2층을 빤히 올려다본다. 부모님 침실에 불이 켜져있다. 이가 딱딱 맞부딪친다. 세라는 얇은 캐시미어 코트의 칼라를 목 주위로 끌어당긴다. 아버지에게 온다고 알렸어야 했지만 그럴 수가 없었다. 마음이 바뀔지도 모른다는 생각이 계속 들어서였다. 로스앤젤레스 국제공항의 출발 시각 표시판에서 타게 될 비행기를 찾아보던 세라는 눈을 감고 아무 데나 찍어 그곳을 목적지로 정하고 싶은 욕망에 하마터면 압도될 뻔했다. 마드리드. 아카풀코. 투손. 그렇게 할 수도 있었을 것이다. 신용카드와 여권은 있었으니까. 자, 이제 어쩐담? 현관 벨을 누를까? 문을 두드릴까? 도어매트를 접어 올린 다음 여기저기 더듬어서 여분의 열쇠를 찾아볼까?

세라는 자기가 안으로 들어가기를 운전사가 기다리고 있다는 걸 깨닫는다.

"정말 괜찮아요." 세라가 말한다. "잠깐 좀 걸으려고요."

운전사가 자신 없는 표정으로 세라를 쳐다본다. 살짝 비틀거리는 데다 떨고 있는 이 VIP 고객을 교외의 연석 위에 세워놓고 가도 되는 걸까?

세라는 마음을 단단히 먹는다. 운전사의 눈을 들여다본다. "정말." 세라는 다시 한번 말한다. "괜찮다고요."

차가 움직이기 시작하고, 두 개의 미등이 천천히 멀어져 간다. 세라는 길 건너편을 바라본다. 옛날에 조니 플랫이 살던 집. 지금 누가 사는지는 모르겠다. 그 집에는 조명이 하나 켜져있다. 옛날에 조니가 쓰던 방이다. 세라는 그냥 그 블록을 한 바퀴 돌아보자고 스스로에게 약속한다. 그거면 된다. 게다가 그것보다 오래 있기에는 바깥이 너무 춥다. 세라는 실용성과는 거리가 먼 힐을 신은 발로 울퉁불퉁한 보도 위를 걸어간다. 세라가 바로 이 콘크리트 보도 위에서 사방치기를 하는 꼬마였던 시절로부터 족히 30년도 넘게 지났다(세라는 너무나 말도 안 되는 이 사실을 얼른 머릿속에 도로 접어 넣는다). 바로 여기, 겔프먼 가족의 집 앞에서 수전 스턴이 자전거를 타다 허공으로 날아가는 바람에 발목이 부러졌다. 노아 캔트로위츠는 바르 미츠바를 치른 다음 달에 진달래 덤불 속에 토했다. 민츠 가족의 소유지를 둘러싸고 있는 저 쥐똥나무 울타리를 세라는 평생 몇천 번쯤이나 지나다녔던 걸까? (상상이 가니? 아발론에서 쥐똥나무 울타리라니. 세라의 어머니는 그렇게 콧방귀를 뀌었었다.) 마침내 노스엘름 스트리트에 있는 신호등 불빛을 보고 혼자 길을 건널 수 있을 만큼 자라난 세라는 매일 이 길을 따라 학교에 갔다. 테오를 뒤에 데리고서.

나 좀 기다려줘!

빨리 좀 걸어!

빨리 못 걷겠어. 책들이 너무 무거워.

내가 알 바 아니잖아.

세상에, 세라는 형편없는 누나였다. 지금도 형편없는 누나다.

나뭇잎 하나가 길 건너편으로 경쾌하게 미끄러져 가더니 배수구 뚜껑에 걸린다. 밤의 이 시간대에는 차들도 없다. 세라는 길모퉁이를 돈다. 준비가 됐든 안 됐든. 심호흡을 하려고 애를 쓴다. 생각했던 것보다도 춥다. 집 앞길을 걸어 올라가는 세라의 힐이 선명하게 또각거린다. 활력 없는 교외 지역의 고요함 한가운데, 나뭇가지들이 바스락대는 소리 속에서 듣기에는 부자연스러운 소리다. 조니 플랫이 쓰던 방의 불은 꺼져있다. 이제 유일하게 안 자고 남아있는 올빼미 같은 사람은—

"월도?"

아버지의 목소리가 어디선지 모르게 들려와 세라는 깜짝 놀란다. 한 걸음 뒤로 물러난다. 헐거운 돌에 발이 걸려 하마터면 넘어질 뻔한다. 세라는 돌아선다.

"월도!" 다시 아버지의 목소리다. "너니?"

세라는 소리가 위층에서 들려온다는 걸 깨닫는다.

"거기 누구요?" 세라의 아버지 목소리가 겁에 질려있다. "월도, 장난치지 마라. 혹시 그런 거면 말하는 게 좋을 거야……."

2층 부모님 침실의 창문이 열려있다. 세라는 집 앞 잔디밭에 쏟아지는 환한 조명에 눈이 부셔 두 눈을 찡그린 채 올려다본다.

길고 아득한 침묵이 흐른다. 세라가 정말로 분간할 수 있는 거라곤 희끗희끗한 머리칼이 사방으로 펼쳐진 아버지 머리의 윤곽선이 전부다.

미미? 그 이름은 간신히 속삭이는 소리로 들려온다. 그래도 아버지가 소리를 질렀더라면 더 나았을 것 같다. 아, 안돼. 설마 아버지가 나를……? 제발 아니었으면.

"아빠, 저예요." 세라가 재빨리 말한다. "세라예요. 방금 비행기 타고 날아왔어요."

창문이 스르르 내려가더니, 채 1분도 안 되어 현관문이 활짝 열리고, 거기 그가, 벤저민 월프가 서있다. 커다랗고 낡은 플란넬 목욕 가운을 입고, 아주 오래된 털 달린 모카신을 신고, 세라가 중학교 때 코바늘로 떠서 목에 둘러주었던 목도리를 하고.

"우리 귀여운 세라."

아버지가 세라를 향해 두 팔을 내민다. 성큼성큼 세 걸음을 걸어간 세라는 벤의 품 안으로 거의 무너지다시피 한다. 아버지의 목욕 가운이 뺨에 부드럽게 와 닿는다. 아버지가 파이프 담배를 끊은 지 10년은 됐을 텐데도 세라는 희미한 블랙 캐번디시 담배 냄새를 알아차린다. 세라가 할 수 있는 일이라고는 울지 않으려고 꾹 참는 것밖에 없다. 아버지의 손이 세라의 뒤통수를 쓰다듬는다. 마치 시간이 전혀 흐르지 않은 것만 같다. 조금도. 그 순간, 세라는 멍청하기 짝이 없는 연애 사건 한복판에 놓인 마흔두 살 먹은 여자가 아니다. 막 시작된 숙취와 싸우고 있지도 않다. 세라가 노인이 된 아버지를 끌어안고 어린 시절에 살았던 집의 문간에 서있는 잠깐 동안, 그들을 둘러싼 분위기는 특별해지고 밝아진다. 세라는 다시 한번 소녀가 되고, 아버지는 전성기 때의 그 남자로 돌아간다. 너무도 잘생기고, 너무도 유능하고, 사람들이 믿고 목숨을 맡길 만한 그런 남자로. 아주 훌륭한 의사로(그것이 모두가 벤저민 윌프를 가리켜 항상 하던 말이었다. 그러다 사람들은 그렇게 말하기를 그만두었고, 그의 이름이 언급된 뒤에는 온통 길고 어색한 침묵만 뒤따르게 됐지만 말이다). 지금, 그들은 오랜 부부처럼 함께 몸을 흔들며 춤을 추고 있다. 두 눈을 감은 채 블랙 캐번디시 담배 냄새를 맡으며, 세라는 거의 상상할 수 있을 것만 같다. 그들은 예전과 똑같이 아름다운 젊은 가족이고, 그들의 인생 전체는 그들이 와서 살아주기를 기다리며 눈앞에 놓여있다고.

"세라." 아버지가 세라의 몽상을 깨뜨린다. "대체 여기서 뭘 하고 있는 거니?" 그는 세라를 안으로 데리고 들어간다. 현관 홀은 상자들로 꽉 차있다.

세라는 노란 샹들리에 불빛 속에서 아버지를 바라본다. 함께 샌타바버라로 긴 주말 연휴를 지내러 갔던 지난 노동절 이후로 겨우 몇 달이 지났을 뿐인데, 벤저민은 나이가 10년은 더 든 것 같다. 양쪽 눈 밑에 주름진 채 늘어진 살이 무거워 보인다. 처진 입꼬리에는 주름이 자리를 잡아버려서 미소조차 애를 써야 겨우 지을 수 있는 것 같다.

"도와드리려고 왔어요." 세라가 말한다.

아버지의 두 눈이 깜빡이더니 잠깐 동안 먼 곳을 향한다. 그럴 만도 하다. 아버지는 그 이야기를 소리 내 하기에는 너무도 사려 깊고 점잖은 사람인 것이다. 테이프로 봉해져 단정하게 꼬리표가 붙은 뒤 천장까지 쌓여있는 이 수십 개의 상자들은 아버지 혼자서 포장한 것이다. 세라는 집 안 구석구석, 이 방 저 방을 돌아다니는 아버지의 이미지를 밀어내 치워버린다. 그대로 둘 것들은? 따로 저장해 둘 것들은? 세라의 눈에 들어오는, 거실에 쌓인 커다란 쓰레기봉투들 속에 던져 넣을 것들은? 이제 남아있는 할 일은 없다. 실제로 떠나는 행위말고는. 아버지는 그 행위에 있어서는 아무 도움도 필요 없었을지도 모른다. 이제야 세라의 머릿속에 떠오르는 생각은, 아버지는 사실 누군가 와주기를 전혀 바라지 않았을지도 모른다는 것이다.

세라는 눈앞으로 한 손을 들어 올려 흔든다. "죄송해요." 세라가 말한다. "테오하고 제가 미리—,"

"너희는 날 돌봐주지 않아도 된다." 아버지는 말한다. "그리고 어쨌거나, 내가 어디 굉장히 멀리로 가는 것도 아니고 말이야."

아버지는 세라가 그 말에 이의를 제기하는지 보려고 힐끗 쳐다 본다. 그래, 순전히 거리로만 따지면 먼 곳은 아니지. 그냥 네 블록 만 가면 된다. 노스엘름 스트리트 바로 맞은편이다. 하지만 아버지 가 가는 곳은 몇 광년이나 떨어져 있는 곳이기도 하고, 그들 둘 다 그 사실을 알고 있다. 세라는 아무 말도 하지 않는다. 무슨 말을 할 수 있겠는가? 적어도 아버지랑 어머니는 같은 지붕 아래서 다시 함 께 지내시게 되겠네요라고 할까?

"이리 오렴, 애야. 우리가 마실 차가 아직 있는지 좀 보자."

지금 이 순간 세라가 가장 원하지 않는 게 있다면 차일 것이다. 캐모마일과 꿀이 주는 위안 정도로는 어림도 없는 상태니까. 세라 는 벤을 따라 복도를 걸어간다. 애초에 좁았지만 이제는 거의 지나 갈 수 없을 지경이 된 복도를 지나 주방으로 들어간다. 청바지 앞주 머니에서 휴대폰이 진동한다. 골반뼈에 닿은 채 울리고 또 울린다. 아버지에게 진짜로 마실 만한 걸 좀 달라고 부탁해도 될까? 수치심 대 갈망의 대결이 펼쳐진다. 이런 심사숙고에는 익숙하다. 어느 쪽 이 승리를 거둘지 세라는 알 수가 없다. 아니, 사실 그건 거짓말이 다. 승리하는 건 갈망이다. 매번 갈망이 수치심을 이긴다.

세라는 최대한 아무렇지 않게 들리도록 목소리를 조절한다.

"혹시 수납장에 있던 술들도 상자에 담으셨어요, 아빠? 자기 전에 한잔해도 될 것 같은데."

"운이 좋구나." 아버지는 조금도 주저없이 말한다. 그러고는 식품 저장실의 물건들을 넣어둔 열린 상자에서 몸을 돌리더니, 주방을 가로질러 뒷문 옆에 있는 또 하나의 상자를 향해 간다. "술은 전부 정원사한테 주고 갈 생각이었는데 말이야." 아버지는 칼로 테이프를 뜯어 열더니 한 10년쯤은 손대지 않은 것 같은 먼지투성이 브랜디 병 하나를 끄집어낸다.

벤은 의자에 놓인 행주 한 무더기를 치우고는 세라에게 앉으라고 손짓한다. 그런 다음 식기 건조대에서 주스 잔을 하나만 꺼내 와서는 세라에게 술을 한 잔 가득 부어준다. 그는 의자 곁으로 커다란 나무 상자 하나를 끌고 오더니 거기 앉는다. 그가 무릎을 쓰다듬어주는 동안 세라는 술을 들이켠다. 브랜디 한 모금으로 적절해 보였으면 싶은 양을.

"네가 옛날에 쓰던 침대에는 유감스럽게도 시트가 없는 것 같구나." 아버지가 말한다.

"옷을 입고 자면 되죠 뭐."

"온다고 미리 말해줬더라면 좋았잖니."

"마지막 순간에 결정한 거라서요."

아버지는 고개를 끄덕인다.

"아까는 네 동생이 전화를 했더구나."

다행이다. 그 애가 적어도 기억은 한 모양이네.

"며칠 있다가 이번 주 안에 들르겠다고 하더라. 내 생각엔 이게 그냥 너무 힘든 일이었던 것 같구나." 벤은 말한다.

이제 세라가 고개를 끄덕일 차례다. 그러고는 한 모금 더 마실 차례다. 너무 힘든 일. 너무 힘든 일이라니, 그건 무슨 뜻일까? 빌어먹을 휴대폰이 또다시 울린다. 부재중 전화 일곱 통이 와있다. 그럴 것 같았다. 세라는 섹스할 수도 있었던 모든 남자 가운데서(잘난 척하는 건 아니지만, 솔직히 말해 그런 남자들이 상당수 있긴 했다) 바움 박사 말로는 뭐라더라…… 불안정한? 그런 사람을 선택할 수밖에 없었다. 이제 피터가 그 일을 알아내는 건 피할 수 없게 된 것 같다. 딸들이 세라를 경멸하게 되는 것도. 그 애들은 이 일에 따라올 게 분명한 지저분한 이혼 과정에서 자기들 아빠 편을 들 것이다.

세라의 시선이 텅 빈 주방 벽에 가닿는다. 가족 일정표가 있던 곳이다. 미미는 '포터리 반'에서 산 칠판에 쳐진 칸들에 가족의 삶을 정리했다. 벤의 칸에는 구역 위원회 회의와 병원에서 열리는 만찬회 겸 댄스파티(턱시도 깨끗한지 확인!)에 관한 메모들이 있었다. 테오의 칸은 온통 과외에 관한 메모로 가득했다. 그 애가 결국 브루클린에서 가장 힙한 식당 중 한 군데를(세라는 온라인으로 모든 리뷰를 읽었다) 열게 될 거라는 사실을 알았더라면, 그들은 그 애의 숙제에 필요한 도움에 관해 조금은 마음 편하게 생각했을지도 모른다. 그리고 세라의 칸에 있는 건 온통 사람들과 어울리는 것과 관계된 일들이었다. 토요일 에이미네 집에서 외박 파티. 로렌 16세 생일 겸 성인식. 일요일 오후가 되면 미미는 언제나 지우개를 작은 원 모양으로 솜씨 좋게 돌려가며 칠판을 닦아내곤 했다. 한 주의 일들이 사라져 먼지가 되는 걸, 아직 채워지지 않은 미래가 있다는 걸 지켜보는 일에는 어딘가 만족스러운 구석이 있었다.

* * *

벤은 금으로 때운 충치들이 보이도록 입을 크게 벌려 하품을 하고 있다. 완전히 지쳐버린 게 틀림없다. 세라에게는 아직 이르게 느껴지지만 여기서는 자정이 다 된 시각이다. 세라는 아버지가 잠자리에 들고 나면 브랜디를 한잔 더 마실 수 있을지 궁금하다.

"이런, 예의 없게." 벤이 말한다.

"아니에요, 아빠."

"7시 정각에 이삿짐센터 사람들이 올 거야." 벤은 말한다. "어떻게, 오늘 밤은 네가 알아서 잘 보낼 수 있겠니? 냉장고에 아직 크래커랑 치즈가 조금 남아있다. 텔레비전 연결도 안 끊었고."

"아빠?"

말을 하려던 건 아니었다. 세라는 숨을 깊이 들이마시고 산소를 뇌로 보내면서 머릿속을 비우려고 애를 쓴다. 하고 싶은 말보다 많은 말이 쏟아지기 직전이다. 내일이면 후회할 말들이. 아버지에게 자기 인생 이야기를 좀 하고 싶지만, 그건 너무나도 이기적인 일이 될 것이다. 그렇잖은가? 나이가 들수록 세라는 점점 더 혼자라는 느낌이 든다. 세라가 그동안 자기 인생을 가지고 어떤 개판을 쳤든 그건 아버지가 신경 쓸 일이 아니다. 특히 지금 같은 순간에는.

"너 괜찮니, 세라?" 벤이 갑작스레 집중하는 얼굴을 한다. 세라가 기억하는 표정이다. 의사 벤. 친절하고 세심한 동시에 레이저처

69

럼 날카로운 사람.

"전 괜찮아요, 아빠."

"하나도 안 괜찮아 보이는데."

세라의 골반께에서 휴대폰이 다시 진동한다.

"아 진짜!"

"응? 왜 그러니? 이런, 세라, 너 혹시 무슨……."

세라는 마음을 가다듬으려고 애를 쓴다. 아버지의 속을 뒤집어
놓으려고 나라 반대쪽에 있는 여기까지 날아온 게 아니다. 세라가
여기 온 건 도움이 되기 위해서였다. 착한 딸이 되어보겠다고. 단
한 가지라도 옳은 일이란 걸 좀 해보겠다고.

"아니, 아니에요. 아무것도 아니에요."

"아무것도 아닌 게 아니라는 걸 누가 봐도 알겠는데."

"갱년기라서 그래요……. 제가 요즘 좀 감상적이 되곤 해요." 세
라는 예의 그 조심스러운 미소를 지어 보인다. 잘나가는 프로듀서
다운 레드카펫용 미소를. "제발 제 걱정은 하지 말아주세요. 전 아
주 좋아요."

잠깐 동안 한없는 슬픔이 벤의 얼굴을 가로질러 간다. 마치 그
림자가 지나가듯이. 그러더니 그의 이목구비는 다시금 신중하고
차분한 모습으로 정돈된다. 그 아버지에 그 딸이다. 그들은 끝까지
씩씩하게 나아갈 것이다.

"알았다, 그럼. 정말이지?"

세라는 뭐라고 말을 할 만큼 스스로를 신뢰할 수가 없다.

"혹시라도 뭔가 이야기를 하고 싶으면, 내가 여기 있단다."

세라의 두 눈이 시큰해진다. 아버지가 바로 저 말을 하는 걸 평생 동안 얼마나 많이 들어왔던가?

그리고 그 말은 사실이었다. 아버지는 언제나 시간을 내줄 수 있는 사람이었다. 판단하지 않고 귀 기울여 줄 준비가 되어있는 사람. 아버지가 이렇게 견실한 사람이어서 세라는 가끔씩 외로워지기도 했었다.

벤이 자리에서 일어나 기지개를 켜자 벌어진 목욕 가운 틈으로 숱 많고 하얀 가슴털이 보인다.

"잘 자렴, 얘야. 먼저 자리를 떠야 해서 미안하구나."

"제가 위층까지 데려다드릴게요." 세라가 말한다.

그들은 상자들이 줄지어 놓인 좁은 복도를 한 줄로 걸어간다. 벤은 40년 동안 매일 밤 그랬듯 바깥의 조명을 끈다. 세라가 아버지의 팔을 붙잡고 위층으로 올라가는 동안 아버지는 그 시절을 떠올릴까? 조그만 두 다리를 신나게 차대는 세라를 등에 업고 다니던 그 시절을? 테오의 닫힌 방문 밑으로 레드 제플린의 음악과 함께 새어 나오던 불빛을? 아니면 이제는 텅 비어버린 이 벽에 줄지어 붙어있던 가족사진들을 떠올릴까? 미미는 유치원부터 고등학교까지 세라와 테오의 학년별 독사진 전부를 액자에 넣어 걸어두었다. 계단을 올라가면서 마치 저속 촬영된 사진을 지켜보는 것 같은 느낌을 받을 수 있도록. 계단을 한 칸 올라갈 때마다 그들은 나이를 먹었다. 빠진 이, 어색한 사춘기, 졸업 가운.

벤은 계단 꼭대기에서 잠시 멈춰 선다. 마치 어느 쪽으로 돌아야 할지 자신이 없는 것 같다. 침실들은 깨끗이 비워져 있고, 바닥에는 옷이 걸려있지 않은 옷걸이들이, 여러 롤의 포장용 테이프가, 납작하게 접어놓은 판지 상자들이 흩어져 있다. 가장 큰 침실 한가운데 놓인 얼룩진 매트리스와 박스 스프링을 보자 세라는 숨이 턱 막히는 것 같다. 그것들은 노인들의 벌거벗은 몸처럼 외설적이고 거의 기괴해 보이기까지 한다. 마치 세라가 자라난 이 집이 하나의 정교한 무대장치에 지나지 않았던 것만 같다. 이제 연극은 끝났다. 리뷰들도 들어왔다. 무대장치 전체가 철거되고 있다.

그들은 무대를 철거하고 있다. 철거라니, 난폭한 말이다.

아버지가 한숨을 쉬더니 어린애에게 하듯 세라의 머리칼을 헝클어뜨린다. "아침에 보자." 아버지가 말한다.

세라는 얼룩진 매트리스로 느릿느릿 걸어가는 아버지를 그 자리에 선 채 지켜본다. 당장 아래층으로 내려가 브랜디를 조금 더 잔에 부어야겠다. 그러고는 상자에 담긴 가족의 삶, 그 잔여물들 사이에 한동안 앉아있게 되겠지. 세라는 유령을 믿지 않지만, 지금 그들은 온통 유령들에게 둘러싸여 있다. 그들보다 앞서 이 집을 소유했던 사람들, 그 사람들보다 앞서 존재했던 소유주들, 그리고 20세기초 디비전 스트리트 18번지에 이 집을 지은 사람들. 세라는 그들 모두가 여기 있다고 믿어야만 한다. 그들이 지울 수 없는 흔적을 남겨놓았다고. 그들의 모든 기쁨과 슬픔, 성공과 실책, 희망과 절망은 언제나 그랬던 것처럼 지금도 여전히 살아있다고. 누구도 정말로, 완전히 떠나버리는 건 아니라고.

테오

어떻게인지는 몰라도, 새로 온 부주방장이 루*를 망쳐놓는 데 성공했다. 아니, 그보다는 새로 왔던 '전직' 부주방장이라고 하는 게 낫겠다. 루를 망쳐놓을 수 있는 인간을 신뢰할 수는 없으니까 말이다. 그럼에도 테오는 그런 식으로 이성을 잃어서는 안 됐다. 그는 부주방장을 곧바로 해고해 버렸다. 시작해서 끝날 때까지 세 시간밖에 걸리지 않았으니 모종의 기록으로 남을 만도 하다. 이제 테오는 주방을 독차지하게 되었는데, 솔직히 말하자면 그는 그쪽이 더 좋다.

11시, 2차로 온 식사 손님들은 입가심을 위한 중간 메뉴를 거의 다 먹어가고 있다. 블러드 오렌지에 박하 향을 가미한 간단한 셔벗이다. 테오가 코스의 마지막 요리(새끼양 고기로 만든 램 촙스테이크 세 조각에 캐러멜처럼 만든 당근을 곁들인 것)를 접시에 담는 동안 카를로스는 그의 뒤에 있는 싱크대 수조 속에 셔벗 접시들을 차곡차곡 집어넣는다. 두 가지 디저트가 나갈 것이고, 그 다음에는 '트웰브 테이블스'의 식사 공간을 조그만 주방과 분리해 주는 묵직한 버건디색 커튼 뒤에서 테오가 모습을 드러낼 것이다. 레스토랑을 처음 열었을 때는 커튼이 없었지만, 『타임스』에 리뷰가 실린 뒤로는 커튼 없이 일하는 게 불가능해졌다. 손님들 모두가 테오와 친해지고 싶어 했다. 테오가 재료를 썰고 볶는 동안 그들은 주위를 맴돌았다. 테오는 주방 한가운데 있는 한 자리에서 절대 움직이는 법

---

* 녹인 버터에 밀가루를 넣어 볶은 것으로 소스나 수프 등을 진하게 만드는 데 쓴다.

이 없었다. 머리 위에서는 구리 냄비들이 빛을 내고, 싱크대, 2단 오븐, 독일제 칼들이 놓인 대형 도마에 모두 수월하게 손이 닿는 자리였다.

테오, 와인 좀 마셔봐요.

그러면 디캔터를 준비할 순서가 된다.

이건 우리 집 와인 저장고에서 꺼내 온 1989년산 도멘 르플레브 슈발리에 몽라셰 와인이에요.

부스러질 것 같은 코르크 마개를 천천히 숨을 죽여 가며 뽑아내는 과정. 그 극적인 느낌. 마치 그들이 방호복을 입고 폭탄을 해체하고 있는 병사들인 것처럼. 그다음엔 쏴 하는 소리와 쿵쿵거리는 소리. 코트드본*의 석양처럼 황금빛을 띤, 풍부한 맛을 내는 와인. 그러는 내내 테오는 버터를 태워버리거나, 오븐 맨 아래 선반에서 데우고 있는 껍질이 딱딱한 프랑스빵을 깜빡할 위험을 무릅쓰고 있었다.

테오, 곰보버섯은 언제 들여놓을 거예요?

새해 첫날에도 영업하세요?

저희 친구들을 위해 테이블 하나 예약해도 될까요? 그 친구들, 여기 오고 싶어 아주 난리라서요.

그래서 결국, 그는 커튼을 달고 카를로스를 고용했다. 밴더빌트 애비뉴가 내다보이는 창문에 〈죄송합니다, 오늘 영업은 종료됐습니다〉라고 적힌 표지판을 세워놓았다. 트웰브 테이블스에 예약

---

* 프랑스에 있는 부르고뉴 와인의 생산지.

을 하고 오는 사람들은 그 표지판은 그냥 무시하면 된다는 걸 알고 있고, 나머지 사람들은 문을 두드리지도, 그냥 걸어 들어오지도 않게 된다. 그들은 입김으로 유리를 뿌옇게 만들며 창문 안쪽을 들여다본다. 여긴 뭐 하는 곳이지? 테오는 이곳이 식품 잡화점이었을 때 달려있던 물결 모양의 밝은 노란색 금속 차양을 그대로 두었다. 〈사탕·식료품·열대 식품〉.

『타임스』에 리뷰가 실리자 강 건너편에서 월 스트리트의 중개업자들과 헤지펀드 관계자들이 찾아왔다. 최고급 레스토랑 '페르세'에서 저녁을 먹으며 몇천 달러씩 뿌리곤 하던 사람들은 이제 긴축 재정을 실천하고 있다. 그들은 타운카*를 타고 예약도 하지 않고 나타난다. 그러고는 이 블록을 빙빙 돌며 혼란스러워한다. 그 레스토랑이 어디 있지? 그들은 '저갯'** 가이드나 '오픈테이블'***을 찾아본다. 지도에 의지한다.

"죄송합니다." 카를로스가 밖으로 나가 그들에게 말한다. "저희 테이블이 열두 개뿐인데 1차도 2차도 만석이어서요."

"그럼 내일 밤에 테이블 하나 예약 가능해요? 아니면 다음 주나?"

"죄송합니다." 카를로스는 변함없이 정중하다. 이건 그가 맑은 정신으로 맡은 첫 번째 일자리다. 카를로스는 중독 치료 시설에서

---

*   문이 네 개이고 앞뒤 좌석 사이를 유리로 칸막이한 자동차.

**   미국의 레스토랑 리뷰 서비스.

*** 미국의 레스토랑 예약 사이트.

나와 크레이그리스트*에 있는 광고를 보고 연락했던 날부터 지금까지 테오와 함께 일해왔다. "전부 만석입니다."

이건 그들로선, 뭐든 가능해지게 만드는 데 익숙한 그 사람들로선 믿을 수 없는 일이다. 이런 상황은 그들을 미치게 만든다. 그래서 그들은 시도하고 또 시도한다. 그들의 개인 비서들이 전화를 걸어 온다. 프랑스 보주에서 만든 고급 초콜릿을, 암시장에서 구한 캐비어를, 장인이 만든 살루미**를 보내온다. 유명인들의 이름을 슬쩍 흘리기도 한다. 작가 프랜 리보위츠, 야구 선수 데릭 지터, 연방 하원의원 낸시 펠로시 같은 아주 중요한 사람들과 함께 올 거라고 말이다.

오늘 밤의 두 가지 디저트 중 첫 번째는 꾸덕꾸덕한 갸토 오 쇼콜라로, 레스토랑 자체 메뉴인 검은 호두 식후주를 작은 잔에 담아 함께 낼 것이고, 그 다음에는 캐러멜 소스를 뿌린 한 입 크기의 도넛 홀***이 나갈 것이다. 테오는 나무 스푼으로 캐러멜을 휘젓는다. 맛을 본 다음 바닷소금을 한 꼬집 넣는다. 그가 가장 좋아하는 몇몇 순간은 이런 것이다. 커튼 저편에서 저녁나절의 낮은 웅성거림이 서서히 잦아드는 순간. 식사가 완전히 끝나는 순간. 한 시간 뒤, 마지막으로 남아있던 손님들이 떠나고, 카를로스가 마지막 접시의

---

* 미국의 지역 생활정보 사이트.

** 주로 돼지고기를 절여 만든 가공식품으로 프로슈토, 판체타, 살라미 등을 폭넓게 포함하는 말이다.

*** 도넛에 구멍을 뚫으면서 그 구멍에 있던 자투리 반죽으로 만든 작은 크기의 도넛.

설거지를 마치고 나서 집에 가는 것 말고는 더 이상 할 일이 없을 때 테오가 느끼게 될 외로움……. 그 외로움이 찾아오려면 아직 한참 더 있어야 한다.

"있죠, 빅 T." 카를로스가 램 춉스테이크 세 조각의 마지막 접시를 가지고 들어온다. "저 손님들 배가 부르시다네요. 저분들이 한 말이에요, 제가 아니라."

저녁에 이 무렵이 되면 몇몇 손님들은(대체로 여자 손님들이다) 접시에 담긴 음식을 식욕 없이 이리저리 뒤적이고 있다. 따지고 보면 손님들 입장에서는 코스의 열 가지 요리 중에 여덟 번째까지 와있는 셈이니까. 삶은 양배추 잎에 얹은 푸아그라 라비올리. 살짝 익힌 시금치에 얇게 썬 판체타*를 얹고 맨 위에 수란을 올린 요리. 테오는 1인분의 양을 적게 유지하려고 노력한다. 바닷가재 꼬리를 넣어 끓인 맑은 수프를 낼 때는 손바닥 안에 쏙 들어가는 램킨 접시에 담아 냈었다.

어떤 비평가들은 이런 걸 너무 과한 식사라고 했다. 병적인 식사라고도 했다. 잡지 『뉴욕』에 리뷰를 쓴 인간은 테오가 지나치게 통제욕이 강한 사람이라고 비난했다. 성공에 뒤따르기 마련인 반발이었지만 그래도 쓰라렸다. 소울 푸드가 뭐가 나쁘다고? 테오는 그렇게 생각하기를 좋아했다. 좌절이 흔한 시대에 위안이 되어주는 음식. 테오가 제공하고 있는 건 저녁 식사보다 훨씬 더 많은 것이다. 매일 밤, 그는 커튼 사이로 저쪽을 살짝 훔쳐보고, 그러면 작

---

* 돼지 뱃살로 만든 베이컨의 일종.

은 기적들이 눈에 들어온다. 천장에 매달린 터키식 등이 쏟아내는 보석 빛깔 불빛 속에서, 여기저기 놓인 어울리지 않는 테이블(어떤 테이블에는 체크무늬 테이블보가 덮여있고, 또 어떤 테이블은 아무것도 덮여있지 않은 데다 흠집이 나있다) 위에서, 그 어른거리는 불빛 속에서 그가 보게 되는 건, 몇 시간 만에 불안에서 만족감으로 변하는 얼굴들이다. 상심에서 기쁨에 가까운 무언가로 변하는 얼굴들.

2번 테이블의 젊은 커플은 테오에게 생선을 공급해 주는 업자의 친구들인데, 오늘 밤 이곳에 도착했을 때는 서로 말을 하지 않고 있었다. 하지만 카를로스가 꽃상추 샐러드를 그들 앞에 내려놓을 무렵에는, 그들은 손을 잡고 있었다. 연극배우인 아누크 레비는 늘 앉는 창가 테이블에 앉아 혼자 식사를 하고 있다. 레비는 남편과 사별한 지 6개월째다. 처음에 레비는 코스 요리가 나오는 사이사이에 책을 읽거나 강박적으로 아이폰을 확인하곤 했다. 음식을 남겼고, 무릎 위의 손가락들은 불안해 보였다. 하지만 지금, 레비는 카베르네 와인 작은 병을 조금씩 마시면서 빵 껍질에 수란을 적셔 먹고 있다. 키가 크고 위풍당당하고 프로스펙트 하이츠 지역에는 몹시 안 어울리게도 검은색 시어드 밍크* 상의를 입은 레비는 가게를 나설 때면 테오에게 살짝 미소 지으며 고개를 끄덕여 인사할 것이다. 메르시.

테오의 후원자들, 즉 단골손님들은 그에게는 가족이나 마찬가

---

* 일반 밍크보다 털을 짧게 손질해 보온성은 유지하면서도 부피를 줄인 밍크.

지다. 사실, 테오는 그들을 아주 좋아한다. 레스토랑 바깥에서 그들을 만날 일이 없을지는 몰라도(테오는 레스토랑 바깥에서의 생활이 거의 없다시피 하니까), 여기 트웰브 테이블스에서 그들은 그의 전부다. 테오는 그들의 꿈을 꾼다. 브루클린대학교 근처에 있는 브라운스톤으로 지은 저택에서 운전해 건너오는 프리다와 조 글래서 부부. 테오와 오랫동안 함께해 온 회계사로 금요일마다 나이 지긋한 부친과 함께 식사를 하러 오는 마티 애덜슨. 음식 담당 에디터였다가 블로거가 된 셸리아 개브리얼. 저녁 식사 예약이 한 주 동안의 삶에 큰 영향을 미치는 수십 명의 사람들.

그들은 테오 월프에 대해 어떤 추측들을 할까?

테오는 갸토 오 쇼콜라를 접시에 담는다. 이베이에서 입수한 작고 섬세한 모양의 식후주 잔에 노치노*를 따른다. 도넛 홀들을 오븐 속에 탁 집어넣고 데운다.

테오가 몸집이 크고, 커다랗고 둥그런 배를 지닌 남자라고. 식욕이 왕성한 사람이라고 생각하겠지.

테오는 결혼반지를 끼고 있지 않다. 그들은 궁금해할지도 모른다. 저 남자는 혼자 사는 걸까? 이성애자일까, 아니면 게이일까?

테오는 접시 두 개를 카를로스에게 건네준다. 주방을 떠나지 않는 게 낫다. 도넛 홀이 서빙되고 에스프레소 주문이 들어오기 전까지는 말이다.

2차로 온 손님들의 식사가 시작된 뒤로 그 여자는 계속 이곳에

---

*　이탈리아 에밀리아로마냐 지역에서 제조되는 짙은 갈색 리큐어.

있었다. 그 여자. 테오는 그 여자의 이름을 알지만(하퍼 루미스다) 그 이름을 입 밖에 내지 않으려고, 생각조차 하지 않으려고 애를 쓴다. 어렸을 때부터 줄곧, 테오는 자기가 좋아하는 여자들의 이름을 피해왔다. 마치 그들의 이름을 이루는 음절들만 품고 있기에도 너무 벅찬 것처럼. 그 여자.

테오는 그 여자에게 하고 싶은 질문들이 있다. 각각의 질문은 참을성 있게 앞쪽 질문 뒤에 줄을 서있다. 그가 결코 하지 않을 질문들.

혹시 부모님께서 하퍼 리의 『앵무새 죽이기』를 아주 좋아하시지 않았나요?

잠들기 전에 마지막으로 하는 생각이 뭐예요?

만약 제가 그쪽한테 딱 한 가지 완벽한 식사를 만들어드릴 수 있다면…… 말해봐요, 뭘로 하시겠어요?

그 질문들을 하는 대신, 테오는 버건디색 커튼 사이로 그 여자를 슬쩍슬쩍 훔쳐본다. 그 여자는 매주 다른 데이트 상대를 데리고 온다. 때로는 남자고, 때로는 여자다. 오늘 밤은 여자를 데리고 왔다. 그들은 저녁 내내 서로에게 사로잡혀 고개를 바짝 기울이고 허벅지를 (테오가 확신하건대) 서로 맞댄 채 레스토랑에 딱 하나 있는 긴 의자에 나란히 앉아있다. 그들 두 사람은 보기 좋은 그림을 만들어내고 있다. 쏟아져 내리는 윤기 나는 검은 머리칼에 하얀 이를 살짝살짝 드러내는 그 여자. 그리고 작고 매력적인 데다 두 눈에는 검은색 콜*로 스모키하게 아이라인을 그려 넣은 동행.

테오는 노치노를 시음해 본다. 그 여자 곁에 앉아있는 자신을 상상한다. 갸토 오 쇼콜라를 포크로 찍어 몇 번쯤 먹여줄 것이다. 노치노 잔을 그 여자의 입가로 들어 올려줄 것이다. 검은 호두가 그 입술을 물들이는 걸 지켜볼 것이다. 그러고는 몸을 기울이고―

아, 제발 그만. 지금 누굴 속이겠다는 건가.

오븐 속의 도넛 홀들이 따뜻해진다. 테오는 트레이를 끄집어내 그것들을 작은 본 차이나 접시에 옮겨 담은 다음, 각각의 도넛 홀에 캐러멜을 아주 얇게 한 겹씩 뿌려준다.

"빅 T?" 다시 카를로스다.

테오는 카를로스가 자신을 그 별명으로 그만 불렀으면 싶다. 그는 자기가 어쩌다 보니 '우람한' 정도를 지나 '비만' 쪽으로 넘어와 버렸다는 걸 알고 있다. 그리고 아버지의 말버릇처럼 자기가 이제 팔팔한 젊은이는 아니라는 것도 알고 있다. 남자들은 마흔에도 심장마비가 온다. 심각한 심근경색이 와서 영영 회복할 수 없게 되는 것이다. 특히 매일 밤 열 가지 요리가 코스로 나오는 저녁 식사를 만들고, 그러는 과정에서 푸아그라나 삼겹살 같은 각각의 재료를 맛보는 남자들이라면 그렇다.

"빅 T, 어떤 여자분이 전화하셨어요. 중요한 용건이라는데요."

레스토랑 안에서는 벨소리를 꺼두게 되어있다. 그리고 테오는 휴대폰을 가지고 다니지 않는다.

＊　　아라비아와 이집트 등지의 여성들이 눈 주위를 검게 칠하는 데 쓰는 검은 분말.

그리고 트웰브 테이블스의 전화번호는 전화번호부에 실려있지 않다. 이 모든 것에는 이유가 있단 말이다. 근데 대체 뭐냐고?

테오는 카를로스를 노려본다. 처음에는 부주방장 일이 터지더니 이제는 이런 일이다. 사람들은 자꾸만 실망을 안겨준다. 그들에게 의지하면 할수록 더욱더 큰 허탈함이 돌아온다.

카를로스가 테오를 향해 수화기를 흔든다. "죄송해요, 사장님."

아마 『본 아페티』에서 일하는 그 기자일 것이다. 그 기자는 계속 전화를 걸어온다. 테오가 피하면 피할수록 그 기자는 더욱더 애를 쓴다. 그 기자는 테오에 관한 인물 기사를 쓰고 싶어 한다. 사람 냄새 물씬 나는 이야기를. 테오는 자신의 그 어떤 부분에서도 사람 냄새 같은 건 나지 않는다고 기자를 설득하려 애를 썼었다.

"메시지 남기라고 해요."

"근데 이 여자분이 속상한 것 같은 목소리여서요, 사장님."

테오는 수화기를 집어 들어 어깨와 귀 사이에 끼우고 에스프레소 머신을 켠다. 기계가 예열되면서 녹색 불빛이 깜빡이는 걸 지켜본다.

"테오 월프입니다." 그가 말한다.

"테오, 나 세라야."

혼란으로 가득 찬 잠깐 동안, 테오는 이해가 되지 않는다. 레스토랑 안의 소음들이(접시에 스푼이, 포크가 크리스털유리에 칭 하고 부딪치는 둔탁한 소리가, 일제히 웅성거리는 목소리들이) 한꺼번에 점점 멀어지더니 부드러운 침묵으로 변한다. 그리고 그 침묵의 한가운데에서 마치 가늘고 긴 유리 조각 하나가 혈관 속으로 들어온 것처럼 차마 입에 담지 못할 한 줄기 예감이 그의 온몸을 너무도 날렵하게 관통한다.

세라가 이리로 전화를 한다는 건…… 무슨 뜻일까? 테오는 세라가 이곳의 전화번호를 알고 있다는 것조차 몰랐다. 세라의 목소리는 불안하게 들리고, 말들은 발음이 분명치 않다. 테오는 배 속까지 숨을 쭉 들이마시려고 해본다. 헬륨 풍선처럼 온몸에 공기를 가득 채워보려 한다.

그는 말을 하려고 해보지만, 아무 말도 나오지 않는다.

"엄마가 없어졌어, 테오."

그 말들은 이해가 되지 않는다. 여기, 아무에게도 방해받지 않는 가장 깊숙한 장소인 자신의 주방에서, 레스토랑 심장부에서, 테오는 밀려오는 현기증을 느낀다. 그는 조리대 가장자리를 꽉 붙잡는다.

엄마가업써져써즈즈테오.

"천천히 말해봐." 테오는 목소리를 가다듬는다. "누나, 천천히 말해봐. 무슨 말인지 못 알아듣겠어." 에스프레소 머신 녹색 불빛의 깜빡임이 멎어있다. 테오는 천천히, 차근차근 몸을 움직인다. 다크 이탈리안 로스트 커피 몇 스푼을 가득 담아 꾹꾹 누른 다음, 손잡이를 돌려 제자리에 넣고 고정시킨다. 없어졌어. 작은 커피 잔 하나를 노즐 밑에 놓는다. 레버를 당긴다. 마치 전화가 울리기 전에 하고 있던 일을 계속하면 지난 몇 분 동안에 벌어진 이 상황을 무효로 만들 수 있기라도 한 것처럼. 그는 하퍼 루미스에게 에스프레소를 직접 가져다줄 계획을 세워놓고 있었다.

없어졌어.

"방금…… 거기 있는 어떤 사람한테서 전화가 왔어. 아발론 힐스에서. 엄마를 찾을 수가 없대."

테오는 오븐 위에 놓인 시계를 본다. 거의 자정이 다 된 시각이다. 모든 것이 아주 부드러우면서 이상하게 느껴진다. 테오는 누나가 한 말들 때문에, 그리고 그 말들을 거부하고 싶은 어린애 같은 욕망 때문에 꼼짝도 못 하고 그 자리에 붙들려 있는 기분이다. 어렸을 때 누나와 테오는 서로에게 뭐라고 했던가? 취소해! 마치 행동들이, 말들이, 한 순간이 지나가고 다음 순간이 온 것이, 없었던 일이 될 수 있기라도 한 것처럼.

"나 여기 아발론에 와있어. 비행기 타고 오늘 밤에 왔어."

"아, 이런, 미안해. 알아, 내가 갔어야―,"

"테오, 그만하고 내 말 좀 들어봐." 테오는 수화기를 귀에 대고 꽉 누른다. 세라는 아직도 불분명한 발음으로 말하고 있다. 취한 건가? "빙고를 한 뒤로 엄마를 본 사람이 아무도 없대. 그 사람들이 그래. 빙고를 한 뒤로 안 보였다고."

"하나도 말이 안 되잖아." 테오가 거의 혼잣말처럼 말한다.

카를로스는 듣지 않는 척하면서 근처를 맴돌고 있다. 테오는 그에게서 등을 돌리고 싱크대 수조 속의 지저분한 접시들 위로 몸을 굽힌다.

"계실 만한 곳은 다 찾아봤대. 근데 없다는 거야."

카를로스가 테오의 어깨를 두드린다.

사장님? 카를로스가 속삭인다.

"좀, 나중에요!"

하지만 그때 카를로스가 에스프레소 머신 쪽을 가리킨다.

작은 커피 잔이 넘쳐 조리대 위로 온통 흘러나온 커피가 바닥 널 위로 뚝뚝 떨어지고 있다.

"이런 쌍!"

"테오!"

"아니, 누나 말고." 테오가 말한다. "다른 것 때문에 그래."

테오는 첫 번째 작은 커피 잔에 든 커피를 버리고 처음부터 다시 시작한다.

"이건 제가 처리할게요, T." 카를로스가 조용히 말한다.

카를로스가 솜씨 있게 에스프레소, 카푸치노, 도피오, 마키아토 주문들을 받는 동안 테오는 지금 일어나는 일을 받아들이려고 애를 쓴다. 어머니. 테오가 마지막으로 어머니를 찾아갔던 건 한 달하고도 한참 전이었던 11월의 어느 으슬으슬한 날이었다. 오토바이를 타고 소밀 리버 파크웨이를 올라가는 테오의 얼굴을 바람이 세차게 때려댔다. 어머니는 로비의 미닫이문 바로 안쪽에 서있었다. 낡은 청바지와 아버지의 스웨터 차림으로. 왼손에는 결혼반지를 끼고 있었다. 이제 완전히 은발로 변한 어머니의 머리칼은 하나로 땋아 등 뒤로 길게 드리워져 있었다.

어머니가 너무 원래의 어머니처럼 보여서 테오는 잠시 잊었다. 몇 분의 1초 동안 상황을 잊고 어머니를 감싸안았다. 그들은 언제나 서로를 꼭 끌어안아 주는 가족이었다. 심지어 어머니와 거의 대화를 하지 않았던 10대 시절에도 테오는 어머니의 몸에 두 팔을 두르곤 했다. 마치 그들 두 사람은 그 어떤 일이 있더라도 자신들이 강력하고 변치 않는 사랑으로 결합되어 있다는 걸 아는 것만 같았다.

그런데 바로 그때, 품속에 있는 어머니가 한 마리의 새처럼 느껴졌다. 덫에 걸려 공포에 사로잡힌 채 날개를 마구 퍼덕거리는 새한 마리. 어머니는 떨며 테오에게서 몸을 빼냈다.

엄마, 저예요……. 테오예요.

어머니는 마치 어떤 광활하고 위험한 풍경을 보듯 테오를 뚫어져라 노려보았다. 그러더니 멍하게, 그러면서도 점잖게, 마치 전에 만난 적이 있다는 건 알지만 누군지 알아보지는 못하는 것처럼 테오에게 손을 내밀었다.

당연히 알지요. 안녕하세요, 테오. 다시 뵙게 돼서 너무나도 반가워요.

"테오?" 누나의 목소리. "끊었니?"

테오의 두 뺨이 축축해져 있다.

"테오! 듣고 있어?"

어머니는 자신의 남편도, 자신의 아이들도, 자신의 이름도 알아보지 못한다. 오늘이 무슨 요일인지도, 지금 대통령이 누구인지도 모른다. 게다가 어머니는 바깥에, 세상 속 어딘가에, 혼자 나가 있다. 세상에, 그 빌어먹을 빙고를 한 뒤로 아무도 어머니를 본 사람이 없다니. 테오가 아는 한 미미는 지금 파자마 차림으로 발을 끌면서 아발론의 길거리를 걸어 다니고 있는 것이다. 일기예보에서는 눈이 올 거라는데.

86

"듣고 있어."

테오는 끈을 풀어 앞치마를 벗고 비상구 옆 옷걸이에서 가죽 재킷을 낚아챈다. 커튼 저쪽에 있는 평행 우주에서 웃음소리가 터져 나온다. 그는 레스토랑 열쇠 꾸러미를 카를로스에게 던져준다. 테오의 오토바이는 바깥에 주차되어 있다. 브루클린에서 그곳까지는 넉넉히 잡아 40분이면 갈 수 있다.

"괜찮으세요, T?"

"끝나고 문단속 좀 해줘야겠어요, 친구."

"걱정 마세요."

전화기는 여전히 테오의 귀에 딱 붙어있다. 전화선 반대편 끝에서 누나의 숨소리가 들려온다. 어린 시절에 듣던 자장가의 잊어버린 한 소절처럼, 익숙하기는 한데 잘 기억나지는 않는 소리다.

"나 혼자서는 못 하겠어." 세라가 말한다. "아직 아빠를 깨워서 말하기도 전이야, 그리고…… 아, 세상에, 테오, 상상이 가니? 부탁할게, 혹시 네가 그냥……."

테오는 이런 일에는 젬병이다. 말하는 건 그의 적성이 아니다. 테오는 자기가 느끼는 바를 말로 할 수 있었던 적이 한 번도 없다. 그렇다고 그가 아무 감정도 느끼지 못한다는 성급한 결론을 내리는 건 안 될 일이다. 테오는 많은 감정을 느낀다.

"지금 가고 있어." 테오는 말한다. 사랑해. 그는 그렇게 말하고 싶다. 하지만 할 수 없다. 미안해. 하지만 말이 나오지 않는다. 그는 세라를 안심시켜 주고 싶다. 다 괜찮아질 거야. 하지만 그건 거짓말이 될 것이다. 누나는 취했다. 어머니는 실종되었다. 테오의 가족은 보이지 않게 조금씩 조금씩 파탄을 맞이하고 있었던 것이다. 할 수 있는 일 같은 건 없었어. 테오는 스스로에게 그렇게 되뇐다. 이런 일을 막을 수 있는 방법 같은 건 단 하나도 없었어. 지금 그들은 따로따로 떨어져 있다. 각자 자신만의 부서진 우주 속에. 테오는 남아 있는 도넛 홀 몇 개를 유산지 봉투 속에 털어 넣은 다음 봉투를 접어 배낭 속에 집어넣는다.

월도

찰칵, 부드러운 소리와 함께 등 뒤에서 현관문이 닫힌다. 어쨌거나 부모님이 듣고 있는 건 아니다. 월도는 지난 30분 동안 복도에 쪼그리고 앉아 부모님의 방문에 귀를 대고 자신이 세상에서 가장 잘 아는 두 목소리를 알아들으려고 애를 쓰면서 보냈다. 귀에 거슬리게 속삭이는 어머니의 목소리. 낮고 집요하게 웅웅거리는 아버지의 목소리. 그러다가 가끔 한 번씩 내뱉어지는, 마치 산사태가 시작될 때 산에서 처음으로 굴러 내려오는 조약돌 같은 한두 마디. 정신과 의사, 약물치료, 정상이 아니야. 산사태는 그런 식으로 시작되는 것 아닌가? 그냥 돌 하나로? 월도는 그 점에 관해 그동안 많은 생각을 했다. 어떻게 알겠는가? 정상인 것과 겁을 먹어 마땅한 것의 차이를 어떻게 알 수 있단 말인가?

오늘 밤 부모님은 늦게까지 깨어있다. 그리고 그건 월도의 잘못이다. 항상 월도의 잘못이다. 내일 아침, 아버지는 기분이 언짢아져 있을 것이다. 넥타이를 똑바로 편 다음 매듭을 지을 것이고, 입을 꾹 다문 채 정장 재킷을 걸쳐 입을 것이다. 스커트와 하이힐 차림으로 아버지에게 마지못해 샌드위치를 싸주고 있는 어머니는 창백하고 완전히 지친 모습일 것이다. 정상이 아니야.

부모님은 월도의 이름을 부를 것이다. 월도! 학교 갈 시간이다!

1분이나 2분 뒤, 부모님은 다시 한번 부를 것이다. 이번에는 짜증이 난 목소리로.

월도, 이리 내려와, 이 굼벵이 같은 녀석아!

또다시 몇 분이 지나면, 아버지는 계단을 한 번에 두 칸씩 성큼성큼 올라올 것이다. 내가 꼭 여기 올라와야겠니, 이 쪼끄만 녀석아!

아버지 말이 맞다. 월도는 아발론의 다른 남자아이들 같지가 않다. 월도는 야구를 하는 데 관심이 없다. 누가 군이 물어본다면 레드삭스 선수 전원의 타율과 출루율을 줄줄 외울 수는 있지만 말이다. 월도는 축구가 싫고, 축구를 하는 아이들도 싫다. 라크로스*도 마찬가지다. 그리고 『해리 포터』 이야기는 아예 꺼내지도 마라. 바실리스크니, 그린딜로니, 니플러니…… 그런 걸 알아야 하나? 우주에는 너무도 많은 것들이 실재하는데 왜 무언가를 지어내는 걸까?

집 바깥 디비전 스트리트에는 달빛이 어려 청명하던 하늘이 구름 낀 하늘로 바뀌어 있다. 달은 흐릿한 윤곽으로만 보인다. 공기에서 눈 냄새가 난다. 길 건너편 월프 박사님의 침실 불은 꺼져있다. 월도는 멈춰 서서 곰곰이 생각해 본다. 필요한 모든 걸 다 챙겼나?

---

*   그물 모양의 라켓을 사용하는, 하키와 비슷한 게임.

손모아장갑, 모자, 목도리, 코트. 파자마 밑에 입은 긴 내복. 털양말. 운동화. 심지어 배가 고파질 것에 대비해 감자칩 한 봉지도 가지고 나왔다. 주머니에는 반쯤 먹은 '라이프 세이버즈' 사탕 한 롤과 함께 돈도 10달러(지난 2주 동안의 용돈이다) 들어있다. 그 이상의 일들은 별로 생각해 보지 않았다. 월도의 마음은 요동치고 있지만 동시에 평온하기도 하다. 마치 가끔씩 비디오게임을 너무 많이 했을 때 같다. 곧 부모님의 속삭임은 침묵으로 바뀔 것이고, 그 침묵에 간간이 끼어드는 건 아버지의 코 고는 소리밖에 없게 될 것이다.

빌어먹을, 월도, 한 번만 더 얘기하면 천 번이거든—

내일 아침, 아버지는 월도의 방문을 벌컥 열어젖힐 것이다. 그때 아버지가 보게 될 광경은 뭘까? 완벽하게 정돈되고 시트 모서리도 병원에서처럼 접혀 들어간 침대가 있겠지. 가사도우미가 매일 해놓는 것과 똑같이 빵빵하게 부풀린 베개들과 똑바로 앉혀놓은 월도의 봉제 곰 인형 두 개가 보일 테고.

앨리스! 앨리스, 월도가 없어졌어!

그러면 아버지도 알게 되겠지. 월도는 집 앞길을 잽싸게 빠져나왔고, 이제 어디로 갈까? 노스엘름 스트리트 쪽으로 향한다. 털모자 위로 후드를 끌어당겨 쓴다. 등을 구부려 몸을 작아 보이게 만든다. 심장이 빠르게 뛰고 있다. 월도는 어머니 생각은 하고 싶지 않다. 어머니를 생각하면 몸을 돌려 집으로 달려가고 말 것만 같다. 어머니는 월도의 곁 어디에나 있다. 월도의 몸 안에도 바깥에도, 어떤 향기처럼. 살갗처럼. 얼어붙을 만큼 추운 공기 속에 월도의 입김이 만들어내고 있는 수증기처럼.

아이패드는 집업 점퍼 안쪽에, 가슴께에 밀어 넣어뒀다. 체육실에 가면 그게 있으리라는 걸 알고 있었다. 그건 바로 거기, 그 멍청한 로잉 머신 옆에 있었고 (아버지는 그 기계를 너무도 사랑한다. 그것과 결혼했어야 하지 않나 싶을 정도로) 월도가 다시 켜보니 아이패드 배터리는 여전히 거의 꽉 차게 충전되어 있었다. 얼마나, 몇 시간이나 지나야 배터리가 바닥날까. 월도는 버치 스트리트와 포플러 스트리트가 만나는 길모퉁이에 멈춰 서서 아이패드를 끄집어낸 다음 구름 낀 하늘로 화면을 겨눈다. 스타 워크로는 구름 너머의 별들까지 볼 수 있다. 별자리들은 그 자리에 그대로 있다. 월도가 윌프 박사에게 그것들을 보여주었던 때에서, 한 10억 시간쯤 전처럼 느껴지는 그때에서 조금도 변하지 않았다. 도마뱀 모양의 카멜레온자리. 그리고 물론 물뱀자리도 있고. 열쇠 구멍 모양의 테이블산자리도 있다.

그런 데다 왜 신경을 쓰니? 월도는 눈을 감는다. 아버지의 목소리는 절대 멀어지는 법이 없다. 대체 그걸로 달라지는 게 뭔데? 월도는 제대로 설명할 수 있었던 적이 한 번도 없다. 머릿속이 소음으로 가득 차있고, 그 모든 소음을 조용해지게 해주는 게 이거라는 걸 아버지에게 어떻게 말한단 말인가? 밤하늘의 고요함. 선회하는 별들. 태곳적부터 내려오는 형상들. 그것들은 월도에게 아늑하고 안전한 느낌을 준다. 마치 거대한 담요 밑에 들어가 있는 것처럼. 마치 엄마가 침대 가장자리에 앉아 이불을 덮어주고는 조그만 동그라미들을 그리면서 월도의 등을 쓸어주고 있는 것처럼. 그곳에 밤새 앉아 월도를 지켜봐 줄 것처럼.

차 한 대가 닫힌 차창 틈으로 음악을 쿵쿵 울리며 빠르게 지나간다. 월도는 나무 뒤에 멈춰 서서 기다린다. 누군가가 본다면? 그 사람이 경찰을 부른다면? 월도는 열한 살치고도 몸집이 작다. 손목은 가느다랗고, 두 다리는 나뭇가지 같다. 목도 너무 가늘어서 머리가 커 보인다. 가끔씩 몇 학년이냐는 질문에 월도가 6학년이라고 대답하면 사람들은 놀라움을 감추지 못한다. 1년을 건너뛰긴 했지만 한 4학년쯤으로 보이는 모양이다. 그리고 4학년쯤으로 보이는 6학년 아이는 자정이 넘은 시각에 아발론을 돌아다니지 않는 게 좋다.

어쩌면 그냥 집에 가야 하는 건지도 모른다. 부모님은 월도가 없어졌었다는 걸 전혀 알아채지 못할 것이다. 여분의 열쇠는 뒤뜰 테라스 판석의 헐거운 조각 밑에 있다. 보안 경보 암호는 월도가 알고 있다. 월도의 침대는 딱 지금쯤 들어가면 따뜻하게 느껴질 것이다. 월도가 여전히 데리고 잠드는 곰 인형들. 그 곰들의 단추로 된 눈과 엉겨 붙은 털들. 갑자기 한 줄기 통증이 월도의 몸속을 비집고 들어온다. 내장에 톱질을 하는 것처럼 깊고 들쭉날쭉한 통증이다. 여기 바깥에 나와 있으니 안전하지 않은 것 같다. 하지만 집 안에서도 그건 마찬가지다. 이마에 핏줄이 튀어나온 아버지가 월도의 두 손에서 스타 워크를 잡아채던 모습이 어쩔 수 없이 계속 눈앞에 떠오른다. 아이패드를 그대로 박살 내버릴 것처럼 움켜쥐고 있던 그 모습이.

안 돼. 월도는 나무 뒤에서 머리를 내밀어 본다. 자동차는 사라졌다. 월도는 계속 걷는다. 한 걸음 한 걸음이 집에서 더 멀리로 데려가 준다. 머릿속에서 목적지 하나가 만들어지는 중이다. 그곳은 월도로선 닿을 수 없는 어딘가지만, 월도는 하늘을 덮은 구름 위에 별자리들이 있다는 걸 믿듯이 그 목적지를 믿어보려고 애를 쓴다. 한 발을 다른 발 앞으로 내딛는다. 콧노래를 부른다. 〈네모바지 스폰지밥〉의 주제가다.

월도는 노스엘름 스트리트에 도착한다. 그 길은 월도 혼자서 건너면 안 되는 길이다. 하지만 그렇게 따지면 월도는 집에서 도망쳐 나와서도 안 된다. 월도가 그동안 지키며 살아온 규칙들, 깍지에 든 강낭콩 남기지 말고 다 먹어, '부탁드려요' '감사합니다'라고 해야지, 어른들을 볼 때는 눈을 똑바로 쳐다봐 같은 것들은, 그리고 더 많은 규칙들은 모두 사라진 뒤다. 월도가 매번 내쉬는 입김처럼 한순간 이곳에 볼 수 있고 닿을 수 있는 형태로 존재했다가, 그런 다음 사라진 것이다.

콧물이 줄줄 흐른다. 두 눈에는 눈물이 고인다. 스키 마스크와 고글을 챙겨 왔어야 했다. 어머니가 항상 바르라고 하는 망고 향 립밤도 없다. 차가운 공기 속에서 앓은 탓에 월도의 입술은 이미 부르텄다.

이제 어쩌지? 월도는 노스엘름 스트리트 양쪽을 둘러본다. 차한 대도 보이지 않는다. 신호등이 빨간불에서 파란불로 바뀐다. 그러고는 다시 빨간불로. 다시 파란불로 바뀐다. 월도는 거기 선 채 꼼짝도 못 하고 있다. 뭐가 두려운 걸까? 학교 아이들은 항상 월도를 겁쟁이라고 부르며 놀려댄다. 담임인 하디 선생님은 그런 건 신경 쓰지 말라고 한다. 언젠가 마지막으로 웃게 될 사람은 월도라면서 말이다. 하지만 그 '언젠가'는 정말이지 너무 먼 이야기로 들린다. 그 애들은 페이스북에서도 월도에게 못되게 군다. 자기들이 친구라고 말하지만 그 애들은 월도의 친구가 아니다. 그 애들은 온갖 말을 다 써놓는다. 월도 셍크먼에 관한 질문에 대답해 보자. 월도 셍크먼을 한마디로 표현한다면? 멍청이. 꿈속에서 사는 녀석. 코파는 애. 월도는 그런 말들을 보는 걸 그만두었다.

월도는 숨을 참고 호수로 뛰어드는 것처럼 노스엘름 스트리트를 가로질러 달려간다. 길 건너편에 도착해서야 숨을 내쉰다. 이제 월도는 자기 동네의 집들과 길모퉁이들과 나무들로부터 멀리 떨어진 낯선 땅에 와있다. 아발론 중심부에서 멀지 않은 곳이다. 어디로 걸어가야 중심부가 나오는지 정확히는 모르겠지만 말이다. 기차역이 근처에 있다. 그리고 여기서 아주 멀지는 않은 곳에 공원도로와 쇼핑몰이 있을 거라고 월도는 확신한다.

가벼운 눈발이 날리기 시작했다. 월도는 혀를 내밀어 본다. 눈에서 금속 맛이 난다. 하늘에서 곧바로 떨어지는 무언가가 어떻게 이미 땅 위에 있는 것과 비슷한 맛이 날 수 있는 걸까? 이런 궁금증은 학교에서 월도를 곤경에 빠지게 만든다. 선생님들을 어리둥절하게 만들고 반 아이들의 미움을 사는 질문들이다. 하지만 이런 것들을 생각한다 한들 그게 월도의 잘못은 아니지 않은가! 정상이 아니야. 월도는 양손을 주머니에 깊이 찔러 넣고 계속 걸어간다. 이제 월도의 발자국이 남기 시작한다.

멀리서 씽 하는 낯선 소리가 들려온다. 귀를 덮은 모자의 두꺼운 양털 속으로 그 소리가 들린다. 씽…… 씽…… 이 길을 쭉 가면 나오는 곳에, 월도의 눈앞에, 녹색 표지판 하나가 나타난다. 월도가 이름을 모르는 큰 도로로 들어가는 입구다. 그 큰 도로는 공원도로로 이어지고, 그 공원도로를 따라가면 결국에는 뉴욕시가 나올 것이다.

월도는 뉴욕시에는 가고 싶지 않다. 안 돼, 안 돼, 안 돼. 거긴 너무 멀고 월도가 아는 사람도 없는 곳이다. 부모님과 함께 몇 번 그곳에 가본 적은 있지만, 기억나는 거라곤 건물들 사이의 거대한 회색 공간으로 휙휙 불어오던 바람과 다들 너무 빠르게 움직여 다니던 거리의 사람들뿐이다. 프레첼과 군밤의 냄새. 마치 몸속에서 다이얼 하나가 맞춰지는 것처럼, 월도의 머릿속에 흐릿하게 존재하던 목적지가 조금 더 선명해진다. 왼발, 오른발. 이제 눈은 땅 위에 쌓이기 시작했다. 부츠를 신고 왔어야 했다. 월도는 꽁꽁 언 발로 길을 따라 터덜터덜 걸어간다. 시계를 안 차고 나왔다. 얼마나 오랫동안 이 바깥에 나와 있었던 걸까?

월도는 아이패드를 끄집어낸다. 기계가 밤 12시 53분이라고 말해준다. 집을 나온 지 한 시간도 안 됐지만 월도는 벌써 걱정이 된다. 어쩌면 학교 아이들 말이 맞을지도 모른다. 울보. 겁쟁이. 월도는 큰 도로로 이어지는 비탈길 가장자리를 따라 나아간다. 씽. 아주 조심해야 한다. 짙은 푸른색 오리털 점퍼를 입고, 후드를 뒤집어쓰고, 타탄체크 무늬가 들어간 파자마 바지를 입은 월도는 거의 안 보일 것이다. 차 조심해! 귓가에 어머니의 목소리가 들려오는 것 같다. 딴생각하지 말고! 월도는 길가에 바짝 붙었다가 움푹 들어간 금속 도로분리대 건너편으로 재빨리 건너간다. 월도의 생각이 맞다면(제발 맞기를) 조금만 더 가면 된다. 월도는 어머니가 운전하는 차를 타고 한 천 번쯤은 이 길을 오갔었다. 그동안 조금 더 주의를 기울였더라면 좋았을 텐데.

속이 울렁거린다. 길에는 차들이 많지 않지만, 그 차들을 모는 사람들은 정말이지 빨리 달리고 있다. 다들 이렇게 늦은 밤에 몹시도 집에 가고 싶은 모양이다. 그 순간, 나무들이 드문드문 나있는 숲속에서 번쩍이는 무언가가 휙 움직이는 게 보인다. 사슴 가족이다. 사슴들은 월도 쪽으로 고개를 돌린 채 눈을 빛내고 있다. 아버지가 사슴들을 뭐라고 부르더라? 갉아먹는 것들. 해로운 짐승들. 그 짐승들은 값비싼 장미 덤불을 먹어치운다. 월도는 계속 걸어간다. 걸음 수를 헤아리면서. 나쁜 생각은 아무것도 하지 않으려고 애를 쓰면서. 이를테면 집에서 얼마나 멀리 왔는지라거나. 돌아가기엔 너무 멀리 왔다. 지금 마음을 바꿀 수는 없다.

이제 저기, 그게 보인다. 유레카! 쇼핑몰로 들어가는 입구다. 월도를 환영하는 행성처럼 온통 조명이 밝혀져 있다. 간판들(〈홀푸드〉 〈포터리 반〉 〈윌리엄스 소노마〉 〈니만 마커스〉)도 익숙하다. 주차장은 몇 킬로미터는 돼 보이는 곳까지 펼쳐져 있다. 월도가 꼬마였을 때, 부모님이 뒤뜰에 놓을 정글짐을 고르라고 월도를 여기 데려온 적이 있다. 삼나무로 만들어진 그 정글짐은 맞춤 제작한 일종의 미로로, 미끄럼틀과 문이 여러 개씩 달리고 모래 놀이통도 하나 달려있었다. 그 정글짐에 그렇게 많이 올라가 놀지는 않았던 것 같다. 하지만 그 매장이 저기 있다. 쇼핑몰 가장자리에, 홀마크 카드와 사탕과 파자마를 파는 몇몇 작은 가게들 근처에 그 매장이 쭉 뻗어있는 게 보인다. '플레이 헤븐', 그게 그곳의 이름이다. 아버지가 정말로 행복해하는 걸 마지막으로 봤던 때가 언제인가 생각해 보면 아마 그날이 아니었나 싶다. 뭐든 갖고 싶은 걸 고르렴, 아버지는 그날 그렇게 말했다. 제일 커다란 미끄럼틀로 하자. 암벽등반 연습용 벽은 어떠니? 잘했구나.

월도는 살을 에는 듯한 바람을 뚫고 주차장을 가로질러 간다. 사방에 크리스마스 조명들이 걸려있다. 산타와 그의 순록이 포터리 반의 창문들을 가로질러 껑충껑충 뛰어다니고, 니만 마커스의 마네킹들은 반짝이는 드레스를 입고 있다. 보통 건물 밖에 틀어놓던 음악들은 밤늦은 시각이라 꺼져있다. 〈기쁘다 구주 오셨네〉도 〈징글벨 록〉도 나오지 않는다. 음악이 흘러나왔으면 좋겠다고 월도는 생각한다. 쇼핑몰 구석구석에 조명이 켜져있고 주차장에는 차들이 가득했으면 좋겠다고. 그리고 월도는 (그런 스스로에게 화가 나지만) 부모님이 여기 계셨으면 좋겠다는 마음이 너무도 간절하다. 부모님 두 분 다 계셨으면 좋겠다. 화난 눈을 한 아버지도. 두 팔로 감싸안아 주는 어머니도. 월도는 너무 멀리까지 왔고, 그 먼 거리를 감당할 수가 없다. 그냥 어디론가 떠내려가 버릴 것만 같다. 땅 위로 둥실 떠올라 위로, 위로, 위로, 올라가서 사라져 버리는 것이다. 머리 위를 덮고 있는 거대한 담요의 일부가 될 때까지. 월도는 수천 조각으로 부서진 다음 '월도자리'가 될 것이다.

플레이 헤븐 바깥쪽 보도 위에 놀이기구 하나가 서있다. 삼나무로 만들어지고 부모님이 사주신 것보다 조금 작은 그 기구는 미끄럼틀과 모래 놀이통까지 완전히 갖춰 설치된 상태로 전시되어 있다. 나무문에는 손으로 만든 표지판이 하나 달려있고, 거기에는

〈환영합니다!〉라고 적혀있다. 어쩌면 저기서 그냥 조금만 쉬어가도 될지 모르겠다. 뭘 해야 할지 생각해 보면서 말이다. 저 안이 주차장보다는 따뜻할 것이다. 월도는 울기 시작했다. 눈물들이 속눈썹에 달라붙고 뺨 위에서 그대로 얼어붙고 있다.

월도는 몸을 굽히고 (사실 월도는 이런 데 들어가기에는 이제 너무 덩치가 크다) 문을 밀어 연다. 놀이기구 안은 어둡다. 한밤중에 침대에서 나와 쉬를 하러 가야 할 때처럼 어둡다. 낮의 빛 속에서는 너무도 아무렇지 않아 보이던 형체들을(계단을, 복도의 서랍장을, 욕실에 놓인 체중계를, 변기를) 거대하고 낯설게 만드는 그 어둠처럼 어둡다. 복도를 따라 조금만 가면 부모님이 계신다는 사실을 떠올리며 월도가 혼자라는 사실과 싸워야 할 때처럼, 그런 식으로 어둡다.

지금은 복도를 따라 조금만 가면 부모님이 계시는 게 아니라는 점이 다르지만 말이다. 쌩…… 쌩…… 월도는 집에서 몇 킬로미터나 떨어진, 이름도 모르는 도로 저편에 있는 쇼핑몰 가장자리까지 와서 어떤 놀이기구 안에 들어와 있다. 차가운 콘크리트 바닥에 앉은 월도는 점퍼 안쪽에서 아이패드를 한 번 더 꺼낸다. 1시 18분이다. 배터리는 여전히 거의 꽉 차있다. 흘러나오는 음악이 심장 박동을 늦춰준다. 월도는 거칠게 숨을 들이쉰다.

그러고는 두 눈을 문질러 닦는다. 머리 위 별들은 변함이 없다. 여기 아래쪽에서 무슨 일이 일어나든, 카멜레온자리는 여전히 머리 위 그 자리에 있다. 그리고 물뱀자리도. 그리고 테이블산자리도. 나쁜 일은 일어나지 않을 것이다. 월도가 계속 기억만 한다면 말이다.

월도는 배낭 속을 샅샅이 뒤져 감자칩 봉지를 꺼낸 다음 그것을 뜯어 연다. 감자칩을 한 번에 두 개씩, 세 개씩 집어 먹는다. 불은 언제 꺼질까? 월도는 스타 워크를 확인해 본다. 해는 오전 7시 8분에 뜰 것이다. 월도는 손가락으로 헤아려본다. 그렇게 오래 버틸 수 있을까? 아침이 되면 모든 게 달라 보일 것이다. 엄마가 언제나 하는 말처럼 말이다. 월도는 구석에 몸을 밀어 넣고 점퍼로 최대한 단단히, 침낭처럼 몸을 감싼다. 그리고 잠들기 위해 양을 세는 아이처럼, 월도는 눈을 감고 처음부터 외우기 시작한다. 안드로메다자리, 공기펌프자리, 극락조자리, 물병자리, 독수리자리, 제단자리, 양자리……

미미

가족들은 어디로 간 걸까? 미미가 그들을 못 본 지도 몇 시간이나 된 것 같다. 그들은 호텔 근처 해변에 있었다. 아이들은 모래성을 쌓고 있었다. 조개껍데기 지붕까지 완벽하게 갖춘 모래성이었다.

햇볕에 탄 그 애들의 구부러진 등, 완벽하게 어울리는 두 개의 진주 목걸이 같던 등뼈. 물에 젖어 그 애들의 작은 머리통에 착 붙어있던 새끼 물개같이 검은 머리칼. 테오, 기다려…… 내가 할 거야! 세라의 목소리가 파도 위로 솟아오른다. 하지만 기다려. 잠깐만. 그래선 안 돼. 미미의 침실용 슬리퍼가 땅 위의 눈에 닿으며 찰싹 소리를 낸다. 테오와 세라는 자기들끼리만 있기에는 아직 어리다. 적어도 그렇게 몇 시간씩 자기들끼리만 있기에는.

세라는 이제 막 열세 살이 된 참이고 테오는 열한 살이다. 그 애들은 잘 알지도 못하는 섬의 해안가에 자기들끼리만 있어서는 안 된다. 그건 그렇고 거기가 무슨 섬이더라? 버뮤다섬? 바부다섬? 미미는 십자말풀이 퍼즐에 너무도 몰두해 있다가 낮잠에 빠져버렸고 (26, 5, 17, 빙고!) 이제는 그 애들을 찾을 수가 없다.

미미는 하얀 선을 따라간다. 그 하얀 선은 분명 미미를 아가들에게 데려다줄 것이다. 벤 역시 그 애들을 찾고 있는 게 틀림없다. 벤은 미미가 낮잠에 빠져버리기 전에 호텔로 들어갔다. 환자와 관련된 어떤 일 때문이었다. 환자와 관련된 긴급 상황. 월프 박사를 호출하는 환자. 하지만 벤이 미미에게 약속했던 건 휴가였다. 병원으로부터, 호출기로부터, 시도 때도 없이 울려대는 전화기로부터 먼 곳에서 보내는 진짜 휴가 말이다. 한 줄기 분노가 미미를 번개같이 스쳐 간다. 그렇게 약속해 놓고! 그리고 이제 그들은 아이들을 제대로 간수하지 못한 것이다.

추위 때문에 미미의 손가락은 곱았고 두 손은 파래지는 중이다. 버뮤다인지 바부다인지 하는 이 섬이 이렇게나 추울 줄 누가 알았겠나? 몸을 짓누르는 이 흉측한 팔찌를 벗어버려야겠다. 가죽인지, 고무인지…… 대체 이게 뭘까? 벤이 미미에게 주려고 해변에 있는 행상인들 중 한 명에게서 사온 게 틀림없다. 장식에 쓰는 물건이지만 흉하다. 시계처럼 생긴 저 둥글납작한 앞면 때문이다. 하얀 선을 따라가던 미미는 갑자기 깜짝 놀랄 만큼 난폭한 몸짓으로 팔찌를 뜯어내 땅에 떨어뜨린다.

트럭 한 대가 눈부신 헤드라이트를 켜고 덜컹거리며 이쪽으로 달려온다. 경적이 길고 시끄럽게 빠앙 하고 울린다. 미미가 펄쩍 뛰어 뒤로 물러나자 운전사는 창문을 내리고 알아들을 수 없는 말을 미미에게 소리치며 붕 하고 지나간다. 미미는 몸이 떨리는 걸 느낀다. 여기가 어딜까? 미미는 흐름을 놓쳐버린 뒤다. 마치 모래시계 속으로 모래가 쏟아지듯 이미지들이, 기억들이 미미 안으로 쏟아져 들어온다. 미미의 아이들은 신생아들이었다가 다음 순간 10대가 되어있다. 따라잡을 수가 없다. 그 애들은 동시에 모든 곳에 있는 것처럼 보인다. 이게 뭐지? 다섯 살짜리 테오가 미미에게 향기를 맡아보라고 라일락 한 송이를 들고 있다. 통통한 손으로 미미의 뺨을 감싸며 엄마를 흉내 낸다. 그 애의 부드러운 입술이 미미의 입술에 와 닿는다. 미미의 사랑스러운 꼬마 소년. 그리고 젖은 머리를 양갈래로 땋아 내린 세라도 있다. 세라는 주방 식탁에 앉아 숙제 위로 몸을 굽히고 있다. 차가운 우유가 담긴 유리잔이 그 애의 팔꿈치 옆에 놓여있다. 세라는 6학년이었다가 7학년이었다가 8학년이 된다. 자라고 또 자라나고 있다. 이제 그 애는—

멈춰, 무언가가 미미에게 말한다. 거기서 멈춰. 하지만 이미지들은 마구 돌아간다. 미미 안에는 그저 바다뿐이다. 파도가 물마루를 만들며 솟구쳤다가 가라앉고, 다시 솟구친다. 집 앞 현관에서 넋나간 두 눈으로 숨을 헐떡이고 있는 세라. 무슨 일이야? 딸아이가 말없이 미미를 쳐다본다. 그 애의 하얀 티셔츠에 온통 묻은 피. 턱에 묻은 흙. 참나무를 들이받아 앞쪽이 한 조각의 알루미늄 포일처럼 찌그러져 있는 뷰익. 차의 보닛에서 피어오르는 연기. 울리는 사이런 소리.

미미는 어린 딸아이를 향해 비틀거리며 걸어간다. 세라! 아, 하느님, 세라…… 대체 무슨? 그 순간은 언제나 그랬듯 생생하다. 마치 미미 자신이 줄기가 잘린 나무 한 그루가 되어 속을 한 겹씩 한 겹씩 드러내고 있는 것만 같다.

하지만 잠깐만. 여기는 어딜까?

그래. 미미는 아이들을 찾고 있다. 해변에서 그 애들을 제대로 간수하지 못한 것이다.

그 애들은 길을 잃었고, 미미는 하얀 선을 따라가고 있다.

저 앞에 밝은 불빛들이 보인다. 글자들, 단어들, 간판들. 미미는 멀리서도 그것들을 거의 알아볼 수 있을 것 같다. 카니발 아니면 지역 축제처럼 보인다. 롤러코스터가 있고 대관람차도 있다. 어디선가 솜사탕 냄새가 난다. 느리고 따스한 안도감이 몸속을 흘러가는 게 느껴진다. 저기가 맞을 것이다. 하느님 감사합니다 하느님 감사합니다 하느님 감사합니다. 테오와 세라는 카니발에 간 게 틀림없다. 조금만 기다려라. 얼른 가서 한 마디 해줄테니. 그 애들은 그렇게 멀리까지 돌아다닐 만큼 어리석지는 않다. 특히 낯선 장소에서는.

하얀 선은 지역 축제가 열리는 마당 안쪽으로 구부러져 들어간다. 빨간색과 초록색으로 깜빡이는 조명들. 그것들은 무언가를 뜻할 텐데, 그 무언가가 뭔지는 모르겠다. 그 광활하고 텅 빈 땅에는 아무도 없다! 그 땅은 미미 앞에 펼쳐져 있다. 새카맣게, 끝없이. 모두들 저기 깜빡이는 조명들 근처에 있는 게 틀림없다. 아이들은 아마도 벤이 데리고 있을 것이다. 그는 딱 지금쯤 그 애들에게 커다란 솜사탕 콘을 하나씩 사주었을 것이다.

마당은 어둠 속에서 빛나는 수천 개의 하얀 선들로 가득하다. 미미는 어디로 가야 할지 자신 없는 상태로 그 한가운데 서있다. 결국 빨간색과 초록색 조명들로 시선을 돌리고 그쪽으로 움직여 간다. 벤과 아이들이 있는 쪽으로. 숨이 찬다. 종아리에 닿는 잠옷 밑단이 뻣뻣하고 축축하다. 미미는 테리 직물로 된 가운 끝을 움켜쥐고는 외투처럼 목 주위를 감싼다.

미미의 차는 어디 있는 걸까? 그것 역시 제대로 간수하지 못한 게 틀림없다. 없어진 게 너무 많다. 차가 있으면 테오와 세라를 학교에서 태워 올 수 있을 텐데. 그 애들은 바깥에 나와 미미를 기다리고 있을 게 틀림없다. 미미는 늦는 게 싫다. 그 애들은 집에 올 때면 보통은 함께 걸어오지만, 눈이 오는 날에는 아니다. 세라는 아마 밝은 오렌지색 오리털 점퍼와 미미가 떠준 앙고라 털모자 차림으로 연석에 서서 기다리고 있을 것이다. 몸을 따뜻하게 하려고 제자리에서 깡충깡충 뛰면서. 테오는 점퍼 지퍼도 채우지 않고 모자도 쓰지 않고 있을 것이다. 야구 연습 끝나고 곧바로 오는 길이라 체육복 반바지 밑으로 두 다리를 드러내고 있을 것이다. 그러다 지독한 감기에 걸리겠구나! 아니다. 잠깐만. 그들은 휴가 중이다. 미미의 차는 아발론 집 차고 안에 주차되어 있다. 찰싹, 찰싹, 찰싹. 눈 덮인 아스팔트에 닿은 미미의 침실용 슬리퍼가 소리를 낸다.

바람이 단단한 무언가처럼 느껴진다. 미미가 한 걸음 내딛을 때마다 무너뜨려야 하는 벽처럼. 찰싹, 찰싹. 또다시, 세라가 집 앞 현관에 와있다. 세라의 입술이 움직이고 있다. 한 마디, 또 한 마디

103

가 날아오지만 미미로선 알아들을 수도 이해할 수도 없다. 미미는 영화를 보고 있다. 볼륨이 꺼진 공포 영화다. 딸의 하얀 티셔츠에는 피가 묻어있다. 뷰익은 참나무 주위에 휘감겨 있다. 여전히 라디오가 나오고 있다. 신디 로퍼의 노래다. 길을 잃었다면 바라봐요, 그러면 내가 보일 거예요. 차 앞유리가 산산조각 나있다. 유리 조각이 보도 위에, 여름날의 잔디밭 위에 온통 쏟아져 반짝이고 있다. 타임 애프터 타임. 순찰차 한 대가, 아니 두 대가 날카로운 소리를 내며 길모퉁이를 돌아 달려온다. 벤은 땅바닥에 앉은 채 어떤 여자아이 위로 몸을 굽히고 있다. 확성기가 쾅쾅 울린다. 선생님! 그 아이한테서 떨어지십시오! 벤은 경찰들의 말을 무시하고 소리쳐 대답한다. 괜찮습니다! 제가 의삽니다.

이제 미미는 광활하고 시커먼 축제 마당을 거의 다 가로질러왔다. 깜빡이는 빨간색과 초록색 조명들을 둘러본다. 대관람차는 어디로 갔지? 롤러코스터는? 1분 전만 해도 여기 있었는데. 어떻게 그냥 사라져 버릴 수가 있지? 미미의 목구멍이 공포로 죄어든다. 손가락과 발가락에 너무도 감각이 없어서 몸을 거의 움직일 수가 없다. 하지만 그때 그것이 눈에 들어온다. 저기다! 다들 저 작고 귀여운 집 안에 있는 게 틀림없다. 아, 나한테 장난을 치고 있는 거구나. 숨바꼭질을 하자는 거지. 녀석들. 그 애들은 언제나 미미에게 장난을 치는 걸 좋아했다. 자기들이 엄마를 속이고 화들짝 놀라게할 수 있는지 보고 싶어 했다.

미미는 속도를 내 걸어간다. 하마터면 넘어질 뻔해 가면서. 와서 나 잡아봐라! 이제 거의 다 왔다. 걱정을 하다니 너무나 어리석었다. 다들 앞쪽에 비뚤어진 표지판이 걸린 저 작은 집 안에 꼭꼭 숨어있는데. 미미는 그렇게 확신한다. 〈환영합니다.〉 그 단어가 미미에게 다가온다. 글자들이 무슨 뜻인지 알 수 있는 형태로 배열되어 있는 일은 한동안 없었는데 말이다. 〈환영합니다.〉 미미는 몸을 굽히고 문을 밀어 연다. 바람이 불어 미미의 등 뒤에서 문이 쾅 닫힌다.

흐릿한 회색 어둠 속에서, 미미의 눈에는 거의 아무것도 보이지가 않는다. 벽들이 바람에 삐걱이며 흔들린다. 미미는 보트를 타고 있다. 호수를 건너 가고 있는데…… 우리가 지금 어디에 있는 거였더라? 뉴햄프셔? 메인? 상관없다. 뉴잉글랜드 어딘가겠지. 미미는 아이들을 데리러 가고 있는데, 아무리 힘껏 노를 저어도 보트가 충분히 빠르게 움직이지 않는다. 호숫가를 이루는 선이 달라진다. 계속 달라지고 있다.

"누구세요?"

아이의 목소리다. 거의 속삭임에 가까운 쉰 목소리. 구석에 몸을 웅크린 채로—하느님 감사합니다 하느님 감사합니다 하느님 감사합니다—그 애가 저기 있다. 아이의 검은 머리칼이 얼굴 위로 드리워져 있다. 아이는 두 무릎을 끌어 올려 가슴에 대고 있다. 미미의 아들, 미미의 예쁜 아들.

"테오!"

미미는 아이에게 달려든다. 아이는 미미에게서 겨우 두 걸음밖에 떨어져 있지 않다. 테오는 입술을 떨며 구석으로, 더 멀리로 자기 몸을 밀어붙인다. 두 손으로 얼굴을 가리고 손가락 사이로 미미를 바라본다.

"테오!" 미미는 테오 위쪽으로 몸을 드러낸다. 하마터면 균형을 잃을 뻔해 가면서. "세라는 어디 있니? 왜 그렇게 도망쳐 버린 거야? 오 하느님, 테오, 엄마는 너무 걱정이 됐단다. 지금껏 온갖 데를 다 찾아다녔어……."

"제 이름은 테오가 아니에요!" 소년이 울기 시작한다. "저리 가세요! 여기서 나가시라고요!"

"우리, 해변에 있었잖아……. 너는 모래성을 쌓고 있었고. 그랬는데—"

테오가 벌떡 일어나더니 여전히 벽에 몸을 밀어붙인 채로 조금씩 조금씩 문을 향해 움직이기 시작한다. 아이는 미미에게서 절대 시선을 떼지 않는다. 테오는 마치…… 저게 뭐지? 미미에겐 어린 아들의 얼굴에 떠오른 표정을 참고해 해석할 만한 게 하나도 없다. 저게 뭐지? 그 모든 세월을 엄마로 살아오면서 미미는 저런 표정과 비슷한 것을 한 번도 본 적이 없다. 그리고 이제 그것이 마음속에서 느껴진다. 무언가가 우지끈 갈라지는 소리. 완전한 파괴. 미미의 아들은 죽도록 겁에 질려있다. 멀리서 그 생각이 미미에게 다가온다. 테오는 미미를 겁내고 있는 것이다.

"얼른요! 여기서 나가세요! 저희 부모님이…… 저희 부모님이 오실 거예요……. 바로 이 근처에 계시다고요. 정말이에요."

"그게 무슨 말이니? 내가 네—,"

"절 가만히 놔두세요, 할머니!"

다리에 힘이 풀리는 바람에 미미는 앞으로 고꾸라진다. 그러면서 머리 옆쪽이 차가운 바닥에 부딪치지만, 아프지는 않다. 하나도 아프지 않다. 미미는 울고 있고, 그 눈물은 늘 똑같은, 멀리 있는 그 장소로부터 오고 있다. 눈물은 콘크리트 바닥에 난 작은 틈으로 흘러들어 가 고인다. 미미가 저질러서 테오를 상처 입힐 수 있었던 행동이 대체 뭐였을까?

미미는 테오를 올려다본다. 자신이 가진 몇 안 되는 단어들을 심연으로부터 끌어모은다.

"미안하구나." 미미가 말한다. "내가 뭘 했든, 미안하다."

테오가 움직임을 멈춘다.

"부탁이야."

어슴푸레한 어둠을 꿰뚫는 얇은 빛의 조각들 속에서, 미미의 눈에 들어오는 테오는 머리부터 발끝까지 온몸을 떨고 있다.

"절대로 너를 해치지 않을 거야. 약속할게."

테오의 두 눈이 재빨리 작은 집 안 여기저기를 둘러본다. 마치 밖으로 나갈 수 있는 다른 방법이 있는지 찾기라도 하는 것처럼. 그러더니, 테오는 손모아장갑 낀 한 손을 천천히 뻗어 미미를 일으켜 세운다. 이제 미미는 울음을 멈출 수가 없다. 미미에게서 나오는 소리들은 거의 인간의 것이 아니다. 대체 뭐가 잘못된 걸까? 해변에 있을 때는 너무도 아름다운 하루였는데, 이제 미미가 모든 걸 망쳐 버린 것이다.

"할머니?" 테오가 미미의 양쪽 어깨를 붙잡는다. 이 아이는 나를 왜 이렇게 부르는 걸까? "할머니, 피가 나요."

미미가 얼굴 옆쪽을 만져보자 손에 기다랗게 피가 묻어나온다.

미미는 테오를 안심시키고 싶다. 그냥 살짝만 긁힌 거라고 말이다. 나중에 벤이 치료해 줄 거라고. 과산화수소수와 항생제 연고를 발라줄 거라고. 하지만 말이 나오지 않는다. 입은 움직이지만 더 이상 말을 할 수가 없다.

"괜찮지 않으신 것 같은데요." 테오가 자기 목에서 목도리를 풀어 건넨다. "여기요, 이거 받으세요."

미미는 테오를 빤히 쳐다본다. 내 아들. 그러고는 그 애가 목에 목도리를 둘러주게 놔둔다.

"그리고 이것도요." 테오는 점퍼 주머니를 뒤지더니 손으로 뜬 모자 하나를 끄집어낸다.

아이가 그것을 미미에게 내민다. "이거 쓰세요."

미미는 움직일 수가 없다.

"할머니, 그 모자 쓰세요. 그러다 추워서 죽을지도 몰라요."

테오, 네 누나는 어디 있니? 너희 아빠는? 다들 어디로 간 거야?

테오는 손모아장갑을 낀 손등으로 코를 닦는다. 항상 휴지를 쓰라고 내가 말 안 했니? 테오는 팔을 뻗어 길고 희끗희끗한 머리칼 위로 모자를 부드럽게 씌워주고는 귀가 덮이도록 잡아당겨 준다.

"있잖아요, 할머니. 제 점퍼는 드릴 수가 없어요. 왜냐하면 저도 추워서 죽을 것 같거든요."

미미의 이는 딱딱 부딪치고 있다.

테오가 점퍼 안쪽에서 무슨 기계 같은 걸 꺼내더니 버튼을 누른다. 그러자 화면에 텔레비전처럼 불이 들어온다. 테오의 얼굴이 창백하게 빛나고 있다.

"있잖아요, 앞으로 네 시간 더 있으면 해가 떠요." 테오가 말한다. "해가 뜨면 모든 게 달라 보일 거예요."

미미는 고개를 끄덕이려고 애를 쓴다.

"그건 그렇고, 그 말은 저희 엄마가 항상 하시는 말씀이에요." 테오가 거친 한숨을 내쉰다.

하지만 내가 네 엄마인걸!

"좀 더 가까이 와서 앉으시는 게 좋겠어요." 테오가 말한다. "자연체험학교에서 배웠는데 우리는 체온으로 서로를 따뜻하게 해줄 수 있대요."

테오는 자기가 앉아있던 구석으로 미미가 옮겨 앉게 도와준다. 미미는 차갑고 단단한 바닥 위로 몸을 당겨 테오 바로 옆까지 가서 앉는다. 슬리퍼 한쪽이 벗겨지는 바람에 미미의 파래진 맨발이 드러난다.

"잠시만요." 테오가 말한다. 그러더니 배낭 속을 뒤져 둥글게 말린 양말 한 켤레를 꺼낸다. "이거 쓰세요."

미미는 테오를 빤히 쳐다본다. 말없이, 움직임 없이. 테오도 미미를 빤히 쳐다본다.

"괜찮아요." 테오는 양말 두 짝을 분리한다. "괜찮아요." 테오가 다시 말한다. "신으세요." 미미는 앞으로 몸을 굽히고 오른쪽 양말을 잡아당겨 신는다. 그러고는 왼쪽 양말을. 피부가 조금 젖어있어서 쉽지는 않지만, 아무튼 신기는 한다. 두 발을 다시 슬리퍼 속에 밀어 넣는다.

"좀 낫죠, 그죠?"

테오는 다시 미미 곁에 앉는다. 그들의 팔과 다리가 서로 닿는다. 그들의 구름 같은 입김이 허공에서 뒤섞인다.

미미는 다시 울기 시작한다. 세라는 어디 있는 거야? 벤은? 스스로에게 화가 난 미미는 자기 뺨을 두들긴다.

"혹시 별 좋아하세요?"

아이는 천천히, 조용하게 말한다. 마치 아이에게 하듯이, 하지만 자신은 아이가 아니라는 듯이.

"응." 미미가 간신히 대답한다. 계속 테오 곁에 있기 위해서는 뭐든 좋아할 수 있다.

"제가 멋진 거 하나 보여드릴게요."

테오가 다시 그 화면에 불을 켠다. 미미가 어둠 속을 내려다보자 밤하늘 전체가 눈에 들어온다. 황소. 뱀. 게. 하프를 들고 있는 어린아이.

"그건 황소자리예요." 테오가 손가락으로 가리키며 말한다. "그리고 거기 그 별은 알파 페르세이예요. 페르세우스자리에서 가장 밝은 별이에요."

테오가 손가락으로 화면을 훑자 그들은 뒤로, 뒤로, 뒤로 움직이며 지구로부터, 이 장소로부터 멀어지고, 모든 것이 빙글빙글 돌아간다.

"보이세요? 이게 우리가 정확히 어디 있는지 보여줄 수 있어요."

그들은 우주 공간에 떠올라 지구를 내려다보고 있다. 낯선 음악이 그들을 둘러싼다. 미미의 눈에 대양들이, 대륙들이 들어온다.

여기서 보니 모든 것이 너무도 단순해 보인다. 회전이 멈춘다. 격자 모양 기준선망 중심부에 둘러싸인 조그만 형체가 미미의 눈에 들어온다.

"이게 우리예요." 테오가 말한다. "여기가 지구상에서 우리가 있는 위치예요. 보이세요? 조금 기분이 나아지지 않아요?"

미미는 아들을 바라본다. 솜털이 난 그 애의 부드러운 뺨이 기계의 불빛 속에서 연한 푸른색으로 빛난다. 이 아이를 거의 잃어버릴 뻔했다고 생각하면. 미미의 숨결이 느려진다. 음악은 말 없는 자장가가 된다.

미미가 이렇게 행복했던 적은 지금까지 없었다.

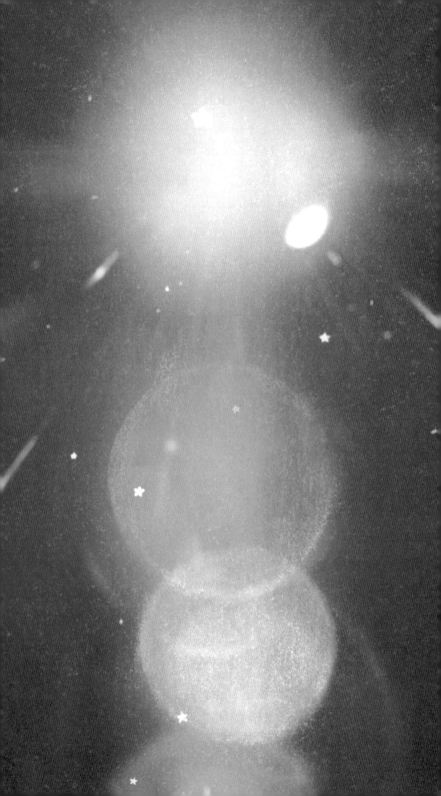

1999년 12월 31일

솅크먼

12월 31일은 무슨무슨 날 전체를 통틀어 그가 가장 좋아하지 않는 날이다. 풋내기들이나 나가 노는 밤. 곤드레만드레 취한 사람들, 끌어안고 키스하는 그 온갖 질척질척한 행태들이라니. 게다가 뭘 위해서? 어린 시절, 동네의 다른 모든 아이들은 방송인 딕 클라크가 카운트다운을 하고 타임스퀘어 위에 있던 타임볼이 깃대 아래로 내려오는 걸 보려고 자정 넘은 시각까지 깨어있느라 애를 쓰곤 했다. 하지만 그때, 솅크먼은 잠들려고 죽어라 애를 쓰곤 했다. 시계가 자정을 치는 그 순간, 한 해의 끝이 곧바로 새로운 해의 시작으로 변하는 그 순간을 참을 수가 없었다. 누가 저렇게 온통 무의미한 것을 위해 깨어있고 싶어 한단 말인가? 째깍, 째깍.

하지만 올해는 다르다. 올해는 그 순간을 기다리며 두구두구 울려대는 드럼 소리가 요란하고도 끊임없이 들려온 터였다. Y2K 호환성과 대비, 혹은 적어도 호환성과 대비에 관해 인식하는 게 회사의 집중 과제였다. 홍보상의 문제, 바로 그거다. 고객들은 공포에 사로잡혀 있다. 동원된 변호사들은 시계가 자정을 치면 날짜가 넘어가면서 대혼란이 일어날 경우에 대비해 집단소송을 맡을 준비를 하고 있다. 하지만 대혼란은 일어나지 않을 것이다. 그 중대한 전환점은 이미 처리된 뒤다. IT 쪽 사람들이 여러 해 동안 그 문제를 연구해 왔다. 데이터 확장, 윈도잉, 날짜 재할당…… 날짜가 넘어가면서 생기는 문제는 사실상 2900년대 말로 미뤄졌는데, 셰크먼은 어쩌면 거기에 관심을 갖게 될 수도 있겠지만 지금은 관심이 없다. 그럼에도 뉴스 진행자들은 도무지 입을 다물 생각이 없어 보인다. 그들은 공중파 방송을 끝없는 잡담으로 가득 채운다. 그동안 실리콘 밸리의 거물들이란 거물들은 모두 방송에 한 번씩 나와서 이야기했다. 셰크먼은 그런 어리석은 짓거리들이 통찰력으로 통한다는 데 놀란다. 얼간이들은 금과 통조림과 소형 화기를 구입하려고 줄을 서있다. 그들은 시간이 1900년으로 다시 돌아가고, 전력망이 끊기고, 시장이 붕괴하고, 폭도들이 거리를 점령할 경우에 대비해 배터리, 라디오, 물을 사재기하고 있다.

그리고 올해 이날이 좀 다르게 느껴지는 또 한 가지 이유가 있다면 (여기서 셰크먼은 자신의 우선순위가 잘못돼 있는 것 같다고 깨닫는다) 앨리스가 아이를 낳게 될 것이라서다. 그러니까, 그들이 아이를 낳게 될 거라는 얘기다. 그에게 아기가 생긴다는 거다. 아들이. 임신 테스트기가 마치 미지의 세계를 향해 뻗어있는 철로처럼 선명한 빨간색 평행선 두 줄을 보여준 그날 이후로, 셰크먼은 자신들이 견뎌낸 초음파 사진들의 끝없는 물결이 그 사실을 증명해주는 걸 보아왔지만 여전히 잘 믿기지가 않는다. 아기 한 명의 몸을 이루는 300개의 뼈, 머리, 발가락, 음경과 음낭(그러므로 아들이다), 바다에 이는 파도처럼 앨리스의 배에 생긴 잔물결 무늬들. 셰크먼은 가장 최근에 인쇄한 초음파 사진을 지갑에 넣어 서류 가방 속에 가지고 다니면서, 회색과 흰색으로 된 그 얇은 종이를 몇 번이나 꺼내 마치 실마리를 찾으려는 것처럼 살펴보곤 했다. 셍크먼이라는 성을 물려받을 이 남자 아기는 어떤 아기일까? 그리고 그는, 셍크먼은, 아버지가 된다는 것에 관해 무엇을 알고 있을까? 그는 아무것도 모른다. 정말이지 단 하나도 아는 게 없다. 그가 아는 것이라고는 어떤 아버지가 되지 말아야 하는지, 어떻게 행동하지 말아야 하는지뿐이다.

다 괜찮아, 그는 스스로에게 상기시킨다. 넌 할 수 있어. 그는 머릿속에서 다시 노를 잡아당긴다. 그러고는 팀 플레이를 능숙하게 해내며 수심이 깊은 곳을 유유히 가로질러 간다. 넌 할 수 있어. 그는 머릿속에서 들려오는 또 다른 목소리를 향해, 그에게 똥 덩어리라고 말하는, 수상할 정도로 아버지의 목소리와 닮은 목소리를 향해 닥치라고 명령한다.

"여보?"

앨리스가 그를 부르고 있다. 하지만 그는 잠깐 동안 그들의 새집 주방 창가에 그대로 서서 디비전 스트리트 건너편을 응시하고 있다. 셍크먼은 서른한 살이고, 확실히 그가 이 집을 살 일은 없을 것이다. 음, 그 말이 100퍼센트 사실인 건 아니다. 물론 그들은, 그와 앨리스는 엄청난 액수의 대출을 받았다. 하지만 그들은 스프레드시트를 자세히 살펴보며 위험 요소를 평가하기도 했다. 두 사람 분의 봉급과 보너스가 합쳐지고, 부동산 시장이 안정되고, 그들의 상황이 꾸준히 상승세를 타서 가능성 있는 미래로 이어질 거라고 확신할 이유는 무척이나 많다. 그럼에도 그는 어쩔 수가 없다. 머릿속에서 다시 그 목소리가 들려온다. 넌 대체 네가 뭐라고 생각하는 거야? 넌 아무것도 못 되는 놈이야. 그게 너야.

"여보?"

앞으로 5주. 그게 앨리스와 둘만 지내는 남은 시간의 전부다. 그러고 나면 셍크먼이라는 성을 물려받을 남자 아기가 태어날 것이다. 그들은 아직 아기 이름을 정하지 않았다. 성경에 나오는 이름들도 여전히 고려 중이다. 아이작, 애런, 모지즈. 모지즈 셍크먼. 그의 아들은 권투 선수가 될 것이다. 21세기에 유대계 최초로 등장한 위대한 권투 선수가. 아이작 셍크먼. 그의 아들은 하버드대를 나온 신경과학자가 될 것이다. 애런 셍크먼. 그의 아들은 배우가, 애덤 샌들러나 벤 스틸러처럼 유대인답게 잘생기고 웃긴 남자 배우 중한 명이 될 것이다.

＊ ＊ ＊

디비전 스트리트에 어스름이 깔리고 있다. 길 건너편, 미늘판자를 댄 예쁘장한 집에 사는 나이 지긋한 부부의 차가 진입로로 들어온다. 그들은 '스튜 레너드' 슈퍼마켓의 쇼핑백을 각자 하나씩 들고 차에서 내린다. 둘 다 짙은 남색 오리털 점퍼를 입고 있다. 남편이 아내의 팔꿈치를 붙잡고 집 앞길의 얼어붙은 땅 위로 이끌어 가는 중이다. 그들은 Y2K 같은 것에 대해서는 그다지 걱정이 없어 보인다. 기운차고 멋진 외모를 한 매력적인 부부다. 셍크먼과 앨리스

118

가 운이 좋다면 30년쯤 뒤에 그런 모습이 될 것 같은 부부. 저 부부는 오늘 밤에 손님을 맞을까, 솅크먼은 궁금해진다. 그들은 다 큰 자식들이 있을 것 같았다. 어쩌면 손자들도.

솅크먼은 샴페인이 알맞게 차가워져 있는지 확인하려고 냉장고를 열어본다. 그는 사람들의 흥을 깨버리는 자신의 '무슨무슨 날 공포증'을 이번 한 번만큼은 물리치고 좋은 물건에 돈을 썼다. 크리스털 샴페인과 벨루가 캐비어 통조림 작은 걸로 하나. 앨리스가 캐비어를 먹어도 되는지, 아니면 초밥이나 절인 고기, 저온 살균이 안 된 치즈와 마찬가지로 그것도 금지 식품 목록에 있는지는 잘 모르겠다. 하지만 그는 축하 정도는 해도 된다고 생각한다. 그들은 서로를 향해, 새로 다가올 천년에, 아직 태어나기 전인 아이작/애런/모지즈에게, 학제가 좋고 도시로 통근하기 편해서 선택한 교외의 이 집에서, 그들 가족이 살아갈 집에서 시작될 가족생활에 건배할 것이다.

그들은 그동안 신중하게 고려했다.

만반의 준비도 해뒀다. 모든 게 잘될 것이다.

"계속 불렀는데." 앨리스가 문간에 나타난다. 문틀을 붙잡고 있는 앨리스의 얼굴이 백지처럼 하얗다. "나……."

앨리스는 커다란 배 위로 몸을 수그린다.

"나 양수가 터졌어." 앨리스가 간신히 말한다.

아내의 임산부용 레깅스에 검은 얼룩을 만들며 스며 나와 바닥으로 뚝뚝 떨어지고 있는 물기가 그제야 솅크먼의 눈에 들어온다. 그의 머릿속이 정신없이 요동치며 뭘 해야 할지 생각한다. 뭘 해야 하지? 그는 수직적 합병에서의 위험 요소를 분석할 줄 알고, 적절한 타깃을 찾아낼 줄 알고, 지분 구조를 조정할 줄 알지만, 그의 임신한 아내 앨리스는 지금 몸을 웅크린 채 쪼그리고 앉아 이마에 핏줄이 튀어나오도록 뭐라고 소리치고 있다. 적어도 무언가를 소리치는 것처럼 들리기는 한다. 아득하게 먼 곳에서 들려오는 소리 같고, 셍크먼은 벨루가 캐비어 통조림 하나를 손에 든 채 그 자리에서 꼼짝도 못 하고 있지만 말이다. 뭐든 해야 해!

셍크먼의 두 발이, 두 손이 움직인다. 손가락들이 세 개의 숫자로 된 응급 전화번호를 누른다. 찾기 편하도록 주방 서랍 속에 넣어둔 산부인과 병원 전화번호를 더듬어 찾지만, 두 손은 덜덜 떨리고, 그 대신 그가 찾아내는 건 중국 음식점 '엠파이어 사천'의 메뉴판과 세탁소에서 온 작은 광고지뿐이다.

앨리스는 여전히 쪼그리고 앉아 그들이 배워둔 라마즈 호흡법을 연습하고 있다.

"히, 히, 후!"

앨리스는 짧게 두 번 내쉰 다음 입으로 입김을 내뿜는다.

"히, 히, 후!"

하지만 저런 호흡은 진통이 최고조에 도달하면 하라고 했는데.

앨리스는 뭘 하는 거지? 셍크먼은 바닥에 주저앉는다. 구급차가 오고 있다. 앨리스의 몸이 앞쪽으로 휘청거린다. 셍크먼이 아내의 양쪽 어깨를 붙잡는다.

"나 좀 봐, 앨리스!"

앨리스의 두 눈은 넋이 나가 있다. 앨리스는 어딘가 먼 곳에 있고, 그는 아내에게 닿을 수가 없다. 앨리스의 얼굴이 고통으로 일그러진다.

"아기가 나오려고 해." 앨리스가 호흡과 호흡 사이에 말한다.

"그럴 리가 없어." 셍크먼은 아내를 진정시키려 애쓰며 그렇게 말한다. 하지만 그가 뭘 알겠는가? 아내의 양수가 터졌다. 그들은 이 집에 이사 온 지 2주밖에 되지 않았다. 그는 이 동네를 아직 잘 모른다. 병원은 대체 어디 있는 거지? 병원에 어떻게 가는지 알아내야 한다. 그들이 병원에 가본 건 딱 한 번인데, 새로 지은 산부인과 병동을 구경하러 간 것이었다.

"꺼져!" 앨리스가 소리 지른다. "꺼져버려, 셍크먼— 당신의 그 빌어먹을 자신감이 싫어!"

이런 일이 일어나기도 한다는 이야기를 들은 적이 있었다. 여자들이 미쳐버린다고. 그럴 의도는 없는데 남편들에게 욕을 하게 된다고. 셍크먼은 앨리스의 머리를, 땀에 젖어 딱 붙어있는 머리칼을 쓰다듬으려 한다. 하지만 앨리스가 홱 몸을 뺀다. 뭐든 해야 해.

셍크먼은 현관 홀을 향해 전속력으로 달려간 다음 문을 열어젖히고 길 양쪽을 눈으로 훑으면서 보도로 뛰어 내려간다. 구급차는 어디쯤 왔지? 그는 그 전에는 단 한 번도 911에 전화를 걸어본 적이 없었다. 얼마나 걸리는 거야?

집 안에서 앨리스가 또 한 번 비명 소리를 내지른다.

셍크먼은 집으로 얼른 달려 되돌아가려고 몸을 돌리다가 어떤 소리를 듣고 멈춘다. 길 건너편에서 누군가의 목소리가 그를 부르고 있다.

"뭐라고요?"

나이 지긋한 그 남자다. 푸른색 오리털 점퍼를 입고 있던. 남자
는 자기 집 앞 현관에 서서 밀려오는 어스름 속으로 두 눈에 손차양
을 하고 있다. 마치 지평선에 보이는 무언가를 분간해 내려고 애를
쓰는 것처럼.

"괜찮으세요?"

"제 아내가……." 셍크먼은 우물거리며 말한다.

남자는 셍크먼이 문장을 끝맺기를 기다린다. 희끗희끗해져 가
는 남자의 머리칼이 현관문 양쪽에 달린 벽등에서 나오는 빛을 받
아 빛난다. 바로 요전 날, 셍크먼과 앨리스는 그 벽등에 감탄했었
다. 문을 두드려 그 부부에게 그것들을 어디서 샀느냐고 물어볼까
생각도 했었다.

"제 아내가 진통 중인데요." 셍크먼이 말한다. "양수가 터졌어
요, 5주나 일찍이요, 그런데……."

셍크먼이 미처 그 문장을 다 말하기도 전에 남자는(셍크먼이
가능하다고 생각했을 속도보다 훨씬 빠르게) 자기 집 앞길을 껑충
껑충 뛰어 내려온다. 남자는 이제 셍크먼 곁에 다가와 있다. 그러고
는 그를 집 안으로 다시 데리고 들어간다.

"제가 의사예요." 남자가 말한다. "갑시다. 아내분이 어디 계시
죠?"

"주방에…… 왼쪽으로 도서서요……."

"길은 압니다."

앨리스는 이제 두 손과 두 무릎을 바닥에 대고 엎드려 있고, 앨

리스의 배는 바닥 가까이에서 흔들리고 있다. "히, 히, 후!"

남자가 앨리스 위로 몸을 굽힌다. 앨리스는 어깨 너머로 고개를 돌려 묻고 싶은 얼굴로 셍크먼을 쳐다본다.

"앨리스, 이분은 우리 이웃이신데…… 의사셔." 셍크먼은 말한다. 마치 아무것도 없는 곳에서 의사를 불러낸 공적을 인정받을 수 있겠다는 듯이.

"벤 월폽니다." 남자가 간단히 말한다. "양수가 언제 터졌죠?"

"30분쯤 전에요." 앨리스가 숨을 헐떡인다.

"주수가 어떻게 되시죠?"

"34주 반이에요. 제 담당 의사 선생님 좀 불러주세요!" 앨리스의 얼굴은 새빨갛고, 검은 일자 앞머리는 이마에 찰싹 달라붙어 있다. "제 담당 선생님은 어디 계시죠?"

"진통 간격이 얼마나 되세요, 앨리스?"

"모르겠어요. 3분…… 어쩌면 그보다 짧을지도요?"

"이번이 몇 번째 출산이세요?"

"첫 번째요. 첫 아이예요."

"수건 좀 주세요." 월프가 셍크먼을 향해 몸을 돌린다. "많이요."

맙소사. 하느님 맙소사.

셍크먼은 위층으로 뛰어 올라가 문을 두 개 열어젖힌 끝에 리넨 제품을 넣어두는 캐비닛을 찾아낸다.

수건을 한 아름 집어 든다. 그와 앨리스가 바로 지난주에 '워터 웍스' 매장에서 함께 골랐던 수건들이다. 플러시 천으로 된 수건의 이끼 같은 녹색은 이제 그를 조롱하는 것처럼 보인다. 고급 수건,

'포겐폴' 브랜드의 주방, 노스캐롤라이나의 어느 골동품 매장에서 배송시킨 황동 침대…… 그런 삶을 살게 될 거라고 생각하다니, 그들은 자기들이 누구라고 여겼던 걸까?

제발, 셴크먼은 허공에 대고 기도를 읊조리는 자신을 발견한다. 제발, 제발, 제발.

앨리스는 이제 임산부용 레깅스와 팬티를 벗었다. 그러고는 쪼그려 앉은 자세로 돌아가 있다.

"바닥에 최대한 많이 깔아주세요." 월프가 지시한다.

셴크먼은 두 손과 두 무릎을 바닥에 대고 엎드려 아내의 몸 밑에 수건들을 두껍게 두 겹으로 깐다. 마치 주방 바닥 한가운데 솟아난 이끼 낀 녹색 섬처럼.

앨리스가 신음을 내뱉는다. 낮고 깊은, 짐승 같은 소리다. 월프가 손목시계를 확인한다.

"하지만 아기를 여기서 낳을 순 없어요." 셴크먼이 말한다. 그는 그 말이 얼마나 어처구니없게 들리는지 깨닫지만, 여전히 그의 마음 한구석에는 말을 하면 말하는 대로 될 거라고 믿는, 그렇게 작지만은 않은 마음이 있다. 이 일은 이런 식으로 진행되어서는 안 된다. 셴크먼의 마음속에 그려진 그림 안에서 그들은, 이 상서로운 순간에 병원의 최신식 분만실에 있다. 앨리스는 거품 목욕용 욕조에 몸을 담고 있다. 조명은 어둑하다. CD 한 장이 규칙적이고 리드미컬한 바다의 파도 소리를, 새들의 울음소리를 재생하고 있다. 조산사가 호출을 받았다. 모헬*에게도 연락이 간 뒤다. 목록에 있는 모든 것이 준비 완료된 뒤다.

"지금 가면 분명 병원에 도착할 수 있을 것 같거든요……."

이 말을 들은 앨리스가 또다시 꺼져버려라는 말을 내뱉는다. 맙소사, 제발 저 말 좀 안 했으면 좋겠군. 셍크먼은 생각한다.

"혹시 장갑 있으세요?" 월프가 묻는다. 셍크먼은 고개를 젓는다. 스스로가 그토록 쓸모없는 인간처럼 느껴진 적은 지금껏 한 번도 없었다. 셍크먼은 원래는 의지할 만한 사람이다. 돌발 사태 전문 해결사이기도 하다. 어린 시절부터 언제나 어떤 상황이 닥쳐오든 준비가 돼있었던 사람이다.

"길 건너편 집에 가서 제 아내한테 제 의료 가방 좀 달라고 하세요." 월프가 말한다.

셍크먼은 빌어먹을 멍청이처럼 거기 가만히 서있다. 언제나 마음속 깊은 곳에서는 자신의 진짜 모습이라고 생각하던 그 멍청이처럼.

"어서요!"

앨리스가 또다시 신음을 내뱉는다.

월프가 다시 손목시계를 확인한다. "2분 간격이에요." 그가 말한다.

월프는 일어서서 싱크대로 성큼성큼 걸어간다. 물을 틀고 김이 날 정도로 뜨거운 물이 나올 때까지 기다린 다음 항균 비누로 손을

---

* 생후 8일이 된 남자아이에게 유대교 의식에 따라 할례를 해주는 사람.

씻는다. 윌프는 마치 주방이 수술실이라도 되는 것처럼 그곳을 지휘한다. 찬장에서 하얀 도자기 사발 하나를 꺼내 거기에 뜨거운 물을 받는다.

그런 다음 사발과 비누를 앨리스에게로 가져간다.

"아래쪽을 살균 소독할 거예요." 윌프가 말한다. 마음을 진정시켜 주는 차분한 목소리다. 그는 셍크먼에게로 몸을 돌리더니 눈짓을 한다. 뭘 기다리고 있어요? 셍크먼은 얼른 망연자실한 상태에서 빠져나온다. 집에서 뛰쳐나가 다시 한번 구급차를 찾아보지만, 구급차는 어디에도 보이지 않는다. 멀리서 들려오는 사이렌 소리조차 없다. 하나, 둘, 하나, 둘. 그의 블레이드들이 호수를 찰싹찰싹 때리는 소리. 깊은 물속으로 깊숙하고 강력하게 베어 내려가는 동작. 있는 힘껏 스스로를 밀어붙인다는 게 뭔지 그는 알고 있다. 넌 할수 있어.

그는 전속력으로 달려서 길을 건너 디비전 스트리트 18번지 앞 길을 올라간 다음 문을 두드린다.

"금방 가요!" 안에서 낭랑한 여자 목소리가 들려온다. 빗장이 찰칵 열리고, 팔다리가 길고 우아한 노부인이 요리사가 입는 앞치마를 입고 문간에 나타난다. 볼보 왜건에서 내리는 걸 지켜봤던 그 노부인이다. 아름다운 여자다. 놀랍도록 선명한 녹색 눈과 매력적이고 커다란 입. 구불구불한 긴 머리칼에는 남편과 마찬가지로 은발이 섞여있다. 셍크먼은 부인이 60대 초반쯤 됐을 거라고 짐작한다.

"제 아내가 진통 중인데요." 셍크먼은 말한다. 숨이 가쁘다. 아주 분명하게 말하고 싶은데. 부인의 두 눈이 너무 다정해 보여서 셍크먼은 울음을 터뜨리고 말 것만 같다. "응급 상황이어서요. 월프 박사님이……."

부인의 손이 입으로 올라간다. "오!"

"박사님이 저보고 의료 가방을 가지고 와달라고 하셨어요."

"그러니까, 아내 되시는 분이…… 근데 혹시 구급차는……."

"진행이 너무 빨라서요."

무언가가 부인의 얼굴을 가로질러 간다. 너무 순식간에 지나가는 표정이라 셍크먼은 거의 알아채지 못한다. 그는 나중에야 그 표정이 걱정, 자부심, 그리고 맹렬한 보호 본능 같은 것들을 뜻했을지도 모른다고 생각하게 될 것이다.

"들어오세요." 부인은 그를 현관 홀 안쪽으로 안내한다. "여기서 기다려주세요. 금방 올게요."

부인은 서둘러 위층으로 올라간다. 셍크먼의 머리 위에서 바닥 널들이 삐걱거리는 소리가 들린다. 셍크먼의 손바닥은 축축하게 젖어 있다. 두 눈은 감지 못하게 핀으로 고정돼 있는 것 같고, 그는 마치 눈을 깜빡이는 법을 잊어버린 것만 같다. 그 집은 월프 부인의 발소리를 빼고는 너무 조용해서 현관에 걸린 아주 오래된 시계에서 나는 째깍, 째깍, 째깍 소리가 들려올 정도다. 아마 그들이 조부모에게서, 어쩌면 증조부모에게서 물려받은 가보일 것이다.

셍크먼은 덜컥거리며 기계적으로 돌아가는 초침을 지켜본다. 월프 부부네 집 현관의 따스한 빛 속으로 계단을 따라 줄지어 걸려 있는 일련의 가족사진이 보인다. 남자아이 하나와 여자아이 하나. 둘 다 어머니처럼 머리칼이 검고 구불구불하다. 셍크먼과 앨리스도 이런 사진들을 갖게 될 일이 있을까? 아니면 지금 그는 모든 게 망해버리는 바로 그 순간의 한가운데에 서있는 걸까? 그는 그 생각을 털어버린다. 다름 아닌 그 생각 속에 그들에게 해악을 가져올 힘이 깃들어 있을지도 모른다는 듯이.

월프 부인이 재빨리 계단을 내려온다. 손에는 튼튼해 보이는 검은색 가방이 들려있다.

"여기요." 부인이 말한다. 가방을 건네주기 전에 부인이 잠시 망설이는 것 같아 보여서 셍크먼은 자기가 해야 하는 말이나 행동이 더 있는 건지 궁금해진다. 하지만 그때 부인이 가방을 내민다. "서두르시는 게 좋겠어요."

셍크먼이 디비전 스트리트를 건너 달려 돌아가는데 사이렌 소리가 들려온다. 너무 멀리서 나는 소리 같다. 어쩌면 그들의 집으로 오는 차가 아닐 수도 있다.

주방에서는 월프 박사가 쭈그리고 앉아 앨리스를 내려다보고 있다. 앨리스는 한 손을 펴서 벽에 딱 붙인 채 수건들 위에서 몸을 고정하고 있다.

"좋아요, 앨리스." 월프의 목소리는 여전히 아까처럼 차분하고 신중하다. "셋을 세면 힘주세요. 하나, 둘……."

앨리스가 있는 힘을 다하며 얼굴을 찡그린다. 앨리스의 얼굴은 셍크먼으로선 가능할 거라고 생각해 본 적도 없는 색깔로 변해있다.

"잘했어요. 이제 빠르게 몇 번 숨을 쉬세요."

앨리스의 두 뺨 위로 눈물이 흘러내린다.

"이건…… 너무 힘들어요……."

셍크먼이 다가가 앨리스의 손을 잡아주지만, 앨리스는 다시금 찰싹 때려 그를 쫓아버린다. 셍크먼은 마치 플렉시글라스 칸막이 바깥에서 한 명뿐인 관객이 되어 퍼포먼스가 펼쳐지는 걸 지켜보고 있는 것만 같다. 그의 아내와 의사는 자기들만의 세상에 있다. 그 세상에 셍크먼이 들어갈 자리는 없다.

"숨 쉬세요. 다음번 진통이 올 때까지 힘은 주지 마시고요."

앨리스는 마치 월프가 자신의 구원자라도 되는 것처럼 그의 두 눈을 빤히 들여다보고 있다.

월프가 다시금 손목시계를 확인한다.

또 한 번 진통이 닥쳐오자 앨리스가 울부짖는 소리를 토해낸다.

"지금이에요? 좋아요, 갑시다. 있는 힘을 다 주세요, 앨리스."

앨리스는 이제 등을 대고 무릎을 벌린 채 누워있다. 셍크먼은 차가운 주방 바닥에 누운 아내의 몸을 조금이라도 더 받쳐주려고 수건들을 더 접는다. 앨리스는 셍크먼이 하누카*에 선물해 준 목걸이를 움켜쥔다. 금으로 된 체인에 검은 장식이 달려있는, 아기의 이름이 새겨질 목걸이다. 월프가 몸을 낮춘다. 그의 점퍼는 옆쪽에 던져져 있고, 셔츠 소매는 팔꿈치까지 걷어 올려져 있다. 그건 그렇고 대체 이 월프라는 남자는 누구란 말인가? 운명이 그들을 그의 손안에 데려다 놓았다. 조사를 하고, 최고의 의사들이 특집으로 실린 잡지 『뉴욕』을 부지런히 분석하고, 말도 안 되는 대기 목록에 오르려고 연줄을 동원한 끝에, 그들은 결국 길 건너편 집에 사는 이웃에

---

*   유대교의 성전 헌당 기념일.

129

게 이 일을 맡기게 됐다. 셍크먼이 이 남자에 관해 아는 거라곤 그가 'L.L.빈'의 오리털 점퍼를 입고, 스튜 레너드 슈퍼마켓에서 장을 본다는 사실뿐이다.

"아주 잘했어요." 월프가 말한다. 난기류 구간을 지나는 항공기 조종사처럼 동요라고는 없는 목소리다.

승객 여러분, 현재 가벼운 흔들림이 발생하고 있습니다.

"입으로 숨을 내쉬세요."

셍크먼은 아내가 숨을 쉬려 애쓰는 모습을 지켜본다. 제발 괜찮아줘. 그는 사람들이 왜 하느님과 흥정을 하는지 뼈에 사무치도록 분명하게 깨닫는다. 만약 앨리스와 아기가 무사히 해낸다면, 그는…… 뭘 할까. 그는 더 열심히 일할 것이고, 더 잘할 것이고, 더 다정해질 것이다. 빌어먹을, 이 세상 전부를 통틀어 최고의 아버지가 되어줄 것이다. 사이렌 소리가 점점 더 가까워지는 것 같지만, 그는 자신의 두 귀를 믿을 수가 없다.

"사랑해, 앨." 셍크먼이 말한다. 앨리스가 다시 그에게 욕을 시작하지 않기만을 바라면서.

"아기 머리가 보이네요." 월프가 차분하게 말한다. "다시 한번 힘주세요, 앨리스. 할 수 있어요."

그때 월프의 표정이 변한다.

"계속 힘을 주세요." 그가 말한다. 그러더니 갑자기 아주 조용하게 예의 주시하는 얼굴이 된다.

"뭐가 잘못됐나요?"

"아무것도 아닙니다." 월프는 그렇게 말하지만, 아무것도 아닌 것처럼 보이지는 않는다. "좋아요, 앨리스. 이제 반쯤만 힘을 주세요, 머리가 나오게 해봅시다……."

그때 집 앞 계단을 올라오는 요란한 발소리가 들린다. 송수신 겸용 무전기의 시끄러운 소리도.

"그대로요……." 월프가 중얼거린다.

앨리스가 비명을 지른다.

셍크먼이 활짝 열린 채로 놔두었던 현관문이 쾅 닫히면서 구급 대원 세 명이 주방에 불쑥 들어온다. 하지만 월프는 그들을 알아차리지도 못하는 것 같다.

"바로 그거예요……."

"비켜주십시오, 선생님."

월프의 두 손은 앨리스의 허벅지에 가려져서 보이지가 않는다.

"어서요, 앨리스…… 계속 힘주세요."

셍크먼은 보이는 위치로 자리를 옮긴다. 그러고는 앨리스의 몸 위를 맴돌며 아래를 내려다본다. 앨리스의 몸은 너무도 작고, 뼈는 가느다랗고, 배는 어마어마하게 크다. 그 모든 것이 완전히 말도 안 되는 광경처럼 보인다.

저기 그의 아기 머리가 있다. 머리가!

월프가 아기의 머리 뒤쪽을 받치고 있다. 머리는 그의 손바닥에 쏙 들어간다. 맥박이 뛰는 암적색의 무언가가 (오, 하느님, 탯줄이다) 아기의 목에 감겨있다. 월프가 탯줄과 목 사이로, 아기의 목 사이로, 손가락 두 개를 미끄러뜨려 넣는다.

"선생님, 어서 비켜주세요!"

셍크먼이 한 손을 내밀고는 손바닥을 쫙 편다. 놔두세요.

"이분, 의사 선생님이세요." 그는 조용히 말한다.

무전기가 다시 시끄러운 소리를 낸다.

앨리스의 얼굴은 새하얘져 있다.

윌프는 물 흐르듯 매끄러운 한 번의 동작으로 탯줄을 위로 들어 올려 머리 주위로 빙글 돌린다. 그러자 아기의 머리가 올가미에서 벗어나려는 것처럼 옆으로 돌아간다. 앨리스가 한 번 더 힘을 주자 불그스름한 물이 쏟아져 나오면서 아기가 나온다. 어깨, 놀랄 만큼 떡 벌어진 가슴, 작고 앙상한 두 다리.

벤 윌프가 그제야 긴 한숨을 천천히 토해낸다. 그의 두 눈이 셍크먼의 눈과 마주친다. "보세요." 그가 말한다. "저 꼬마 친구가 살짝 도움이 필요했네요."

구급대원들은 조용하다. 고무장화를 신은 세 남자가 일렬로 서 있다.

앨리스는…… 앨리스는 울고 있다.

윌프가 아기를 앨리스의 가슴 바로 위에 놓아준다.

"아드님이에요, 앨리스."

모든 게 흐릿하다. 셍크먼은 잠깐 뒤에야 자신이 울기 시작했다는 걸 깨닫는다. 그는 바닥에, 앨리스 곁에 앉아 앨리스의 이마에서 땀을 닦아준다. 그러고는 만지기 두렵지만 손을 뻗어 아기의 조그만 손을 쓰다듬는다. 그런 다음 헤아린다. 손가락 다섯 개. 그리고 다른 손에도 다섯 개. 발가락 열 개. 그리고 조그만 두 개의 금빛 눈썹. 비율상으로 말하자면 상당히 큰 (그 사실을 알아차린 셍크먼은 자부심을 느낀다) 고추. 전부 다 있다. 그의 아들이. 300개의 뼈 모두가 자라나서 어떻게든 서로 제대로 연결되어 있는 것이다.

벤 월프는 자리에서 일어나 구급대원들이 일을 마무리하게 해 준다. 그들이 탯줄을 묶는 동안 월프는 싱크대로 가서 피로 뒤덮인 두 손을 문질러 씻는다. 그는 행주에 손을 닦으며 지켜본다. 그러더니 소매를 풀어 내리고 바닥에서 오리털 점퍼를 집어 든다.

"선생님이 안 계셨다면 어떻게 됐을지 모르겠습니다." 셍크먼이 말한다.

월프는 한 발에서 다른 발로 체중을 옮겨 싣는다. 감정을 드러내게 될까 봐 불편해하는 거구나, 셍크먼은 알아차린다. 셍크먼 자신도 그 점에선 굉장히 비슷하기 때문에 알 수 있다. 걱정 마세요, 끌어안진 않을게요. 그는 말하고 싶다.

"이웃으로서 당연히 해야 하는 일이었습니다." 월프가 대답한다.

"아니 정말로요, 저는……."

"새해 복 많이 받으세요." 월프가 말한다. 그러더니 잠시 멈춰 선다. "아기 이름은 정하셨나요?"

셍크먼과 앨리스는 서로를 바라본다. 아이작/애런/모지즈인 이 아이는 갑자기 아이작/애런/모지즈처럼 보이지 않는다. 태어날 때의 상황이 아이를 비범하게 만들었다. 비범한 남자아이에겐 비범한 이름이 필요하겠지. 남자아이. 셍크먼은 자신이 하느님과 한 흥정을 기억해 내고는 침을 꿀꺽 삼킨다. 그는 그 흥정을 그대로 이행할 작정이다. 이날부터 앞으로 쭉 그에게서 최고의 것들을 받을 자격이 있는 남자아이.

"월도." 셍크먼이 불쑥 내뱉는다.

앨리스가 기쁜 얼굴로 그를 보고 미소 짓는다. 아기는 벌써 앨리스의 젖을 먹고 있다. "바로 그거야." 앨리스가 말한다. "월도 셍크먼."

세라

3년이 지났지만 세라는 아직도 로스앤젤레스에 익숙해지지가 않는다. 웨슬리언대학교에서 영화와 영어를 전공한 후, 세라는 대학원에 진학하는 걸 곰곰이 생각해 보았지만 그러는 대신 뉴욕에 있는 어느 영화 제작사에 조수로 취직했다. 세라는 아발론에서 한 시간 반 거리 내에 머물렀는데, 그 정도면 가끔씩 주말에 부모님 댁을 찾아갈 만큼 가까운 거리였다. 비록 거의 그렇게 하지는 않았지만 말이다. 어느 정도 행복했던 처음 몇 년 동안, 세라는 매일 저녁 시나리오들이 가득 담긴 가방 하나를 끌고 아파트로 돌아왔다. 컬럼비아 근처 어느 엘리베이터 없는 건물에 있는 방 세 개짜리 집에 룸메이트 두 명과 함께 살았고, 제작사 사무실은 로어브로드웨이에 있었으므로, 저녁의 시나리오 검토 작업은 보통 1호선 열차 안에서 시작되었다. 세라는 그 시절을 종종 떠올린다. 20대 초반이었던 그때를. 이제는 모든 것이 너무도 옛날처럼 느껴진다. 그때 세라는 피터를 만나기 전이었다. 딸들도 낳기 전이었다. 자기가 원한다는 것조차 몰랐던 자리로 빠른 승진을 시작하기도 전이었다.

지금은 세라가 겪어본 것 가운데 최고로 이상한 12월 31일이고, 세라와 피터는 파티를 여는 중이다. 그들이 웨스트할리우드에 있는 장인 스타일 방갈로로 처음 이사를 왔을 때, 세라가 새로 사귄 친구 한 명은 말했다. 로스앤젤레스에서 사교와 관계된 모든 일은 뒤뜰에서 일어난다고. 그 말이 무슨 뜻인지 정확히는 알 수 없었다. 하지만 친구 사이를 비롯한 인간관계가 레스토랑에서, 술집에서, 카페에서, 보도 위에서 공공연히 드러나며 진행되던 뉴욕과는 달리, 로스앤젤레스에서는 사람들이 친구들을 자기 집으로 초대한다는 건 알게 되었다. 심지어 그들의 집처럼 수수한 집에도 손님 접대를 위한 장비가 갖춰진 뒤뜰이 딸려있었다. 덩굴시렁, 쌀쌀한 밤을 위한 적외선등, 테라스를 둘러싼 돌벽에 붙박이로 설치된 그릴겸 피자 오븐. 그들의 집에 수영장은 없다. 그들이 서쪽으로 이사 가는 일에 관해 심사숙고하고 있을 때 친구가 세라에게 이야기해 준 또 한 가지가 있다. 큰 집은 사지 마. 다시 말해, 할리우드는 기복이 심한 업계이니 운이 좋았다가도 변할 수 있다는 뜻이었다.

세라는 피터를 종이 위에서 처음 만났다. 피터의 시나리오는 세라가 가방에 넣어 시 외곽으로 끌고 갔던 시나리오들 가운데 한 편이었다. 피터의 에이전트가 그 시나리오를 견본으로 제출했다. 래빗 래빗은(그게 세라의 회사 이름이었다) 오스트레일리아의 한 젊은 작가가 쓴 첫 장편소설을 각색해 줄 시나리오 작가를 찾고 있었고, 세라는 번뜩이는 재능을 찾기 위해 수십 편의 시나리오를 부분부분 발췌해 읽고 있었다. 이건 세라가 매일 밤 원고 무더기와 와인 한 잔을 들고 침대로 올라간 끝에 터득한 기술이었다. 처음에는 책임감을 느끼며 한 단어 한 단어를 전부 읽었다. 하지만 단지 번뜩이는 재능을 찾기 위해서라면 슬슬 넘기며 읽어도 된다는 게 명백해졌다. 번뜩이는 재능은 흔치 않았다. 피터의 시나리오는 영리하고, 불손하고, 신선했다. 그에게는 독특한 목소리가 있었다. 그건 영화 학교에서 가르쳐주지 않는 것이었다. 세라는 피터의 시나리오를 상사에게 가져갔고, 상사는 피터와 만날 약속을 잡아달라고 했다.

지금, 세라는 덩굴시렁 아래 기다란 티크나무 식탁에 라일락이 꽂힌 꽃병 하나를 가져다 놓는다. Y2K를 맞이하는 이 저녁 식사 모임에는 열두 명이 참석할 예정인데, 아이들은 포함하지 않은 숫자다. 자기 아이들을 집에 놔두고 오려는 사람은 아무도 없다. 특히 올해는, 광범위한 컴퓨터 고장이 일어날 거라는 소문과 집단 히스테리로 인해 사람들이 혹시나 하며 생수와 통조림을 사재기하고 은행 계좌까지 비웠던 올해는 그렇다. 최근에는 어떤 대화를 해도 세계 종말을 암시하는 섬뜩한 유머의 냄새가 풍겼다. 12월 31일까지 이어지는 몇 주 동안 처리 완료된 업무는 매우 적었다. 시계가 자정을 치며 새로운 세기로 넘어갈 때 무슨 일이 일어나는지 보려고 온 세상이 무기력하게 기다리고 있는 것만 같다.

세라는 초대장에 적어놓은 것처럼 어른들이 1999년에 걸맞는 파티를 즐길 수 있도록 아이들을 봐줄 동네의 10대 소녀 몇 명을 고용했다. 세라가 천으로 만들어진 연한 푸른색 냅킨들과 자줏빛이 도는 회색 사기 접시들을 늘어놓는데, 열린 테라스 문틈으로 피터가 돌아오는 소리가, 쇼핑백들이 바스락거리는 소리가 들려온다.

10대들 중 한 명은 시드와 리브와 함께 일광욕실에 있다. 그곳의 나무 바닥에는 신문지가 깔려있고, 놀이용 점토를 만들기 위한 밀가루, 소금, 타르타르 크림, 식물성 기름, 식품 착색제가 놓여있다. 아늑하고 가정적인 풍경이다. 예쁘장한 식탁, 장을 보고 돌아온 남편, 쌍둥이들, 분홍색과 파란색으로 물든 그 애들의 손가락…… 세라는 그 광경을 몇 가지 앵글로 관찰해 본다. 와이드 숏으로도 잡아보고, 천천히 패닝해 보기도 한다. 그 광경 속에 없는 사람이 있다면 그 자신, 세라 윌프다. 물론 세라는 여기에 있다. 하지만 세라의 어떤 본질적인 부분은 이곳에 온전히 존재한다고는 볼 수 없다. 이건 세라에겐 너무도 오래된 사실, 그래서 더 이상은 별로 알아차릴 일도 없는 사실이다. 그리고 세라 말고 이 사실을 알아차리는 사람은 분명 아무도 없을 것이다. 세라는 그 역할에 잘 어울린다. 스스로도 그건 알고 있다. 언제나 그 역할에 잘 어울렸다. 세라는 조그맣고, 섬세하고, 아주 예쁘다. 조금의 허영도 없이 스스로 그렇게 생각한다. 그건 그저 하나의 사실이다. 세라는 사람들의 이목을 끄는 몸 여기저기의 빛깔들을 어머니에게서 물려받았다. 조명에 따라 때로는 녹색으로, 때로는 호박색으로 변하는 두 눈, 기다랗게 헝클어진 검은 곱슬머리. 하트 모양 얼굴형. 타고난 평정심. 그 모든 게 착착 맞아떨어진다. 좋은 학교에서 받은 학위, 그리고 세라가 연달아 얻어낸, 하나하나가 모두 지난번보다 훨씬 좋은 일자리들도 그렇다. 아무도 모를 것이었다. 세라가 심연으로부터 떨어져 있다면 불과 몇 발짝밖에 떨어지지 않은 곳에 있다는 사실을 말이다.

작은 난로에 집어넣을 장작을 두 팔에 한 아름 안아 든 피터가 테라스에 있는 세라와 합류한다.

"'트레이더 조스'* 앞에 줄 서있는 차들을 당신도 봤어야 했는데." 피터는 말한다. "꼭 주행거리 연장형 전기차들의 아마겟돈 같지 뭐야."

세라는 남편이 작은 난로 속에 조그만 피라미드 모양으로 통나무들을 쌓아 올리는 걸 지켜본다. 피터는 로스앤젤레스에서의 생활을 좋아하게 되었다. 그들이 이사한 뒤로 더 큰 성공을 거둔 사람은 세라였지만 말이다. 피터는 머리칼을 길게 기르고 헐렁한 황갈색 반바지, 빛바랜 티셔츠, 버켄스탁 샌들 차림으로 다니는데, 맨 마지막 것은 비꼬려는 게 아니라 신고 싶어서 신는 것이다. 거의 매일 아침, 딸들을 유치원에 데려다준 뒤에 피터는 카페로 차를 몰고 가서 다른 모든 손님처럼 노트북 위로 몸을 굽힌 채 몇 시간씩 앉아 있곤 한다. 세라는 그들이 아는 어떤 시나리오 작가가 (그는 심지어 자기가 쓰지도 않은 초대형 히트작 한 편을 썼다고 이름이 올라간 사람이었다) 이렇게 말했던 걸 기억한다. 자기는 종종 말리부에 있는 자기 집 마루에 앉아 로스앤젤레스 국제공항에 도착하고 출발하는 항공기들을 지켜보곤 한다고. 비행기 한 대가 착륙하면 그는 이렇게 생각했다. 시나리오 작가가 들어오는구나. 그리고 제트기 한 대가 이륙해 커다란 반원을 그리며 바다 위로, 그런 다음 동쪽으로 날아가면 그는 이렇게 생각했다. 시나리오 작가가 나가는구나.

---

*   미국의 프랜차이즈 식료품점.

피터는 로스앤젤레스 사람 특유의 느긋한 태도 역시 몸에 익혔다. 세라는 그 태연한 정서 전체가 기만이라고 상당히 확신하고 있지만 말이다. 로스앤젤레스는 야망을 연료로 돌아가는 도시이고, 그 야망의 심장부에는 엔터테인먼트 산업이 자리하고 있다. 엔터테인먼트 산업의 도시. 로스앤젤레스는 그렇게 알려져 있다. 다른 모든 사람들은 (부동산 중개업자, 미용사, 치과 의사, 회계사, 피부과 전문의, 개인 스포츠 트레이너, 레스토랑 주인, 가정 청소 전문가, 정원사, 심지어 경찰과 소방관까지도) 마치 지구 주위를 도는 인공위성처럼 그 산업 주위를 빙글빙글 돈다.

"다들 몇 시에 온대?"

"8시에. 너무 빨리 시작하고 싶지 않아. 그랬다간 취해서 자정도 되기 전에 잠들어 버릴 것 같거든." 세라는 말한다. 아이들을 위해 세라는 일광욕실에 침낭과 담요 한 무더기를 모아두었다. 세라의 부모님이 12월 31일이면 그렇게 하곤 했다. 그분들은 이웃들과 가까이 사는 친구들을 불러 오래오래 계속되는 저녁 식사 모임을 했고, 아이들은 모두 긴 내복을 입고 왔다. 세라와 테오는 아이들이 어른들을 수적으로 능가하는 그런 밤을, 자신들의 집이 모두가 있고 싶어 하는 장소가 되는 그 감각을 사랑하곤 했다. 그들이 그 전통을 언제 그만뒀더라? 아니다. 세라는 그들이 그 전통을 정확히 언제 그만뒀는지 알고 있다.

$$* \ * \ *$$

세라는 사실 작은 난로가 별로 마음에 들지는 않지만 (테라코타로 만든 고급 화장터처럼 보여서다) 그 난로는 집을 살 때 딸려왔고, 오늘 밤에는 축제 분위기를 내줄 것이다. 그랬으면 좋겠다. 파티에 오는 가족들은 모두 그들이 새로 사귄 친구들이다. 아이들이 어릴 때 만나서 친해지게 되는 그런 친구들. 시드와 리브는 그아이들 중 몇 명과 함께 유치원에 다니고, 유대교 회당에서 만난 친구들도 있다. 세라는 자신들이 이 집에, 이 동네에 얼마나 오랫동안 머무르게 될지 궁금해진다. 처음으로 가족을 만들면서 디비전 스트리트 18번지에 이사 와 지금껏 한 번도 동네를 떠날 생각을 하지 않은 부모님과는 달리, 세라가 아는 사람들 대부분은 몇 년에 한 번씩 더 큰 집과 더 나은 동네를 손에 넣으면서 이사를 다니는 것처럼 보인다.

"난 두 시간 동안 작업 좀 하려고 하는데." 피터가 말한다. "그래도 괜찮겠어?"

세라는 말을 삼킨다. 물론 괜찮다. 괜찮아야 한다. 세라는 그보다는 마가리타 같은 칵테일을 만들어서 손님들이 오기 전에 피터와 함께 긴장을 풀고 싶지만, 피터의 작업에 방해가 되고 싶지는 않다. 세라는 남편의 자존심을 헤아려주는 일에 있어서는 대단히 섬세하다. 일이 이렇게 될 줄은 몰랐다. 피터는 아주 뛰어나고 눈부시게 성공한 시나리오 작가가 될 예정이었다. 세라가 그를 발견하지 않았던가? 그리고 세라는 탄탄하지만 피터보다는 화려함이 덜

한 커리어를 갖게 될 예정이었다. 무대 뒤에서 일하는 개발걸로서 (업계 사람들은 영화 아이템을 개발하는 업무에 종사하는 젊은 여성들을 여전히 '개발걸'이라고 불렀다) 시나리오 검토서를 쓰다가, 결국에는 사다리를 타고 승진해 부제작자 비슷한 무언가가 될 것 같아 보였다.

하지만 그러는 대신 세라가 2년 전에 제작했던 영화가 드물디드문 영예인 아카데미 작품상 후보에 오르는 일이 벌어졌다. 그 영화는 산더미같이 쌓여있던 투고작들 속에서 세라가 찾아낸 시나리오에서 시작된 영화로, 상사들이 세라에게 발전시키게 해주었고, 결국에는 세라가 진정으로 하고 싶은 프로젝트가 된 영화였다. 5백만 달러도 안 되는 예산으로 만들어진 그 영화는 박스오피스에서 엄청난 돈을 벌어들였다. 그러더니 그를, 세라 월프 자신을, 핫한 상품으로 바꿔놓았다. 영화사 사람들이 찾아와 러브콜을 보냈고, 좀 더 돈 많은 제작사들은 사무실을 열어주겠다고 했다. 세라는 아카데미 시상식에 입고 갈 어깨끈 없는 검은색 디올 드레스를 사느라 돈을 펑펑 썼고, 피터는 태어나서 처음으로 턱시도를 사 입었다. 가즈오 이시구로의 단편소설을 피터가 각색한 시나리오가 개발 단계에 들어가 있었고, 머지않아 두 사람 모두 아카데미 시상식장인 도러시 챈들러 파빌리온에 다시 서게 될 것 같아 보였다. 그것도 여러 번. 그들 각자가. 큰 집은 사지 마.

그랬는데, 피터가 각색한 시나리오의 제작사가 교체되었다. 세라와 피터가 삶을 함께하는 계기가 되어준 그 환상적이었던 첫 번째 시나리오를 포함해 피터가 그때까지 쓴 모든 시나리오에 일어났던 일이 또다시 일어난 것이었다. 영화로 제작되지 않는 시나리오는 숲속에서 쓰러지는 한 그루의 나무와 같다. 아무도 보지 못하고, 아무도 읽어주지 않는다. 이따금씩 피터의 희망을 되살려 주었다가 그를 망가뜨려 버리는 일을 계속하는 프로듀서들만 빼면 아무도. 피터는 마흔에 가까워지고 있다. 물론 그것보다는 젊어 보인다. 매일 서핑하는 습관 때문에 햇볕에 그을린 탄탄한 몸이 유지되고 있고, 연한 갈색이던 머리칼은 이제 햇볕에 빛이 바래 모래빛 금발이 되었다. 하지만 세라는 걱정이 된다. 할리우드에는 소리 없이 처벌하는 문화가 있기 때문이다. 피터의 매니저는 최근 들어 피터가 거는 전화에 답하지 않는다. 지금 안 계신데요, 그 매니저의 쾌활한 보조원은 그렇게만 대답한다. 사람은 바뀌지만 그 보조원은 변함없이 제니퍼라고 불린다. 회의들은 무한정 뒤로 미뤄졌다. 그리고 피터가 어쩌다 회의를 하게 되어도, 그는 그 뒤로 아무런 연락도 받지 못한다. 이 산업에서 찾아오는 위기에 형태가 있다면 그저 침묵일 뿐이다.

당분간은 세라가 가족 모두 먹고 살고도 남을 만큼 돈을 벌고 있다. 그들은 딸들을 최고의 유치원에 보낼 수 있고, 그 유치원은 최고의 초등학교로 이어질 것이다. 그 애들은 체육관과 유대교 회당인 월셔 대로 사원에 등록할 수도 있다. 그들에겐 충분히 멋진 자동차가 두 대나 있고, 베이비시터도 여러 명 고용하고 있다. 바로 지난달에 그들은 시드, 리브와 함께 디즈니랜드에서 보내는 주말을 견뎌내기도 했다. 하지만 장기적으로 볼 때, 세라는 피터가 걱정된다. 피터는 작품이 영화로 제작된 많은 시나리오 작가들보다 재능이 뛰어난데, 그저 기회를 잡지 못하는 것만 같다. 이건 운과도 관련이 있다. 운, 그리고 어떤 종류의 기질도 관련이 있다고 세라는 인정해야 할 것 같다. 성공하는 작가들은 대체로 비슷한 타입이다. 활동적이고, 빠른 말로 남들을 잘 구슬리고, 새로운 소식에 계속 귀를 기울이고, 중요한 사람들이라면 모두 알고 있는 에너지 덩어리. 마당발. 세라가 그 단어를 얼마나 경멸하는지.

　세라는 스스로를 위해 마가리타 한 잔을 만든 다음 맨발을 벽에 올려놓는다. 지금 세라는 자신의 규칙 한 가지를('절대 혼자서는 술을 마시지 마라') 깨고 있지만, 오늘 밤에는 손님들이 도착하기 전에 외로움을 좀 무디게 해두어야 할 것 같다. 어쩌면 세라는 한 가지 규칙을('칵테일은 딱 한 잔만 마시고 그다음부터는 와인만 마셔라') 더 깨게 될지도 모르겠다. 세라에겐 많은 규칙이 있고, 그것들은 대체로 약물과 술에 초점이 맞춰져 있다. 세라는 일요일에는 절대 술을 마시지 않는다. 화이트 와인만 마시고 최대 세 잔에서 멈춘다. 그들의 친구들 몇 명은 코카인을 하지만 세라는 하지 않는다. 피터는 마리화나를 피우지만 세라는 그걸 별로 좋아하지 않는다. 세라는 술을 약처럼 조금씩 나눠 마시는데, 그것들은 세라에게 어떤 의미에서 정말로 약이다. 세라는 자신의 감정들을 마비시킨다. 감정들은 실제의 세라보다 크기 때문이다. 고통스러운 감정들뿐 아니라 즐거운 감정들도 그렇다. 세라는 딸아이들에 대한 사랑으로, 자신의 일에, 자신과 피터가 만들어온 삶에 감사하는 마음으로 가득하다. 그런데 그 모든 감정이 파도처럼 부풀어 올라 압도해버릴 것처럼 위협하는 것이다. 행복감, 자부심, 두려움, 불안감, 그리고 오직 술을 몇 잔 마셔야만 아주 잠깐이나마 사라지는 그 끔찍하고 끔찍한 외로움 같은 모든 감정들이.

하지만 세라는 이런 생각은 하고 싶지 않다. 살짝 취해서 유쾌한 기분을 즐기며 곧 다가올 저녁에 관해 생각하고 싶다. 현관 벨이 울리자 세라는 잠깐 동안 공황 상태에 빠진다. 내가 사람들에게 시간을 잘못 말해준 건가? 하지만 아니다. 아마 뭔가가 배달되어 온 모양이다. 피터가 받을 것이다. 세라는 술을 천천히 한 모금 마신다.

베이비시터 중 한 명이 고개를 살짝 내민다. "저, 세라? 어떤 분이 찾아오셨는데요. 문을 열어드려야 할지 잘 모르겠어서요."

순간적으로 피터를 향해 치미는 날카로운 짜증을(벨이 울리는 소리도 못 들은 걸까?) 제쳐놓은 채, 세라는 현관문을 둘러싼 판유리 바깥을 내다본다. 그러자 한 남자의 뒤통수가 보인다. 숱이 많고, 검고, 제멋대로 헝클어진 머리칼이다. 세라는 조금 더 자세히 살펴본다. 군복 재킷 밑으로 늘어진 회색 티셔츠, 지저분한 청바지. 세라는 한 손을 경보 장치의 비상 버튼 가까이에 두고 손잡이를 돌려 아주 조금만 문을 열어본다. 누가 알겠는가.

"어떻게 오셨어요?"

남자가 돌아선다. 햇볕에 탄 데다 10킬로그램도 넘게 살이 빠진 것 같은 얼굴. 거울처럼 비치는 선글라스 뒤에 숨겨진 두 눈. 세라의 인생이, 세라의 과거가, 세라의 어린 시절 전체가 거기 서서 한 발에서 다른 발로 체중을 옮겨 싣고 있다. 낯선 동시에 너무나도 친숙한 모습. 남자는 자신 없다는 듯 미소를 짓고 있다. 마치 자기가 잘못 알고 다른 집 벨을 눌렀는지도 모른다는 듯이.

"안녕, 누나."

"테오."

세라는 그 이름을 조용히 발음해 본다. 어쩌면 취소해야 할 수도 있겠다는 듯이. 동생을 보는 건 5년 만이다. 세라가 시 외곽에 살면서 산더미같이 쌓인 시나리오들을 읽고 검토서를 쓰는 일로 간신히 집세를 내고 라면으로 끼니를 때울 정도의 연봉을 받고 있었을 때(세라는 종종 부모님에게 전화해서 여기저기에 쓰면서 버틸 100달러만 보내달라고 부탁해야 했다) 테오는 바드대학교를 중간에 그만두고 부모님 댁으로 다시 들어가 살고 있었다. 스물두 살의 나이로 어린 시절에 쓰던, 문에 '테오의 방'이라는 플라스틱 표지판이 초등학교 때부터 붙어있던 방에서 하루하루를 보내면서.

세라의 부모님은 자신들이 하는 걱정으로 세라에게 부담을 주지 않으려고 애를 썼지만, 세라는 그분들의 목소리에서 그걸 느낄수 있었다. 어머니는 전화로 이야기할 때마다 아주 씩씩한 목소리를 냈고, 새로운 소식들과 동네의 소문을 잔뜩 들려주었다. 마치 자신의 다 큰 아들이 퇴행해 점점 은둔 청년에 가까워져 가는 상태로 위층에서 비디오게임만 하고 있다는 건 사실이 아니라는 듯이. 세라에게 조금 더 솔직하게 이야기를 해준 사람은 벤이었다. 이건 좀 심각한 얘기일 수도 있겠구나, 어느 날 저녁 벤은 마침내 그렇게 말했다. 아버지의 억양은 무언가 망설이는 느낌이었고, 여전히 말하지 않는 것도 있는 듯했지만, 아버지가 해준 이야기는 소름이 끼쳤다. 세라는 테오의 증상들을 검색해 본 적이 있었다. 당시는 구글이 나온 지 얼마 안 된 시점이었지만, 세라는 이제 손끝만 움직여도 얼마나 많은 정보를 얻을 수 있는지 배워가고 있던 참이었다. 세라가 말할 수 있는 건 테오가 조현병 초기거나(당시 테오는 그럴 수 있는 나이였다) 아니면 그저 힘든 시기를 통과하고 있다는 것이었다. 세라는 신경가소성에 관해서도 많은 자료를 읽어온 터였다. 정서 민첩성이라는 측면에서 말하자면 테오는 언제나 늦된 아이였다. 세라를 따라 집에 오는 꼬마였던 시절부터 그랬다. 그리고 테오는 남자이기도 했다. 남자는 보통 성숙하는 데 여자보다 시간이 오래 걸린다. 그러니 이 정보들 중 어떤 것도 아주 확실하거나 대단히 도움이 되지는 못했다.

세라는 테오를 설득해 시내에서 만나 저녁을 함께 먹게 된 뒤에야 그 애가 어떤 상태인지 두 눈으로 직접 확인했다. 테오의 잘생긴 얼굴은 통통 붓고 일그러져 있었다. 그 애의 이마는 땀으로 번질거렸다. 그때 그 애가 파자마를 입고 왔던가? 아마 아닐 테지만, 그랬더라면 차라리 나았을 것이다. 테오는 통 넓고 헐렁한 플란넬 바지를 눈 위에서 신는 부츠 속에 쑤셔 넣은 채, 상의로는 회색 후드 티셔츠를 입고 있었다. 세라는 자기 아파트 근처의 저렴한 이탈리아 레스토랑으로 테오를 데려갔고, 거기서 그들은 촛불이 밝혀진 어둠 속에 마주 앉았다. 똑같은 부모에게서 태어나 똑같은 장소에서, 똑같은 집에서, 똑같은 마을에서 삶을 시작했지만 이제는 몹시 다른 삶을 살고 있는 두 사람이.

세라는 와인 한 잔을 주문했고, 그런 다음 두 잔째, 그리고 세 잔째 와인을 주문했다. 테오는 자신의 링귀니를 먹은 다음 세라가 거의 손을 대지 않은 치킨 파르메산*까지 금세 해치웠다. 미스티 지머면의 유령이 테이블에 그들과 함께 앉아있었다. 의자 하나를 끌고 와 앉아있는 것처럼 그 존재가 분명하게 느껴졌다. 미스티가 살아있었더라면 고등학교 졸업식에서 테오 근처에 서있었을 것이다. 테오와 미스티의 성은 둘 다 알파벳 끄트머리에 있었으니까. 미스티는 뉴잉글랜드에 있는 작지만 훌륭한 학교들(보든, 애머스트, 미들버리) 가운데 한 곳으로 진학했을 것이다. 미스티는 언어에 재능이 있었다. 2학년 때는 스페인어 심화 과정을 듣기도 했다. 살아있었더라면 그 애는 어떤 사람이 되었을까? 미스티는 무표정한 얼굴로 그 사랑스러운 머리를 이쪽저쪽으로 돌리며 자신의 죽음에 책임이 있는 두 사람을 지켜보고 있었다.

세라와 테오는 그 이야기를 한 적이 없었다. 아직 10년이 채 지나지 않은 그 8월의 어느 날 밤 이후로 한 번도 이야기한 적이 없었다. 이제 세라는 가끔씩 궁금해진다. 이야기를 했더라면 차라리 나았을까? 침묵은 그 일을 사라지게 해주지 않았고, 오히려 그날 밤 있었던 일들을 그들 각자의 내면에 더욱더 깊이 새겨 넣기만 했다. 그들 중 누구도, 단 한 번도, 그날 본 것을 보지 않은 것으로, 그날 들은 것을 듣지 않은 것으로 할 수는 없었다. 죽기 직전의 여자아이가 내지르는 비명이 세상의 규칙들 사이로 반복해 끼어든다. 그것으로부터 도망칠 방법은 없다.

"테오?" 세라는 와인을 한 모금 더 마셨다. "넌 뭘 할 생각이야?"

---

* 빵가루를 입힌 닭가슴살에 토마토소스를 얹고 치즈를 곁들인 요리.

"모르겠어."

"그냥 이런 식으로 계속 지낼 수는 없어."

"왜 없어?"

동생은 세라를 똑바로 쳐다보는 것만 피하면서 사방을 쳐다보았다. 도망칠 방법을 찾으면서.

"첫째로, 넌 너 자신을 죽이고 있어. 엄마랑 아빠를 죽이고 있기도 하고."

그 애는 그 말에 조금 움찔했다.

"둘째로, 이렇게 지내는 건 그냥 너무나도, 빌어먹을, 낭비잖아."

"무슨 낭비, 누나?"

세라는 여기서 조금 머뭇거렸다. 가능성이라는 말을 하고 싶었다. 하지만 그 단어가 이제 와서 유효하기는 한가?

"있잖아, 테오. 만약 네가 고통스러운 이유가……."

이제 테오는 세라를 똑바로 쳐다보고 있었다.

"뭐?"

테오는 완전한 문장으로 말을 할 수 없는 모양이었다. 그저 몇 개의 단어들을 힘없는 푸념처럼 이어 붙일 뿐이었다. 세라는 할 수 없었다. 그 이야기를 차마 꺼낼 수가 없었다. 만약 오래전의 그날 밤에 관해 이야기하기 시작했다가는, 쏟아지는 말들이 세라가 그토록 주도면밀하게 꼭꼭 접어 치워놓은 모든 것을 풀어놓아 버릴지도 몰랐다.

"아무것도 아니야." 세라는 조용히 말했다.

그리고 그 주 며칠 뒤에, 미미가 울면서 전화를 했을 때—테오가 가버렸어—세라는 다시 한번 그 감각을 느꼈다. 자신이 동생을 철저히 저버렸다는 감각을. 가버렸다니 그게 무슨 말이에요? 심장이 두근거렸다. 쪽지를 남겨놨더라. 위장에 너무 날카로운 통증이 와서 세라는 하마터면 실신할 뻔했다. 정확히 말하자면 쪽지는 아니고, 실마리를 남겨놨어. 어머니가 말을 이었다. 브루스 채트윈의 『파타고니아』한 권.

* * *

지금, 세라는 양쪽 다리에 와서 매달리는 시드와 리브를 알아차린다. 두 아이는 마치 세라가 자기들을 뒤에 숨겨주는 나무줄기라도 되는 것처럼 세라 주변을 둘러보고 있다.

"애들아, 이분이 너희 외삼촌이야." 무언가가 세라의 목에 걸린다. "엄마의 동생. 너희 외삼촌 테오. 테오, 애들은……."

테오가 시드, 리브와 함께 있는 걸 보니 세라는 목이 멘다. 세라는 테오를 끌어안기라도 할 것처럼 앞으로 나아가지만, 그러는 대신 테오의 어깨를 한 대 때린다. 마치 동생과 함께 다섯 살, 일곱 살로 돌아간 것처럼. 세라는 지금껏 여기 있었다. 대단한 건 못 되지만 자신의 삶을 만들어가면서. 아기들을 낳아 키우고, 가정을 꾸리고, 어른이 되는 법을 알아내려고 애쓰느라 바빴다. 하지만 세라의 한 조각은 언제나 빠져있는 듯했다. 지금, 세라는 테오라는 집 안에서있다. 테오라는 도시에. 테오라는 나라에.

"애들은 시드랑 리브야." 세라는 문장을 완성한다.

테오는 배낭을 어깨에서 스르르 내리더니 집 앞 계단에 기대어 놓아둔다. 그러고는 아이들과 같은 눈높이가 되도록 쪼그리고 앉는다.

"안녕." 테오가 말한다. "너희 쌍둥이구나, 그렇지!"

시드가 고개를 끄덕인다. 리브는 엄지손가락을 쪽쪽 빨고 있는데, 그건 세라가 포기해 버린 습관이다.

테오가 웃음을 터뜨린다. 세라가 어디서든 알아차리는 굵직하고 깊게 울리는 웃음소리다. 테오는 굉장히 좋아 보인다. 굉장히…… 달라 보인다. 마치 길 잃은 소년의 껍데기를 벗고 온전해져서 나타난 것처럼. 완전해 보인다. 남자가 됐구나, 세라는 깨닫는다. 5년이 지났다. 파타고니아에서, 그리고 나중에는 부에노스아이레스에서 암호 같은 엽서들만 이따금씩 날아오던 5년. 거대 나무늘보*의 유골을 봤어라거나 찻집에서 일하고 있어라거나. 매번 엽서가 도착할 때마다 세라는 테오가 어린애처럼 휘갈겨 쓴 글씨를 자세히 들여다보곤 했다. 무언가를 말하고 있는 걸까? 풀어야 하는 암호를 보내고 있는 걸까? 세라는 부모님에게 전화해 테오와 연락이 닿았다고 알려드리곤 했다. 그럴 때면 전화기 저편에서 어머니가 헉하고 숨을 들이쉬는 소리가 들려오곤 했다. 아버지의 조심스러운 침묵도.

테오는 배낭을 집어 들고 세라를 따라 집 안으로 들어간다. 시

---

* 남아메리카의 마이오세부터 홍적세, 북아메리카의 홍적세 지층에서 발견되는 몸길이 약 6미터, 몸무게 3, 4톤의 거대 초식동물. 메가테리움이라고도 한다.

드와 리브가 이렇게 조용했던 적은 별로 없었다. 세라의 귀에 2층에서 피터가 부스럭거리는 소리가 들려온다. 남편과 남동생이 서로를 모른다는 게 세라에게는 말도 안 되는 일처럼 느껴진다. 세라가 피터를 만난 건 테오가 사라지고 나서 몇 달 되지 않았을 때였다. 세라의 인생에서 가장 중요한 남자들 가운데 두 명이 마치 회전문을 통과하듯 서로를 지나쳐 간 것이다. 이상하고 우주적인 대칭을 이루며 들어오고 나가면서.

피터와 사귀고 얼마 되지 않았을 때, 세라는 피터에게 모든 이야기를 털어놓을까 하고 곰곰이 생각했었다. 세라는 그 이야기를 부모님에게도, 친구에게도, 상담사에게도 한 적이 없었다. 가끔씩, 세라가 고용한 10대 베이비시터 중 한 명이 미스터 지머먼을 떠오르게 할 때면(반짝이는 긴 머리, 졸린 두 눈, 햇볕에 탄 두 다리, 밧줄 모양으로 땋은 팔찌) 세라는 눈 뒤쪽에 압박감이 느껴지곤 했다. 마치 미스터가 언제나 세라의 머릿속에 살아있어서 나가겠다고 아우성치는 것처럼. 하지만 피터에게 그 이야기를 한다 한들 좋을 게 뭐가 있겠는가? 이야기를 하면 그 일은 존재하는 무언가가 되어버릴 것이었다. 진짜인 무언가가. 세라는 피터가 하는 질문들과 씨름해야 할 것이었다. 피터가 그 일을 안다는 사실과.

피터가 맨발로 계단을 쿵쿵 울리며 아래층으로 내려온다.

"피터?"

세라, 테오, 그리고 딸아이들은 여전히 현관문 가까이에 서있다.

"피터, 여기는 내 동생 테오야."

피터의 두 눈썹이 확 올라간다. "우와, 이런. 와우! 안녕하세요!"

151

테오가 손을 내민다. 세라가 보니 테오는 손목 안쪽에 문신을 하고 있다. 무슨 단어인 것 같다. 세라는 그곳을 빤히 쳐다보지 않으려고 애를 쓴다.

"제가 여기서 하룻밤 신세 좀 져도 되면 좋겠네요." 테오가 말한다. "제 말은, 너무 부담이 안 된다면요⋯⋯."

"당연히 괜찮지!" 세라와 피터가 입을 모아 말한다.

"마침내 만나게 되다니 믿을 수가 없는데요." 피터가 말한다. "그렇게 신비하고 붙잡을 수 없는 테오를."

"그렇게 신비하진 않아요." 테오가 대답한다. 그러면서 문 쪽을 힐끗 쳐다본다. 세라는 그 시선이 기억난다. 테오는 또다시 떠날 수도 있다. 떠나서 다시는 돌아오지 않을 수도 있다.

세라는 남편을 노려보지만, 피터는 알아차리지 못한다. 세라는 피터에게 이건 시나리오가 아니고, 지금 이 순간은 플롯 포인트*가 아니라고 말해주고 싶다. 이건 세라의 빌어먹을 삶이라고.

"우리가 오늘 밤에 파티를 열기로 했거든." 세라가 어색한 분위기 속에 서둘러 말을 채워 넣는다. 맙소사, 이제 세라는 파티를 열지 않았으면 싶다.

"나도 초대하는 거야?"

세라는 테오가 자신들의 새로운 친구들 중 누군가와 대화하는 광경을 상상해 보려 애를 쓴다. 대체 무슨 이야기를 하게 될까? 부에노스아이레스라니, 정말 흥미롭네요! 세라, 세라도 거기 가봤어

---

* 이야기의 진행 방향을 바꾸는 중요한 사건.

요? 세라는 머리가 지끈거린다. 아무래도 마가리타를 한 잔 더 마셔야 할 것 같다.

"가자." 세라는 테오의 배낭을 집어 들고 계단을 올라 위층으로 향한다. 배낭에서는 세라가 그다지 자세히 생각하고 싶지 않은 갖가지 유기물의 냄새가 풍긴다. 테오는 샤워를 해야 한다. 옷도 필요하다. 테오가 피터보다 몸집이 조금 크기는 해도 당장 입을 옷 몇 벌은 찾아줄 수 있을 것이다. 리넨 셔츠. 황갈색 바지 한 벌. 세라의 마음은 실용적인 것들로 향한다. 세라는 프로듀서다. 이 일을 프로듀싱할 것이다. 세부 사항에 계속 집중하면 모든 것이 처리 가능해질 것이다.

세라는 테오에게 몸을 돌린다. 5년 동안 쌓인 질문들이 여전히 형태를 갖추지 못한 채 소용돌이치는 걸 느끼면서. 그때 왜 떠나버린 거니? 왜 돌아온 거야? 네가 뭘 배웠든, 거기에 네가 불러일으킨 고통만큼의 가치는 있는 거야? 세라는 어머니와 아버지를 떠올린다. 테오가 사라진 일이 어떻게 그분들이 짊어져야 하는 짐이 되었는지를. 그건 처음에는 가벼웠지만(그애는 틀림없이 금방 돌아올 거야!) 나중에는 한 해 한 해 지나갈수록 점점 더 무겁게 부모님을 짓눌렀다. 부모님의 가장 자기 보호적인 특징들은 더 확고해져서 전에는 젊고 훌륭했던 그분들의 자아에 드리워진 그림자가 되었다. 아버지는 침묵을 지키는 날이 많아졌고, 어머니는 자부심을 안고 힘든 일을 계속해 나가는 데 익숙해졌다. 유머, 아이러니, 장난기, 기쁨 같은 특징들은 서서히 사라져 버렸다.

세라는 익숙한 분노가, 언제나 불꽃으로 타오를 준비가 되어있

153

는 달아오른 분노가 확 솟구치는 걸 느끼지만, 그것은 꼭 그만큼 빠르게 사그라들어 버린다. 테오가 세라의 집 안에 있다니. 도저히 일어날 것 같지 않고, 거의 불가능하게 느껴지는 일이다. 마치 아기 코끼리 한 마리가 샌타바버라 동물원에서 도망쳐 나온 다음 태평양 연안 고속도로를 빠르게 걸어 내려와서는, 선셋 애비뉴까지 쭉 올라와 이제 세라의 집 뒤뜰에서 차분하게 풀을 뜯고 있기라도 한 것처럼.

테오가 손을 뻗어 세라의 팔을 살짝 건드린다. "괜찮아?" 테오가 묻는다.

"무슨 말이야?" 방어적인 대답이 튀어나온다. 무슨 말이야 괜찮냐니 당연히 괜찮지 난 언제나 괜찮아.

테오는 마치 무언가를 찾는 것처럼 세라를 쳐다본다. 그러더니 두 눈을 슬며시 다른 데로 돌린다. "아니야."

"아니, 뭔데?"

테오는 세라가 태어나서 본 것 가운데 가장 먼지투성이이고 가장 더러운 샌들을 신고 있고, 세라의 주의는 순간적으로 거기에 쏠린다. 이건 세라가 어떻게 다뤄야 하는지 아는 문제다. 세라는 머릿속으로 메모한다. 깨끗한 옷 한 무더기에 발톱깎이도 추가할 것. 그리고 면도용 크림도. 면도기도.

테오는 마치 진짜인지 확인하려는 것처럼 다시금 세라의 팔을 건드린다.

"뭔데?" 세라가 되풀이한다. 세라 마음속의 어떤 조그맣고 고집 센 부분은 상처를 받게 되더라도 테오가 하는 생각을 듣고 싶어 한

154

다. 테오는 처음으로 아버지를 떠오르게 하는 흔들림 없는 시선으로 세라를 응시한다. 그 애의 양쪽 입꼬리가 힘겹게 작은 미소를 지어 보인다.

"멋지게 살고 있는 것 같네, 누나." 테오가 말한다.

테오

자정까지 5분 남았다. 해가 바뀌고 새로운 천 년이 되는 순간이다. 테오는 작은 난로 근처 접의자에 누워있다. 저녁 식사 손님들은 음식을 너무 먹어 물려서 붉어진 얼굴로 식탁에서 일어난 뒤다. 세라는 음식 대부분을 벤투라 스트리트에 있는 터키 레스토랑에서 조달해 왔는데, 전반적으로 상당히 괜찮았다. 세라의 친구들은 매우 친절한 사람들이었다. 다들 자기 아이들 이야기를 하면서 너무 많은 시간을 보내기는 했지만 말이다. 하지만 테오가 뭘 알겠는가? 아이도 없는데. 테오가 아이를 갖게 될 일은 아마도 영원히 없을 것이다.

조금 방향감각을 잃은 느낌이 들어서, 테오는 이건 정상이라고 스스로에게 되뇐다. 미국에 돌아온 지 사흘밖에 안 됐다. 무슨 생각을 했던 걸까? 예전에 알던 삶 속으로 끊김 없이 스르르 다시 들어갈 수 있을 거라고? 로스앤젤레스 국제공항에 내린 테오는 택시를 잡아타고 곧바로 세라의 집으로 왔었다. 택시가 집 앞에 서자, 그는 운전사에게 미터기를 켜놓고 그대로 잠깐만 기다려달라고 했다.

그런 다음 차에서 내려 거대하고 오래된 나무들 뒤편에 자리 잡은 그 장인 스타일 방갈로를 유심히 올려다보았다. 집의 앞쪽 현관에는 고리버들 의자들과 줄무늬 쿠션이 놓인 2인용 소파 하나, 그리고 식물이 담긴 커다란 도자기 화분들이 있었다. 세발자전거도 두 대 있었다. 테오는 맞게 왔는지 확인하려고 종잇조각을 살펴보았다. 세라가 여기 산다고? 그때 운전사가 경적을 울렸고, 테오는 다시 택시에 올라탔다. 그는 이스트로스앤젤레스의 또 다른 주소 하나를 운전사에게 주었다. '라 카브레라' 주방장의 사촌이 소유한 모텔이었다.

테오가 예전에 알던 삶은 사라졌다. 휙. 어머니가 하곤 했던 말이 뭐였더라? 시간은 그 누구도 가만히 기다려주지 않는다였지. 테오는 사흘 동안 아침마다 웨스트할리우드로 돌아와 세라의 집 바깥에서 어슬렁거렸다. 그는 자기 누나의 삶을 상상할 수가 없다. 세상에, 세라에게 아이들이 있다니! 오늘 밤 테오의 조카들은 그를 이리저리 따라다니며 테오 외삼촌! 테오 외삼촌! 하고 불러댔고, 그러다 마침내 일광욕실에 들어찬 다른 아이들과 함께 잠들었다. 그가 테오 외삼촌이 될 수 있을까? 테오는 자신이 너무 오랫동안 떠나 있어서 옛날로 돌아갈 방법이라고는 없는 건지 궁금해진다. 부모님을 떠올리면 테오는 목구멍이 죄어든다. 그분들 역시 달라졌을 게 틀림없다. 우선 나이가 더 드셨겠지. 그날 저녁 일찌감치 빠르게 연달아 마신 위스키 두 잔에 속이 울렁거린다. 테오는 자기 몸이 충격을 받은 상태라는 걸 깨닫는다.

"초콜릿 입힌 딸기 좀 드릴까요?" 이제 아이들도 잠들었기에

156

베이비시터 한 명이 쟁반을 이리저리 돌리고 있다. 먹을 생각은 없지만 테오는 딸기 하나를 집어 든다. 그것을 자세히 살펴본다. 킁킁거리며 냄새를 맡아본 그는 아주 살짝 나기는 하지만 오해의 여지가 없는 화학비료 냄새를 알아챘다. 그것은 더 강렬한 다크 초콜릿 향 바로 밑에 숨겨져 있다. 이 냄새를 감지할 수 있는 다른 사람은 없을 것이다. 테오는 파타고니아의 요리사들 사이에서 '코'(La Nariz)라는 별명을 얻었는데, 냄새에 대한 예사롭지 않은 예민함 때문이었다. 테오는 냄새만 맡고서도 추부트주에서 온 양고기와 티에라델푸에고에서 온 양고기를 구별할 수 있었다. 코. 테오의 코는 테오보다 빠르다. 아무래도 세라에게 아르헨티나에서 나는 베리류에 관해 말해줘야 할 것 같다. 구스베리라고, 섬세한 맛이 나는 흰색과 붉은색 커런트가 있는데 겨울의 몇 달 동안 야생에서 자라난다고.

테오는 이제 며칠째 스스로에게 놀라는 중이다. 친한 친구가 전혀 안 어울리는 행동을 하는 걸 봤을 때처럼 자신의 행동들에 놀라고 있다. 그는 자신의 삶에서 살짝 거리를 두고 있다. 삶을 살기보다는 그 삶에 대해 이야기하는 것처럼. 여기, 라 카브레라를 나와 장기 휴가를(어쩌면 영구 휴가를) 선언하는 테오 월프가 있다. 여기, 팔레르모 소호에 있는 자신의 원룸 아파트에서 반바지 여러 벌을, 아끼는 앞치마를, 조리법을 적은 노트를 가방에 챙겨 넣는 테오가 있다. 여기, 집주인에게 페소화가 든 봉투를 남겨 놓는 테오가 있다. 5년 전 처음 도착했을 때 메고 있던 배낭보다 조금 더 많아진 짐을 들고 비행기를 타기 위해 미니스트로 피스타리니 공항으로 가는 테오를 지켜보시길. 비행기 티켓을 사면서 그는 곰곰이 생각했다. 뉴욕으로 갈까, 아니면 로스앤젤레스로 갈까? 부모님에게로, 아니면 세라에게로? 그에게는 둘 중 어느 쪽도 가능해 보이지 않았다. 20세기가 막을 내리는 시간이었다. 테오는 오랫동안 떠나있었다. 다른 사람이 될 만큼 오랫동안. 다른 사람이 된다는 게 가능하기는 하다면 말이다. 이제 그는 가족들을 만날 준비가 돼있었다.

아니, 적어도 그는 준비가 됐다고 생각했다. 어쩌면 이스트로스앤젤레스에서 며칠을 더 보냈어야 했는지도 모르겠다. 냄새도 풍경도 언어도 친숙한 그곳에서 말이다. 길모퉁이에서 구워지는 찰루파*들. 차창 밖으로 쾅쾅 울려 나오는 음악. 속사포처럼 스타카토 리듬으로 쏟아지는 스페인어. 지금, 세라는 덩굴시렁 저쪽 피터 곁에, 허공에 매달려 그들 두 사람 모두를 밝은 빛으로 뒤덮은 등불 아래 서있다. 피터는 자기 잔에 스푼을 칭칭 부딪치고 있는데, 그 끔찍한 소리에 테오가 온통 부끄러워질 지경이다. 세라는 헐렁한 검은색 드레스를 입고 오늘 밤 내내 맨발로 걸어 다니는 중이다. 고급스럽게 포장된 선물들처럼 빛나는 직물에 감싸인 여자들 사이를 세라는 자그맣고 기품 있는 여왕같이 미끄러져 다닌다. 세라는 그 어느 때보다도 사랑스럽지만, 세라를 안에서부터 밝혀주는 건 세라의 슬픔이다.

세라는 자신의 불행 속에서 눈부시게 빛나고 있다. 테오에게는 그게 보이고, 그는 자기가 그걸 볼 수 있는 유일한 사람이라는 걸

* 납작한 토르티야 위에 구운 닭고기, 돼지고기, 양파, 고추 등 여러 재료를 올려 먹는 멕시코 요리.

158

안다.

칭, 칭, 칭.

그러니까 이 사람이 피터다. 그는 제법 괜찮은 사람처럼 보인다.

칭, 칭, 칭.

침묵이 파티 위로 내려앉는다. 즐길 준비가 된 손님들이 피터를 향해 몸을 돌린다.

"저희가 한 가지 말씀드리고 싶은 게 있는데요—"

피터는 한쪽 팔로 세라를 감싸고 있다. 보호하려는 것처럼. 혹은 소유욕을 드러내면서. 어느 쪽인지 테오는 알 수가 없다.

"……이제 공식적으로 2000년이 되기까지 2분도 채 남지 않았습니다. 전기랑 전화 서비스가 끊어지지 않고, 폭도들도 거리를 점령하지 않는다고 가정할 때—"

킬킬거리는 웃음이 군중 사이로 잔물결처럼 퍼져 나간다.

"……세라와 저는 이 상서로운 순간을 여러분 한 분 한 분 모두와 나눌 수 있다는 것에 감사드립니다."

옳소, 옳소! 대충 치는 박수 소리.

"친구들과 가족들을 위하여!" 누군가가 소리친다.

피터는 즉석에서 건배를 제안한 그 사람을 향해, 그리고 그다음에는 테오를 향해 자기 잔을 들어 올린다. "그보다 중요한 건 없죠." 피터가 말한다.

몇몇은 자기들끼리 대화를 계속하지만, 분위기는 생기가 넘친다. 변화와 함께. 째깍거리는 시계 소리와 함께. 그들은 하나의 천년에 태어나 또 다른 천 년에 세상을 떠나게 될 세대다.

1분!

테오는 접의자 뒤로 몸을 기대고 두 눈을 감는다. 그는 추부트 강을 따라 코르디예라 쪽으로 걷고 있다. 멀리 보이는 산봉우리들은 만년설로 덮여있다. 테오는 날마다 몇 시간씩, 두 다리가 허락하는 한 많이 걷는다. 떠돌이 개 한 마리가 맴을 돌다가 멀리로 도망친다. 농부 한 명이 트럭을 세우고는 태워주겠다고 제안한다. 움직이기를 계속하면, 한 발을 다른 발 앞으로 내딛는 일을 계속하면 괜찮을 것이다. 테오는 머릿속에 펼쳐지는 경로를 통제할 수가 없다. 이제 그는 라 카브레라의 주방에 있다. 걸어 다니고, 요리를 하면서. 온통 움직임이다. 잠시도 쉬지 않고 활동을 이어간다. 피하기 위해서⋯⋯. 테오는 자신이 뭘 피하고 있는지 잘 모르겠다. 생각이겠지. 생각을 하지 않으면 문제가 생길 리 없다. 테오는 그릴 위에서 스테이크 네 장을 연달아 빠르게 뒤집는다. 마늘 한 쪽을 다진 다음 녹여둔 버터 속에 넣는다. 바닷소금 약간을 넣어 섞는다. 잘게 썬 바질도.

"너 괜찮아?"

테오는 흠칫 놀란다. 그의 두 눈이 깜빡이다 떠진다. 접의자 가장자리에 세라가 앉아있다. 불어온 산들바람에 세라의 검게 구불거리는 머리칼 몇 가닥이 뺨 위로 날린다. 테오에게는 자기 누나보다 파타고니아의 평원들이 더 현실감 있게 느껴진다.

19, 18, 17⋯⋯.

"뭘 위한 건지 잘 모르겠어." 테오가 말한다.

"카운트다운 말이야?"

"응."

"나도야."

그들 두 사람은 조용히 앉아 손님들을 지켜본다.

"샴페인 좀 드릴까요?"

베이비시터가 그들에게 가늘고 긴 술잔을 하나씩 건넨다. 테오는 자기 술잔을 세라의 술잔에 가져다 댄다.

"우울한 풍경이지." 세라가 말한다. "적어도 난 우울하다고 생각해."

12, 11…….

테오는 알고 있다. 세라가 자신에게 왜 돌아왔냐고 묻고 싶어 한다는 걸. 더 나은 질문이 있다면 애초에 왜 떠났냐는 질문일 것이다. 하지만 그들은 그런 이야기는 하지 않을 것이다. 오늘 밤에는. 세라가 잔을 기울여 비운다. 손등으로 입을 닦는다. 그들의 눈은 아주 잠깐 동안만 마주친다. 그들 사이의 공간에는 잃어버린 하나의 세상 전체가 있다. 거리들의 이름이, 전화번호가, 여름날의 바비큐가, 부러진 뼈들이, 가족 저녁 식사 모임들이, 벽에 드리워진 그림자들이, 새치기를 당한 일들이, 바닥널에 어룽져 반짝이던 빛이, 무쇠 프라이팬에서 지글거리던 프렌치토스트가. 다이닝 룸 식탁 위에 흩어져 있던 과제물의 페이지들이. 토요일 오후에 듣던 베토벤의 4중주가. 블랙 캐번디시 담배 냄새가.

7, 6, 5…….

누나를 보니 테오는 (비둘기같이 서로를 가리키는 세라의 맨 발가락들에서, 물어뜯은 손톱에서, 작은 귀에서) 잊으려고 애써온 모든 것이 기억나고 만다. 테오는 이제 추부트강을 따라 걷고 있지 않다. 동시에 열네 가지 요리를 준비하면서 정신없이 움직이고 있지도 않다. 그는 가만히 앉아있다. 그에게 무슨 선택지가 있겠는가? 반쯤 읽은 문고본 위에 놓여있던, 거북딱지 무늬가 들어간 아버지의 독서용 안경. 계단의 세 번째 칸에서 나던 삐걱거리는 소리. 고드름, 겨울에 그의 방 창문 위 처마에 창들처럼 매달린. 어머니가 전화를 받던 방식, '여보세요'라는 말을 이루고 있던 그 노래하는 듯한 음들.

"여기서 좀 지내다 갈래?" 세라가 그에게 묻고 있다.

테오는 뭐라고 대답해야 할지 모르겠지만, 거짓말을 하고 싶지는 않다.

"내 말은," 세라가 말한다. "네가 여기서 좀 지내다 가면 정말 좋겠거든."

세라는 부드러워져 있다. 처음 도착했을 때 테오의 눈에 들어왔던 뾰족하게 날 선 부분들은 녹아 없어진 뒤고, 남은 건 아름답고 연약한 한 여자다. 아발론에 살 때, 그들의 집 뒤뜰에 있던 두 그루의 튼튼한 포플러나무 사이에는 해먹 하나가 걸려있었다. 밧줄에 휘감긴 채 가지 위에 가지를 겹치고 있던, 떨어질 수 없는 그 두 그루의 나무.

2, 1…….

새해 복 많이 받으세요!

무리에서 이탈한 파티용 피리 몇 개가 요란한 소리를 낸다. 시간이 잠깐 동안 멈춘 것처럼 느껴진다.

키스가 오가고, 사람들의 손이 서로의 등을 두드린다. 코르크 마개들이 펑펑 소리를 내며 몇 개 더 열린다. 테오는 앞으로 몸을 기울여 누나를 끌어안는다. 목에 걸린 덩어리를, 시큰해지는 두 눈을 애써 그냥 넘긴다.

"나도 그러고 싶어." 테오는 말한다. 하지만 테오의 진짜 말뜻은, 새로운 천 년이 벌써 거침없이 앞으로 달려가는 동안 멈춰있는 이 순간을 붙잡아 거꾸로 되감고 싶다는 것이다. 뒤로, 뒤로, 시간의 층들을 지나, 그들이 알기만 했더라면 상황이 달라질 수도 있었던 그 몇 분의 1초로. 그 순간은 존재할 것이다. 그들이 공유한 과거의 생명력 속에서, 오해의 여지 없이 어둠 속의 반딧불처럼 빛나며 까딱거리면서 휙휙 움직이고 있을 것이다. 그들이 그 순간을 정확히 집어내 그곳에, 바로 그곳에 멈춰놓을 수만 있다면. 그들이 어째선지 첫 번째에는 놓쳐버린 작지만 지울 수 없는 그 지점에. 그럴 수만 있다면, 그렇다면 온 가족이 어쩌면 다시 시작할 수도 있을 텐데.

이런, 그는 누구를 속이겠다는 걸까.

그들 두 사람은 나란히 앉아 접의자 뒤로 몸을 기대고 청명한 밤하늘을 응시한다.

"한번 지켜보자." 테오가 말한다.

* * *

다음 날 아침, 테오는 다른 누구보다 일찍 일어난다. 집은 조용하고 티끌 한 점 없이 깨끗하다. 마지막 손님들이 떠나고 몇 시간 뒤, 테오의 귀에는 사람들이 주방을 치우는 소리가 들려왔었다. 지금은 지난밤에 파티가 열렸다는 사실조차 절대 알 수 없을 것 같다. 테오는 냉장고를 열어본다. 지난밤에 남은 음식들은 냉장고의 밝은 불빛 속에서 슬프고 적나라해 보인다. 그것들은 며칠 동안 거기 그대로 놓여있을 테고, 주방에서 마늘과 양고기 냄새가 희미하게 풍기기 시작하면 쓰레기통 속으로 던져질 것이다.

테오는 그 커다란 접시들을 꺼내 조리대의 대형 도마 위에 늘어놓는다. 우묵한 도자기 믹싱 볼 하나를 찬장에서 끄집어낸다. 철제 선반에는 자주 사용되는 구리 팬들이 매달려 있다. 테오는 커다란 프라이팬으로 손을 뻗어 그것을 레인지 위에 올려놓는다. 그러고는 냉장고 옆문에서 달걀 한 팩을 통째로 꺼낸다. 냄새를 맡아본다. 충분히 신선하고 틀림없이 유기농이다. 그는 한 손으로 달걀들을 휘저어 거품을 내면서 다른 손으로는 커다란 접시들의 포장을 벗기기 시작한다. 코프타* 를 재활용해 다른 음식을 만들려던 생각은 접는다. 조카들이 아직 그 맛을 모를 거라는 생각이 들어서다. 그렇지만 훈제 연어가 있으니 버터를 조금 넣고 그걸 볶을 생각이다. 테오는 전날 밤에 먹고 남은 치즈가 담긴 커다란 접시를 살펴본다. 블루치즈 향이 강하게 난다. 테오의 코는 그 치즈가 동쪽에서 (버몬트주에서, 어쩌면 메인주에서) 온 거라고 말해준다. 그는 작고 보기 좋은 만체고 치즈 한 조각을 집어 깍둑썰기한 다음 휘저어 둔 달걀 속에 집어넣는다. 이론상 치즈 온도는 실온과 같겠지만, 팬

---

* 고기·생선·치즈에 양념을 하고 으깬 뒤 동그랗게 빚어 만든 남아시아 지역 음식.

에서 천천히 녹이면 조금 다른 효과가 날 것이다.

이 집에는 유지방이 2퍼센트 함유된 우유밖에 없는 것 같지만, 크림을 조금 섞으면 괜찮을 것이다. 테오는 작업을 계속하면서 그때그때 절충해 나간다. 이런 게 그가 좋아하는 요리 방식이다. 테오는 조리법을 따르지 않은 지 오래됐다. 디저트는 눈에 띄게도 예외지만 말이다. 빨간색과 노란색 피망 몇 개. 이것들은 이 지역에서 나는 괜찮은 것들로 보인다. 양파 하나. 마늘도 통으로 하나. 세라가 쓰는 칼들은 좀 갈아야 할 것 같다. 이제 테오는 램킨 접시들을 찾아 주방을 뒤지고 있다. 키슈를 1인분씩 여러 접시 만들기로 결정했다. 파이 껍질이 쓸데없이 많이 들어간 전통적인 스타일의 키슈 말고, 밀가루를 쓰지 않은, 수플레처럼 가볍고 우아한 키슈를 만들 것이다. 틀림없이 꼬마 아가씨들도 좋아할 것이다. 조카들! 오늘 테오는 테오 외삼촌이 되는 법을 배울 것이다. 바닥에 앉아 그 애들과 놀아줄 것이다. 조개 모양의 파스타들로 목걸이도 만들어줄 것이다.

스스로의 부주방장 노릇을 하는 동안 테오의 머릿속에는 음악이 흐른다. 라 카브레라의 주방에 있던 라디오에서는 로스 파불로소스 캐딜락스의 음악들이 흘러나왔었다. 그 삼바 리듬. 블루스조의 슬라이드 기타*. 벽돌로 둘러싸인 동굴 같은 식사 공간에서는 언제나 시끄러운 소리가 흘러들어 왔다. 테오! 10번 테이블 여자 손님이 고기를 미디엄으로 익혀 달래요!라고 스페인어로 외치는 소

---

* 손가락에 금속 튜브를 끼고 현을 연주하는 기법으로 보틀넥이라고도 한다.

리. 레스토랑 바깥에 있는 사람들은 샴페인을 홀짝이며 보도 위에서 기다렸다. 이따금씩 즉흥적으로 탱고를 추기도 했다.

도마 위에 양파, 피망, 마늘이 촬영해도 될 것 같은 깔끔한 무더기로 쌓여있다. 부추가 필요하다. 그리고 연어에 뿌릴 딜*도. 어젯밤에 알게 됐는데 이 집에 작은 허브 정원이 있었다. 프라이팬에 버터 한 덩어리를 썰어 넣고 불을 약불로 켠다. 이 집 사람들은 몇 시에 일어나나? 이제 7시 30분이 다 됐다.

방갈로의 두꺼운 벽에도 불구하고 바깥에서 까마귀가 깍깍 우는 소리가 들려온다. 테오는 행주에 손을 닦는다. 그런 다음 테라스 문 쪽으로 가서, 무겁고 차가운 문손잡이를 감싸 쥐고, 돌려서 연다.

그 소리, 터져 나오는 금속성의 사이렌 소리가 너무도 귀에 거슬리게 시끄러워서, 테오는 펄쩍 뛰어 뒤로 물러난 다음 어안이 벙벙해진 채 서있다. 이가 딱딱 맞부딪친다. 이-우-이-우. 테오는 0.5초 뒤에야 자기가 비명을 질렀다는 걸 깨닫는다. 사이렌은 마구 울리고 또 울려댄다. 이-우-이-우. 목소리 하나가, 남자의 목소리가 흘러나온다. 침입이 발생했습니다. 테오는 정신없이 주위를 둘러보다가 테라스 문 옆에 있는 키패드를 그제야 발견한다. 당연히 그렇겠지. 이런 바보가 있나. 당연히 경보 장치가 있겠지. 이제 깨달은 그는 그 끔찍한 소음을 멈추기 위해 누를 수 있는 버튼은 모두 눌러보지만 소용이 없다.

"무슨 일이야?"

---

* 허브의 일종으로 야채 피클을 만드는 데나 각종 향신료로 쓰인다.

운동복을 입은 피터와 세라가 나타난다. 세라는 눈을 비비고 있다.

침입이 발생했습니다. 침입이 발생했습니다.

"너무 미안해, 내가……."

"젠장." 피터가 말한다.

침입이—

주방을 성큼성큼 가로질러 온 피터가 키패드에 암호를 입력해 사이렌을 멈추게 만든다.

"이제 사람들이 올 거예요." 그가 말한다.

"하지만—,"

"아뇨, 경보기가 울리면 전화가 오는 게 아니에요. 그냥 사람들이 와요. 보안 요원이나 경찰 둘 중에 하나일 거예요. 그렇게 작동하는 장치거든요."

"아, 이런. 정말 죄송해요."

시드와 리브가 충격을 받은 얼굴로 아장아장 걸어 나온다. 리브는 (아니면 시드인가?) 엄지손가락을 쪽쪽 빨고 있다.

"괜찮아. 세상에서 제일가는 큰일은 아니니까. 그건 그렇고 넌 뭐 하고 있었어?" 세라가 묻는다.

세라는 커피 머신을 향해 걸어가서는 지난밤의 음식이 담긴, 포장이 벗겨진 커다란 접시들을 바라본다. 아일랜드 식탁 위에 공처럼 동그랗게 뭉쳐진 비닐 랩을, 썰어둔 채소들을, 달걀이 든 볼을. 갈린 채 조리대 위에 쏟아져 있는 치즈를.

"아침 식사를 만들고 있었어." 테오는 말한다. 마지막으로 자신이 이토록 쓸모없는 인간처럼 느껴졌던 게 언제였는지 기억나지 않는다. 여기 오지 말았어야 했다. 희망을 북돋우지 말았어야 했다. 테오는 스스로의 유치한 낙관주의가 경멸스럽다.

몇 분이 지나지 않아 현관 벨이 울린다.

"아무 문제도 없습니다." 피터가 보안 회사에서 나온 남자에게 말한다. "경보가 잘못 울린 거예요."

"암호를 말씀해 주셔야 할 것 같습니다, 선생님."

"세라? 세라, 당신 암호 기억나?"

"잠깐만, 이게 무슨 냄새지?" 세라가 묻는다.

테오가 프라이팬을 기억해 낸 건 그때다. 그는 레인지로 달려가 그것을 불에서 치우지만, 너무 늦었다. 버터가 다 타버렸다.

미미

샤워를 하러 들어간 벤이 오랫동안 나오지 않는다. 욕실에 들어가 문을 잠그고 물을 틀어놓은 지 적어도 40분은 됐다. 길 건너편 집에 있던 그가 창백한 얼굴로 땀을 흘리며, 셔츠는 적갈색 피로 더러워진 채 집으로 돌아온 지 40분. 벤의 두 손은, 핏줄이 선명하게 드러나 있고 길고 우아한 손가락들이 달린, 그토록 아름다운 의사의 두 손은 떨리고 있었다. 미미는 벌써 한 번 위층에 올라갔다 왔다. 벤이 괜찮은지 확인하려고 욕실 문에 귀를 대고 듣고 있었다. 기다리다가 벤이 움직이는 소리가 들려오자, 미미는 만족하고 아래층 주방으로 돌아왔다.

남자아이라고 했다. 벤은 미미에게 그 정도만 말해주었다. 살짝 일찍 세상에 나왔고, 벤이 어림잡기로는 2.7킬로그램쯤 되어 보이는 건강한 남자아이라고. 병원에 가서 검사를 받아봐야겠지만 아이의 폐에는 이상이 없어 보인다고. 그 부부는 아이를 월도라고 부르기로 했다고. 그래, 월도라고 했다.

"그럼 왜 이렇게 떨고 있어요?" 미미는 벤에게 물었다. "그럼 다 괜찮은 거 아닌가요?"

벤은 머뭇거렸다.

"하마터면 괜찮지 않을 뻔했거든요."

한 줄기 한기가 미미의 몸속을 흘러갔다.

"무슨 뜻이에요? 지금은 다—,"

"그래요." 벤이 미미의 말을 잘랐다. 평소와는 달리 날카롭게. "그 이야기는 하고 싶지가 않네요."

가정 분만이라니. 미미의 몸이 떨린다. 그게 요즘 대세라는 건 미미도 알고 있다. 요즘 젊은 여자들은 실제로 산파의 도움을 받아 집에서 아기를 낳는 선택을 한다. 그들은 욕조에 아로마 오일을 풀어 넣는다. 직접 고른 음악이 스테레오로 재생된다. 그들에겐 출산 계획이라는 것도 있다. 마치 아이를 낳는 일이 계획할 수 있는 일이라도 되는 것처럼. 세라가 그 방식을 따를 생각이 없었던 게 너무도 다행이다. 그 애의 아이들은 쌍둥이였기에 특히 그렇다. 뼛속까지 의사의 딸이었던 세라는 시드와 리브가 태어났을 때 시더스 시나이 병원이 제공하는 모든 것을 누렸다.

미미는 길 건너편 집의 젊은 부부를 떠올린다. 아내 쪽을 만나 본 적은 없다. 임신한 그 여자가 거대해진 배를 앞세우고 집 안팎을 느릿느릿 돌아다니는 걸 본 적은 있지만 말이다. 벤의 의료 가방을 달라고 부탁하러 왔을 때 그 남편은 너무도 겁에 질린 것처럼 보였다. 당연히 겁에 질렸겠지! 하지만 그 이상의 무언가가 있었다. 얼굴에 담긴 어떤 연약함, 어떤 부드러움 때문에 미미는 그를 안아주고 싶어졌다. 그의 머리를 어깨에 올려놓고 머리칼을 쓰다듬어 주고 싶어졌다. 자, 자, 괜찮을 거야. 그 남자는 테오와 비슷한 나이대로 보인다. 서른 살 언저리. 하지만 테오와는 달리 그는 결혼을 했고, 이제 막 아버지가 되었고, 길 건너편 집에서 살고 있다. 제발, 제발, 제발. 머릿속이 그 말로 가득 차는 일이 너무도 잦아져서 미미는 이제 알아차리지도 못한다. 미미는 그 말을 문 밖으로 내보낸다. 디비전 스트리트를 따라, 종이비행기처럼, 강을 올라가, 바다를 건너, 적도를 가로질러 날려 보낸다. 온 마음을 다해 그 한 단어를, 그 생각을 집중해 떠올리면 그건 아들에게 닿을 거라는 생각이 미미에게는 있다. 허황된 생각이라는 건 알지만 말이다. 아들이 어디에 있든, 그 애가 이제 집에 돌아갈 시간이구나 하고 깨달을 거라는 생각이.

위층에서 들려오던 물소리가 멎는다. 샤워 커튼이 스르륵 열리는 소리가 들린다. 욕실의 환풍기가 꺼지는 소리도. 바깥은 이제 어둡다. 초겨울 저녁의 짙고 끈덕진 어둠이다. 미미는 아래층을 이리저리 돌아다니며 조명들을 켠다. 바깥 현관의 조명. 거실의 전기스탠드들. 다이닝 룸에 있는 촛불 모양 전구 열여섯 개가 달린 연철

샹들리에, 이건 좀 낭비 같지만 그럭저럭 축제 분위기는 나는 물건이다. 세상에, 20세기가 곧 끝난다니 믿기 힘든 일이다. 미미에게 그 사실은 갑작스러운 상실감으로 다가온다. 아기들을 배 속에 품고 있던 몇 년, 젊은 아이 엄마가 되어 그 애들에게 젖을 먹이고, 자장가를 불러주고, 그 애들을 데리고 울퉁불퉁한 보도를 오르내리고, 손을 잡아주고, 그 애들을 높이 들어 올려 어깨에 올려놓았던 시간들. 유치원, 초등학교, 중학교, 고등학교를 보내며 흘러간 시간들. 이제 그 모두는 지나간 지 너무도 오래고, 조만간 또 하나의 지난 세기가 되어 완전히 밀려나게 될 것이다.

미미에게 남은 건 뭘까? 미미가 이런 식의 생각을 스스로에게 허용하는 일은 좀처럼 없지만, 이날은 어떤 이유론가 우울해지는 중이다. 길 건너편 집의 젊은 부부, 이제 막 아기를 낳은 그 젊은 부부는 삶의 출발점에 서있다. 그들 자신에게는 영원히 지속될 것처럼 느껴질 삶. 시간은 아주 느리게 흐를 것이다. 천천히 다가오는 동트기 전의 시간들. 그 시간에 아이 엄마는 흔들의자에 앉아 아이에게 젖을 먹이며, 소리를 죽여놓은 텔레비전 프로그램에서 우연히 나오는 것이 무엇이든 그 어른거리는 불빛을 건성으로 지켜볼 것이다. 지친다는 말로는 다 설명이 안 돼, 그 여자는 자기 친구들에게 말할 것이다. 묵직한 담요 밑에서 잠들어 있는 그 여자 남편의 거대한 체구. 부모 노릇 초기에 느껴지는 매혹과 지루함. 아이들이 학교에 단계적으로 적응하는 기간이면 교실 바깥에 놓인 작은 의자에 앉아 보내는 수없이 많은 시간. 그 여자는 시간이 빨리 지나가길 바랄 것이다. 손목시계를 들여다볼 것이다. 그 모든 게 왜 그렇게 오래 걸리는지 궁금해할 것이다. 그러다가 갑자기(마치 하룻밤 사이에 일어난 일처럼 느껴질 텐데) 아이에게 자기 전에 들려주는 이야기도, 자장가도 필요 없어지는 날이 올 것이다. 손을 잡아주는 일도. 그 여자는 무슨 일이 일어나고 있는지 알 수 없게 될 것이다. 그리고 그 속도는 점점 빨라질 것이다. 마치 고풍스러운 옛 영화들에 나오는 것처럼 달력의 페이지들이 넘어가고, 또 넘어가고, 하루가, 한 주가, 한 달이 다음으로 넘어갈 것이다. 그러다가, 조심하지 않으면 그 여자는 더 이상 자기 아이를, 자기 남편을, 자기 인생을 알아보지 못하게 될 것이다.

그 여자의 딸은 로스앤젤레스에 살면서 보조원이 전화를 받아주는 사무실에서 일하게 될 것이다. 그 여자의 쌍둥이 손녀들은 외할머니를 거의 알지 못하고 지내게 될 것이다.

그 여자의 아들은 어느 날 아침 부에노스아이레스행 비행기에 오를 것이다.

"미미?"

위층에서 벤이 부르고 있다. 미미는 그들 가족 네 명을 찍은 사진 앞에 멈춰 서있었다. 아이들이 중학교에 다니던 시절, 그들이 어느 섬으로 가족 휴가를 떠났을 때 찍은 사진이다. 신트마르턴이었던가 바베이도스였던가, 어느 쪽이었는지 모르겠다. 벤이 개업한 병원이 크게 번창하고 아이들이 아직 어렸을 때, 그들은 몇 년 동안이나 3월이 되면 비행기를 타고 남쪽으로, 이런저런 휴양지로 떠났었다. 그곳에서 미미와 벤은 안락의자에 앉아 열대음료를 홀짝이곤 했고, 세라와 테오는 모래사장에서 카디마 게임*을 하곤 했다. 하루하루 지날수록 조금씩 더 갈색이 되어가는 몸을 하고서. 여기, 그들은 부둣가에 모여있고, 그들 뒤로는 해가 지고 있다.

이 사진을 누가 찍었더라? 아마 휴양지에 온 방문객이 찍어주었을 것이다. 아니면 직원 중 한 명이. 부탁 좀 드려도 될까요? 카메라를 건네주며 이렇게 물은 건 미미였을 것이다. 미미, 작은 기억들의 기록자. 자동초점 카메라예요. 그냥 버튼만 누르시면 돼요. 바로 거기 있는 버튼이요. 벤은 한쪽 팔을 미미에게 두르고 있다. 숨김없고 무방비한 미소를 짓고 있는 그는 흰색 테니스 셔츠를 입고 있다(그러니 이건 좌골신경통이 그를 애먹이기 시작하고 테니스 게임에 영영 나가지 못하게 만들기 전이었을 것이다). 세라는 졸업반이 되려는 참이고, 테오는 졸업하려면 3년 더 남았을 때다. 미미는 자신이 아이들에게서 느꼈던 자부심을 기억한다. 그 애들은 같은 반 아이들 대부분처럼 무뚝뚝해지거나 속을 털어놓지 않는 성격으로 변해버리지 않았던 것이다.

이 아이들을 보라! 행복하고 햇살 같은 아이들 아닌가. 미미는 그건 자기가 그 애들을 키워온 방식 때문이라는, 적어도 부분적으로는 그렇다는 비밀스럽고, 맹렬하고, 헛된(그렇다는 걸 이제는 미미도 안다) 믿음을 가졌었다. 미미는 아이들 학교의 기금 모금 경매에서 사회를 맡았고, 음식 기부 운동에 앞장섰고, 지역 미화 위원회를 설립했고, 아이가 다니는 중학교에서 〈말괄량이 길들이기〉를

* 해변에서 하는 테니스와 비슷한 게임으로 이스라엘에서 시작되었다.

무대에 올릴 때는 바느질을 해서 의상을 만들어 주었다. 미미 스스로가 의도했다고도, 의도하지 않았다고도 할 수 있는, 애처롭게 스스로를 낮추는 태도를 항상 내보이면서. 아, 그런 말씀 마세요. 이건 아무것도 아닌걸요.

"미미?"

"금방 가요!"

미미는 위층으로 올라간다.

벤은 그들의 방 안 침대 가장자리에 앉아있다. 허리에는 수건 한 장을 두르고서. 그는, 미미의 남편은, 여전히 너무도 잘생긴 남자다. 한 해 한 해 지나갈수록 그는 점점 더 기품 있어 보인다. 숱 많고 긴 머리칼은 희끗희끗해졌고, 얼굴 윤곽선과 명암은 지금의 모습으로 선명하게 자리 잡았다. 하지만 지금, 그는 놀랄 만큼 허약해 보인다. 벤은 방 한구석을 노려보고 있다. 미미는 그가 손가락 관절들이 하얘지도록 두 주먹을 꽉 쥐고 있다는 걸 알아챘다.

"여보, 무슨 일이에요?"

벤은 입을 열지만 거기서는 아무 소리도 흘러나오지 않는다.

"벤! 겁나게 왜 그래요."

미미는 벤 곁에 앉는다. 젖은 수건 때문에 침대보가 축축해져 있다. 미미는 한 손을 벤의 무릎에 올려놓는다. 그는 괜찮다. 괜찮아야 한다.

"아까, 정말 아슬아슬한 상황이었어요." 벤이 마침내 말한다.

하지만 결국엔 괜찮아졌잖아요, 미미는 그렇게 말하고 싶지만 하지 않는다. 미미는 완벽하다고 할 만큼 잘 이해하고 있다. 하나의 사건은 보이지 않는 도화선이 되어 다른 사건을, 또 다른 사건을 계속 터뜨린다. 시간이 붕괴한다. 똑바로 흐르는 시간이라는 건 없다. 기억이, 과거가, 15년 전이나 50년 전에 일어난 일들이 방금 일어난 것처럼, 혹은 금방이라도 일어날 것처럼 생생하게 다가온다. 정말 아슬아슬한 상황.

벤의 삶에 그렇게 아슬아슬한 상황이 들어갈 여력은 없다.

"그러니까 왜 그 사람들을……."

미미는 망설인다. 벤은 너무도 견디기 힘든 듯 여전히 미미를 쳐다보지 않고 있다.

미미가 밀어붙인다.

"내 말은, 그러다가 뭐라도……."

벤이 미미에게 버럭 화를 낸다. "그런 말 말아요! 내가 대체 뭘 할 수 있었겠어요? 그 여자가 갑작스럽게 진통을 하고 있는데!"

그 생각들은 입 밖에 내지 말았어야 했던 모양이다. 미미는 그저 벤을 보호해야 한다는 생각이 들 뿐이다. 그 질문은 하지 않은 채 남았고, 앞으로도 하지 않은 채 남을 것이다. 그러다가 뭐라도 잘못됐더라면 어쩔 뻔했어요?

"미안해요." 미미는 조용히 말한다. "벤저민, 우린 지금 여기 있잖아요. 그 아기는 무사하고요." 미미는 벤의 무릎을 쓰다듬는다. 손 밑으로 와 닿는 벤의 피부가 거칠거칠하다.

벤은 살짝, 거의 알아보기 힘들게 고개를 끄덕인다. 미미의 두 눈에는 벤의 마음속이 거의 보이는 것만 같다. 조각들이 제자리를 찾아가고, 날카로운 모서리들이 숨겨지는 모습이. 이야기들이, 만약에 그랬더라면으로 시작되는 천 개쯤 되는 이야기들이 썰물처럼 밀려가고 있다.

"가요. 아래층으로 내려가요. 맛있는 저녁을 만들고 있어요."

미미는 다이닝 룸 식탁에 괜찮은 도자기와 은으로 된 식기들을 차려놓았다. 흠집이 난, 한 번에 열여섯 명까지 앉을 수 있는 널찍한 참나무 식탁을 가로질러 식기 세트 두 벌이 놓여있다. 추수감사절, 유월절, 그리고 그토록 많았던 12월 31일들. 촛농 자국들, 수년 동안 숙제를 하며 연필로 긁어놓은 자국들. 사람들이 담배를 피우던 시절에 생긴 불에 그을린 자국. 그들이 디비전 스트리트로 처음 이사 왔을 때 샀던 식탁이다. 가족 식탁.

이제 미미는 샐러드를 준비하고 있고, 그러는 동안 벤은 서재의 난롯가에 앉아 스카치위스키 한 잔을 조금씩 마시고 있다. 그는 좋아하는 베토벤 4중주 C단조를 스테레오로 틀어놓았다. 집 전체의 맥박이 평소에 쉬고 있을 때의 속도로 돌아간다. 미미는 축하하기 위한 식사를 준비하려고 했다. 언제나 모든 걸 특별하게 만들고 싶어 하니까. 그것 말고 할 일이 뭐가 있단 말인가? 샐러드를 만들 어린잎 시금치, 베이컨, 그리고 블루치즈. 『실버 팰럿 요리책』(*The Silver Palate Cookbook*)에 나와 있는 닭고기 조리법. 와인 가게 남자가 추천해 준 캘리포니아 카베르네 와인 한 병.

오늘 밤 저녁 식사에 손님들을 초대할까 하고 잠깐 동안 곰곰이 생각해 봤지만, 그 생각은 접었다. 누굴 초대하겠는가? 거의 모든 사람이 떠나버렸는데. 옛날에 알던 몇몇 불특정한 사람들이 아직 아발론에 살고 있긴 하지만, 그 사람들은 아이들이 어렸을 때만

어울려 지냈던 부부들이다. 그게 이웃끼리 하는 일이었으니까. 아
니면 아이들이 같은 축구 리그에 속해있거나, 같은 종교 학교 수업
을 듣고 있거나 해서 친해졌었다. 같은 시기에 아이를 낳아 이 지역
사회로 이사 왔다는 점 말고 다른 어떤 공통점이 있어서가 아니었
다. 그들의 친구들 대부분은 자식들 가운데 막내가 대학에 가고 나
서 아발론을 떠났다. 미미가 미처 대비하지 못했거나 오고 있다는
걸 몰랐던 다음번 통과의례처럼, 〈팝니다〉라고 적힌 표지판이 집
앞 잔디밭에 나타나기 시작했다. 어느 날 오후 미미가 장을 보고 집
으로 돌아가던 길이었다. 트위드 스커트를 입고 실용적인 디자인
의 힐을 신은 한 중개업자가 어느 젊은 부부를 데리고 플랫 가족의
집 앞길을 유유히 걸어가는 게 보였다. 루소 가족이 그다음이었고,
헬러 가족도 재빨리 뒤따랐다. 새로운 가족들이 이사를 왔다. 새로
운 세대였다. 임신한 아이 엄마들, 야구 모자를 쓴, 운동선수처럼
보이는 아이 아빠들, 유아차를 탄 아장아장 걷는 아이들. 얼핏 보면
20년, 30년 전의 마을 사람들 중 누구의 모습이라고 해도 될 것 같
았다. 디비전 스트리트의 집들이, 그 집들에 살면 아이들의 기억 전
체가 하나씩 하나씩 변해갔다.

　아발론을 떠난 사람들은 서둘러 뉴욕으로 갔다. 그곳에서 그들
은 바그너의 〈니벨룽의 반지〉를 새롭게 무대에 올린 공연을 봤고,
최고로 인기 있는 베트남 식당에서 식사를 했으며, 뉴욕 공립 도서
관에서 하는 강의를 들으러 다녔다. 두 분도 몹시 마음에 들 거예
요, 그들은 미미와 벤을 설득하려 애쓰곤 했다. 우린 매일 밤 외출
한답니다. 꼭 신혼 때로 돌아간 것 같지 뭐예요.

미미는 프라이팬의 베이컨을 뒤집는다. 집 전체에 냄새가 배지 않도록 환풍기를 켠다. 악의라고는 없는 친구들에게 무슨 말을 해야 할지 떠올리기는 쉽지 않았다. 그 친구들은 그저 도움이 되려고 애쓰고 있을 뿐이었다. 불행이 함께 있는 걸 좋아한다는 말은 틀렸다. 절대 그렇지 않다. 함께 있는 걸 좋아하는 건 행복이고, 불행은…… 불행은 그저 혼자 남겨지고 싶어 한다. 친구들로 이루어진 그들의 작은 집단은 운이 좋은 사람들과 그렇지 못한 사람들로 나뉘면서 흐트러지기 시작했다. 운이 좋은 사람들은, 사는 동안 일어날 수 있는 수많은 잔인한 일에 지금껏 영향도, 상처도 받지 않은 그들은 피시 소스에 적신 국수를 먹고 오페라 공연을 보러 다니는 중이었다.

미미는 목을 한 바퀴 돌린다. 그런 생각을 하는 건 쓸데없는 짓이다. 미미는 스스로를 연민하지는 않는다. 그런 건 절대 허용하지 않을 것이다! 미미는 남편을 사랑한다. 그의 두 어깨를, 두 손을, 턱을 사랑한다. 녹회색을 띤 그의 두 눈을. 한없이 다정하고 신중한 그의 성품을. 미미는 벤이 누군가에 대해 못된 말을 하는 걸 한 번도 들어본 적이 없다. 그리고 그건 벤이 사람 보는 눈이 부족해서는 아니다. 아니, 전적으로 그 반대다. 벤저민 월프는 아무것도 놓치는 법이 없다.

미미는 작은 볼에 마르코나 아몬드를 조금 부은 다음 서재로 가지고 들어간다. 벤의 스카치위스키 잔을 채워준다. 벤은 가죽 의자에 기대 고개를 뒤로 젖힌 채 두 눈을 감고 있다. 언제나처럼 4중주의 선율에 황홀해진 상태로. 벤은 눈을 뜨지 않은 채 한 손을 뻗어 미미를 자신의 무릎에 끌어다 앉힌다. 미미는 그의 목 아래 움푹한 곳에 머리를 기댄다. 뺨 아래서 그의 맥박이 느껴진다. 난롯불이 탁탁거리고 칙칙거리는 소리를 낸다. 이런 거야, 미미는 생각한다. 바로 여기서 이렇게 있는 거. 그들 두 사람, 그들의 조용한 집. 그들이 함께한 역사. 좋을 때나 궂을 때나 그들이 함께 쌓아 올려온 모든 것.

"배고파요?" 미미가 묻는다. 벤은 고개를 끄덕인다.

하지만 그들은 움직이지 않는다. 그대로 가만히 있는다. 서로와 함께 있어 너무도 편안한 그들의 두 육체는 마치 오랜 세월에 걸쳐 제각기 상대방의 모습을 수용하도록 자라나고 달라져 온 것만 같다. 접붙인 두 그루의 나무처럼. 벤은 한 손을 미미의 머리칼 속에 넣어 쓸어내린다. 그들은 처음에는 전화벨 소리를 듣지 못한다. 4중주는 높은 볼륨으로 흘러나오고 있고, 아래층에 있는 유일한 전화기는 방 두 칸을 사이에 두고 주방에 있다.

미미가 벤의 어깨에서 고개를 든다. "잠깐만, 저건……"

"아마 광고 전화일 거예요."

"12월 31일에요?" 미미는 벤의 무릎에서 일어난다. "받아봐야 할 것 같아요."

미미는 재빨리 주방으로 걸어 들어가 전화기로 손을 뻗는다. 그런데 바로 그 순간 전화는 자동응답기로 넘어간다.

윌프 가족의 집입니다. 메시지를 남겨주세요. 낮고 굵고 사무적인 벤의 목소리가 흘러나온다. 미미는 삐 소리를 기다리며 귀를 기울인다.

179

숨소리가 들려온다. 처음에 미미의 귀에는 녹음 테이프가 돌아가면서 나는 잡음밖에 들려오지 않는다. 마치 아무 메시지도 남겨지지 않고 있는 것 같다. 하지만 이내 미미는 누군가가 전화선 반대편에 있다는 걸 깨닫는다. 또다시 숨소리가 들려온다. 망설이는 소리. 자신 없어 하는 소리다. 말을 할지, 아니면……

미미는 수화기를 붙잡고는 집어 든다. "여보세요?" 미미가 말한다. "여보세요?"

12월 31일. 미미는 스스로가 그런 생각을 하게 놔두지 않았다. 심지어 그런 가능성을 고려해 보지도 않았었다.

"여보세요?"

전화선 반대편에서는 아무 대답이 없다. 하지만 미미에게 느껴지는 건 누군가의 부재가 아니라 그 사람의 존재다. 그리고 미미는 깨닫는다. 5년 만에 처음으로, 미미는 확신한다.

"테오?" 미미는 그 이름을 소리 내 말한다. "테오, 너니?"

미미의 귓가에서 덜컥하는 소리가 난다. 수화기가 아래로 떨어지는 소리. 제발 끊지 마. 뭔가 말을 해주렴. 무슨 말이든. 미미를 따라 주방으로 들어온 벤은 이제 미미 곁에 서있다. 아주 가까이 서있어서 따스한 체온이 느껴진다. 테오가 멀리 떠났을 때, 미미는 처음에는 매일 아침 희망에 가득 차 잠에서 깨어났다. 어쩌면 오늘은, 미미는 침대에 누운 채 생각하곤 했다. 스스로에게 일어나라는 의지를 불어넣으면서. 어쩌면 오늘은. 하지만 며칠이 몇 주가 되고, 다시 몇 달이 되고, 그런 다음에는 믿기지 않게도 몇 년으로 변해버리자, 희망은 날카롭게 비틀린 한 자루의 칼이 되어 미미를 겨누었다.

"여보세요."

긴 침묵이 흐르고, 그동안 미미는 숨도 쉬어지지 않는 것만 같다.

"엄마? 여보세요."

미미는 벤에게 몸을 돌린다.

테오예요, 입 모양으로 그렇게 말한다.

"어디니, 아니, 오 하느님, 무슨 말을 해야 할지조차 잘 모르겠구나……"

"저 미국에 돌아왔어요. 로스앤젤레스에 있어요. 누나네 집에요."

미미의 아이들이 함께 있다. 세라와 테오가 함께. 미미는 비어 있는 한쪽 손을 벤에게로 뻗는다.

어디 있대요? 벤이 속삭인다.

미미는 세차게 고개를 젓는다. 기다려요. 그냥 좀 기다려요.

"엄마? 엄마, 듣고 계세요?"

엄마, 엄마, 엄마. 그저 그 말을 하는 아들의 목소리. 한 번이라도 다시 듣게 될지 알 수 없었는데, 마침내 듣고 있자니, 그 목소리는 낯설다. 머나먼 나라에서 날아온 뉴스 속보 같다. 미미가 전혀 알지 못하는 외국어로 된 뉴스. 테오는 어떻게 그렇게 사라져 버릴 수 있었을까? 자기 기분이 어땠든, 그 애는 가족들에게 약간의 책임은 있지 않았던가? 자기를 사랑하는 사람들에게? 미미가(최악의 일들을 상상하며) 그 애의 소식에 대비해 온 이 모든 세월에 대해 말이다. 미미가 그 애를 다시 볼 수 없게 됐다면 어쩔 뻔했나? 결코 그래선 안 되겠지만, 그 애가 멀리 가있는 동안 미미에게, 혹은 벤에게 무슨 일이 일어났다면? 그 애가 다시는 돌아오지 못했다면?

　방이 중심축에서 벗어나 기울어지는 것 같다. 세상이 천천히 빙글빙글 돌아간다. 미미는 말없이 벤에게 수화기를 건네준다. 벤의 목소리는 쉬어있고, 거칠거칠하게 수염이 자란 그의 두 뺨 위로 눈물이 흘러내린다. 그가 우는 걸 미미는 30년 동안 딱 두 번째로 본다. 벤이 하는 말들은 미미에게는 이해하기 어렵게 느껴진다. 집으로 오렴, 우린 널 사랑한단다, 걱정 말렴. 마치 끊어진 목걸이에서 빠져나와 흩어져 버린 구슬들 같다. 제각기 다른 방향으로 굴러가는 빛나는 보석들. 미미는 두 손과 두 무릎을 바닥에 대고 엎드려 그것들을 주워 담고 있다.

　"듣고 있단다." 미미는 말한다. "듣고 있어."

월도

월도는 산맥을 가로지르는 중이다. 이끼보다도 부드러운 골짜기들을. 모두 월도가 아직 알지 못하는 단어들이다. 언어 없이 3년이 흘러갈 것이고, 그러고 나면 부모님은 월도를 어느 추운 사무실 건물로 보낼 것이다. 그곳에서는 한 여자가 월도에게 낱말 카드들을 보여줄 것이다. 벌레. 개. 소녀. 침대. 월도가 말로 표현하게 하려고 애를 쓰면서.

　말로 해보렴, 월도! 월도는 이 말을 여러 번 들을 것이고, 자신에게 요구되고 있는 게 정확히 뭔지 알게 될 것이다. 하지만 말은 나오지 않을 것이다. 말들은 월도 안의 어떤 장소에 갇혀있게 될 것이다. 월도의 어머니는 걱정하게 될 것이다. 어머니의 주름진 이마는, 혼란스러운 두 눈은 월도에게 각인될 것이고, 평생 동안 품고 다닐 무언가가 될 것이다. 월도가 사랑하는 여자를 실망시킬 때마다 미처 알지 못한 채 보게 되는 건 어머니의 얼굴에 어려있던 그 표정일 것이다. 언젠가 월도는 성인 남자가, 존경받는 천체물리학 교수가 될 테지만, 말은 잘하지 못할 것이다. 나한테 말 좀 해봐, 월도! 그의 아내는 천 번쯤은 그렇게 말할 것이다. 말 좀 해보란 말이야!

하지만 지금은, 월도는 어머니의 배에 밀어붙여지는 중이다. 아직 아무것에도 실패하지 않았다. 아직 아무도 실망시키지 않았다. 뜨이지 않은 두 눈을 통해 들어오는 세상은 분홍색을 띤 붉은색이다. 어머니의 냄새. 코코넛, 라벤더, 사향 냄새. 그의 아버지, 어렴풋이 보이는 하나의 그림자. 월도는 부드러우면서도 거칠거칠한 무언가가 입술에 와 닿는 걸 느낀다.

아드님이에요, 앨리스. 낯선 사람의, 남자의 목소리. 지금부터 수년 뒤 달빛이 환한 어느 날 밤에 월도가 우연히 마주치게 될 사람. 너무 귀여워요. 어머니가 말한다. 선생님이 안 계셨다면 어떻게 됐을지 모르겠습니다. 아버지가 말한다. 월도의 귀에는 그저 음악일 뿐이다. 하나의 후렴구, 귀뚤귀뚤 우는 귀뚜라미 소리, 쏴 하고 흐르는 핏소리일 뿐이다. 월도는 아직은 아버지를 피해 숨을 필요가 없다. 작아져서 눈에 띄지 않을 때까지, 종이접기 퍼즐처럼, 자기 몸을 접고 또 접어 넣을 필요가 아직은 없다.

부드러운 골짜기에 안겨있으니 따스하다. 쿠쿵. 쿠쿵. 쿠쿵. 어머니의 심장박동은 월도가 지금껏 알아온 유일한 소리다. 분주하게 돌아가는 이 공간 안에, 송수신 겸용 무전기의 시끄러운 소리, 장화를 신은 남자들이 내는 소리, 울리는 전화벨 소리 사이에, 그들은 오롯이 둘이서만 존재한다. 마치 그들의 몸 아래 깔린 수건이 뗏목이고, 그들이 바다에 띄워져 떠내려가고 있기라도 한 것처럼. 지금은 바깥에 있지만, 안에 있던 기억은 월도 안에 생생하게 살아있다. 쿠쿵. 문 하나가 닫힌다. 월도의 어머니를 앨리스라고 불렀던 남자가 집을 나섰다. 아버지가 어머니의 젖은 이마에 입을 맞추고 있다. 사랑해.

여기가 시작이다. 온기와 땀, 부드럽고도 거친 장소에서 흘러나오는 묽은 젖. 공기가 주는 충격. 피부에 와 닿는 피부. 번쩍이는 붉은 조명들이 달린 차 뒷좌석에 어머니와 함께 타고 가기. 사람들이 월도를 어머니에게서 받아 데려가는 밝은 장소. 아기 침대에 누운 월도를 살펴보는 사람들. 하얀 웃옷을 입은, 월도를 사랑하지 않는 사람들. 전문가다운 무심함이 어린 손길로 월도를 만지는 사람들. 아슬아슬한 상황이었다고요. 월도의 귀에 그들이 나누는 의견이 들려온다. 벤저민 윌프. 언젠가 그의 귀에 메아리처럼 들려올 이름. 그 사람 기억나요? 그 사람이 바로……. 그런 다음 목소리들은 낮아지고, 웅성거리는 소리로 변한다.

월도의 아기 침대 발치에는 손으로 쓴 이름표가 붙어있다. 셍크먼. 그게 그다. 월도 셍크먼, 셍크먼 집안 사람들의 기다란 줄 맨 끝에 선, 그 모든 것의 계승자. 그 분노와, 두려움과, 인정 많은 마음씨와, 혼란과, 외로움과, 아발론의 병원에서 뉴저지에 있던 어느 집으로, 다시 이제는 존재하지 않는 어떤 나라에 있던 작은 유대인 마을로 거슬러 올라가는 생존 본능. 이것 역시 월도는 품고 다니게 될 것이다. 우리 모두가 그렇듯, 월도 역시 자기 이전에 무엇이 있었는지, 자기 앞에 무엇이 놓여있는지 알지 못한 채 삶을 통과해 갈 것이다. 운동장, 손가락질하며 웃는 아이들. 멍청이. 꿈속에서 사는 녀석. 코 파는 애. 밤하늘 전체를 밝게 비춰주는 화면 하나. 안드로메다자리, 공기펌프자리, 극락조자리. 이유는 알 수 없지만 같이 있으면 안전하다는 느낌이 드는, 오리털 점퍼를 입고 머리칼이 희끗희끗한 이웃 사람. 분노로 얼굴을 일그러뜨린 채 소리를 질러대는 아버지, 오늘 신생아실의 플렉시글라스 창문을 들여다보며 사랑에 빠져드는 중인 바로 그 아버지와 같은 아버지.

월도는 벌써 소년이 되어 자기 방에 혼자 있다. 컴퓨터 위로 몸을 굽힌 10대가 되어, 졸업식 가운 차림으로 군중 속을 눈으로 훑으며 부모님을 찾는 젊은 남자가 되어. 월도는 언제나, 어디를 가든 부모님을 찾아 헤맬 것이다. 자신이 그들을 찾을 수 없으리라는 걸 알게 되고 오랜 시간이 지난 뒤에도. 여기 그가 있다. 강의실 앞에 서있는 한 명의 교수가, 헌신적인 남편이, 자기 아이들과 연결되기를 갈망하는 아버지가, 사람들을 밀어낼 때조차 끌어당기는 자그맣고 섬세한 남자가 된 그가. 월도의 삶의 끝 역시 여기에 있다. 그의 몸이 포대기에 싸여 어머니에게 돌아가고 있는 이 순간에. 월도 셴크먼, 어머니가 속삭인다. 어머니는 포대기를 벗겨 월도를 가슴에 끌어오고, 그의 귀에는 점점 희미해지고 있기는 해도 한 번 더 쿠쿵, 쿠쿵 하는 소리가 들려온다.

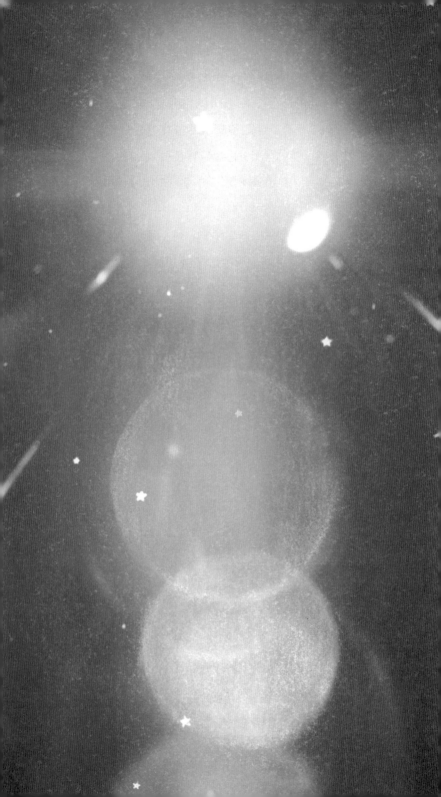

1985년 8월 27일

월프 가족 모두

벤은 그 장면을 몇 번이고 다시 재생해 본다. 그런 다음 기억을 되감으며 화면을 정지시킬 정확한 지점을 찾는다. 그는 자신이 실제로 했던 일 말고 다른 무언가를 할 수도 있었던 그 순간을 식별해 내려고 애를 쓴다. 그가 뷰익의 열린 운전석 문으로 그 소녀를, 머리의 상처에서 피가 울컥울컥 쏟아져 나오던 그 가엾은 소녀를 보고는, 그 몇 분의 1초 동안 다음과 같은 결정을 내릴 수도 있었던 순간을. 이 아이에겐 손대지 말자. 그의 몇몇 의사 친구들이었더라면 정확히 그렇게 행동했을 것이다. 다른 무엇보다 보험과 의료 사고에 대한 걱정 때문에 일종의 반사적인 자기 보호 행위를 드러내 보였을 것이다. 하지만 벤이 놓친 게 하나라도 있었던가? 그가 그 소녀의 목의 각도를 알아차릴 수 있었을까? 그 애를 옮겨서는 안 된다는 걸 알 수 있었을까?

그때 그런 건 중요하게 다가오지 않았을 거라는 생각은 벤에게 아무런 위안도 되어주지 않는다. 벤은 이미 병원 측과 이야기를 나눴고, 그 애에게 목 골절뿐 아니라 가장 심각한 종류의 척추 골절인 환추 골절도 일어났다는 걸 알게 됐다. 차가 나무를 들이받은 순간

189

그 애는 이미 목숨을 잃은 거나 마찬가지인 상태였다. 벤은 얼굴을 찡그린다. 마치 덫에서 빠져나가려고 애를 쓰듯 그의 온몸이 부들부들 떨린다. 미미가 그를 향해 돌아눕더니 한쪽 팔꿈치로 지탱하고 몸을 반쯤 일으킨다. 복도에서 가느다란 한 줄기 빛이 그들의 닫힌 방문 밑으로 흘러들어 온다. 벤은 미미의 두려움이 느껴지는 것만 같다. 그는 그들 모두를 실망시켰다. 전에도 환자들을 잃어본 적은 있었다. 그건 어떤 의사에게나 일어나는 일이다. 하지만 이런 일은? 그 애는 벤의 환자가 아니었다. 개입 같은 건 하지 말았어야 했다. 그런데 왜 개입한 걸까? 물론 그는 이유를 알고 있다. 테오가 두 손과 두 무릎을 땅에 대고 엎드려 있었다. 열린 운전석 문에서 멀지 않은 곳이었다. 그건 전혀 이해되지 않는 광경이었다, 한 가지 가능성만 빼놓고는……. 하지만 그럴 리 없었다. 그럴 리 없었지만, 그건 사실이었다. 이 모든 게 차로 달려가는 벤의 머릿속에 스쳐 갔다. 벤은 의사가 아니라 아버지로서 행동하고 있었다. 그가 보호하려 애쓰고 있던 건 그 자신의 아이들이었다. 운전대 앞에 앉아있던 그의 열다섯 살짜리 아들. 술을 마시고 있던 게 틀림없지만 자기가 운전을 했노라고 거짓 고백을 한 그의 열일곱 살짜리 딸.

침대에 들어가기 전, 벤은 쓰레기통을 샅샅이 뒤져 자신의 의혹들을 확인했다. 아니나 다를까, 폭로하듯 맥주병들이 덜그럭거리는 소리가 들려왔다. 벤은 몇 병인지 알아내기 위해 버려진 지 몇 주나 된 음식물 찌꺼기들과 빈 우유갑들을 손으로 파헤쳤다. 맥주병 세 개가 있었다. 아니, 네 개가. 그렇게 조그만 여자애 몸속에 그게 다 들어가다니. 그날 밤 조금 다르게 펼쳐질 수 있었던 방식이 수도 없이 많았다는 사실을 벤은 거의 견딜 수 없을 지경이다. 이제 벤의 눈에는 미스티 지머먼의 어머니 얼굴이 보인다. 슬픔으로 충격을 받은 그 얼굴이, 비틀려 한쪽으로 치우치고 기괴한 무언가처럼 변해버린 그 여자의 입이. 벤의 아이들. 살아온 삶이 짧아, 오늘 밤이 되기 전까지는 아무리 부모라도 건져내 줄 수 없는 운명의 수렁이라는 게 있다는 사실을 아직 알지 못했던, 그의 어리석고, 부주의하고, 속 편한 아이들. 벤은 통증처럼 전해지는 파멸의 감각을 느낀다.

"미미, 나랑 이야기 좀 해요." 벤이 말한다. 일어나 앉은 그는 고개를 숙여 두 손바닥으로 감싼다.

"우린 이야기할 필요 없어요, 벤." 그의 아름다운 아내가 말한다. 미미는 뒤에서 일으킨 몸을 그의 굽은 등에 가져다 댄다. 벤은 미미의 뺨이 눈물로 젖어있다는 걸 느낄 수 있다. "이야기하지 말아요."

* * *

안개는 아무 흔적 없이 걷힌 뒤다. 하늘을 환하게 밝히고 있는 별자리는 지금으로부터 여러 해가 지난 뒤 레드삭스 파자마를 입은 한 작은 소년이 '여름의 대삼각형'이라고 알아볼 수 있게 될 바로 그 별자리다. 알타이르, 데네브, 베가. 각각 독수리자리, 백조자리, 거문고자리에서 가장 밝은 별들이다. 미스티, 그 애는 한 순간 너무도 튼튼하게 살아있다가 다음 순간에는 완전히 부서져 버렸다. 복도 저쪽, 반 고흐 미술관에서 사온 복제화가 든 액자를 지나가면 나오는 곳에서는 테오가 세라의 방문을 두드린다. 테오는 세라의 목소리를, 대답을, 들어오라는 말을 기다린다. 얼른 들어와! 하지만 테오가 맞닥뜨리는 건 침묵이다. 테오는 감히 문손잡이를 돌려볼 엄두는 내지 못한다. 저 때문이에요, 세라는 그렇게 말했다. 제가 운전을 하고 있었어요. 테오는 그렇게 사랑받는 기분을 느껴본 적이 전에는 단 한 번도 없었다. 누나가 테오의 죄를 기꺼이 뒤집어써 주고 있다. 오늘부터 영원히, 사랑은 테오 월프를 혼란스럽게 만들 것이다. 테오의 미래의 자아들을, 바로 이 순간 수많은 팽이처럼 기우뚱거리며 돌아가기 시작한 그 자아들을 혼란에 빠뜨릴 것이다. 테오는 아무것도 받을 자격이 없다. 여자아이 한 명을 죽였다. 그 앎이 테오의 내면 가장 깊은 곳을 관통한다. 테오는 부모님을 깨우고 싶다. 꼬마였을 때 그랬듯 침대 위 그분들 사이로 기어올라가고 싶다. 배에 난 화상은 아버지가 치료해 줄 것이다. 거기에 연고를 발라줄 것이다. 테오는 부모님에게 모든 걸 털어놓고 싶다. 무슨 일이 있었든 그분들이 상황을, 테오를 바로잡아 줄 거라는 앎 속에서 안전함을 느끼면서.

하지만 그러는 대신, 테오는 아래층으로 내려가 냉장고를 연다. 남아있던 두 조각의 두툼한 할라* 사이에, 미미가 집에서 만든 마요네즈를 발라둔 그 빵들 사이에 차가운 편육을 끼워 넣으면서 테오의 두 손은 조금 떨린다. 테오는 우유갑에 입을 대고 우유를 마

---

* 유대교 신자들이 안식일에 바치는 새끼 모양으로 꼰 하얀 빵.

신다. 주방 조리대에 서서 얼굴의 물기를 닦아낸다. 굳이 접시를 꺼내지는 않는다. 샌드위치를 자기 방으로 가지고 올라가지도 않는다. 시간이 없고, 급하다. 위장이 쓰려온다. 하지만 게걸스럽게 한입, 또 한 입 베어 물면서, 테오는 공허를 채우려고 애를 써볼 것이다. 자신을 갉아먹는 그 공허에 삼켜져 버리기 전에.

* * *

세라는 침대에 등을 대고 천장을 노려보며 누워있다. 지금은 완전히 맨정신이다. 테오의 노크 소리가 들려오자 세라는 문에서 멀리로 돌아눕는다. 침대 끝으로 몸을 딱 붙이고 태아처럼 웅크린다. 저 때문이에요. 제가 운전을 하고 있었어요. 세라는 자기가 무슨 말을 하게 될지 알 수 없었다. 그 말이 이미 입에서 나와버린 뒤에야 알게 됐다. 미스티는 땅바닥에서 피를 흘리고 있고. 테오는 구역질을 하고 있고. 연한 푸른색 파자마를 입은 아버지는 미스티의 머리를 들어 올리고는 강물처럼 쏟아지는 피를 멎게 하려고 애를 쓰고 있었다. 어머니의 비명 소리. 저 때문이에요. 그래, 그건 정말로 세라 때문이었다. 동생에게 차 열쇠 꾸러미를 던져주었을 때 그것이 허공에 그려내던 호 모양이 아직도 생생하다. 심지어 그 순간에도 세라는 자기가 대체 뭘 하고 있는 걸까 생각했다. 테오를 도와주고 싶었다. 그 애에게 약간의 용기를, 약간의 대담함을 불어넣어주고 싶었다. 하지만 그것뿐이었나? 세라는 이미 맥주를 세 병 반이나 마신 뒤였다. 면허를 땄을 때 세라는 절대로, 단 한 번도, 음주 운전 같은 건 하지 않겠다고 스스로에게 맹세했었다. 네가 운전해, 테오. 그러자 세라의 동생은 혼란과 흥분이 가득한 얼굴로 누나를 쳐다보았다. 세라는 그 일은 맥주 때문이 아니었다고 스스로에게 되뇌었다. 하지만 당연하게도, 그 일은 바로 맥주 때문이었다. 그게 진짜 원인이었다. 세라는 스스로를 보호하고 있었고, 이제 여자애 한 명이 죽은 것이다.

테오가 주방으로 내려가면서 나는 삐걱거리는 계단 소리가 세라의 귀에 들려온다. 세라는 테오를 따라가 말해주고 싶다. 그건 네 잘못이 아니고 내 잘못이라고 말이다. 세라는 그 애의 누나고, 그걸 모를 만큼 어리석지는 않았다. 미스티 지머먼은 세라 때문에 죽었다. 하지만 그러는 대신, 세라는 창가에 서서 아래쪽에 펼쳐진 디비전 스트리트를 내다본다. 뷰익은 견인된 뒤다. 산산이 부서진 유리 조각들이 잔디 위에서 어른어른 빛나고 있다. 보도에는 노란색 테이프와 분필로 표시가 되어있다. 아침이 되면 나무 밑에 첫 번째 꽃다발들이 놓일 것이다. 마치 제단에 바쳐지는 공물처럼. 몇 달, 그리고 몇 년에 걸쳐 그 일은 계속될 것이고, 동네의 전통이 될 것이다. 미스티 지머먼이라는 이름이 사람들의 집단 기억에서 사라지고 한참이 지난 뒤에도. 크리스마스 무렵이 되면 누군가는 정교하게 반짝이는 조명 한 세트를 그 참나무 줄기에 휘감은 다음 낮은 가지들로 이어놓을 것이다. 다른 사람들은 그 나무의 거대한 뿌리 사이 공간들에 들꽃과 풀을 심을 것이다. 한 해 한 해 지나가면서, 사람들은 이곳에서 한 소녀가 죽었다는 사실을 더 이상 알지 못하게 될 것이다. 그들은 그저 여기, 그런 게 있을 것 같지 않은 이 장소에, 약간의 마법과 뜻밖의 아름다움이 존재한다는 것만 알게 될 것이다.

* * *

미미는 가만히 누워있다. 호흡에 따라 오르내리는 자기 몸에
집중한 채로. 움직였다가는 미미가 깨어있다는 걸 벤이 알게 되어
버릴 것이다. 만약 입을 열면, 그들은 언제나 기억하게 될, 그리고
절대 하지 않은 것으로 되돌릴 수 없는 이야기들을 하게 될 것이다.
그들의 침묵은 방 안에 살아있는 세 번째 존재처럼 느껴진다. 미미
는 미스티 지머먼의 어머니에 관해 생각하는 걸 멈출 수가 없다. 지
머먼 부인은(그 여자의 이름은 루스다) 이혼을 했고, 세 블록 너머
역 근처에, 아파트로 개조되어 늘어선 집들 가운데 한 곳에 살고 있
다. 전 남편은 다른 주로 이사를 갔다. 미미가 이 사실들을 아는 건
그저 그 여자가 아발론고등학교에서 사서보조원으로 아르바이트
를 하고 있기 때문이다. 그들은 아침에 커피 카트에서 만나면 서로
고개를 끄덕여 인사할 정도의 친분만 있는 사이였다. 루스는 이른
아침에도 윤기 나는 검은 단발머리와(엄마다운 머리 모양이다) 선
명한 붉은색 입술을 하고 있곤 했다. 그리고 이제 루스 지머먼의 하
나뿐인 자식은 죽었다. 미미의 자식들 때문에 죽은 것이다. 미미는
손바닥에 손톱이 파고들도록 주먹을 꽉 쥔다.

미미는 테오가 주방에서 샌드위치를 게걸스럽게 먹어치우고
있다는 걸 알고 있다. 미미의 눈에는 그 애의 두 뺨에 흘러내린 눈
물 자국이 보이는 것 같다. 마치 그 애 바로 곁에 서있는 것처럼 선

명하게. 옆방에서는 세라가 부스럭거리는 소리가 들려온다. 그들의 집 2층에 있는 아늑한 방들에서 지내는 수년 동안 좋은 점도, 안 좋은 점도 있었다. 그동안 미미와 벤은 바라던 만큼 둘만의 시간을 많이 갖지는 못했지만(그들은 침대 스프링이 삐걱거리는 소리에 웃음을 터뜨리곤 했다) 모든 걸 고려해 볼 때 미미는 아이들을 가까이 두는 걸 좋아한다. 지금, 미미는 조용하게 이어지는 말들을, 일종의 기도를 그 애들 각자에게 보내는 중이다. 열심히 집중하면 자신의 생각들이 아들과 딸 주위에 그 애들을 보호해 줄 어떤 장(場)을 만들어줄 거라고 미미는 확신한다. 네 잘못이 아니야. 누구에게나 일어날 수 있는 일이었어. 하지만 미미는 그 말이 사실이 아니라는 걸 안다. 미미는 사실이면서 쓸모 있는 무언가를 찾고 있다. 미미가 옳고 그름에 대한 어떤 판단도 제쳐둘 만큼 미친 듯이 그 애들을 사랑하면 그걸로 충분할까? 내일이면 벤은 경찰서에 가서 진술해야 할 것이다. 누가 그 차를 운전하고 있었죠, 윌프 박사님? 미미의 손톱이 손바닥을 더욱 힘껏 파고든다.

미스티가 들것으로 운반될 때, 그런 다음 구급차에 실려 천천히 병원으로 옮겨질 때, 루스 지머먼은 윌프 가족 중 누구도 보고 있지 않았다. 오늘 밤 루스는 집중치료실에서 자기 딸의 침대맡에 앉아, 미스티의 호흡을 계속 유지시켜 주는 유일한 존재인 기계들이 내는 윙윙거리고 삑삑거리는 소리에 귀를 기울이고 있다. 그 애에게는 희망이 없다. 아마 그 어머니에게도 별로 없을 것이다. 왜냐하면, 누가 그런 상실을 견뎌내고 계속 살아갈 수 있겠는가? 하지만 어쩌면, 그냥 어쩌면(너무 이기적이어서 미미 스스로도 인정하기 힘든 생각이지만) 이 끔찍한 밤은 월프 가족에게는 살짝 긁힌 상처만 내고 지나갈지도 모른다.

　미미의 귀에 테오가 위층으로 올라가는 소리가 들린다. 창가에 있던 세라가 침대로 돌아가는 발소리도 들린다. 미미는 마침내 몸을 우묵하게 구부린 다음 벤의 품속으로 들어간다. 벤이 떨리는 한숨을 내쉰다. 지금 그들은 모두 여기 있다. 그들의 안전하고 튼튼한 집에, 그들의 예쁘장한 거리에, 그들의 사랑스러운 마을에. 아주 오래된 기도 하나가 미미의 머릿속에 떠오른다. 유대교 기도는 아닌데 자신이 왜 그 기도를 알고 있는지 미미는 알 수가 없다. 옛날에, 어렸을 때, 어딘가에서 들은 게 틀림없다. 이제 미미는 그 단어 하나하나에 매달린다. 파도가 일렁이는 바다에서 휩쓸려 가라앉지 않게 해줄 표류물 조각들에 매달리듯이. 미미는 그 기도를 몇 번이고 몇 번이고 되풀이한다. 가족들에게 보내는 집요하고 조용한 자장가처럼, 새벽의 첫 빛이 밝아올 때까지. 모든 것이 잘될 것이고, 모든 것이 잘될 것이고, 모든 종류의 일들이 잘될 것입니다.

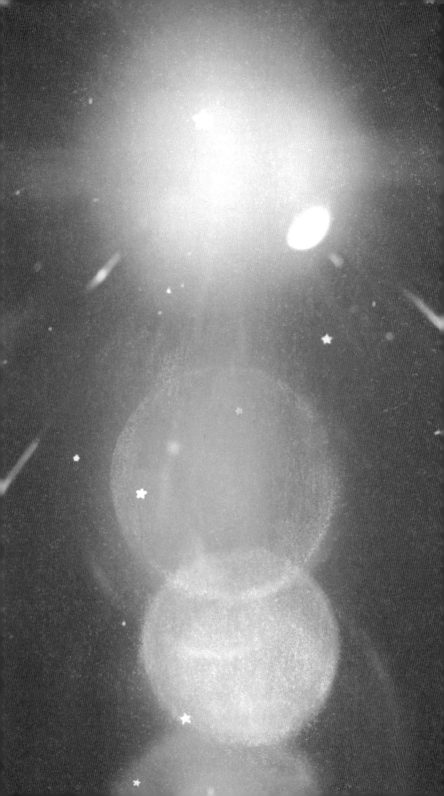

2010년 12월 22일

테오

테오가 소밀 리버 파크웨이를 달릴 무렵, 눈은 빠르고도 세차게 내리고 있다. 오토바이를 타기에는 최악의 날씨고, 테오는 제대로 된 복장도 없이 가죽 재킷과 요리사 바지에 운동화를 신은 차림이다. 적어도 신고 있던 크록스를 갈아 신을 정신은 있었지만 말이다. 테오가 켠 상향등은 그저 상황을 악화시킬 뿐이다. 세상은 흰 바탕에 흰색 물감으로 그린 그림 같다. 눈[雪] 때문에 일어나는 시각 이상이라면 테오는 겪어본 적이 있다. 파타고니아의 엘찰텐에서 여름 트레킹을 하던 도중에 뜻밖의 눈보라를 만났었다. 그때 테오가 경로에서 벗어나지 않을 수 있었던 건 그저 행운이었다. 이정표란 이정표는 전부 (피에드라스 블랑카스 빙하도, 멀리 있는 세로 토레도) 마치 한 번도 존재한 적이 없었다는 듯 사라져 버렸던 것이다. 하지만 아무것도 보이지 않고 휙휙 부는 바람 소리만 들리는 그곳에서 제자리를 빙빙 돌고 있었던 건 그저 그, 테오 울프였을 뿐이다.

　테오의 두 눈은 구불구불한 2차선 공원도로의 가드레일에 고정되어 있다. 지나가는 차는 한 대도 없다. 이런 밤에는 어느 곳에도 운전하는 사람이 없다. 어머니는 어디 있을까? 테오가 출구를 하나씩 세는 동안 머릿속에서는 오래된 목소리가, 그가 주방에 있을 때만 입을 다무는 그 목소리가 속삭이기 시작한다. 출구를 두 개 더 지나면 아발론 쪽으로 나가는 분기점이다. 테오는 저 앞 멀리에 서있는 제설차 한 대를 알아본다. 아스팔트 위에 거친 소금이 뿌려져 있는 게 느껴진다. 똥 덩어리, 목소리가 말한다. 역겨운 새끼. 망할 놈의 낙오자. 죄책감과 침묵은 오랜 세월에 걸쳐 처치 곤란한 무언가로 굳어져 버렸다. 테오가 스스로를 구하기 위해 시도한 한 가지 일이 있다면 떠나는 것이었지만, 그게 효과가 있으려면 그는 영영 돌아오지 말았어야 했을 것이다. 하지만 집이 끌어당기는 힘이라는 게 있었고, 그럴 수는 없었다. 부모님과 누나가 그를 기다렸다. 그는 돌아와야만 했다. 알고 보니 세상의 어떤 것들로부터는 도망칠 방법이 없었다.

하마터면 출구를 그냥 지나칠 뻔한다. 테오는 쇼핑몰을 지나간다. 한밤중인데도 쇼핑몰에는 온통 조명이 켜져있다. 포터리 반과 니만 마커스 매장의 환한 창문들, 그리고 저 이상하고 명랑한 분위기를 한 어린이 용품점. 저 가게에서 파는 놀이기구들은 테오가 꼬마였던 시절에는 존재하지 않았던 것들이다. 아이들이 아직 진짜 나무에 올라가고 나무 위에 진짜로 집을 지었던 그 시절에는.

테오는 호흡을 가다듬으려고 애를 쓰면서 아발론의 어두운 거리들로 나아간다. 어느새 날카로운 얼음으로 변한 눈발이 사방에서 그를 때려댄다. 테오는 이제 포플러 스트리트에, 그리고 이제 디비전 스트리트에 있다. 그의 부모님 댁에 현관 조명들이 켜져있다. 아버지의 집에. 내일이면 다른 누군가의 집이 될 집에. 내닫이창 안쪽으로 사람의 형체 하나가 보이는가 싶더니, 이내 그의 누나가 현관문에 나타난다. 세라는 면으로 된 커다란 방수포를 들고 있다. 이 삿짐센터 직원들이 쓰는 그런 종류다. 테오는 오토바이를 받침다리 위로 끌어 올린다. 메이버리*를 연상시키는 이곳에서 자물쇠를 채워놓을 필요는 없다. 아발론은 범죄가 깜빡 잊어버린 마을이다.

세라가 현관 계단을 달려 내려온다. 날씨에 대비가 안 되어있기로는 세라가 테오보다도 더하다. 발에 신고 있는 저건 설마 힐인가? 세라는 방수포를 테오의 어깨에 걸쳐준다. 그러면서 그를 빤히 쳐다보더니, 그의 몸에 한쪽 팔을 두르고는(세라의 몸은 놀랄 만큼 튼튼하게 느껴진다) 집 안으로 이끌고 간다. 방금 세라의 두 눈에 비친 눈빛은 뭐였을까? 그들은 또다시 수년 만에 함께 있게 됐다. 지난번에 함께 있었을 때는 테오가 트웰브 테이블스를 열고 스스로의 문제들에 완전히 굴복해 버리기 전이었다. 하지만 세라 역시 더는 어찌할 수 없을 정도로 상태가 안 좋아 보인다. 테오는 현관에 서서 눈을 털어내면서 세라를 슬쩍 훔쳐본다. 자그맣고 여왕 같던 세라의 두 눈 밑에는 다크서클이 생겨나 있고, 이마는 부자연스럽게 매끈하다. 하지만 가장 극적으로 나이를 먹은 곳은 입 주위, 긴장으로 굳어진 위턱과 아래턱이다. 누나의 편안한 미소는 사라져 버렸다.

"어떡해, 테오." 세라가 소파에 주저앉는다. 완충재의 공기쿠션 몇 개가 터지는 소리. 거의 텅 빈 채 바닥에 놓인 쿠르부아지에 브

---

*   1960년대 미국에서 인기를 끌었던 시트콤 〈앤디 그리피스 쇼〉의 배경인 가상의 마을. 범죄율이 매우 낮은 것으로 설정돼 있다.

랜디 병. "어떡해, 어떡해, 어떡해."

세라의 목소리는 잠겨있다.

"아빠를 깨워야 할까?" 테오가 처음으로 입을 연다.

"그래봤자 뭐 해. 해 뜰 때까지는 할 수 있는 일이 없는걸. 지금 수색대가 나가서 엄마를 찾고 있대."

"어떻게 이런 일이 있을 수 있어, 누나? 그 시설이 얼마나 비싼 덴지 알아? 그 사람들, 어떻게 엄마를…… 뭐? 그냥 다른 데로 가버 렸다고?"

"그러게 말이야."

"그 사람들이 다른 이야기는 안 했어? 뭐든."

"그냥 빙고를 했다고만 했어."

세라는 쿠르부아지에 병을 집어 들고는 살펴본다. 그러더니 도 로 내려놓는다.

"예감이 너무 안 좋아." 세라가 말한다.

"나도."

"엄마가 저 바깥 어딘가에 나가 계시다니……." 세라는 창문 쪽 으로 한쪽 팔을 쭉 뻗는다. "저렇게 추운데."

"어쩌면 누군가가 차에 태워줬을지도 몰라."

"어느 쪽이 더 겁나는 일인지 모르겠네."

테오는 그 자리에 계속 선 채로 체중을 한 발에서 다른 발로 옮 겨 신는다. 흠뻑 젖은 몸으로 떨고 있다. 옷걸이에 걸린 벤의 겨울 점퍼가, 아주 오래된 L.L.빈 브랜드의 파카가 눈에 들어온다. 테오 는 가죽 재킷을 벗어버리고, 몸에 달라붙는 티셔츠도 벗는다. 세라

앞에서는 시선을 의식하지 않는다. 요리사 바지 위로 삐져나온 지방 덩어리들도, 반질거리는 초승달 모양의 흉터가 눈에 띄는 커다란 배도 신경 쓰지 않는다. 그의 머릿속에는 어머니 말고는 아무것도 없다. 그들은 어머니를 찾아야만 한다. 지금 찾아서 집으로 모시고 오거나 기억 치료 시설로 다시 모시고 가야 한다. 아버지가 깨어나기 전에 질서를 되찾아야 한다.

테오는 방수포로 몸을 닦아낸 다음 소름이 돋은 맨살 위로 벤의 파카를 끌어당겨 입는다.

"가자, 누나."

* * *

두 사람은 벤의 낡은 볼보에 탄다. 테오가 운전석에 앉는다. 세라는 운전할 수 있는 상태가 전혀 아니다. 키는 시동장치에 꽂혀있다. 아발론을 포함한 교외 지역에 계속 일어나며 퍼져 나갈 차량 털이 사건들은 아직 미래의 일이다. 아편 계열 진통제인 옥시코돈에 중독된 채 지갑과 현금을 찾아 자동차 앞좌석 사물함을 뒤지게 될 그 딱한 영혼들은 아직 나타나지 않았다. 오늘 밤 사랑스러운 아발론에 자리 잡은 비교적 최근에 개조된 집들은 경보 및 감시 장치들로 보호받고 있을지 몰라도, 남아있는 보수파들은(그들의 아버지가 보수파의 마지막 구성원인지도 모르겠다) 그럴 필요를 전혀 느끼지 못한 모양이다. 잠그지 않은 현관문들, 시동장치에 꽂힌 채 매달려 있는 키들. 그것들 모두가 그들이 내린 훌륭한 선택들을, 그들이 살아온 존경할 만한 삶을 증명해 주고 있다.

진입로를 빠져나가 아무도 밟지 않은 텅 빈 거리로 서둘러 달려 나가자 눈발은 마침내 점점 가늘어지는 것 같다. 그들 두 사람이 테오가 운전하는 차에 함께 타는 건 25년 만이다. 그들은 길모퉁이 하나하나, 그늘진 곳 하나하나를 꼼꼼히 살핀다. 세라의 두 눈은 넋이 나가 있다. 테오는 흔들림 없이 양손으로 운전대를 잡고 있다. 시야가 위험에 빠진 짐승의 그것처럼 넓어져 있는 까닭에 주변부까지 눈에 들어온다. 어머니는 어디 있는 걸까?

"네가 엄마라면 어디로 갈 거 같니?" 세라가 묻는다.

"하지만 지금 엄마는 예전의 엄마가 아니잖아." 테오가 말한다. "더 이상은."

세라는 한숨을 쉰다. 세라의 입김에서 브랜디 냄새가 풍겨온다.

"이건 말도 안 돼." 세라가 말한다. "엄마가 어디든 있을 수 있는 거잖아."

그들이 거리를 빠짐없이 훑어 내려가며 아발론을 세 번 도는 일을 끝냈을 무렵에는 새벽이 가까워져 있다. 오늘 밤이라는 시간을 살짝 벗겨내면, 거리 어디에나 그들의 어린 시절이 있다. 달빛 속에서 눈이 푸르게 반짝인다. 하늘은 이제 별들로 밝게 빛난다. 황소. 뱀. 게. 하프를 들고 있는 어린아이.

"한 바퀴만 더 돌아보자."

"잠깐만, 저기 저건 뭐지?"

"조명이 꺼진 순록 장식이야."

"엄마 입장에서 생각해 봐야 해. 엄마가 하고 있었을 법한 생각을.”

“하지만 지금 안 되는 게 바로 그거잖아, 누나.”

진입로로 다시 들어오는 동안 그들은 조용해진다. 온몸의 모든
세포들, 척추, 피와 뼈, 기다란 손가락들과 모양 좋은 아치형인 두
발, 놀랍도록 색이 옅은 두 눈, 길고 숱이 많은 곱슬머리, 여전히 미
미 윌프라는 사람을 이루는 것들……. 설령 자기 이름을 기억하지
못한다 해도 엄마는 이 세상에 살아있는 매력적인 사람이다. 세라
는 좌석에 털썩 주저앉은 채 손톱을 물어뜯는다. 테오가 손을 뻗어
세라의 어깨를 토닥거린다. 이렇게 어색해서는 안 되는데.

“우리 이러고 있으면 안 될 것 같아……. 내 말은, 아버지를 깨
우는 게…….” 테오가 더듬거리는데, 때마침 주방에서 조명 하나가
깜빡이다 켜지는 게 보인다. 그리고 플란넬 목욕 가운을 입은, 이사
가는 날을 맞아 일찍 일어난 아버지의 모습도.

셍크먼

잠들고 나면, 특히 로프로로 몇 킬로미터씩 노를 젓고 나서 잠들고
나면, 셍크먼은 다시 한번 어린아이가 된다. 그가 어린 시절의 자신
을, 어른이 된 뒤로 줄곧 떠나버리려고 그토록 열심히 노력해 왔던
어색하고 겁에 질린 어린 자신을 만나게 되는 건 오직 아주 깊은 잠
에 빠져있을 때뿐이다. 그 아이는, 나이는 꼭 정해져 있지 않아서
때로는 여섯 살이고 때로는 여덟 살, 어쩌면 열 살일지도 모르는 어

린 솅크먼은 유령과 만화 캐릭터를 섞어놓은 듯한 모습으로 나타난다. 두 눈이 커다랗고 턱이 뾰족하며, 깡마른 몸 위에 커다란 머리가 얹힌 모습으로. 어른이 된 솅크먼은 소년 시절의 자기 몸속으로 순간 이동해 들어가서는 그 아이의 두 눈으로 바깥을 응시한다. 그의 코 고는 소리가 앨리스를 미치게 만들고 있는 바로 그 순간에도 말이다. 앰비엔 한 알을 복용한 앨리스는 머리를 베개 밑에 파묻고 잠을 자고 있다. 지금은 1975년이고, 솅크먼은 그가 인격 형성기를 보냈던 뉴저지의 우울한 교외 지역에 있다. 그 장소는 말 그대로 악취를 풍긴다. '정원의 주'*에는 멋진 곳들도 있지만, 솅크먼과 가족들이 사는 곳은 멋진 곳이 아니다.

솅크먼의 아버지는 뉴어크에 있는 버드와이저 맥주 공장의 경영진이다. 아버지는 본인의 말에 따르면 크고 중요한 직책을 맡고 있고, 가족들에게 필요한 걸 가져다주려고 열심히 일하고 있다. 특히 솅크먼이 아버지에게 뭔가를 사달라고 할 때면 그렇다. 최근 솅크먼은 '롤링스' 브랜드에서 새로 나온, 조니 벤치**의 사인이 찍힌 포수용 미트를 노리고 있다. 길 건너편 집에 사는 이웃을 초대해 함께 놀 수 있도록 그물로 된 배팅 케이지도 함께. 솅크먼은 자라서 포수가 되고 싶다. 빠르지도 기민하지도 않지만, 솅크먼은 자신에게 날아오는 공의 봉합선 모양을 보고 방향을 예측하는 일에는 상

---

* 뉴저지의 별칭으로 1876년 정치인 에이브러햄 브라우닝이 뉴저지를 펜실베이니아와 뉴욕에 식량을 조달해 주는 거대한 통에 비유한 데서 유래한 이름이다.

** 미국의 프로야구 선수. 1970년대에 전설적인 포수로 이름을 날렸다.

당히 뛰어나다.

셍크먼은 몸을 굴려 배를 깔고 엎드린다. 그는 지하 세계 어딘가를 날아가는 중이다. 잠에서 깨고 싶지 않고, 그래서 그곳에 조금 더 머무른다. 셍크먼의 어린 시절이 지루하고 심지어는 불행하기까지 할지 몰라도, 그는 마치 한 벌의 카드처럼 펼쳐진 자신의 갖가지 미래를 상상할 수 있다. 불가능한 건 아무것도 없어서, 메이저리그의 포수뿐 아니라 우주 비행사, 외과 의사, 산업의 선두 주자 같은 것들도 희망사항 목록 맨 위쪽에 있다. 표현할 언어는 없지만, 셍크먼은 자기가 아버지 같은 삶을 원하지 않는다는 걸 안다. 따분한 직업, 불안한 결혼 생활, 셍크먼이라는 성을 물려받은, 특별한 구석이라고는 없는 세 명의 어린 자식들, 과도한 긴장과 무력증, 그리고 쉰 살에 멈출 약한 심장의 결합으로 결국 일찍 찾아와 버린 삶의 끝. 소년이 된 셍크먼의 눈에(이제 그는 10대가 되어있다) 관 속에 누운 아버지가 들어온다. 아버지의 두 손은 경건하게 꼭 쥔 모습으로 정돈되어 있다.

꿈을 재생하던 바늘은 이 장면에서 끽 소리를 내며 멈춘다. 셍크먼은 갑작스레 깨어난다. 디지털시계가 4시 43분을 가리키고 있다. 최악의 시간이다. 다시 잠들 수는 없을 것 같다. 앨리스의 앰비엔을 한 알 먹기엔 너무 늦었고, 침대에서 내려와 하루를 시작하기엔 너무 이르다. 셍크먼은 메이저리그 포수도, 우주 비행사도, 외과 의사도, 산업의 선두 주자도 아니다. 마치 그에게는 꼭 도달해야 하는 점수가, 인생에서 올라갈 수 있을 최고 지점이 정해져 있는 것 같다. 놀이공원에 가면 있는, 레버를 나무망치로 쳐서 종이 울리게 만드는 '하이 스트라이커' 게임에서처럼 말이다. 어서 앞으로 나오세요! 힘을 시험해 보세요! 여기 있는 소년들 가운데 진짜 남자는 누구일까요? 다만, 그 게임은 조작되어 있다. 언제나 어려움 없이 앞서 나가는 건 린드그렌과 그 비슷한 인간들이다. 셍크먼이 레버를 치는 힘은 결코 충분하지 못할 것이다. 앞서 살아간 그의 아버지와 마찬가지로 말이다. 셍크먼은 중간 정도 되는 남자다. 중간쯤에 있는 남자다. 중년 남자다. 그에게는 불행한 아내와 예외적인(그렇다는 건 그도 안다), 너무 심하게 예외적인 것인지도 모르는 아들이 있다. 만약 그런 게 존재한다면 말이다.

　셍크먼은 침대에서 내려온다. 가끔씩 이렇게 일찍 잠에서 깼을 때 시동을 걸어 하루를 끌고 가기에는 로프로에서 하는 운동 한 타임이 딱이다. 거기에 더해 좋은 점이 있다면, 지금은 린드그렌이 노를 젓지 않는 시각이라는 것이다. 린드그렌은 자기 집에서, 어퍼이스트사이드의 타운하우스에서 잠들어 있을 게 분명하다. 곁에서 몸을 웅크리고 있을, 온통 죽여주는 팔다리와 밀 빛깔의 머리칼을 지닌 린드스렌 스타일의 아내와 함께. 그들은 남매라고 해도 될 만큼 닮아있을 것이다. 린드그렌의 알람은 7시 30분에 울릴 것이다. 그와 아내는 함께 샤워를 하며 섹스를 하고 나서 아이들과 모여 앉아 아침 식사를 할 것이다. 그 애들은 센트럴 파크에서 썰매를 타면서 그날 하루를 보낼 것이다. 그 애들의 방한복과 장화는 모두 잡지 『도미노』의 어느 호에선가 튀어나온 것 같은 머드룸*에 줄지어 세

---

*　젖었거나 더러워진 옷과 신발을 벗어두는 방.

워져 있다. 그 애들은 한밤중에 몰래 집을 빠져나가는 아이들이 아니다. 코를 후비는 아이들도 아니다. 그 애들은 자기 접시에 오르는 다양한 식품군에 속한 음식들을 기꺼이 받아들일 것이다. 그 애들에겐 이상한 강박 같은 건 없을 것이다. 모든 별자리의 이름을 외운다거나 하는 짓도 하지 않았을 것이다. 셍크먼은 지금껏 이렇게 외로웠던 적이 없었던 것 같다.

체육실로 가기 전에, 셍크먼은 복도를 내려가 월도의 방으로 향한다. 어쩌면 그 애를 너무 심하게 대했던 건지도 모른다. 그의 분노가 남긴 후유증은 언제나 분노 그 자체보다도 나쁘다. 그는 더 잘할 수 있다. 더 좋은 사람이 될 수 있다. 그에게는 기분이 상할 만한 충분한 이유가 있었고, 그는 월도에게서 아이패드를 압수하는 것으로 옳은 일을 했다. 하지만 그렇게 감정을 폭발시키지는 말았어야 했는데. 나중에 사무실에서 퇴근하는 길에 분노 조절에 관한 책이라도 한 권 사와야겠다.

셍크먼은 월도의 방문을 살짝 열어본다. 끼익하는 소리가 나지 않도록 천천히. 그는 그저 아들과 교감하고 싶을 뿐인데, 그 방법은 오직 아이가 잠들어 있을 때만 깨닫게 되는 것 같다. 두 눈이 어둠에 적응하는 데 잠시 시간이 걸린다. 월도의 방은 칠흑같이 어둡지만, 셍크먼은 그 방의 구석구석까지 전부 알고 있다. 그는 방의 구석들을 훑어본다. 거기 쌓여있는, 월도가 지금보다 어렸을 때 가지고 놀던 봉제 동물 인형들을. 하나하나 모두 이름이 있고 온전한 역사도 있는 인형들이다. 액자 속 저코비 엘즈버리의 포스터가 눈에 들어온다. 그의 아들이 레드삭스 팬이라니 믿을 수 없다. 심지어 이런 점에서도 월도는 솅크먼과는 다르다.

솅크먼은 이 일을, 아들이 자고 있을 때 지켜보는 일을 자주 한다. 월도가 아기였을 때 생긴 버릇이다. 솅크먼은 바로 저기, 주방 바닥에서 탯줄로 된 올가미를 말 그대로 미끄러져 빠져나온 아들이 정말로 살아서 여기 잠들어 있다는 걸 믿을 수가 없었다. 앨리스는 월도가 태어날 때 입은 정신적 외상 정도가 솅크먼보다는 덜한 것 같았다. 아마도 그 광경을 무력하게 지켜보기만 하는 게 아니라 직접 경험했기 때문에 그런 듯했다. 그 의사가 디비전 스트리트 건너편에 살고 있지 않았더라면 어쩔 뻔했나? 그 사람이 앨리스의 비명 소리를 듣지 못했더라면? 솅크먼은 가끔씩 차에 탄 채 벤저민 월프를 지나치거나 쓰레기를 내다 놓다가 그를 힐끗 보게 된다. 그 아내는 오랫동안 보지 못했다. 그 여자는 집 앞에 나와 화단을 돌보곤 했고, 이따금씩 현관에서 책을 읽기도 했다. 세월이 지나면서 솅크먼은 그 의사 부부를 애써 피하게 되었다. 할 말이 뭐가 있겠는가? 솅크먼의 감사하는 마음은 너무도 넓고 깊어져 버린 탓에 오히려 수치심처럼 느껴지게 되었다.

솅크먼은 월도의 침대 쪽으로 몇 걸음 걸어간다. 그 애 뺨의 부드러운 곡선을 만져보고 싶다. 미안하다라는 말이 혀끝에서 맴돌고 있다. 그가 그 말을 하지는 않겠지만, 어쩌면 월도는 느낄지도 모른다. 그런 다음 솅크먼은 완벽하게 정돈된, 아들이 자고 있어야 하는 침대를 내려다본다. 새벽녘 호수처럼 반반한 침대보가 보인다. 빵빵하게 부푼 네 개의 베개 앞쪽에는 봉제 곰 인형 두 개가 나란히 놓여있다. 잠깐 동안, 그는 자신이 악몽을 꾸고 있는 게 아닌

212

가 의심한다. 너무도 진짜 같아서 깨어날 때도 숨을 헐떡이게 되고, 방향감각이 없어져서 세상이 낯선 모습으로 기울어져 있다고 느끼게 되는 그런 종류의 악몽을.

그는 몸을 흔든다. 아니, 그의 몸이 떨리고 있는 건지도 모르겠다. 그는 후들거리는 두 다리로 정신없이 아래층으로 달려 내려간다. 어쩌면 월도는 주방에 있을지도 모른다. 어쩌면 월도는 서재에 있을지도 모른다. 어쩌면 월도는…… 솅크먼은 체육실로 달려간다. 불이 켜져있고, 이제 그는 깨닫는다. 아이패드가 없어졌다.

벤저민

이삿짐센터 직원들은 7시에 도착할 예정이다. 바깥은 아직 어둡고, 아마 좀 더 자도 괜찮겠지만, 세라가 위층에 있는 지금, 묘하게도 그의 딸이 다시 한번 그의 집 지붕 밑에 있게 된 지금, 벤은 자신을 위한 시간이 조금 더 갖고 싶다. 아니, 그런 시간이 필요하다. 아직 커피 머신은 짐 속에 넣지 않았다. 냉장고에 우유 한 팩도 아직 남아있으니 찌그러진 작은 냄비에 데우면 될 것이다.

살던 사람들이 자리를 비우고, 가구들과 그림도, 가족사진들도, 조리대 위의 꽃병도, 벽장 속의 리넨 제품도, 식품 저장실에 가득하던 물건들도 모두 치워지고 난 다음의 집이라는 건 뭘까? 팬도, 체도, 중국 요리용 냄비도 없다. 식탁용 매트도, 식기도, 와인 잔도. 저장용 플라스틱 용기도, 병조림용 유리병도, 허브가 들어있는, 미미가 손으로 쓴 라벨이 붙은 양철통도. 층층이 선반마다 꽂혀 있던 책들도 없다. 미미는 주로 여성 작가들의 소설에 끌리는 경향이 있었다. 앨리스 먼로, 마거릿 애트우드, 로리 콜윈, 그 사람은 대동맥류 때문에 일찍도 너무 일찍 세상을 떠났지만, 아무튼 그런 작가들의 작품에. 벤은 여전히 의학 학술지들을 따라 읽지만, 역사서와 리처드 벤 크레이머, 월터 아이작슨 같은 작가들이 쓴 전기도 읽고 있고, 론 처노가 워싱턴에 관해 쓴 신작이 뛰어나다는 이야기를 이제 막 들은 참이다. 지금, 그 책들이 있던 선반들은 휑하니 비어있다. 클리블랜드에서 이사 올 가족이 고용한 실내 장식가가 이미 줄자를 들고 다녀간 뒤다. 그 사람들은 책장들을 들어내고 와이드스크린 텔레비전을 놓을까? 주방을 개조하려나? 거실과 서재 사이에 있는 벽을 무너뜨릴까? 그건 미미가 언제나 하고 싶어 했던 일이었다. 가족이 공동으로 쓰는 커다란 방을 만드는 것. 돈을 내고 그렇게 했어야 했는데. 월프 가족을 이루고 있던 분자들이 남긴 흔적은 디비전 스트리트 18번지의 이 집 안에 얼마나 오랫동안 남아있을까?

커피를 내리고 우유를 데우는 동안 벤은 집 안을 한 번 더 훑어본다. 두 눈을 감자 그가 가장 사랑하는 사람들의 목소리가 들려온다. 좋은 아침이에요, 여보. 몇 시에 데리러 오실 거예요? 오늘 저녁 메뉴는 뭐예요? 냄새가 좋네. 남자아이는 샤워를 하면서 얼마나 오래 있을 수 있죠? 실황 중계 좀 해줘요. 벤, 세탁실에 쥐 한 마리가 죽어있어요. 프라이팬에서 작은 양파와 베이컨이 지글거리는 소리. (이건 테오다.) 침실 문 밑으로 새어 나오는 소녀다운 웃음소리. (이건 세라고.) 벤의 귀에는 심지어 아이들이 집을 떠난 뒤 몇 년 동안 그와 미미가 공유한 고요함에 어려있던 독특한 음색마저 들려오는 것 같다. 다정하고, 애정이 넘치고, 널찍했던, 그들의 소중했던 2인분의 고독. 그게 영원히 계속될 수 없다는 건 알고 있었다. 그럼에도 벤은 항상 그들에게 시간이 좀 더 있을 거라고만 생각했었다.

처음부터 그 징후들에 주의를 기울였어야 했는데. 하지만 사실 벤은 그런 징후들을 보고 싶지 않았다. 우선 미미는 단어들을 잃었다. 문장 중간에서 혼란스러운 표정으로 말을 멈추더니 실제로 그런 말을 하곤 했다. 내가 말하고 싶은 단어를 찾을 수가 없어요. 그냥 사라져 버렸어요, 벤. 하지만 벤은 그걸 건망증 탓으로 돌렸고 노화의 정상적인 한 부분이라고 여겼다. 미미는 가끔씩 자기 지갑을 어디다 뒀는지 잊어버렸다. 벤은 그것도 정상이라고 여겼다. 미미는 벤에게 똑같은 질문을 여러 번 하기도 했다. 벤은 심지어 이것도 어찌어찌 살짝 귀찮은 일로 여겼을 뿐(아까 말해줬는데 못 들은 걸까?) 걱정해야 할 일이라고는 생각하지 않았다. 매일 하는 산책을 나간 미미가 전화를 걸어 집에 어떻게 가야 할지 모르겠어요라고 말했을 때에야 벤은 깨달았다. 집에 어떻게 와야 할지 모른다니, 그게 무슨 뜻일까?

"당신 지금 어디 있어요?" 벤의 귀에 들리는 그 자신의 목소리는 남편이라기보다는 의사의 그것에 가까워져 있었다. "주위를 둘러봐요, 미미. 뭐가 보여요?"

"모르겠어요……. 노란 집 한 채가 보이네요. 하얀 울타리도요."

"다른 건요?"

"작약이 활짝 피어있어요."

"도로명 표지판 같은 건 없어요, 여보? 도로명 표지판이 있나 찾아봐요."

벤은 그의 내면에 있는 어떤 차단된 장소로 들어갔다. 온통 전략과 분석에 쓰이는 장소였다. 외과 의사라면 누구든 그런 능력이 있다. 우선 단호하게 행동부터 하고 영향은 나중에 받는 능력이. 미미가 아프다. 그 말들이 벤의 머릿속에 떠올랐다. 미미가 알츠하이머병일 가능성이 있다. 그 말들은 뉴스 진행자 같은 감정 없는 목소리로 전해졌다.

"저기 하나 있다. 메이플 스트리트. 그리고 다른 하나는 레일로드라고 되어있어요."

맙소사, 미미는 집에서 여섯 블록 떨어진 곳에, 자기가 너무도 잘 알아서 눈 감고도 찾을 수 있는 길모퉁이에 있었다. 그랬는데 길을 잃은 것이었다.

"다른 데 가지 말아요." 벤은 미미에게 말했다. "지금 있는 곳에 그대로 있어요."

벤은 여섯 블록을 달려갔고, 숨을 헐떡이며 그곳에 도착했다. 미미는, 그의 신부는, 메이플 스트리트와 레일로드 스트리트가 만나는 길모퉁이에 당당하게 서있었다. 머리칼은 마구 휘날리고 두 손은 청바지 주머니에 집어넣은 채로. 미미는 레일로드 스트리트의 번화가 쪽을 내려다보았다. 마치 생선 가게에 들러 그날 저녁거리를 사 갈까 하고 곰곰이 생각하기라도 하는 것처럼. 차를 타고 지나쳐 가던 이웃이 있었다면 누구라도 미미 월프에게(아내이고, 어머니이고, 습지보호위원회 간사이며, 방과 후 미술 프로그램 위원

216

이고, 오랫동안 사랑받은 아발론의 시민인 미미에게) 그저 손을 흔들어 인사를 했을 것이다. 미미에게 문제가 있다는 어떤 실마리도 찾지 못한 채로.

"벤! 대체 뭐예요?"

"미미, 내가⋯⋯."

그러다가 벤은 말을 멈췄다. 미미의 이마에는 걱정으로 잡혀있는 주름 같은 건 보이지 않았다. 두 눈도 평안했다. 미미는 방금 자신이 길을 잃었다는 걸 알지 못했다. 벤에게 전화했던 것도 기억하지 못했다. 슬픔이 겹겹이 파도처럼 벤에게 밀려왔다. 하지만 바로 그 순간에도 벤의 머릿속은 정신없이 돌아가고 있었다. 이 상황을 설명할 수 있는 또 다른 방법이 있을지도 몰랐다. 어쩌면 미미에겐 일과성 허혈 발작이, 말하자면 아주 작은 뇌졸중이 일어난 것일지도 몰랐다. 그게 더 나을 것 같았다. 아니면 다른 무언가일 가능성도 있었다. 미미는 높아진 콜레스테롤 수치 때문에 막 스타틴을 복용하기 시작한 참이었다. 기억 상실은 그 약의 부작용일 수도 있었다. 하지만 그가 미미의 팔에 팔짱을 끼고 집으로 걸어가기 시작했을 때, 지난 여러 달 동안 계속된 미미의 작은 실수들과 혼란들이 하나의 그림으로 일관성 있게 정리되기 시작했다. 이건 아슬아슬하게 넘어간 일도, 일시적인 문제도, 해결할 수 있는 무언가도 아니었다. 벤은 미미를 잃어가고 있었다. 미미는 미미 자신을 잃어가고 있었다. 벤은 미미에게 상처를 주고 싶지 않았다. 그는 평생을 미미에게 상처를 주지 않기 위해 살아온 사람이었다. 미미가 병을 자각하는 순간이 될 때까지 얼마나 시간이 남아있을까? 미미가 자신의 삶을, 그리고 그들의 삶, 그 전의 모든 일들과 지금의 이 상태로 영영 갈라놓아 버릴 그 칼날이 떨어지고 있다는 걸 느낄 때까지는?

"내 사랑." 미미가 벤의 목 아래 움푹한 곳에 머리를 기댔다. 그들은 어스름이 내려앉는 메이플 스트리트를 천천히 걸어 올라갔다. 벤은 미미의 따스한 앰버 향을, 그 자신의 체취만큼이나 익숙한 그 향기를 들이마셨다. "당신, 내가 보고 싶었던 거군요."

✳ ✳ ✳

벤은 3년 반 동안 기다렸다. 세라에게도 테오에게도 말할 수가 없었다. 세라는 나라 반대편에 살고 있는 데다 일하랴 쌍둥이들 돌보랴 짬을 낼 수 없는 상태였다. 벤이 전화를 할 때마다 그 애의 목소리에서는 어쩐지 긴장된 느낌이 전해졌다. 그 애는 어쩔 줄 몰라 하고 있었다. 벤은 세라를 놀라게 하고 싶지 않았다. 그리고 테오는…… 테오는 그들에게 돌아와 있었다. 그 애는 트라이베카에 있는 어느 레스토랑에서 주방장으로 일하면서 자기만의 가게를 내려고 돈을 모으고 있었다. 벤과 미미는 몇 번인가 맨해튼 가장 남쪽에 있는 그곳으로 차를 몰고 가서 테오가 만들어 주는 요리로 저녁 식사를 했다. 테오는 늘 그들의 테이블에 몇 접시고 요리를 보내주었다. 주방장의 특권이었다. 그게 테오가 자신의 사랑을 표현하는 방식이었다. 미미는 이 점을 벤에게 설명해 준 적이 있었다. 문제의 그 단층선은, 그들 두 사람이 알기로 아들의 내면에 여전히 숨 쉬고 있는 그 손상된 부분에 관한 이야기는 조심스럽게 피하면서 말이

218

다. 그들은 얻을 수 있는 것을 최대한 얻어 갈 생각이었다. 글레이즈를 입힌 따뜻한 감자와 캐비어를, 메이어 레몬 젤리를, 리본 모양으로 썬 황다랑어를, 캐러멜처럼 만든 푸아그라와 포트와인에 달인 무화과를. 각각의 요리는 종업원의 멋들어진 동작과 함께 차려지곤 했다. 종업원은 테오 주방장님께서 직접, 몸소, 마무리 작업을 하셨다고 그들에게 말해주고 싶어 몸이 달아있었다.

* * *

지금, 벤은 데우던 우유를 하마터면 끓어 넘치게 둘 뻔했다. 그의 존재 전체가 떨린다. 마치 하룻밤 사이에 팽팽하게 조율된 악기처럼. 그 소리들은, 목소리들은, 기억의 조각들은 한데 모이기보다는 만화경처럼 흩어진다. 벤은 그 소년을, 월도를 떠올린다. 기울어진 채 밤하늘을 그대로 비추고 있던 그 애의 기계장치를. 그 물건을 능숙하게 다루던 그 애의 솜씨를. 그 애가 어떻게 버튼 하나를 눌러 아주 작은 마법사처럼 시간과 공간을 뛰어넘는 여행에 그들 두 사람을 데려갈 수 있었는지를. 안드로메다자리, 공기펌프자리, 극락조자리, 물병자리. 광활한 공간에서 그들이 정확히 어디 있는지 알아내는 능력을 지닌 그 작은 소년 곁에 앉아있는 일은 어째선지 위안이 되었다. 그 별들은 쌀쌀맞고 무자비해 보이기보다는 어둠 속에 타오르는 신호의 불꽃들처럼, 길을 밝혀 주는 비밀스러운 동료 여행자들처럼 보였다. 아주 멀리 떨어진 곳에서 손짓하는 1000억 개의 빛나는 존재들. 우릴 봐요. 우린 여기 있어요. 언제나 여기 있었어요. 언제나 여기 있을 거예요.

　이 집에서의 마지막 커피 한 잔의 첫 모금을 마시며 벤은 월트 휘트먼의 시구들을 떠올린다. 「나 자신의 노래」에 나오는, 그가 가장 좋아하는 시인이 쓴 가장 좋아하는 구절을.

　나는 흙에 몸을 맡기네, 내가 사랑하는 풀밭에서 자라나기 위해,
　날 다시 원한다면 부츠 바닥 아래서 찾아보기를.

　당신은 내가 누군지, 무얼 뜻하는지 아마 알지 못하겠지만,
　그럼에도 나는 당신에게 건강을 가져다주고,
　당신의 피를 거르고 섬유질로 만들어 주리니.

　벤은 현실적인 사람이다. 그럼에도 그의 내면에 있는 어떤 무언의 장소에서, 벤 월프는 다음과 같이 믿게 되었다. 우리가 살아가는 삶은 일직선보다는 여러 개의 고리에 가까운 모양이라고. 공기 자체가 분자들뿐 아니라 기억으로도 만들어져 있다고. 그 고리들은 보이지 않는 하나의 패턴을 형성하며, 우리의 과거와 현재와 미래는 그 패턴의 일부라고. 우리의 삶은 아주 짧은 순간 동안 서로 교차하는데, 그 순간은 사실 몇 년이고, 몇 세기이고, 몇천 년에 이르는 시간이라고. 정말로 사라지는 건 단 하나도 없다고. 그리고 그렇게 해서, 벤은 그가 위대한 모험의 출발선에 서있는 청년이었을 때 처음으로 이사를 왔던 이 장소를 떠나는 중이다. 그는 몇 블록 떨어진 곳으로 옮겨 가 조만간 그를 더 이상 기억하지 못하게 될 아

내와 함께 지낼 것이고, 그의 아이들은 자신들의 운명을 끝까지 살아갈 것이다(여기서 벤은 그 애들 둘 다에게 가슴 아픈 감정을 느낀다). 하지만 그들은 그동안 삶을 살아낸 것이다.

벤은 스스로의 질문에 대답을 한 뒤다. 월프 가족은 디비전 스트리트 18번지에 있는 이 집의 벽들 안쪽에 언제까지나 남아있을 것이다. 마치 오래전 그 8월의 밤에 세상을 떠났던 소녀가 거대한 참나무 안에 언제까지나 머물러 있을 것처럼. 벤의 부모님은 브루클린의 클래슨 애비뉴를 가로지르는 산들바람이 되어있다. 미미는, 벤이 40년 넘게 사랑해 온 그 미미는 지금 기억 치료 시설의 방에 앉아 스푼으로 오트밀을 받아먹고 있는 환자의 몸속에 여전히 살아있고, 다른 종류의 우주를 들여다보고 있다. 아발론에 정착했던 첫 번째 유럽인들은 마을 묘지에 묻혀있지만, 그들은 동시에, 마을의 역사 속에 남아있는 다른 모든 시민들과 마찬가지로 이곳에 존재한다. 하늘을 뒤덮은 별들이 이곳에 존재하는 것만큼이나.

월도

한 시간만 더 있으면 해가 뜰 것이다. 오늘은 동지 다음 날, 1년 가운데 낮이 두 번째로 짧은 날이다. 월도의 아이패드가 그렇게 말해준다. 아주 오래전처럼 느껴지지만, 어제 아버지는 월도가 개기월식을 지켜보기 위해 일찍(그래, 새벽 3시인가 그랬으니 정말로 일찍이긴 했다) 잠에서 깨어나는 걸 허락해 주지 않을 것 같았다. 그게 월도가 어젯밤 밖에 나와 그 나이 든 의사와 함께 앉아서 그에게 하늘을 보여주었던 이유였다. 월도는 누군가와 그걸 공유하고 싶었던 것이다. 월도에겐 남자 형제도 여자 형제도 없다. 사실은 친구도 없다. 그리고 부모님은 월도가 스타 워크 이야기를 꺼내기만 하면 너무나도 화를 낸다. 엄마는 월도가 그 앱을 처음 받았을 때는 관심이 있는 척했지만, 월도는 엄마가 주의를 기울일 때와 그러는 척할 때가 어떻게 다른지 알고 있다. 엄마의 두 눈은 말하자면 좀 흐릿해지고, 손은 스르르 내려가 휴대폰을 찾는다. 그리고 아버지는 스타 워크를 대놓고 싫어하는데, 월도가 좀 더 정상적인 일들을 해야 한다고 생각하기 때문이다. 아버지는 그 단어를 말할 때마다 정상적인이라고 아주 부드럽게 발음한다. 마치 그게 최종 목표나 최선의 존재 방식이라도 되는 것처럼.

자, 이제 월도는 혼나게 될 상황에 처해있다. 아버지는 월도를 찾아내면 죽이려 들 것이다. 하지만 그 다음에 떠오르는 생각은 더 끔찍하다. 만약 아버지가 월도를 찾아내지 못하면 어떻게 될까? 별들은 죽으면 처음에는 적색거성이 되었다가, 백색왜성이 되고, 그 다음에는 흑색왜성으로 변한다. 이 과정에 몇십억 년이 걸린다. 하지만 월도는 그저 한 명의 남자아이일 뿐이다. 그리고 월도는 춥다. 너무나도 피곤하고 춥다. 월도는 아이패드에서 날씨 앱을 찾아본다. 어젯밤에 내리던 눈은 멎었고, 지금은 영하 2도다. 노부인은 월도 곁에서 몸을 웅크린 채 조용히 코를 골고 있다. 꼭 쥔 채 가슴에 대고 있는 부인의 두 손에는 월도가 준 손모아장갑이 끼워져 있고, 월도의 양털 모자는 부인의 눈썹까지 내려져 있다. 부인의 얼굴은 머리칼이 드리워 절반쯤 가려져 있다. 월도는 부인의 두 발이 여전히 양말과 슬리퍼 속에 있는지 확인한다. 놀이기구 안은 그렇게 어둡지는 않다. 주차장에서 들어오는 밝은 빛들이 100개쯤 되는 모조 달처럼 밤새도록 머물러 있었다.

월도가 충전해 둔 배터리는 60퍼센트쯤 남아있다. 이가 딱딱 부딪치고, 손가락 끝에는 감각이 없다. 60퍼센트는 제법 많은 양이다. 몇 분쯤 하늘을 비춰보는 위험 정도는 무릅써도 될 것 같다. 월도가 앱을 켜고 화면을 두드리자, 율동감 있게 움직이는 익숙한 원이 잠깐 동안 월도의 위치에 초점을 맞춘다. 스타 워크는 어디서든 월도의 머리 위 하늘을 찾아줄 수 있다. 디비전 스트리트에 있는 월도의 방에서든(아, 방이라니, 월도는 너무나도 그립다), 나무와 벽돌과 콘크리트를, 불규칙하게 뻗어있는 쇼핑몰의 건물들을 뚫고서든. 바로 지금 지하 감옥에 있다고 해도 월도는 별자리들을 추적할 수 있다. 월도가 볼 수 있든 없든 언제나 그곳에 존재하는 세계를.

그들이 잠에 빠지기 전, 월도는 부인에게 자신들의 현재 위치를 보여주었다. 그러자 부인은 조금 진정되는 것 같아 보였다. 아니면 배경음악 때문이었는지도 모른다. 그 음악은 약간 하프 연주처럼 들리니까. 하프라고 생각하자 별자리인 거문고자리가 떠올랐고, 그래서 월도는 그 별자리에 관해 자신이 아는 모든 것을 부인에게 말해주었다. 거문고자리를 찾으려면 우선 베가를 찾아야 해요. 베가는 밤하늘에서 가장 밝은 별들 중 하나예요. 사실은 오직 여름에만 선명하게 보이는 별이지만 제가 가장 좋아하는 별들 중 하나이기도 하고요. 거문고자리에서 두 번째로 밝은 별은 거문고자리

베타예요. 거문고자리 베타는 궤도상에서 한데 맞물려 있는 두 개의 별인데요. 하나는 푸른색이고, 다른 하나는 흰색이에요. 이 별들은 아주 가까운 곳에 있어서 13일에 한 번씩 서로의 주위를 돌아요. 부인은 두 눈을 감기 전에 월도에게 미소를 지어 보였다. 두 뺨에 눈물이 흘러내리는 얼굴로. 고맙구나, 테오, 그렇게 속삭였다. 월도는 굳이 그 이름을 바로잡아 주지는 않았다.

세라

훗날, 세라는 삶이란 여러 개의 장(章)으로 나뉘어진 책이라고 생각하게 될 것이다. 세라의 삶을 예로 들어보자. 그 책을 셋으로 나누면, 첫 부분은 총명하게 빛나는 세라 월프가 차지한다. 수월한 부분이고, 서사의 기승전결에서 올라가는 부분이다. 세라는 아발론의 누구에게나 사랑받는 아이다. 누구에게나 사랑받는 그런 아이들은 세라 이전에도 있었고 세라 이후에도 있을 것이다. 그리고 꼭 그것만큼이나, 그렇게 사랑받는 아이들에게는 항상 조금 더 둔한 형제자매들이 존재해 왔다. 삶에서 너무 이른 시기에 비교당하고, 부족하다는 판정을 받은 상처를 지닌 아이들이. 그런 기분 나쁜 대우는 극복이 안 된다. 잘나가는 소녀였던 세라 월프가 등장하는 그런 장들은 어느 상서롭지 못한 10년의 한가운데 있던 여름날 밤에 끽 소리와 함께 멈추게 될 것이다. 끔찍한 일이 일어날 것이고, 눈에 보이는 대가는 치러지지 않을 것이다. 미스터 지머먼의 죽음에는 결국 사고라는 판정이 내려질 것이다. 세라 아버지의 훌륭하던 평판에 의문이 제기된 뒤에 그렇게 되기는 하겠지만 말이다. 그러는 동안 세라는 내내 침묵을 지킬 것이다. 아무도 세라의 음주 여부를 검사해 볼 생각은 하지 않았다. 세라는 자신은 할 수 있는 일을 했다고 스스로에게 되뇔 것이다. 세라는 동생을 보호했다. 운전하던 사람이 테오라는 게 밝혀졌다면 상황은 더 나빴을 것이다.

이제 세라는 이야기 중반부로 한참 들어와 있다. 혹은, 피터의 표현을 빌리자면 세라는 인생 2막의 첫 번째 플롯 포인트에 도달해 있다. 아니면 이건 두 번째 플롯 포인트인지도 모른다. 피터가 유일하게 쓰는 언어인 시나리오 용어로 말하자면 그렇다는 이야기다. 피터의 서재 선반들에 꽂혀있는, 페이지 모서리가 잔뜩 접힌 갖가지 시나리오 작법서들에 따르면 2막, 그러니까 중반부에는 항상 두 개의 주요한 플롯 포인트가 포함되어 있다. 이 플롯 포인트들은 극의 속도 조절을 위해 보통 적절히 간격을 두고 배치된다. 하지만 세라는 인생 한가운데 있고, 그 인생은 양쪽 가장자리가 동시에 폭발하고 있는 것처럼 보인다. 그러니 이건 플롯 포인트가 하나인 건가, 둘인 건가?

세라는 휴대폰을 비행기 모드로 돌려놓았다. 어머니에 관해 어떤 소식이라도 있는지 보려고 몇 분마다 한 번씩 확인하기는 하지만 말이다. 그쪽 관련해서는 모든 게 너무도 조용하고, 모든 시끄러운 소리는 러구나비치에 있는 어느 작은 아파트에서 들려온다. 전화 좀 해, 나쁜 년아. 나한테서 그냥 잠수 탈 수는 없을걸. 그다음엔 수수께끼 같은 말도 있다. 대가를 치르게 될 거야. 그리고 몇 시간

동안 침묵이 흐르다가 다시 이런 메시지가 온다. 기억해, 우리 사진 찍었거든. 그 네 마디를 보자 한 줄기 한기가 세라의 몸속을 흘러간다. 어떻게 그렇게 어리석을 수가 있었을까? 바움 박사에게 음성 사서함을 남겨놓긴 했다. 하지만 지금 로스앤젤레스는 꼭두새벽이고, 바움 박사는 틀림없이 잠들어 있을 것이다. 자신의 원칙을 철저히 지켜가며 베벌리힐스에 살고 있는 일흔여덟 살의 정신분석 전문의들은 내담자가 위기에 처할 경우에 대비해 전화기를 침대맡에 두는 것 같은 행동은 하지 않는다. 그들이 눈높이를 맞춰주는 대상은 건강염려증이 있는 사람들이다. 원래는 건강염려증이 있었던 세라는 이제 그 상태를 벗어나 위험 지대로 들어서 있다. 술을 마신다는 게 그 한 가지 증거다. 하지만 알코올의존증이 있으면서도 일상은 멀쩡하게 잘 유지하는 사람들도 많이 있다. 그리고 연애 사건은? 그것도 마찬가지다. 그건 세라가 선택한 것들이라고 바움 박사는 말할 것이다. 하루하루 지나갈수록 세라는 점점 더 자기 파괴적이 되어가고 있는데 말이다.

그리고 이제 세라는 협박을 받고 있다. 그 일을 다르게 생각할 방법 같은 건 존재하지 않는다. 갓 짜낸 오렌지 주스를 곁들여 대부분 마셔버린 벨베데레 보드카 한 병이 있었고, 룸서비스로 주문한 크루아상 한 바구니가 있었다. 그 일탈 행위 전체를 그저 조금 방탕한 브런치에 불과한 것으로 보이게 하려는 눈물겨운 시도였다. 세라는 번화가에 있는 호텔을 골랐다. 세라가 아는 웨스트사이드 사람 가운데 아무 날도 아닌 평일 오전 늦게 번화가의 호텔에 있을 사람은 없었다. 웨스트사이드 사람 가운데 누구도 피치 못할 사정이 아닌 이상은 405번 주간고속도로를 건너가려 하지 않았다. 만약 건너간다면, 그건 브런치를 먹기 위해서는 아니었다. 노매드 호텔은 딱 맞게 퇴폐적인 분위기가 감도는 호텔이었다. 옥상에는 칵테일 바가 있었고, 돌에 조각된 악마 오르쿠스*의 거대한 얼굴이 커다란 입을 불구덩이처럼 벌리고 수영장의 주인 노릇을 하고 있었다.

그들이 수영장 가에서 빈둥거리고 있었던 건 아니다. 문에는 〈방해하지 마시오〉라고 적힌 표지판을 걸어두었고, 안전 체인도 제자리에 걸려있었다. 세라는 그 남자에게 자신이 원하는 걸 미리 말해두었다. 벌을 받는 것이었다. (세라는 다시금 바움 박사를 떠올린다. 뭘 기대했던 걸까? 지금 세라는 자신이 요구했던 것보다 훨씬 더 많은 벌을 받는 중이다.) 그 남자는 준비된 상태로 왔다. 왠지는 모르지만 세라는 알고 있었다. 그 남자가 딱 맞는 장난감들을 가지고 있으리라는 걸. 그 남자는 가방에 갈아입을 옷을 챙겨 오지는 않았지만 (어쨌거나 그들이 그날 함께 밤을 보내기로 계획하고 있었던 건 아니었다) 수갑, 손목과 발목을 묶을 벨트, 실크로 된 끈, 눈가리개 같은 것들은 아주 한가득 가지고 있었다.

세라는 욕망에 완전히 압도당해 버린 뒤에야 자신에게 그런 욕망이 있었다는 걸 알게 되었다. 세라는 피터와 섹스를 거의 하지 않게 된 탓에 그랬던 거라고 되뇌었다. 하지만 당연하게도, 그게 이유의 전부는 결코 아니었다. 세라는 자신의 욕망을 분석할 수 있을 만큼 상담을 충분히 받아온 터였다. 나한테 벌을 줘요, 세라는 그렇게

---

* 로마신화에서 저승을 관장하는 존재로 주로 약속과 맹세를 어긴 이들을 사후에 징벌하는 역할을 담당한다.

말했었다. 벌을 줘요. 한번 건너는 것만으로 한 사람이 영원히 규정되어 버리는 경계선이라는 건 대단히 드물다. 아이를 낳으면 어머니가 된다. 사람을 죽이면 살인자가 된다. 어떤 일을 거들고 부추기면 공범이 된다. 남편 이외의 다른 사람과 섹스를 하면 간통을 저지른 사람이 된다. 세라는 이것들 모두에 해당한다. 기억해, 우리 사진 찍었거든.

그 방은 높은 층에 있었고 불빛이 가득했다. 현대적인 분위기를 가미한 옛날 스타일 욕조가 특징인 방이었는데, 남자가 떠난 뒤 욕조 안에 몸을 담그고 있자니 세라는 평소에 들려오던 잡음이 깨끗이 씻겨 내려간 것처럼 마음이 평온해졌다. 그 남자는 검은색 실크 천 한 조각으로 세라의 눈을 가렸고, 또 한 조각으로 세라의 양쪽 손목을 한데 묶었다. 그러고는 세라의 두 다리를 벌리고 다른 두 조각으로 양쪽 발목을 각각, 처음에는 부드럽게, 그다음에는 꽉 묶었다. 이렇게 하니까 좋아? 너, 그냥 발정 난 꼬마 걸레년이구나? 남자는 세라의 두 다리를 밀어젖혀 더 활짝 벌렸고, 그다음엔 그의 손이 세라의 몸속으로 미끄러져 들어왔다.

어느 순간 남자는 세라의 눈가리개를 벗겼다. 내가 너한테 박는 거 좀 봐봐. 남자의 가슴에는 늑대의 얼굴이, 왼쪽 팔의 이두박근에는 거미 한 마리가 문신으로 새겨져 있었다. 세라가 그 거미를 지켜보는 동안 그 팔은 침대맡 협탁으로 뻗어 나가더니 남자의 휴대폰을 움켜쥐었다. 남자는 세라의 몸 위에서 잠시 움직임을 멈췄다. 웃어봐, 쌍년아. 그런 다음 그는 세라의 몸을 뒤집었고, 한 손은 세라의 엉덩이에 대고 다른 손은 여전히 전화기를 붙잡은 채로 세라의 몸속으로 밀고 들어왔다. 이건 세라가 자초한 일이었다. 이렇게 완전한 파괴는, 이런 고통은. 이런 심판은.

세라는 선셋 스트리트의 정지 신호에 멈춰 선 피터가 엔진을 공회전시켜 놓은 채 이메일을 확인하는 광경을 상상한다. 받은 메일함을 샅샅이 스크롤하는 그를. 세라의 인생을 날려버릴 그 편지의 제목은 뭐가 될까? 당신의 아내. 세라에 관해. 아니다. 그 남자는 세라의 이름을 사용하지는 않을 것이었다. 단 한 번도 세라를 이름으로 부른 적이 없었으니까. 쌍년. 걸레년. 세라는 곧 자신에게 쏟아질 폭풍을 한 조각도 빠짐없이 맞아 마땅하다. 하지만 피터는? 피터는 이런 일을 당해 마땅한 짓이라고는 한 적이 없지 않은가. 그는 순진하고 착한 남자, 지금껏 기회를 잡을 수 없었던 남자일 뿐이다. 피터는 그들 두 사람 사이에 점점 더 벌어져 가는 간극을 괜찮은 것으로 여겨보려고 애를 썼다. 사람들은 결코 피터의 이름을 기억하지 못한다. 파티에 가면 사람들은 피터를 무시하고 세라에게 다가온다. 피터가 잠자리에서 세라에게 등을 돌리고 눕는 것도 이상한 일은 아니다. 이제 피터는 몇 장의 이미지를 보게 될 것이다. 자기 아내가 침대에 묶여있고, 아내의 맨 엉덩이에서 몇 센티미터 밖에 떨어지지 않은 곳에 낯선 남자의 성기가 찍혀있는 사진들을. 대체 몇 장일까, 세라는 알 수가 없다. 얼마나 어리석고 얼마나 자기혐오로 가득했기에 그런 일이 벌어지게 놔두었던 걸까.

그리고 영화사는? 세라는 두 눈을 감아버린다. 그 사진들이 결국에는 세라의 고용주에게까지 닿을 수도 있을까? 물론 그럴 수도 있을 것이다. 이런 일은 늘 일어난다. 보통은 남자들에게 일어나는 일이지만 말이다. 세라는 수치심의 웅덩이 속으로 가라앉는다. 너무 익숙하고 너무 깊어서 빠져 죽을 수도 있을 것 같은 웅덩이 속으로.

"세라?"

동생의 목소리에 세라는 움찔한다. 그러고는 자신의 어린 시절을 둘러본다. 부모님이 절대 치우지 않았던 찌그러진 농구 골대를, 수년 동안 돌보지 않은 어머니의 허브 정원을. 위층에 있는 세라가 쓰던 방은 (지금은 그저 상자들과 매트리스 하나만 남아있을 뿐이지만) 분홍색과 오렌지색으로 칠해져 있다. 흰색으로 빛나는 침대 머리판이 있고, 벽에는 수백 장의 사진들과 상으로 받은 리본들, 엽서들이 압정으로 고정되어 있다. 벤은 이 집을 팔 때 세라에게 전화를 했었다. 기념이 될 물건들을 가져가고 싶니? 주방 창문으로 보이는 따스한 빛이 레인지 옆에 서있는 아버지를 둘러싸고 있다. 이렇게 가슴이 무너져 내리기 직전인 순간을 표현하는 말이 있을 텐데. 곧 닥쳐올 모든 것으로 인해 공기 자체가 떨리는 순간을 표현하는 말이.

"우리 이제 들어가야 돼. 아빠한테 말씀드려야 돼." 테오의 두 손은 여전히 운전대 위에 있고, 차의 엔진은 공회전을 하고 있다. 마치 그들이 한 번 더 떠났다가 돌아오면 전혀 다른 현실이 펼쳐질 수도 있다는 듯이.

하늘이 붉어지기 시작했다. 차 문이 닫히는 소리를 들은 아버지가 창가로 오는 게 보인다. 아버지는 다가오는 자신의 두 아이들을 이해할 수 없다는 표정으로 빤히 보고 있다.

미미

아, 기뻐라! 미미의 아들이 미미 곁에 있다. 미미의 멋지고 사랑스러운 아들이. 부모란 자식을 편애하면 안 되는 법이고, 그래서 미미는 누구에게도 말하지 않을 생각이지만, 미미가 자신의 두 아이 중에 더 좋아하는 쪽은 테오다. 물론 미미는 딸도 사랑한다. 하지만 세라는 테오와 똑같은 방식으로 엄마가 필요하지는 않은 아이다. 어떤 아이들은 난초처럼, 또 어떤 아이들은 잡초처럼 자란다. 테오는 난초다. 세라는 잡초다. 세라는 어디서든 잘 자랄 것이었다. 보도의 갈라진 틈 속에서도 햇빛을 향해 힘껏 몸을 뻗을 것이었다. 하지만 테오는 돌봐주고 먹여주어야 한다. 테오가 잘 자라려면 어머니가 지켜봐 주는 일이 필요하다.

그런데 벤과 세라는 어디 있는 걸까? 아, 그렇지! 세라에겐 하키 연습이 있다. 미미는 오늘 테오와 함께 무언가 음식을 만들 것이다. 테오는 양 소매를 걷어붙이고 앞치마를 두르고는 미미와 함께 조리법들을 자세히 들여다보는 걸 아주 좋아한다. 엄마, 우리 뵈프 부르기뇽 한번 만들어봐요. 아니면 여기 이 잠발라야도 괜찮아 보이네요. 테오의 작은 두 손이 미미의 손 옆에서 알이 작은 양파 껍질을 벗겨 내고, 버섯들을 씻은 다음 칼로 썬다. 미미는 너무도 여러 가지 면에서 아들이 걱정되지만, 주방에서는 그렇지 않다. 미미는 여기서만큼은 테오가 세상에 두 발을 단단히 딛고 서있다는 걸 알 수 있다.

"할머니?"

테오는 왜 미미를 저런 끔찍한 호칭으로 부르는 걸까? 미미는 할머니가 아니다. 테오의 어머니다.

"할머니, 떨고 계시네요."

미미는 테오에게 괜찮다고, 자기 걱정은 안 해도 된다고 말해주고 싶지만, 아무 말도 나오지 않는다. 이들이 서로 딱딱 부딪치고, 턱은 호두 까는 기구마냥 꽉 다물려 있다. 미미의 삶 전체가 미미를 둘러싸고 빙빙 돈다. 소용돌이처럼 회전하면서, 그 안에 있는 미미조차 닿을 수 없는 상태로.

"할머니, 저 무서워요."

테오가 무서워하고 있다! 어떤 날카로운 감정이 미미를 스쳐 간다. 테오는 두 손과 두 무릎을 대고 잔디밭 위에 엎드려 있다. 번쩍이는 붉은 조명. 테오가 자기 방 안에서 울고 있다. 그 애의 방 벽 너머로 소리가 들려온다. 그 애는 위로할 길 없는 상태로 울부짖고 있다. 저건 피인가? 안 돼, 안 돼, 안 돼. 잠깐, 지금, 이건 뭐지? 테오가 택시에 올라타고 있다. 이럴 순 없다. 테오가 사라져 버렸다. 그애는 멀리 떠났고, 다시는 돌아오지 않을지도 모른다. 그 애는 엽서들을 보낸다. 용서하세요, 그 애는 그렇게 쓴다. 이 방법밖에 없어서요.

하지만 그 애는 여기 있고, 작은 가슴에 무언가를 끌어안고 있다. 그 애의 양쪽 눈꼬리에서 눈물이 새어 나온다. 그 애는 미미가 이해할 수 없는 말들을 하고 있다. 안드로메다자리, 공기펌프자리, 극락조자리, 물병자리, 독수리자리. 제단자리. 양자리, 마차부자리. 목동자리. 조각칼자리, 기린자리.

"겁내지 말렴, 테오." 미미는 말한다. 아니, 그렇게 말한 것 같은 기분이다.

"별들이 우리를 내려다보고 있어요, 할머니. 저 별들은 우리가 어디 있는지 알아요. 우릴 발견해 줄 거예요."

오래전에, 지금일 수도 있는 것 같은 어떤 시기에, 미미는 눈에 편두통이 일어났었다. 그때 미미의 시야에 들어오는 풍경은 수백 개의 알록달록한 프리즘처럼 보이는 것들로 쪼개졌다. 마치 세공한 수정에 햇빛이 닿은 것처럼. 그토록 겁이 나지만 않았더라면 아름다운 풍경일 수도 있었을 것이다. 지금, 세상은 프리즘 같은 무언가로 변해있다. 미미가 사랑한 적 있는 모든 것이, 모든 사람이 이 프리즘들 속에 있다. 오래전에 세상을 떠난 부모님. 다정한 두 눈과 인자한 미소를 지닌 남편. 미미는 그동안 너무도 운이 좋았다. 미미의 아가들…… 오, 미미의 아가들. 그 애들이 미미의 무릎을 끌어안는다. 욕조에서 꺼내달라고 두 팔을 뻗어 올린다. 차 뒷좌석에서 노래를 부른다. 버스 바퀴가 빙글빙글. 그 애들은 무사히 침대에 들어가 있다.

카시오페이아자리, 켄타우루스자리, 세페우스자리, 고래자리, 카멜레온자리.

그 말들은 자장가처럼 들린다. 혹은 어떤 기도 같기도 하다. 미미의 두 눈이 스르르 감긴다. 미미는 이제 가도 된다. 그 애들은 무사히 침대에 들어가 있다.

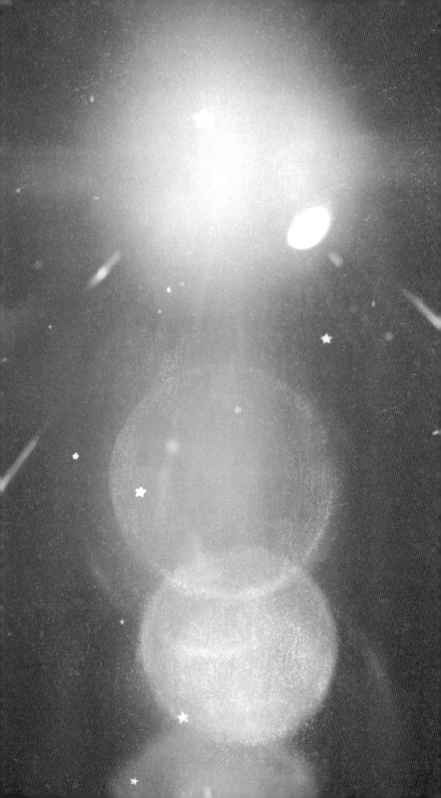

2020년 5월 14일

월도

그는/그를/그의(he/him/his). 월도는 용지 맨 윗부분을 노려본다. 성별 대명사는 반드시 표기해야 하는 건 아니라서 그 칸을 꼭 채울 필요는 없지만, 그럼에도 월도의 눈은 거기에 붙들린다. 그 사람은/그 사람을(they/them). 이건 아니다. 어쩌면 월도는 그것(it)에 해당할지도 모른다. 머릿속이 빙빙 돈다. 월도는 집에 있다. 가상 인턴직에 지원하는 중이다. 요즘은 모든 게 가상이기 때문이다. 가상: 물리적으로는 그런 식으로 존재하지 않지만 소프트웨어에 의해 그런 식으로 존재하는 것처럼 보이게 만들어진. 집에는 2년 반 만에 돌아온 것이다. 월도는 해마다 여름과 휴가 기간에 버클리에 머무르면서 연구소에서 일해왔지만, 팬데믹 상황이 모든 것을 바꿔놓았다. 월도는 몇 주 동안이나 집 밖으로 나가지 않았다.

월도의 아버지는 아래층에서 스크램블드에그를 만드는 중이다. 이 요리는 할라페뇨, 간 치즈, 그리고 냉장고에 뭐가 있는지에 따라 베이컨과 소시지 중에 하나가 들어가면서 점점 더 정성스러운 과정으로 변해왔다. 셴크먼은 바로 지난 달에 일시 해고를 당한 뒤로 하루하루 지나갈수록 줄곧 부드럽고 다정해졌다. 월도는 이

237

런 새로운 모습의 아버지를 어떻게 생각해야 할지 알 수가 없다. 어머니가 계셨더라면 알아내게 도와주셨을 텐데. 어머니를 떠올리자 무언가가 월도의 흉곽을 안쪽에서 바깥쪽으로 힘껏 밀어내는 것만 같다. 이건 슬픔이야, 월도의 지난번 여자친구는 그렇게 말해주었다. 이름은 소피 맥닐, 버클리에서 월도보다 한 학년 아래다. 그들이 함께하는 동안 소피는 월도에게 책들을 선물해 주었다. 죽음의 다섯 단계에 대한 엘리자베스 퀴블러로스의 책, 은유로서의 질병에 대한 수전 손태그의 책, 그리고 무너져 내리는 것들에 대한 페마 초드론의 책(월도는 이 책이 가장 마음에 들었다).

월도는 노트북 컴퓨터를 닫고 창밖을, 디비전 스트리트 건너편을 내다본다. 그는 이제 이 동네에 아는 사람이 없다. 사실 한 번도 있었던 적이 없다. 월도가 열한 살 때 윌프 박사님이 이사를 간 뒤로는 말이다. 그건 그저 셍크먼 가족의 닫힌 우주였을 뿐이다. 월도의 어머니가 병에 걸렸을 때 그들의 세계는 쪼그라들 것처럼 보이기도 했지만, 그러는 대신 팽창해서 방문 간호사들과 결국에는 호스피스까지 포함하게 되었다. 월도 가족의 집에는 어느 때보다도 사람이 많아졌다. 죽음을 기다리는 일의 그 분주함과 효율적인 진행 과정이라니. 흉곽을 밀어내던 그 단단한 것이 더욱 힘껏 밀어붙인다. 월도는 그것에 맞서 싸울 만큼 어리석지는 않다. 파도가 밀려올 때는 파도를 타는 게 유일한 방법이다. 페마라면 그렇게 말하지 않을까? 당신은 하늘입니다. 다른 모든 것들은…… 그냥 날씨일 뿐이에요.

"월도?"

아래층에서 아버지의 목소리가 들린다.

"달걀 좀 먹을래?"

"아뇨, 괜찮아요."

하루하루가 똑같다. 똑같은 파자마. 똑같은 양말. 똑같은 냄새. 그의 방 창문 밖에 서있는, 새로 돋아나는 잎들로 나뭇가지들이 이제 막 붉게 물들기 시작한 똑같은 나무. 이따금씩 몇몇 용감한 사람들이 걷거나 조깅을 하며 지나간다. 그들은 마스크를 쓰고 있다. 설령 월도가 아는 사람들이라 해도 구분할 수 없을 것 같다. 그들의 마스크에는 말들이 적혀있을 때도 있다. 투표합시다나 긍정적으로 살아요나 전 사실 웃고 있답니다 같은 말들이. 오직 두 눈만 보고 사람들을 알아보는 건 불가능한 일이다. 사람들을 드러내 주는 건 입 모양이나 꽉 다문 턱 같은 얼굴의 아래쪽 부분이다. 가끔씩, 멀리서, 사이렌 소리가 들려오곤 한다. 자세히 들어보면 새소리도 들린다. 월도의 엄마는 새 모이통이 가득 차있는지 항상 확인하곤 했다. 지금은 그 모이통이 텅 빈 지 몇 년이 지났지만, 여러 세대의 새들이 기억을 품고 돌아오기를 계속한다. 그 새들은 모이통의 금속 테두리 위를 뛰어다니며 유리를 쪼아댄다. 조그맣고 배고픈 갈색의 몸들, 벌어진 부리들.

매일 밤 역시 똑같다. 월도와 아버지가 주방 식탁에 마주 보고 앉아 닭고기와 채소로 만든 여러 요리 가운데 한 가지를 아무 기쁨도 없이 씹어 먹는 똑같은 저녁 식사. 그리고 매일 밤 월도는, 어렸을 때부터 해왔던 것처럼, 자기 방 창문을 열고 아이패드를 (연구 조교로 일해서 번 돈으로 산 최신형이다) 별들을 향해 기울인다. 당신은 하늘입니다, 월도는 몇 번이고 거듭해 되뇐다. 당신은 하늘입니다. 당신은 하늘입니다.

어떻게 말해야 할지 알 수 없는 일이 너무도 많기에 월도는 목록을 작성한다. 그는 그 목록들을 아무에게도 보여주지 않는다. 보여줄 사람이 누가 있겠는가? 소피는 미니애폴리스에 있는 부모님 댁으로 돌아갔고, 게다가 내 말 좀 들어봐 월도, 난 안 되겠어, 그냥 더 이상은 안 되겠어라는 말까지 한 뒤였다. 목록들은 마음을 정리하는 데 도움이 된다. 어쩌면 이것들은 하나의 기록이, 미래의 탐험가들을 위한 어떤 지도가 될지도 모른다.

하늘을 바라볼 때면, 나는 내 어머니의 얼굴을 찾고 있다.

어머니는 내가 평생 동안 두 번째로 아주 가까이에서 본 죽은 사람이다.

어젯밤에는 달이 없어서 안드로메다 은하가 보였다.

그건 2200만 광년 떨어져 있는 은하다.

그건 아마도 40억 년 뒤에 우리 은하와 충돌할 것이다.

은하들이 충돌할 때면 그들은 서로를 통과해 간다. 마치 유령들처럼.

아빠는 내가 무언가를 모르는 것 같아 보일 때면 언제나 나를 노려본다.

나는 언제 떠날 수 있게 될까?

범블*에 자기소개 올릴 것.

천체물리학 박사과정. 어디서?

아기 고양이 데려오기?

    ＊   2014년 출시된 온라인 데이트용 애플리케이션.

W 박사님께 연락할 것.

마지막 항목—W 박사님께 연락할 것—은 월도가 거의 알아볼 수 없는 글씨체로 휘갈겨 쓰는 모든 목록에 들어가 있다. 월도는 벤 월프에게 항상 박사님을 생각하고 있다고 말해주고 싶지만, 한동안 그에게 전화하지 않았다. 너무 많은 감정을 불러일으키는 일은 뭐든 피하고 있기 때문이다. 자신이 이 세상에 있게 된 과정에, 다름 아닌 자신의 존재 자체에 월프 박사가 했던 역할을 알게 된 뒤로 월도는 줄곧 비밀스러운 연대감을 느껴왔다. 그건 월도의 아버지에게 느끼는 감정을 한참 넘어서는 것이었다. 월도에게 셍크먼은 참아내야 하는 대상이다. 셍크먼이 분노를 퍼붓던 기억은 월도의 내면에, 흉곽을 밀어대는 그것에서 그렇게 멀지 않은 곳에 박혀 있고, 월도는 그중 하나를 찾으면 다른 하나도 찾아갈 수 있다. 마치 페가수스 사각형이 안드로메다 은하를 가리키는 것처럼.

월도가 고등학교 1학년 때 그의 어머니가 병에 걸렸다는 소식을 처음으로 듣게 된 월프 박사는(벤이라고 불러주렴) 월도에게 편지를 썼다. 편지 한 통이 도착했는데, 진짜 우편을 통해서 온 진짜 편지였다. 벤 월프는 다른 의사들이 흔히 그렇듯 악필은 아니었고, 월도는 그가 심지어 개기일식 사진이 들어가 있는 우표조차 세심한 주의를 기울여 골랐다는 인상을 받았다. 벤 월프의 글씨는 각이 져 있었고, 우아했고, 쓴 사람과 어울렸다. 너희 어머니가 굉장히 용감한 분이라는 걸 네가 알아줬으면 좋겠구나, 그는 그렇게 썼다. 잉크는 푸른색이었고, 편지지는 옅은 회색이었다. 나는 네가 태어났을 때 그분의 용기를 직접 목격했단다. 그리고 정말로 그저 유감이라는 말을 하고 싶구나, 월도. 네가 겪고 있는 일은 정말 힘든 일이지만 괜찮아질 거야. 그러길 바란다.

그 뒤로 월도는 벤 월프와 편지 교환 비슷한 것을 시작했다. 월도가 버클리에 머무르게 되자 그들은 도시는 달라도 같은 표준 시간대에 있게 되었다. 벤은 로스앤젤레스에서 딸과 함께 살고 있었다. (월도는 10년 전의 어느 날 아침 보았던 벤의 딸을 희미하게 기억한다. 그때 벤의 딸은 월도가 오직 부인이라고만 알고 있었을 뿐 그 이상은 몰랐던 한 여자의 생명이 빠져나간 몸을 붙잡고 비틀거리면서 울고 있었다.) 벤에게는 월도보다 겨우 두 살밖에 많지 않은 외손녀들도 있다. 우린 함께 격리 생활을 하고 있단다. 안전하게 머무르면서 말이야.

✳ ✳ ✳

"저기, 월도…… 잠깐 시간 있니?"

아버지의 몸이 문간을 가득 채운다. 동향 창문으로 들어온 비스듬한 햇빛 한 줄기가 월도의 침대 근처 나무로 된 마룻바닥 위를 비춘다. 월도는 빛이 닿는 위치를 보고 몇 시인지 알아낼 수 있다. 그는 날마다 하루 종일 이 방에 앉아있다. 30분 뒤면 항성구조 방정식에 관한 그의 수업이 시작될 것이다. 학생 열여덟 명이 화면에 뜬 작은 상자들 속에 들어가 있다. 어떤 학생들은 해변이나 산맥 같은 가상의 배경을 깔아두었고, 또 어떤 학생들은 여전히 파자마 차

242

림으로 어린 시절에 쓰던 침대에 자리 잡고 있다. 각 학생의 이름은 상자 맨 밑에, 그들이 원한다면(대부분 그러기를 원한다) 성별 대명사와 함께 적혀있다. 오래전에 어머니가 월도에게 했던 말이 뭐였더라? 어머니는 오직 하나뿐인이나 특별한 같은 단어들을 사용했다. 월도를 유니콘이라고 불렀다. 애정을 담아 그 말을 했다. 월도가 집에서 도망친 일과 어머니가 병에 걸린 일 사이의 몇 년 동안에 그랬다. 어머니는 월도 때문에 로펌에서 하던 일을 그만두었다. 어머니는 단 한 번도 월도에게 그렇게 말하지는 않았지만, 월도의 귀에는 부모님이 자기들 침실의 닫힌 문 뒤에서 속삭이는 소리가 마치 확성기에 대고 지르는 소리처럼 커다랗게 들려왔다. 당신, 이럴 순 없어, 앨리스, 우리한텐 이럴 만한 여유가 없단 말이야 / 당신은 이해 못 해, 난 해야겠어 / 내가 뭘 해야 되는 거야? / 알아내 봐 / 난 그 애 엄마고, 그 애한테 필요한 도움을 내가 주지 않으면—

"월도?" 그의 몽상이 다시금 중단된다. "잠깐 시간 있냐고 물었는데 어떠니?"

이 사람은 전과는 다른 셍크먼이다. 기운이 빠지고 지쳐있는, 다정한 셍크먼. 예전의 셍크먼이었다면 두 걸음 만에 성큼성큼 방으로 걸어 들어와서는 월도의 두 어깨를 붙잡았을 것이다. 너 귀가 처먹었냐? 하지만 그 셍크먼은 이 사람 속으로, 어쩌면 아바타일지도 모르는 이 사람 속으로 사라져 버렸다,

"몇 분 뒤에 수업이 시작해서요." 월도가 말한다.

"오래 걸리진 않을 거야."

아버지는 침대에 털썩 앉아 월도를 올려다본다.

"이 집을 팔 거란다." 셍크먼은 말한다. "내 말은, 이 집을 팔아야만 한다는 뜻이야."

월도는 고개를 끄덕인다. 늘 그렇듯 그는 생각을 어떻게 표현해야 할지 모르겠다. 열한 살 때부터 열네 살 때까지, 월도는 일주일에 세 번 어머니의 차에 타고 뉴욕으로 가서 여러 가지 진료를 받았다. 언어치료, 작업치료, 인지행동치료, 대화치료. 어머니는 미드타운맨해튼에 있는 어느 건물로 월도를 데려가 며칠 연속으로 평가를 받게 하기도 했다. 월도는 그 모든 치료가 꺼려지지 않았다. 평가를 받는 것도 꺼려지지 않았다. 그 일은 월도에게 특별해진 기분이 들게 해주었다. 프로젝트 월도. 작전명 월도. 거기에 더해, 월도는 디비전 스트리트 23번지라는 화약고에서 멀어진 채 어머니와 함께 시간을 보내게 되었다. 말 한 마디, 몸짓 하나 때문에 언제라도 공기에 불이 붙어버릴 수 있는 그 집에서 멀어진 것이었다.

그때 받았던 질문 중에는 말도 안 되는 것들도 있었다. 예를 들면 머릿속에서 목소리가 들리는지 (아니오), 자살 사고가 드는지 (아니오), 한 번이라도 자해를 시도해 본 적이 있는지 (아니오) 같은 것들이 그랬다. 월도는 그런 곳들에 있는 게 싫지 않았다. 그럼에도 누군가가 그 질문들 사이에 그 모든 치료를 할 필요가 있다고 생각하는지 물었더라면, 월도는 부정적으로 대답했을 것 같기도 하다. 어머니 말이 옳았다. 월도는 유니콘이었다. 월도는 다른 소년들처럼 반듯한 그릇에는 들어맞지 않는 아이였다. 그의 두뇌 내부는 조금 다른 방식으로 연결되어 있었다. 그저 스스로의 유년기를 견뎌내기만 하면 월도는 괜찮아질 것이었다. 아니, 그 이상으로 좋아질 것이었다. 지금 월도를 멍청이라고, 꿈속에서 사는 녀석이라고, 코 파는 애라고 부르는 사람은 아무도 없다. 이제 그들은 그를 천재 소년이라고 부르면서 그가 (그것도 학부생으로서!) 해온 선구자적인 연구를 들먹인다. 그의 연구는 빠르게 자전하는 중성자별에서의 희미한 감마선 파동을 탐지하는 데 기여해 왔다.

"월도?" 그의 아버지가…… 아, 이런. 그의 아버지가 울고 있다. 이건 말이 안 되는 일이다. 굵은 눈물 두 줄기가 기차선로 같은 자국을 내며 셍크먼의 두 뺨에 흘러내리다가 까칠하게 나있는 턱수염에 걸린다.

"아빠, 그 일은 걱정 마세요, 저는 별로……."

월도는 햇빛 줄기를 힐끗 쳐다본다. 수업은 12분 뒤에 시작한다.

"그냥, 기회가 생겨서 그래." 셍크먼은 말한다. "이런 시기가 왔으니까. 사람들이 뉴욕을 떠나고 있어. 그 사람들은 아발론에서 살고 싶어 하지. 아발론 같은 마을들에서. 그래서 부동산 가격이 하늘로 치솟고 있어. 난 작은 집을 한 채 사려고 한단다……. 플로리다 주 새러소타에 있는 콘도야. 당연히 네 방도 따로 있을 거고. 게다가 전체적으로 보면 너한테도 좋은 일이야. 대학원 학비도 생길 테고 말이다."

월도는 셍크먼에게 자기는 플로리다에 가지 않을 거라는 말을 하지 않는다. 대학원 학비는 필요 없을 거라는 말도. 월도는 이미 MIT와 하버드, 스탠포드에서 천체물리학 박사과정에 들어오라는 권유를 받고 있다.

"아빠, 죄송해요."

245

그의 이 말은 이 대화를 끝내야 한다는 뜻이다. 하지만 솅크먼은 그 말을 다른 층위의 의미로 듣기로 한 것 같다.

"네 잘못이 아니야, 월도. 이게 네 잘못이라고 생각하지 않았으면 좋겠구나."

아버지의 축 처진 어깨를 보다가 월도는 깨닫는다. 아버지에게 생겨난 낯선 다정함에는 이름이 있다는 것을. 패배라는 이름이. 아버지는 그동안 싸우고 또 싸워왔고, 이제 싸움은 그만하기로 한 것이다. 새러소타로 은퇴해 50대 이상의 사람들을 위한 데이팅 앱 중 하나에서 괜찮은 여자를 찾아내고 싶은 것이다. 포기하는 데서 오는 자유로움이라는 게 있다. 아마도 이런 것이, 삶이 어떤 사람들에게 하는 작용일 것이다. 말하자면 거미 필서의 구조와 비슷하다. 거미 필서는 두 개의 별로 이뤄져 있다. 크고 무거운 중성자별 하나와 그보다 훨씬 작고 가능성이라곤 없는 별 하나다. 중성자별은 필서라고 하는데, 여러 광년에 걸쳐 결국에는 동반성을 위축시킬 것이다. 그 별에 아무것도 남아있지 않게 될 때까지.

월도는 자신이야말로 울고 싶은 기분이다. 어머니가 돌아가신 날 이후로 그는 한 번도 울지 않았다. 아버지의 몸을 두 팔로 감싸 안을 수 있으면 좋겠다는 생각이 들지만, 월도는 그러지 않는다. 그럴 수가 없다. 뉴턴의 운동 제3법칙. 자연계의 모든 작용에는 크기가 같고 방향이 반대인 반작용이 존재한다. 오래전 아버지는 월도에게 분노를 폭발시켰고, 월도는 집에서 도망쳤다. 월도는 그날 밤을 월프 부인의 체온을 따뜻하게 유지해 주면서 보냈다. 월도의 조그만 두 팔에 안긴 부인의 몸이 굳고 차가워질 때까지 말이다. 월도를 이 세상에 나오게 해준 나이 많은 의사는 마치 보이지 않는 실로 복잡하게 얽히듯 월도에게 엮이게 되었다. 엄마는 월도를 대변하는 사람이자 구원자가 되었다. 그리고 어쩌면, 여기서 월도는 눈을 질끈 감게 되는데, 어쩌면 어머니는 그것 때문에 너무 많은 대가를 치러야 했던 건지도 모른다. 어쩌면 그건 정말로 월도의 잘못이었던 건지도 모른다.

아버지가 일어선다. "집에 있는 물건들을 짐으로 싸야 할 것 같구나." 그는 말한다. "2주 뒤에 새로 주인이 될 사람들이 이사 오기로 했거든."

* * *

월도 셍크먼은, 가느다란 몸과 긴 속눈썹을 지닌 예민한 천재 소년은, 노트북 컴퓨터를 켜고 세 시간짜리 수업을 할 수 있도록 플러그가 제대로 꽂혀있는지 확인한다. 하지만 교수용 줌 회의실에 로그인하기 전에 그는 손으로 써둔 목록을 집어 든다. 월도는 이 집의(그가 지금까지 알고 있는 유일한 집이자, 그가 태어난 장소이자, 그의 어머니가 세상을 떠난 장소의) 물건들을 꾸리는 일이 어떤 기분일지 생각해 보고는, 엄지손가락을 움직여 문자메시지 하나를 빠르게 써 내려간다. 쓰고 있는 메시지에 관해서는 조금도 생각하지 않으면서. 잠깐이라도 생각을 하면 멈추게 될 테고, 그는 멈추고 싶지가 않다. 안녕하세요 벤, 월도예요. 이건 말도 안 되는 생각이고 팬데믹 상황 한복판이라는 것도 알지만 혹시 제가 댁으로 찾아뵈어도 될까요? 바로 이 순간, 월도는 언제나 그랬던 것처럼 자신의 삶이 그려내는 궤적과 하나가 되어있다. 그는 '전송' 버튼을 누르고는 속삭인다. 나는 하늘입니다, 나는 하늘입니다, 나는 하늘 입니다.

2010년 12월 22일

벤저민

그의 신부. 그의 아내. 그의 인생. 미미는 천천히 사라졌다. 미미의 어떤 부분들은 아주 오랫동안 남아있어서 그들은 몇 분쯤을, 심지어는 몇 시간까지도, 만족스럽게 함께 보낼 수 있었다. 미미의 냄새는 상큼하고 우유 같았고, 미미가 아침마다 얼굴에 바르던 오일 향(드라이플라워 향)이 살짝 났다. 전에 미미는 요리를, 정원 일을, 샤워를, 산책을 하는 동안 언제나 콧노래를 불렀었고, 이제 곡조는 달라졌지만 여전히 콧노래를 불렀다. 뭐가 달라졌는지 벤이 깨닫는 데는 약간 시간이 걸렸는데, 깨달음은 날카로운 통증과 함께 찾아왔다. 그 노래들은 이제 미미가 어린 시절에 부르던 노래들로 변해있었다. 미미는 시간을 거슬러 위태롭게 달려가고 있었다. 벤이 찾아갈 때면 미미는 언제나 머리를 벤의 어깨에 파묻었다. 그들이 아발론 힐스의 어마어마하게 넓은 거실에 놓인 소파에 앉아있을 때면 미미는 코바늘로 뜬 담요를 자신들의 무릎 위에 펼쳐 덮었다. 마치 그들이 산봉우리들 위로 높이 매달린 채 오랫동안 체온을 따뜻하게 유지하며 스키 리프트를 타고 올라가는 동행들인 것처럼.

벤은 숨이 멎는 것만 같다. 그는 볼보의 운전석에 앉아있다. 어떤 빌어먹을 일이 있어도 아이들 중 한 명이 운전을 해서는 안 된다. 지금은 안 된다. 그의 미미가—그는 침을 꿀꺽 삼킨다—실종된 지금은. 아이들은 벤을 깨우지 않았다. 아내가 위험에 처해있는데 벤이 자게 그냥 두었다. 대체 자기들이 누구라고 생각하는 걸까? 무슨 권리로? 벤은 이렇게 화가 나본 기억이 없다.

"나름대로 판단해서 내린 결정이었어요, 아빠." 세라가 말한다.

세라는 벤의 옆자리에 앉아있다. 테오는 뒷좌석에 있다.

"판단력이 형편없구나." 벤은 간단하게 말한다.

"저희 생각에는 그게 최선이었어요, 아빠가—,"

"난 어린애가 아니다, 세라."

성인이 된 자식과 부모 사이에는 이런 일이 일어난다. 벤은 의사로 일하는 동안 그런 사례를 보아왔다. 자식들이 통제권을 넘겨받기 시작한다. 그러고는 뭐든 자기들이 제일 잘 안다고 생각하는 것이다. 그동안, 지금까지 몇 년 동안, 벤의 자식들은 대체 어디 있었던 걸까? 벤은 세라보다는 테오를 조금 더 용서해 주고픈 마음이 있다. 테오가 더 약하니까. 원래부터 세라보다 연약했다. 반면 세라는 강인하다. 자원도 많고 말이다. 그들이 미미를 기억 치료 시설로 옮긴 뒤에 세라가 찾아온 게, 몇 번이었더라…… 두 번? 그래, 그 애한테는 쌍둥이가 있지. 하지만 베이비시터도 있고, 솔직히 말해 시간이 남아도는 남편도 있지 않은가.

벤은 머리를 흔든다. 그러자 머리가 조금 맑아진다. 분노는 지금 이 순간에는 아무런 도움이 되지 않을 것이다. 그럼에도 그에게 지금 느껴지는 감정이라곤 분노뿐이다. 아이들에 대해. 아발론 힐스에 대해. 입소자가 실종될 수 있다니 양심이라고는 없는 시설 아닌가. 안전. 감독. 보안. 그자들이 광고하는 게, 벤이 노후자금 대부분을 갖다 바치고 해달라고 한 게 그런 것 아닌가? 미미가 어떻게 눈에 띄지도 않고 빠져나갈 수 있었을까? 벤 스스로는 알지 못하지만, 그는 바로 몇 시간 전에 테오와 세라가 차를 몰고 갔던 것과 똑같은 경로로 추적하고 있다. 주유소, '스톱 앤드 숍' 슈퍼마켓, 소규모 쇼핑몰들에 늘어서 있는 담배 가게, 조제식품점, 태국 레스토랑, 네일숍, 아이들이 어렸을 때는 없었던 가슴이 답답해지는 부동산들. 미미. 여보. 제게 표적*을 보내주십시오. 표적이 필요합니다. 물론 어처구니없는 생각이다. 벤은 그동안 인체 내부라면 수도 없이 보았고, 표적이나 신 같은 건 믿지 않는다. 하지만 그럼에도 벤은 더 높은 차원의 의식을 지닌 존재의 뜻에 자신의 의식을 맡기려고 애를 쓴다. 마치 눈에 들어올 실마리들이, 그를 인도해 줄 성령들이 있을지도 모른다는 듯이.

이제 길에는 차들이 많아졌다. 이른 아침의 교통 체증이 시작된 것이다. 차를 타고 나온 아발론 주민들은 뉴욕으로 출근하기 위해 기차역에서 내리거나 미리 잡아둔 장소에 차를 대는 중이다. 차를 몰고 시내로 가는 사람들이나 웨스트체스터주 다른 어딘가에 있는 복합 상업 지구 중 한 군데에서 일하는 사람들은 공원도로로 향하고 있다. 그때 눈에 익은 차 한 대가 반대 방향으로 지나간다.

---

* 초자연적 능력에 의해 외부로 드러나는 현상을 가리키는 종교 용어. 구약성경에서 하느님이 대홍수 이후 인간을 물로 다시 심판하지 않겠다는 약속의 뜻으로 보낸 무지개 같은 것이 여기에 해당한다.

운전대를 잡고 있는 사람의 얼굴도 낯익다. 그 아이, 월도의 아빠라는 걸 벤은 알아본다. 그 남자 곁에는 아내도 앉아있다. 계속 힘주세요, 앨리스. 다시 한번 힘주세요, 그렇죠. 벤은 나중에야 기억하고 이해하게 될 어떤 광경을 본다. 그 부부는 벤만큼이나 무언가에 시달린 것 같은 표정이다. 턱은 긴장으로 굳어졌고, 두 눈은 부릅떴다.

미미는 물을 아주 좋아했다. 미미가 강으로 갔을 수도 있을까? 그 생각을 하자 벤은 몸서리가 쳐진다. 강은 너무 멀다. 그리고 제방 위로 몸을 기울이고 있을 미미를 떠올리자 겁이 난다. 미미는 아발론의 상점들이 즐비한 거리에 친숙함을 느꼈을 것이다. 오 맙소사, 미미는 그곳에서 여러 해 동안 충분한 시간을 보냈지 않나. 그들이 디비전 스트리트에 있는 집을 골랐던 건 번화가에서 조금만 걸으면 나오는 곳이기 때문이었다. 용무가 있을 때마다 차에 타지 않아도 되니 아무래도 교외라는 느낌이 덜했던 것이다. 지금, 차를 몰고 메인 스트리트를 끝에서 끝까지 네 번째로 달려가면서, 벤은 셔터가 내려진 상점들을 바라본다. 이 시간대에 문을 여는 유일한 업소인 조제식품점은 출근하는 사람들에게 달걀과 치즈가 들어간 샌드위치를 팔고 있다. 벤은 철저한 무력감을 느낀다. 그로서는 익숙지 않은 감정이다. 보통은 그가 할 수 있는 어떤 일인가가 있기 마련인데. 앞으로 뻗어있는 길이, 상황을 이해할 방법이 있는데. 하지만 미미는 어디에든 있을 수 있었다.

바지 주머니에서 휴대폰이 진동하는 바람에 벤은 깜짝 놀란다. 그는 그것을 꺼내려고 애를 쓴다. 세라가 그리로 손을 뻗자 벤은 그 손을 찰싹 때려 밀어낸다.

"벤 월프입니다." 벤은 말한다. 쉰 목소리가 나온다. 그는 목을 가다듬는다.

"월프 박사님, 월프 부인께서 착용하고 계셨던 추적장치를 발견했는데요." 이 사람은 아발론 힐스 측이 가족과 소통하라는 임무를 맡겨놓은 연락 담당자다. 사회복지사. 마치 이 일이 그냥 처리하면 되는 일이기라도 한 것처럼.

벤은 한 손으로 운전하면서 다른 손으로는 전화를 스피커폰으로 돌려놓는다.

"안타깝게도, 어떻게인지는 모르지만, 부인께서 그 장치를 풀어버리신 것 같습니다." 사회복지사가 말한다. "그리고 신호 발신이 멈춘 상태라, 위치를 파악하는 데는 도움이 안 될 것 같습니다—,"

"어디였어요?" 세라가 큰 소리로 끼어든다. "그 추적장치가 어디 있었냐고요?"

아주 짧은 침묵.

"공원도로 도로변입니다. 쇼핑몰에서 멀지 않은 곳이요."

망연자실한 침묵 속에서, 벤은 불법 유턴을 한다. 세라는 이번만큼은 무슨 말을 해야 할지 모르겠다. 그 애는 좁은 두 어깨를 벤에게서 멀리 돌리고 창밖을 노려본다. 테오는 양 무릎을 가슴께로 끌어 올리고 꼬마였을 때 하던 것처럼 몸을 흔들고 있다. 벤은 차를 몬다. 빠르게, 날렵하게. 예전에 수술 준비를 할 때면, 그는 머릿속으로 안전 수칙 리스트를 확인하곤 했다. 물론 이미 숙지한 수칙들이었지만, 그 리스트를 읽어 내려가면 마음을 정돈하는 데 도움이 되었던 것이다. 미미가 공원도로에 있다. 미미가 눈이 쏟아지는 공원도로에 있다. 쇼핑몰 근처에. 공원도로에서 위치추적 팔찌를 뜯어내고 있는 미미. 벤은 칼날이 떨어지던 순간을 기억한다. 미미가 알츠하이머병이라는 걸 그가 깨달았던 그 순간을. 하지만 그의 아내는 아직 여기 있었다. 설령 그것이 아내의 아주 작은 일부뿐이라고 한들. 그에게는 아직 그의 미미가 있었다. 에밀리 디킨슨의 시 한 구절이 노래 가사처럼 벤의 머릿속을 흘러간다. 내 삶은 닫히기 전에 두 번 닫혔네. 이게 그걸까? 지금이 두 번째로 닫힌 순간일까?

셍크먼

앨리스의 속이 부글부글 끓고 있다. 셍크먼은 아내에게서 스며 나오는 열기를 느낀다. 마치 아내가 그에게 쏟아내고 있는 바닥없는 분노가 열을 품고 있기라도 한 것 같다. 앨리스의 코끝과 양쪽 귀 윗부분은 빨갛고, 두 눈은 부어있다. 그는 앨리스를 흔들어 깨웠고 (앰비엔 때문이었는지 좀 힘들었다) 그 소식을 듣기 좋은 형태로 전하려는, 혹은 앨리스를 보호하려는 노력 같은 건 하지도 않았다. 그래 봤자 무슨 소용인가? 이건 재앙이다. 11년 전 12월 31일의 저녁 무렵 이후로 최대의 재앙이다. 단지 세 마디로 된 재앙. 월도가 집을 나갔어. 오래전 그 첫 번째 재앙은 결국 괜찮은 결과로 끝났다. 셍크먼은 잠깐 동안 이번 재앙 역시 그러하기를 감히 소망해 본다.

앨리스가 굳이 말할 필요는 없다. 이건 당신 잘못이야. 당신이 화를 냈잖아. 통제가 안 될 정도로. 당신이 그 애를 겁먹게 했어. 이상한 일도 아니지. 앨리스가 그런 말들을 할 필요는 없다. 셍크먼도 이미 알기 때문이다. 그도 안다. 자신에게는 그 마법 같은 아들을 가질 자격이 없다는 걸. 마치 우주가 엄청난 실수를 저지른 것만 같다. 그는 이 아이의 보호자가 될 운명에 걸맞는 인물이 아니었다. 셍크먼은 흥정하는 태도로 되돌아간다. 윌도를 찾으면, 윌도가 다친 데 없이 온전하고, 아무 탈 없이 살아있다면, 그는 달라지는 데 전념할 것이다. 정말로 달라질 것이다. 어쩌면 분노를 참지 못하는 아버지들을 위한 갱생 시설이 있을지도 모른다. 아니 어쩌면, 그는 다른 어딘가가 잘못돼 있는지도 모른다. 셍크먼은 술도 마시지 않고(그건 앨리스의 전문 분야다), 마약도 하지 않고, 인터넷으로 포르노도(적어도 그렇게 많이는) 보지 않고, 성매매 여성을 고용한 적도 없으며, 도박도 하지 않지만…… 그럼에도 내면이 병들어 있다. 용서해 주세요, 그는 자신의 바르 미츠바 이후로 한 번도 생각해 본 적이 없는 신에게 말한다. 딱 이번 한 번만요. 그는 팔이라도 자를 것이었다. 수명을 10년 단축하라면 할 것이었다. 아니 20년이라도.

"우린 지금 우리가 뭘 찾고 있는지조차 몰라." 앨리스가 말한다. 앨리스의 말이 셍크먼에게 이런 느낌으로 다가왔던 적은 없는 것 같다. 모든 부드러움이 사라졌다. 마지막 한 조각까지. 앨리스의 목소리는 늘어나다가 한계에 이른 고무줄 같다. "당신, 계속 빙빙 돌고 있잖아. 망할, 우린 어디로 가야 하는지도 모르고 있다고."

셍크먼은 아이패드에 위치추적 앱을 깔아두지 않은 자신을 탓한다. 그건 쉽게 할 수 있는 일이었다. 그가 이런 일을 예견할 수 있었다면 말이다. 하지만 물론 그는 그럴 수 없었다. 월도는 아직 열한 살도 안 됐다. 열한 살짜리들은 위치추적을 할 필요가 없다. 부모가 그 애들의 위치를 항상 알고 있기 때문이다. 월도가 용기를 내서 가장 멀리 간 곳은 집 바깥 디비전 스트리트였다. 바로 어젯밤 일이었다. 지금 월도는 어디에든 있을 수 있었다. 셍크먼은 기차에 타는 월도를 상상한다. 누군가가 그 애를 멈춰 세우고 부모님은 어디 계시냐고 물을까? 그가 알기로 월도는 용돈을 가져갔다. 10달러로 얼마나 멀리까지 갈 수 있을까? 셍크먼이 타인의 친절을 믿는 사람이었던 적은 한 번도 없지만, 지금 세상은 그 어느 때보다도 광활하고 차가운 장소처럼, 먹지 않으면 먹힐 뿐인 잔혹한 장소처럼 느껴진다.

그들이 메인 스트리트를 내려가는데, 앨리스가 고개를 한쪽에서 다른 쪽으로 빙글 돌린다. 마치 감시 카메라가 돌아가듯 흔들림 없는 움직임이다. 그들은 셍크먼이 아는 차 한 대를 지나쳐 간다. 낡은 베이지색 볼보. 야망이 넘치는 교외 지역에서 그렇게 자주 보이는 차는 아니다. 나이 든 의사가 운전대를 잡고 있고, 그보다 젊은 검은 머리 여자가 옆에 앉아있다. 그건 그저 흐릿한 한 순간의 이미지일 뿐이다. 순간, 셍크먼의 마음속으로 (마치 그 자신이 다시 아이가 되기라도 한 것처럼) 그 나이 든 의사가 소맷자락에서 또 하나의 기적을 꺼낼 수 있을지도 모른다는 소망이 스쳐 간다.

"나 이혼하고 싶어." 앨리스가 말한다. 이제 앨리스는 앞을 똑바로 노려보고 있다. 마치 월도를 안전한 곳으로 다시 밀어 넣을 수 있을지도 모른다는 듯이 두 주먹을 자기 배에 바짝 갖다 대고서.

"지금 말할게. 무슨 일이 일어나든 상관없어. 더 이상 당신이랑 같이 살고 싶지 않아."

셍크먼은 앨리스를 건너다본다. 지금 말을 하고 있는 건 앨리스가 아니라 앨리스의 두려움이다. 셍크먼에 대한 앨리스의 전적으로 정당한 분노다. 앨리스는 저러다가 정신이 돌아올 것이다.

셍크먼은 스톱 앤드 숍 슈퍼마켓의 주차장을 한 바퀴 돈 다음 카트들이 온통 줄지어 세워져 있는 입구로 차를 몬다. 혹시 모르는 일 아닌가.

"할 말이 아무것도 없어?"

앨리스는 그를 쳐다보지 않은 채 말한다.

"앨리스, 우리 이러지 말자. 우리가 지금 온 힘을 집중해야 하는 곳은ㅡ,"

셍크먼의 휴대폰 벨소리가 (레이디 가가의 '포커 페이스'의 도입부 비트다) 차 스피커에서 쾅쾅 울려 나온다.

"뭐야!" 셍크먼이 폭발한다. 벨소리 때문에 겁이 난다. 그는 손가락으로 운전대를 쿡 찔러 전화를 받는다.

"여보세요?"

휴대폰에서 나는 횤횤거리는 소리.

"망할 놈의 광고 전화 같으니······."

그는 손가락을 다시 쿡 찔러 전화를 끊기 직전이다.

"셍크먼, 어이, 친구. 나 잭 린드그렌인데."

그와 앨리스가 당혹스러운 얼굴로 서로를 쳐다본다. 누구야? 앨리스가 입 모양으로 묻는다.

"들어봐, 친구…… 좀 이상한 얘긴데, 너네 아들이, 월도라 그랬나? 그 애가 나한테 방금 이메일을 보냈거든." 린드그렌이 말한다.

"대체 무슨 소리야?"

"너한테 마지막으로 이메일을 보낸 사람이 나였던 모양이야, 그래서―,"

"지금 어디 있대요?" 앨리스가 소리친다.

셍크먼이 앨리스의 허벅지에 한 손을 올려놓는다. 조용히 좀 해봐.

"그 애가 너한테 전화해달라고 나한테 부탁했어. 이게 무슨 뜻인지는 모르겠는데, 너한테 자기가 쇼핑몰에 있다고 말해달라고 하더라고."

셍크먼은 가속 페달을 있는 힘껏 밟아 주차장을 빠져나간다.

"그 애가 쓴 이메일이 정말이지 겁을 엄청 집어먹은 것 같은 말투던데, 친구. 이런 전화를 하게 돼서 유감―,"

앨리스가 목소리를 높인다.

"감사합니다." 앨리스는 울기 시작한다. "그냥 너무 감사해요, 감사합니다."

셍크먼은 이른 아침 차들의 행렬 안팎을 누비며 나아간다. 이를 너무도 꽉 악물고 있어서 부러질 수도 있을 것 같고, 관자놀이에서는 핏줄 하나가 불끈거리는 게 느껴진다. 그를 둘러싼 빛깔들이 강렬해진다. 세탁소 차양은 더 새빨간 색으로, 육교에 그려진 낙서

는 형광 파랑으로. 표적들은 어디에나 있다. 표적과 기사* 들은. 그
것들이 무엇을 뜻하는지 셍크먼은 전혀 아는 바가 없다. 그저 이것
만 안다. 그의 아들이 살아있다는 것. 그의 아들이 쇼핑몰에 있다.
아내가 그의 곁에서 울고 있고, 그는 감히 아내의 손을 잡아본다.
어쩌면, 정말이지 어쩌면, 그들에게는 또 한 번의 기회가 주어질지
도 모른다.

월도

배터리가 5퍼센트까지 떨어졌다. 장난감 집 바깥에서는 마구 달려
드는 바람 소리 말고는 아무 소리도 들려오지 않는다. 쇼핑몰 안쪽
상점들이 문을 열려면 몇 시간은 더 있어야 할 것이다. 지금은 막
동이 튼 뒤다. 삼나무 판자들 사이에 난 틈으로 한 줄기 햇빛이 조
금씩 들어온다. 마치 누군가가 촛불을 켜놓은 것 같다. 월도는 처음
으로 작은 사다리 하나를 알아볼 수 있다. 나선형 미끄럼틀로 이어
지는 사다리가 틀림없다. 집에 있었다면 월도는 학교 갈 준비를 하
고 있었을 것이다. 숙제와 교과서들이 전부 배낭 속에 있는지 거듭
확인하면서. 월도는 언제나 무언가를 깜빡한다. 엄마는 월도의 점
심 도시락을 싸고 있을 것이다. 매일 똑같은, 월도가 먹는 유일한
메뉴다. 유기농 흰빵 위에 얹은 햄 두 조각과 스위스 치즈 두 조각.

---

*   기이하고 경이로운 일 또는 장래의 일에 대한 징조나 암시를 가리키는
       종교 용어.

머스터드는 뿌리지 않는다. 마요네즈도. 당근 스틱 여러 개가 담긴 유산지 봉투 하나. 부드러운 초콜릿칩 쿠키 하나. 키스를 보낸다는 뜻의 글자들이 적히고 웃는 얼굴이 그려진 쪽지 하나. 엄마는 가끔씩 당근 스틱이나 쿠키는 깜빡하지만 웃는 얼굴은 절대 잊어버리는 법이 없다.

목록들은 도움이 된다. 어떤 종류의 목록이든 그렇다. 부인의 입술은 이제 파래져 있다. 부인은 움직임을 멈춘 지 한참 됐고, 부인의 입김도 더 이상은 차가운 공기 속으로 구름처럼 새어 나오지 않는다. 잠들어 있는 동안 부인의 팔이 월도의 가슴 위로 떨어졌고, 월도는 그 팔을 들어 올리며 뻣뻣하고 무겁다고 느낀다. 스스로는 거의 알아차리지도 못하지만 월도는 울고 있다. 속눈썹이 뺨에 달라붙는다. 부인은 죽었다. 월도는 그걸 안다. 영화 속에서 말고는 죽은 사람을 본 적이 한 번도 없지만 월도는 그걸 안다. 이게 영화라면 누군가가 부인을 구해줄지도 모르는데. 부인이 갑자기 되살아날 수도 있을 텐데. 바로 지금 부인이 눈을 뜨고 잘못된 이름으로라도 월도를 다시 불러줄 수 있다면, 월도는 뭐든 바칠 텐데.

할머니? 월도는 속삭인다. 마치 장난감 집 안에 다른 존재들이 있기라도 한 것처럼. 할머니, 할머니는 누구세요? 왜 여기 들어오신 거예요?

어쩌면, 부인에게 계속 말을 걸면, 월도는 시간을 되돌릴 수 있을지도 모른다. 어쩌면 죽는다는 건 진짜가 아닐지도 모른다. 어쩌면 월도의 말들이 부인의 몸속에 생명을 불어넣을 수 있을지도 모른다. 어쩌면 이건 꿈일지도 모른다. 월도는 여전히 울고 있고, 멈

262

출 수가 없다. 이건 월도의 잘못이다. 이 부인은 월도 때문에 온 것이다. 월도를 다른 누군가로 착각한 것이다. 테오라는 이름을 가진 누군가로.

"제 이름은 월도 셍크먼이에요." 월도는 계속 말한다. "저는 곧 열한 살이 돼요. 아발론초등학교 6학년이에요. 저는 디비전 스트리트에 살아요."

부인은 움직이지 않는다. 할 수만 있다면, 아직 살아있는 자들의 영토에 있다면, 부인은 월도에게 네가 누군지 아주 잘 안다고 말해줄 텐데. 월도가 아장아장 걷는 아기였을 때도, 부모님의 차에 태워지고 내려지는 유치원생이었을 때도, 시공간을 가로질러 다가가고 싶게 만드는 특별한 재능을 발산하는 조그만 소년이었을 때도, 길 건너편에서 지켜보고 있었다고. 자기 남편이 이 완벽한 영혼을 세상으로 데려오는 데 했던 역할이 있다는 조용한 자부심으로 가슴이 뿌듯해졌다고 말해줄 텐데. 정말 아슬아슬한 상황이었어요. 하지만 부인은 떠나버렸다.

"할머니, 우린 뭔가를 해야 해요." 월도는 말을 바로잡는다. "저는 뭔가를 해야 해요."

월도의 아빠는 홈 화면에 앱들을 한 무더기 깔아 났는데, 대부분 업무와 관련된 것들이다. 돈과 관련된 것들이라는 뜻이다. 월도는 그 앱들 중 어느 것에도 관심을 기울여 본 적이 없다. 아이패드에 월도가 관심 있는 기능은 딱 하나밖에 없기 때문이다. 월도는 메일함 위로 손가락 하나를 휙 내린다. 이제 배터리는 딱 3퍼센트밖에 남지 않았다. 월도는 아버지의 받은 메일함에 있는 첫 번째 이름을 누른다.

안녕하세요 이 메일을 받는 분이 누구시든 저를 모르시겠지만 제 이름은 월도 셍크먼이에요. 부탁인데 저희 부모님한테 전화해서 제가 쇼핑몰에 있다고 말해주실래요. 저는 무서워요. 너무 무섭고 너무 추워요. 그리고 어떤 일이 좀 일어나기도 했어요. 부모님이 오셔서 저를 찾으셔야 해요. 부탁인데 전화해 주세요. 감사하고 죄송해요.

누군지 알 수 없는 이 사람이 이메일을 받을지, 답장을 써줄지, 월도는 알 수 없을 것이다. 아이패드 화면이 새까매지면서 꺼져버린다. 부인은 죽었고 이제 아이패드도 죽었다. 그다음에 이어지는 몇 분은 남은 평생 동안 월도 셍크먼에게 하나의 흔적을 남기게 될 것이다. 월도는 몸을, 28.5킬로그램의 체중 전부를 뒤로 기울여 너무 새것이어서 나무 가루 냄새가 나는 벽에 기댄다. 부모님이 오실지, 월도는 알지 못한다. 손가락에도 발가락에도 감각이 없다. 어쩌면 월도 역시 죽을지도 모른다. 월도는 죽은 별이 될지도 모른다. 게 성운처럼 말이다. 게 성운의 중심부에는 아직도 심장처럼 뛰는 핵의 잔해가 남아있다. 그 잔해는 진동하고 또 진동한다. 그것은 스스로를 강철보다 1000억 배나 튼튼해지게 해주는 초고밀도 영역으로 둘러싸여 있다. 월도는 그것을 계속 촬영한 동영상을 본 적이 있다. 파동에 실려 바깥으로 퍼져 나오고 있는 심장처럼 뛰는 핵의 잔해는 언젠가 엄마가 월도에게 보여주었던 초음파 동영상과 굉장히 비슷해 보인다. 저게 너란다! 저게 월도야.

월도는 자신보다 너무나도 큰, 하늘 전체만큼이나 큰 무언가와 함께 있다. 그걸 느낄 수 있다. 이해하려고 하는 것만으로도 머릿속에서 무언가가 폭발해 버릴 것 같아, 월도는 이해하려 하지 않는다. 대신 자리에 앉아 자신이 할 줄 아는 만큼 가만히, 조용히 있는다. 부인은 죽었을지 모르지만, 장난감 집은 부인의 삶으로 가득 채워져 있다. 월도는 종이처럼 얇고 반투명한 부인의 피부를 내려다본다. 어째선지 더 이상 무섭지 않다. 부인도. 죽음도.

부인은 지금 문턱에 서있다. 부인이었던 적이 있는 모든 자아들이 투명에 가까운 상태로 맴돈다. 장난감 집 안에 조그만 아이 한 명이 있다. 월도보다도 작은 아이다. 10대로 보이는 한 소녀가 도시의 거리를 걸어 내려간다. 한 젊은 여자가 사랑에 빠진다. 한 명의 아내가 한 명의 어머니가 된다. 애정이 넘치는 눈부신 존재. 모여있던 사람들 모두가 그들을 둘러싼다. 무섭지 않다. 아무것도 아니다. 어쩌면 모든 사람에게는 강철보다 1000억 배나 튼튼한, 부술 수 없는 핵이 하나씩 있는지도 모른다. 월도는 벽들 위로 펼쳐지는 빛과 그림자의 춤을 지켜본다. 언젠가, 이 순간은 월도에게 도움이 되어줄 것이다.

세라

아버지가 차를 너무 빨리 몰고 있기는 해도, 그 솜씨가 능숙하다는 건 세라도 인정해야 할 것 같다. 세라와 테오는 무슨 생각을 하고 있었던 걸까? 아버지를 어린애 취급하면서. 보호받아야 하는 사람으로, 어머니가 실종돼 있는 동안에도 하룻밤 푹 자야 하는 사람으로 취급하면서. 판단력이 형편없구나, 아버지는 그렇게 말했다. 아마도 그건 세라가 아버지에게 들어 본 가장 심한 말이었을 것이다. 마치 따귀를 얻어맞는 것 같았다. 왜냐하면 그 말은 사실이었으니까. 아버지가 알 수 있는 것 이상으로 사실이었으니까. '형편없는 판단력'은 세라의 미들 네임이 되어있었다. 두 어절로 된 미들 네임.

바움 박사에게 연락하기에는 아직도 너무 한참 이른 시각이다. 게다가, 박사가 세라에게 대체 뭐라고 해줄 수 있겠는가? 그는 조언을 별로 좋아하지 않는 사람이다. 공원도로 도로변입니다. 기억해, 우리 사진 찍었거든. 쇼핑몰에서 멀지 않은 곳이요. 전화 좀 해, 걸레년아. 세라는 아주 잠깐 동안 두 눈을 감고 딸아이들을 그려본다. 그 애들은 세라에게는 유일하게 안전한 장소와도 같은 존재들이다. 하지만 잠깐만, 세라는 그 애들을 잃을 수도 있었다. 세라가 그 애들을 잃어도 되는 걸까? 아니. 세라는 어머니다. 그리고 한 집의 가장이다. 그동안 무슨 짓을 했든 간에 말이다. 세라의 이성이 프로듀서 모드로 들어가면서 예리해진다. 세라가 알기로는 아버지가 의사 모드로 들어갈 때도 꼭 이렇다. 무엇을 바로잡아야 할까? 그리고 어떻게?

가엾은 어머니. 끔찍한 생각 하나가 스쳐 간다. 솔직히 말하자면, 세라는 미미가 살아서 발견되는 것과 세상을 떠난 상태로 발견되는 것 중에서 어느 쪽이 더 나을지 잘 모르겠다. 딱 한 가지 확실한 건 그들이 미미를 찾아내야 한다는 것이다. 미미는 예전에 미미였던 사람의 껍데기에 불과한 존재가 되어있다. 스스로에게 솔직해진다면—세라는 정확히 말해 훈련까지는 아니라 해도 솔직해지는 연습 정도는 해보기로 한다—세라는 어머니에 대한 애도를 벌써 마쳤다. 미미가 떠나버린 지도 몇 년이 지나 있었다. 그게 정확히 얼마나 멀리로 떠나버린 건지 세라가 처음으로 깨달은 건, 세라가 집에 전화를 해서 15분인가 20분 남짓 어머니와 이야기를 나누고 난 뒤였다. 그때 세라는 만족감과 안도감을 느끼며 전화를 끊었다. 그들은 늘 하던 이야기들을 했다. 미미는 피터의, 그리고 세라의 친구들의 안부를 하나하나 이름을 불러가며 물었고, 주키니호박빵을 만드는 새로운 조리법을 알려주었다. 어쩌면 아버지가 그들에게 믿게 만든 것만큼 상황이 나쁘지는 않은 건지도 몰랐다. 하지만 그러고 나서 세라의 휴대폰이 울렸다. 미미였다. 언제나처럼 가볍고 낭랑한 목소리였다. 그냥 안부를 물을 겸 전화한 거라고 미미는 말했다. 통화를 한 지 너무 오래됐다고.

　벤이 미미를 기억 치료 시설로 옮긴 뒤로 세라가 어머니를 찾아간 건 딱 두 번이다. 그게 어떤 면에서 보나 의무 불이행에 가깝다는 건 세라도 안다. 세라는 형편없는 인간이다. 정말이지 그렇다. 세라는 어머니를 보러 간 두 번 모두 말은 못 했지만 유치한 분노로 가득 차고 말았다. 마치 미미가 그냥 그 상태에서 벗어날 수 있기라도 했던 것처럼. 마치 미미가 역할극을 하고 있기라도 했던 것처럼. 외모도 목소리도 어머니 같은 이 사람이 어머니가 아니라니. 말도 안 되는 일이었다. 잠깐 스쳐 가는 익숙한 미소나 몸짓에 어떤 빌어먹을 의미 같은 게 있을 거라고 세라가 스스로를 속여온 지도 오래였다. 그런 것들은 그저 반사 작용일 뿐이다. 신생아들이 방귀를 뀔 때 미소를 짓는 것과 비슷한 거다. 세라의 아버지와 심지어는 동생 조차도, 미미의 어떤 본질적인 부분은 아직 남아있을 거라는 생각을 너무 심하게 오랫동안 고수해 왔다.

"공원도로라고." 벤의 턱이 단단하게 굳어진다. 몹시 힘든 일이 기다리고 있을 것이다.

"우린 엄마를 찾아낼 거예요, 아빠." 테오가 침묵을 깨고 말한다.

벤은 속도를 낮춰 서행하면서 쇼핑몰로 다가간다. 운전대를 잡은 벤의 손가락 관절들이 하얗다. 견인 트레일러 한 대가 왼쪽 차선을 지나가면서 경적을 울려댄다.

"엿이나 먹어." 벤이 중얼거린다. "미안. 너한테 한 말 아니다, 테오."

그의 아이들은 그가 욕을 하는 걸 들어본 적이 전에는 한 번도 없었을 수도 있다.

그들은 살펴보고 또 살펴보지만, 물론 아무것도 눈에 띄지 않는다. 발자국들은 눈에 덮인 지 오래일 것이다. 미미는 공원도로의 바로 이 좁은 갓길을 따라 걸어간 것이다. 그러면서 어찌어찌 추적 장치를 벗어버린 것이다. 뭘 입고 있었을까? 발에는 뭘 신고 있었고? 세라가 마지막으로 미미를 보았을 때, 보폭이 넓었던 미미의 걸음은 발을 끄는 걸음으로 변해있었다. 세라는 윙윙거리는 바람을 맞으며 비틀거리던 어머니의 이미지를 털어버린다.

벤이 쇼핑몰 입구로 들어간다. 제설 작업은 전혀 되어있지 않다. 몇 시간 뒤면 주차장은 막바지 크리스마스 쇼핑을 하러 온 사람들로 꽉 찰 것이다. 하지만 지금 그곳은 높이가 거의 30센티미터쯤 되는, 아무도 밟지 않은 새하얀 들판이다. 정지 마찰력을 잃은 볼보가 옆으로 미끄러진다.

"젠장." 벤이 낮은 소리로 말한다.

그들은 상점가에서 축구장 몇 개쯤은 떨어진 곳에 있다.

벤이 엔진을 고속 회전시키자 바퀴들이 빙빙 돌아간다.

"아빠…… 아빠, 그만하세요."

벤은 힘겹게 숨을 몰아쉬고 있다. 그는 다시 한번 엔진을 고속 회전시킨다. 공기에서 고무 냄새가 난다.

"걸어가야 할 것 같구나."

그들은 비스듬히 세워둔 차를 포기하고 상점가 쪽으로 터벅터벅 걸어가기 시작한다. 벤은 다행히도 눈 치울 때 신는 커다란 부츠를 신고 있고, 꼭 필요한 겨울옷은 모두 껴입고 있다. 테오 역시 겨울 용품 비스무리한 무언가를 용케 마련했다. 세라는 여전히 얇은 캐시미어 코트를 입고 있다. 로스앤젤레스의 쌀쌀한 저녁에는 너무도 완벽하게 어울렸을 코트다. 코트 밑단이 눈에 파묻힌 채 끌려서, 세라는 흠뻑 젖은 그 덩어리 전체를 허리까지 들어 올린다. 적어도 세라는 무릎까지 오는 고무장화는 신고 있다. 아마 예전에는 미미의 것이었을 장화다.

상점가에는 멀리 보이는 신기루처럼 불이 켜져있다. 미미는 도대체 왜 이리로 오게 된 걸까? 미미는 그 쇼핑몰을 좋아했던 적이 한 번도 없었고, 웬만하면 오지 않으려 했다. 미미는 그 대신 번화가의 구멍가게들에서 물건을 사는 걸 선호했다. 무엇이 미미를 이리로 이끌었을까? 분명 니만 마커스의 진열창 속 마네킹들이나 (미미는 언제나 최신 유행 패션을 터무니없어 하며 콧방귀를 뀌곤 했다) 포터리 반 매장에 걸린 따분한 크리스마스 장식들은 아니다.

눈의 맨 위쪽 층이 그들의 몸에 휘감긴다. 쇼핑몰에는 두 개의 백화점이 붙어있다. 한쪽에는 니만 마커스, 다른 한쪽에는 '메이시' 백화점이 있다. 그 사이의 거의 모든 매장들은 실내에 있다. 수백 개? 상점들이 틀림없이 수백 개는 있을 것이다. 여기서는 강아지를 분양받을 수도 있었다. 귀에 피어싱을 할 수도 있었다. 유명 디자이너의 이름이 붙은 고급스러운 핸드백을 살 수도 있었다. 젠장, 그들은 대체 뭘 하고 있는 걸까? 그들은 심지어 미미가 여기 오는 데 성공했는지조차 알지 못하고 있다. 어쩌면 미미는 아직 공원도로에 있을지도 모른다. 어쩌면 가드레일 밑으로 몸을 숙이고 빠져나가서는 아무 집 뒤뜰에나 들어가 헤매고 있을지도 모른다.

그것을 처음 발견하는 사람은 테오다.

"플레이 헤븐!" 테오의 목소리가 바람에 실려 온다. "저기요." 테오는 눈을 가늘게 뜨고 손모아장갑을 낀 한 손으로 손짓한다.

쇼핑몰 한쪽에 붙은 그 상점은 주위와 어울려 보이지가 않는다. 대충 만들어진 입구는 마치 마술나무 집으로 들어가는 입구처럼 상상 속에나 나올 것 같은 모습을 하고 있다. 그들 세 사람은 계속 나아간다. 입구 왼쪽에 견본으로 이용되는 장난감 집이 붙어있다. 테오의 판단이 옳다. 그곳은 쇼핑몰 전체를 통틀어 그들의 어머니처럼 보이는 유일한 장소다. 집에서 만든 것 같고, 소박하고, 들어오라고 초대하는 것 같은 분위기도 묻어난다.

세라의 두 발은 고무장화 위쪽으로 흘러들어 온 눈이 만들어 낸 웅덩이에 잠겨있다. 세라는 몸이 움직이는 감각이 거의 느껴지지 않는다. 이제 거의 다 왔다. 이게 세라에게 힘들다면 아버지에게는 어떨까? 아버지는 바람 속으로 몸을 굽힌 채 한 발을 다른 발 앞으로 옮겨놓고 있다. 세라 안에서 사나운 보호 본능 비슷한 무언가가 불타오른다. 아빠. 세라의 소중한 아빠. 이다음에 닥칠 일이 무엇이든, 그걸 견뎌낼 힘이 아빠에게 남아있어야 할 텐데.

"아빠? 괜찮으세요?" 세라가 소리친다.

벤은 대답하지 않는다. 그의 덤불 같은 두 눈썹은 눈으로 덮여 있다. 그들 뒤에서는 차들과 트럭들이 공원도로를 쌩쌩 지나가는 소리가 끊임없이 들려온다. 그날 하루의 일을 하러 나가는 사람들이다.

가까이 다가가 보니, 장난감 집의 닫힌 문에는 환영한다는 메시지가 적힌 비뚤어진 표지판이 걸려있다. 그리고 그 순간, 한 줄기 전율이 세라의 몸속을 뚫고 지나간다. 세라는 깨닫는다. 고개를 숙이고 몸을 피할 곳을 찾아 안으로 들어가는 어머니의 모습이 그려진다. 모든 게 말이 된다. 지금 뭔가 말이 되는 게 가능한 일이라면 말이다. 세라는 그곳에 맨 처음으로 도착해 문을 밀어 연 다음 웅크린 몸을 문안으로 끼워 넣는다.

눈에 반사된 바깥의 조명이 너무 밝아선지 세라의 두 눈이 어둠에 적응하는 데는 잠깐 시간이 걸린다. 안쪽은 아늑하고 어둑하다. 레이저처럼 날카로운 한 줄기 햇빛이 넝마 무더기처럼 보이는 것 위를 비스듬한 각도로 비추고 있다. 세라는 처음에는 이렇게 생각한다. 아무것도 없잖아. 아무도 없어. 세라가 틀렸다. 그들이 틀렸다. 미미는 여기 없다.

"저기요?" 낮은 목소리 하나가 들려온다. 소년의 목소리다.

세라는 숨이 멎는 것만 같다.

"누구세요?" 그 작은 목소리는 떨고 있다.

세라가 몸을 빙 돌리자 그제야 아이가 보인다. 작은 남자아이 하나가 가장 어두운 구석에 무릎을 꿇고 앉아있다.

"겁내지 마." 세라가 본능적으로 말한다. 어쨌거나 세라는 아이 엄마인 것이다.

이제 벤이 문안으로 몸을 밀어 넣으려고 애쓰고 있다. 그는 옆으로 몸을 돌려 어깨와 허리를 춤추듯 비틀면서 문을 통과한다. 삐걱거리는 소리를 내며 문이 그의 등 뒤로 닫히기 전, 아주 잠깐 동안, 빛이 작은 장난감 집 안을 가득 채운다. 마치 섬광등처럼.

"월도?" 벤이 소년을 빤히 쳐다본다.

"월프 박사님?" 소년이 울기 시작한다.

"월도, 세상에, 얘야. 도대체 무슨……."

"월프 박사님, 저 할머니가요……."

저 할머니. 세라는 넝마 무더기를 다시 한번 쳐다본다. 그러자 그것이 세라의 눈에 들어온다. 이제는 덥수룩해졌지만 오해의 여지가 없는, 길고 구불구불하고 희끗희끗한 머리칼이. 저 할머니. 그리고 이 작은 소년은 세라의 아버지를 알고 있다. 세라의 머릿속이 하얘지면서 잠음으로 가득 찬다. 세라는 넝마 무더기를 향해, 다시 말해 어머니를 향해, 고무장화를 신은 발을 한 걸음 내딛다가 발이 걸려 비틀거린다. 이제 세라는 어머니의 몸 위에 있다. 어머니를 붙잡는다. 끌어안는다. 들어 올린다. 그리고 세라 스스로는 소리 내 말하고 있는 것 같지 않은데도, 세라의 귀에는 제발, 제발, 제발 하는 스스로의 목소리가 들려온다.

"세라, 하지 마라, 엄마가 다칠 수도 있어⋯⋯." 벤은 세라의 곁에 무릎을 꿇고 앉아있다. "미미, 이게 무슨, 난 도저히⋯⋯."

세라는 차마 그 말을 할 엄두가 나지 않는다. 입을 열어보지만, 말 대신, 엄마는 가셨어요, 아빠라는 말 대신, 나오는 건 하나의 소음뿐이다. 세라가 알지도 못하고 들어본 적도 없는 울부짖는 소리다. 세라는 괜찮았다. 너무나도 괜찮았다. 애도라면 다 한 뒤였다. 세라가 할 일은 다 했다. 세라는 어머니를 죽은 상태로 발견하는 게 자신들에게는 더 나을지도 모른다고 생각했었다. 그리고 여기 어머니가 있다. 이러고 있는 자신들이 있다.

벤이 손을 뻗어 미미의 뺨을 만진다.

안 돼, 안 돼, 안 돼, 벤이 속삭인다. 오, 여보. 이렇게는 안 돼요.

"월프 박사님? 이 할머니를 아세요?" 소년의 두 눈은 얼굴의 절반을 채울 만큼 커다랗다.

테오는 열려있는 장난감 집 문 옆에서 몸을 휘청거리며 빛을 가리고 있다. 안으로 밀고 들어올 수가 없는 모양이다.

"아빠?"

벤은 고개를 두 손에 파묻고 있다. 그가 손을 떼자 두 손은 눈물로 축축해져 있다.

"아빠?" 또 테오다.

"그만해, 테오." 세라가 울부짖는다. "그냥 좀—,"

"여기 다른 사람들이 와있어요."

셍크먼

그 쇼핑몰에 월도가 아는 상점은 하나뿐이다. 지금 그들의 집 뒤뜰
에서 천천히 썩어가고 있는 옹이투성이 소나무로 된 물건을 사온
놀이 공간. 물건 하나 사는 데 칸쿤으로 여행 한 번 다녀올 만큼의
돈이 들었다. 월도는 그 물건을 좋아했던 적이 없었다. 그럼에도 그
건 셍크먼이 자기 아들을 자신의 형상대로 만들어보려고 시도했다
가 실패했던 또 한 가지 방식이었다.

렉서스의 전천후 타이어가 미끄러지다가 정지 마찰력을 되찾
는다. 그들의 차는 주차장을 거의 전문적인 솜씨로 헤치고 나아간
다. 그들은 비상등이 깜빡이는 상태로 비스듬히 주차된 채 방치된
차 한 대를 지나친다. 그 차에서 나온 발자국들은 눈 속으로 멀리까
지 이어져 있다.

"더 빨리." 또다시 전에 없던 딱딱함이 묻어나는 목소리로 앨리
스가 말한다. "그 애가 여기 얼마나 오래 있었는지 어떻게 알아. 여
기 있는 게 맞는지조차 모르잖아. 당신은 스스로를 너무 확신해."

셍크먼이 정말로 확신하는 건 단지 이것 하나다. 앨리스는 마
치 자기한테 월도의 뇌 속으로 이어진 비밀 통로 같은 게 있는 양
굴지만, 뭐가 어찌 됐든 그는, 셍크먼은, 월도의 아버지다. 아버지

라서 아는 것들이 있다. 아버지들이 일을 완전히 망쳐버리고 망가진 제 영혼의 마지막 한 조각까지 자식들에게 전염시키고 만다고 한들, 그럼에도 연결된 부분은 있다. 마치 셍크먼의 무릎 담당 전문의가 그의 파열된 반달연골을 치료할 때 사용했던 흡수성 봉합사의 심층부처럼, 겉으로는 보이지 않지만 그를 아들에게, 아들을 그에게 묶어주는 실오라기들이 있는 것이다.

새하얀 눈 속에서 형체 하나가 뚜렷해진다. 견본 장난감 집의 입구에 거구의 사람 하나가 서있다. 셍크먼은 급정거를 한다. 최선의 행동은 아니다. 그들의 SUV는 반원을 그리며 미끄러지다 멈춘다.

"멍청하긴." 앨리스가 중얼거린다.

차에서 뛰어나온 셍크먼은 30센티미터 높이로 쌓인 눈 속에서 낼 수 있는 최대한의 속도로 달려간다. 이른 아침의 하늘에는 해가 뜨고 있고, 그 덩치 큰 사람은 남자라는 게 셍크먼의 눈에 들어온다. 그 남자는 파카 밑에 흠뻑 젖은 후드 티셔츠를 입고 있고, 거기 달린 후드를 머리 위로 잡아당겨 쓰고 있다. 상태가 몹시 좋지 않아 보인다. 남자는 손모아장갑을 낀 두 손을 맞잡고, 입은 슬픔의 구렁텅이마냥 커다랗게 벌리고 있다. 뭘 한 거지? 저자가 월도한테 무슨 짓을 한 거냐고? 셍크먼의 머릿속에서 일련의 무서운 이미지들이 재생된다. 야간 뉴스에 나오는 아이들 하나하나. 앰버 경보*가 발령되는 아이들 하나하나. 우유갑에 찍혀있는 아이들 하나하나. 최악의 사태에 직면한 그 불쌍하고 운 없는 가족들.

---

* 어린이 납치 사건이 발생했을 때 경찰이 발령해 방송 매체나 고속도로 전광판 등에 납치 소식을 실시간 보도하는 미국의 비상경보 체제.

셍크먼은 울부짖는다(달리 표현할 단어가 없다). 그가 남자의 양쪽 어깨를 붙잡고 뒤흔들자 몸속의 모든 피가 머리로 폭주한다. 그는, 셍크먼은 이제 한 마리 늑대가 되어있고, 그보다 한 35킬로 그램쯤은 거뜬히 더 나갈 것 같은 이 남자는 그의 이빨에 갈려 나갈 먹잇감, 그 분노의 위력에 상대가 안 되는 존재일 뿐이다.

"어딨어?"

"누구 말씀이세요?" 남자가 헐떡거린다.

"너, 이 망할 놈의 괴물 새끼야, 내 아들 어딨냔 말이야?"

셍크먼이 그를 힘껏 밀어내자 남자는 소리를 지르며 바닥으로 쓰러진다.

"아빠?" 아주 작은 소년에게서 나는 아주 작은 목소리. 장난감 집 문으로 월도가 고개를 내밀고, 이내 그 애의 몸이 따라 나온다. "아빠, 엄마?"

앨리스는 하마터면 쓰러질 뻔한다. 두 무릎에 힘이 풀리기 시작하는 바람에 셍크먼을 붙잡고 매달리며 몸을 바로잡아야 한다. 그들의 아들이. 살아있다. 다친 데 없이 온전하게. 장난감 집의 어두운 안쪽에서 나오고 있다. 아이패드를 가슴에 끌어안고서. 앨리스의 몸이 월도 쪽으로 휘청거린다. 앨리스는 마치 또다시 사라질지 모른다는 듯 월도를 단단히 붙잡는다.

앨리스는 땅 위에 쓰러져 있는 남자에게로 몸을 돌린다. 남자는 이제 일어서려고 애를 쓰고 있다. 그의 턱은 긁혀서 피가 나고 있다.

"네가 우리 애를 납치했지." 그 말은 쉭쉭거리는 소리로 나온다.

"엄마! 엄마, 그만하세요! 저는 알지도 못하는 분이에요!" 월도의 목소리가 떨린다.

남자는 똑바로 서서 후드를 벗는다. 그러고는 온화해 보이는 상처 난 얼굴로 차분하게 셍크먼과 앨리스를 바라본다. 남자는 여전히 힘겹게 숨을 몰아쉬고 있다.

"저희 부모님이 저 안에 계세요." 남자가 장난감 집 문을 향해 손짓을 한다. 문은 다시금 닫혀있다. "저희 어머니가……." 남자의 목소리가 갈라진다.

"그 할머니예요." 월도가 얼른 말한다. "할머니가 길을 잃으셨는데요, 그분이……."

셍크먼은 테오를 노려본다. 이해되는 게 하나도 없다. 길을 잃어? 이 낯선 남자의 부모님? 셍크먼은 비뚤어진 환영 표지판에 시선을 고정시킨다. 이렇게 환영과는 거리가 멀어 보이는 표지판은 처음이다.

"그랬는데 월프 박사님이……."

셍크먼과 앨리스는 월도의 머리 위로 서로를 쳐다본다. 길 건너편 집에 가서 제 아내한테 제 의료 가방 좀 달라고 하세요. 셍크먼은 자기가 방금 공격한 남자를 다시 바라본다. 그러자 잔뜩 부풀어 오른 남자의 얼굴 밑으로 무언가가 비쳐 보인다. 오래전 어느 날 저녁에 그들의 삶을 형언할 수 없는 은총으로 채워주었던 어느 부부의 섬세한 이목구비를 합쳐놓은 것 같은 특징들이. 좋아요, 앨리스. 셋을 세면 힘주세요.

"제가 보여드릴게요." 월도가 말한다.

"가만있어, 월도!" 앨리스가 말한다.

"괜찮아." 셍크먼의 입에서는 그의 의지에 반대되는 것에 가까운 말이 새어 나온다. 그는 이해할 수 없는 무언가에 이끌려 가고 있지만, 지금이 옳은 일을 할 기회라는 건 안다. 옳은 일이라는 게 무엇을 뜻하든 말이다.

그는 아들을 따라가 (그가 월도를 따라가 본 적이 한 번이라도 있었던가?) 그 애가 좁은 어깨를 장난감 집의 문에 기대고 문을 밀어 여는 걸 본다. 그다음에는 셍크먼 자신도 쪼그리고 앉아 몸을 안으로 밀어 넣는다. 그는 울음소리를 듣고 나서야 자신이 보고 있는 광경이 무엇인지 깨닫는다. 거기, 구석에, 바닥에 앉아있는 사람은 벤저민 월프다. 그가 끌어안고 있는 건…… 맙소사, 그가 끌어안고 있는 건 월프 부인이다(셍크먼은 부인의 이름을 알지 못했다). 그들 곁에는 셍크먼과 비슷한 나이대의 한 여자가 있다. 몸집이 작고, 머리칼이 검고, 얼굴형은 하트 모양인 여자다. 여자가 그를 올려다본다.

"누구시죠, 대체?" 여자는 말한다.

"이분은 저희 아빠세요." 월도가 말한다.

벤 월프가 고개를 든다.

"우리 전에 뵌 적이 있죠." 벤이 조용히 말한다.

그가 셍크먼에게 몸을 돌린다. "아드님이 여기 있었던 걸로 보이네요." 그가 말한다. "제 아내하고 같이요."

"제가 도망을 쳤거든요." 월도가 말한다.

"내 아내도 그랬단다."

"할머니는 좋은 분이셨어요, 월프 박사님." 월도가 말한다. "제 이름을 계속 틀리게 부르시긴 했지만요."

"너를 뭐라고 불렀는데?"

월도는 망설인다. 그러더니 마침내 말한다. "테오라고요."

벤 월프는 그 말이 이해된다는 듯 고개를 끄덕인다.

"혼란스러워서 그랬을 거야."

몸집이 작은 검은 머리칼의 여자가 들고 있는 아이폰이 장난감 집의 어스레한 빛 속에서 밝게 빛난다.

"아빠? 제 생각에는 우리, 전화를 해야 할 것 같은데요……. 어디다 전화하죠? 911은 아니죠? 왜냐하면 엄마는……."

"911에 전화하는 게 맞아." 벤이 말한다. "사망 선고를 해야 하거든."

"하지만 아빠가 의사잖아요……."

"난 지금 엄마의 남편으로 있는 거야, 세라." 벤 월프는 침을 꿀꺽 삼킨다. 셍크먼이 보기에 벤의 딸은 눈물을 흘리고 있기는 해도 강인한 사람 같다. 누구든 응급 상황에서 같이 있고 싶어 할 만한 사람이다. 불타는 건물에서, 눈사태 속에서, 앞장서서 당신을 데리고 나가 줄 사람. 이 여자에게는 생존자 특유의 주의 깊은 관찰력이 있다.

여자는 이제 자기 휴대폰에 대고 말을 하고 있다. 사망자 신고를 하려고 전화드렸어요. 여자는 사실들을 전달한다. 이름. 관계. 위치 같은 것들을. 셍크먼의 머릿속에 세상을 떠나는 월프 부인을 지켜보는 일이 월도에게 어땠을까 하는 생각이 처음으로 떠오른다. 두 사람은 이 오두막집 안에 얼마나 오랫동안 같이 있었던 걸까? 월프 부인은 뜨개질한 모자를 쓰고 튜브 삭스*를 신고 있다. 셍크먼은 그것들이 눈에 익은 물건들임을 깨닫고는 깜짝 놀란다.

"전 할머니를 도와드리려고 했어요, 월프 박사님." 월도가 말한다. 너무도 높고 너무도 사무치는 목소리. 너무도 어린 목소리.

"그래, 넌 틀림없이 그랬을 거야, 월도."

"할머니한테 별들 얘기를 해드렸어요. 우리가 했던 거랑 똑같이요. 박사님이랑 저랑."

별들. 그 빌어먹을 개떡 같은 별들. 셍크먼은 피가 끓는 걸 느낀다. 그가 단 한 번도 통제할 수 없었던 것. 그리고 월도의 말은 무슨 뜻인가, 우리가 했던 거랑 똑같이요라니? 월프 박사가 어떻게 그의 아들과 함께 시간을 보낸 걸까? 하지만 그때, 무언가가 분노로 흘러가려던 셍크먼을 멈춰 세운다. 그가 이해할 수 없었던 아까의 그 무언가다. 어쩌면 그건 망자의 영혼일지도 모른다. 어쩌면 그건 셍크먼이 느끼는 두려움의 찌꺼기일지도, 그가 자신에게 가장 소중한 존재를 잃고 말았다는 확신일지도 모른다. 비록 그는 가장 소중한 그 존재를 지금 이 순간 어떻게 돌보고 다루어야 할지 갈피를 잡지 못하고 있지만 말이다.

"큰개자리." 월프가 다정하게 말한다. "아주 멋진 별자리지. 기억하고 있단다, 월도. 네가 말해줬잖니, 시리우스가 밤하늘에서 가장 밝은 별이라고 말이야."

* 발뒤꿈치의 이음매가 따로 없는 신축성 있는 양말.

280

이제 장난감 집 안에는 빛이 스며들고 있어서, 셍크먼의 눈에 전에는 잘 들어오지 않던 무언가가 들어오는 것도 불가능한 일은 아니다. 자부심으로 얼굴을 붉히고 있는 월도.

"미미한테 그것 말고 또 무슨 얘기를 해줬니? 알고 싶구나."

월도의 입에서 말들이 마구 쏟아져 나온다.

"황소자리를 보여드렸어요. 알파 페르세이도요. 그리고 우리가 우주에서 정확히 어디에 있는지도 보여드렸어요. 그걸 보시고는 기분이 좋아지셨던 것 같아요. 웃으셨거든요."

월프가 천천히 고개를 끄덕인다.

"미미라면 그걸 좋아했을 거야, 월도. 네가 도움이 돼주었구나."

그들은 모두 말이 없어진다. 조용하게 가라앉은 장난감 집 내부는 적어도 그 짧은 순간만큼은 신성한 장소다. 셍크먼이 자신의 성질머리라는 짐을 내려놓고 이 사람들과, 심지어 고인과도 하나가 된 장소. 셍크먼은 월프 부인을 기억한다. 연한 빛깔인, 이목을 잡아끌던 그 두 눈과 유난히 크고 멋지던 입을. 거의 11년 전 현관 벨이 울리는 걸 듣고 문을 열어주었을 때, 부인에게선 어떤 열린 태도 같은 것이 엿보였다. 자신이 마주 보고 있는 것이 무엇이든 기쁘게 맞아줄 것 같은 느낌이.

사이렌 소리가 고요를 깨뜨리며 점점 더 가까이로 다가온다. 왜 군이 사이렌을 울리는 걸까? 사람들이 만들어놓은 관행이라니.

"사람들이 왔어요, 아빠."

벤 월프는 고개를 끄덕이지만 자리에서 움직이지는 않는다.

"우리, 밖으로 나가야 돼요. 저 사람들한테 자리를 비켜줘야죠."

"모두들 나가렴." 월프가 말한다. 그가 지쳐있다는 게 솅크먼의 눈에 보인다. 월프는 마치 그냥 몸을 웅크리고 아내 곁에 누워 함께 실려 가기라도 할 것 같다.

그들은 줄을 지어 밖으로 나간다. 맨 앞에는 세라가, 그다음에는 월도가, 마지막으로 솅크먼이. 거기에는 앨리스가 그 덩치 큰 남자에게, 이름이 테오라는 걸 솅크먼도 이제 알게 된 그 남자에게 한쪽 팔을 두르고 서있다. 멀리서, 오늘 아침 쇼핑몰 주차장에 세 번째로 들어온 차량이 햇빛으로 데워진 눈을 헤치고 다가온다. 붉은 조명들이 번쩍이는 응급 구조대 트럭이다.

"저, 드릴 말씀이 있는데요." 솅크먼이 말하며 테오에게 다가가자, 테오는 거의 알아볼 수 없을 만큼 몸을 움츠리며 뒤로 물러난다. "정말 죄송합니다." 솅크먼은 자기 말을 따르라는 통보도, 변명도 없이 사과하는 일에는 익숙하지 않다. 하지만 지금 그는 그런 걸 덧붙일 생각조차 없다. 이 남자는 방금 자기 어머니를 잃었다. 아니, 솅크먼이 그 사실을 알 방법은 없었을 것이다. 하지만 그럼에도, 그는 잠시 멈춰서 생각해 볼 수도 있었을 것이다. 곧바로 반응하며 난폭하게 굴기 전에 질문 하나 정도는 해볼 수도 있었을 것이다.

"아까 제가 밀어 넘어뜨려서 죄송합니다." 솅크먼은 잠시 말을 멈춘다. 앨리스가 그를 노려보고 있다. "그리고 어머님 일은 정말 유감입니다."

앨리스가 테오를 놔주자, 테오는 자기 누나에게로 걸어간다. 그들이 한데 모이는 동안 응급 구조대 트럭이 장난감 집 앞에 서더니 검은색 외투를 입고 장화를 신은 두 명의 남자가 뛰어나온다. 무전기가 시끄러운 소리를 낸다.

"엄마는 저 안에 계세요." 세라의 목소리가 바람에 실려 온다. "저희 아버지가 같이 계세요."

앨리스

앨리스는 렉서스 뒷좌석에 월도와 함께 앉아있다. 월도가 차 뒤쪽을 향하게 설치된 카시트에 앉는 아기였을 때 그랬던 것처럼. 그건 좋은 엄마가 하는 행동이었다. 오늘의 운전사는 셍크먼이다. 앨리스는 그의 네모난 뒤통수를, 그의 양쪽 어깨를 이루는 똑바른 선을 지켜본다. 그가 그놈의 기계 위에서 몇 명분의 삶만큼이나 오랜 세월을 보낸 끝에 만들어진 그 선을. 앨리스는 이제 증오로 가득한 갖가지 생각에서 벗어나야 할 때라는 걸 안다. 나 이혼하고 싶어. 하지만 앨리스는 셍크먼과 이혼할 수 없다. 월도가 없었더라면 또 모르겠다. 아니, 월도가 없었더라면 틀림없이 이혼했을 것이다. 하지만 너무나 다행하게도, 아들은 바로 여기, 앨리스 곁에 있다. 앨리스는 그 애의 체취를 들이마신다. 젖은 양털, 닦지 않은 이, 여전히 달콤한 어린 시절의 땀 냄새. 셍크먼과 앨리스는 가족이다. 지금 떨리는 손으로 앨리스의 손을 잡고 있는 이 소년의 집사들이다. 셍크먼은 조심스럽게 차를 몰고 있다. 마치 적어도 길에서 운전 중에 발생하는 분노만큼은 조절할 수 있다는 걸 앨리스에게 증명이라도 하려는 것처럼 유달리 조심스럽게. 꺼져, 이 찌질아도, 가운뎃손가락 날리기도, 포르셰를 탄 어떤 멍청이가 앞으로 끼어들었다고 위협하듯 바짝 따라붙는 일도 없다.

"그게 정말일까요, 아빠?" 월도가 묻는다. 아이패드는 그 애의 한쪽 겨드랑이에 끼워져 있다. 그 애는 그게 자기 시야에서 벗어나는 걸 다시는 허용하지 않을 것이다. 어쩔 수 없는 경우가 아니라면. 앨리스가 참아준다면. 앨리스는 월도에게 그 장치가 일종의 생명선과도 같다는 걸 깨닫는다. "제가 그 할머니한테, 윌프 부인한테 도움이 됐다는 게 정말일까요?"

앨리스는 셍크먼의 뒤통수를 지켜본다. 제대로 된 대답을 좀 해봐. 이번 한 번만이라도.

셍크먼은 평소처럼 호통을 치며 대답하는 대신 잠시 뜸을 들인다. "사실을 말하자면, 난 그렇다고 생각한단다." 그는 몇 번이나 목소리를 가다듬는다. 초조할 때면 나오는 오래된 버릇이다. 그의 얼굴이 보이지는 않지만, 그가 적절한 말을 찾고 있다는 건 앨리스에게도 느껴진다. 그들이 처음으로 사귀게 되었을 때 셍크먼이 꼭 이랬었다. 앨리스에 대한 사랑을 표현하려 애쓰고 있었지만 그 방법은 알지 못했다. 앨리스는 셍크먼 때문에 가슴이 아파온다. 아주 손톱만큼이기는 하지만.

"그건 우리로선 이해할 수 없는 일들의 범주에 들어간다는 생각이 드는구나." 셍크먼은 말한다. "하지만 한번 말해볼게. 너한테 해줄 이야기가 있어, 월도. 너 윌프 박사님 알지?"

"저한테 화내지 말아주세요, 아빠. 어젯밤에 제가 그분한테 보여드리고 있었던 건……."

셍크먼은 고개를 젓는다.

"화 안 났어. 그런데 네가 월프 박사님을 그 전에도 만난 적이 있다는 건 알아줬으면 좋겠구나. 오래전에 말이야."

백미러 속에서 그의 두 눈이 앨리스의 눈과 마주친다. 그래, 이 거야. 계속해. 앨리스는 언제나 고민했었다. 월도가 태어난 날의 이 야기를 그 애에게 해주어야 할까? 이제 셍크먼과 앨리스가 그 이야 기를 하는 일은 드물지만, 그 이야기는 그들 사이에 전류처럼 흐르 고 있다. 학교에서 하는 연극을 보러 간 그들이 대사를 읊는 월도를 보며 서로의 손을 잡고 있을 때, 동짓날 열리는 음악 공연에서 세 번째 줄에 선 그 애의 작은 얼굴이 빛나고 있을 때, 교육심리학자와 의 첫 면담에서 월도의 지능지수가 천재 수준이라는 말을 처음으 로 들었을 때. 그 모든 일들과는 다른 일들이 펼쳐질 수도 있었다. 아주 쉽게. 앨리스는 자신과 셍크먼 둘 다 각자의 외로운 가슴 속에 어두운 그림자 같은 그 이야기를 품고 다닌다는 걸 안다. 그 이야기 는 벤저민 월프가 길 건너편의 자기 차에서 식료품을 내리고 있지 않았고 구급차가 너무 늦게 도착했더라면 펼쳐졌을 이야기다. 월 도 셍크먼이 살아남아 이렇게 별나고 진지하고 기적 같은 소년이 되지 못하는 이야기.

"월프 박사님이 계셔서 네가 이 세상에 있게 된 거란다." 셍크먼 이 말한다. "월프 박사님이 네 목숨을 구해주셨어."

셍크먼이 월도에게 겁을 주지 않으려고 애를 쓰면서 최소한의 세부 사항만 간단하게 말해주는 동안 (네가 엄마 배 속에서 좀 일 찍 나왔는데, 우린 제때 병원에 갈 수 없었고, 그래서 월프 박사님이 바로 저기 주방 바닥에서 너를 받아주셨단다) 앨리스는 월도가 조금도 놀라지 않은 얼굴이라는 걸 알아차린다. 월도는 이 이야기가 새롭지 않다는 듯 고개를 끄덕이고 있다. 충격을 받은 걸까? 너무 심한 이야기인가?

앨리스는 흐르는 침묵을 수습해 보려고 서둘러 끼어든다. "네가 그러고 싶지 않으면 꼭 지금 그 이야기를 할 필요는 없어." 앨리스는 말한다. "그냥 나중에 해도—"

"맞아요." 월도가 말한다. 월도는 특별히 무언가를 보고 있지는 않지만 똑바로 앞을 쳐다보고 있다. "모든 건 연결돼 있어요. 모든 게요. 그 할머니도. 박사님도. 저도. 부모님도. 마치 우리가 은하계에서 하나의 초은하단에 속해있는 것처럼요."

앨리스는 셍크먼의 어깨가 조금씩 올라가는지 확인하려고 그를 바라본다. 그냥 놔둬. 앨리스는 그 생각을 그에게 쏘아 보낸다. 하지만 셍크먼이 그냥 놔둘 생각이라는 건 앨리스도 이미 알 수 있다.

"좀 더 말해보렴." 셍크먼이 말한다. 앨리스가 몇 년 동안 들어온 그의 어떤 목소리보다도 다정한 목소리다. "초은하단에 관해 좀 더 말해주겠니?"

"초은하단은 작은 은하단들이 모여있는 커다란 집단이에요. 우리가 속해있는 초은하단 이름은 '라니아케아'고요." 월도는 셍크먼이 입을 다물게 할지도 모른다는 듯 급하게 말한다. "초은하단은…… 음, 그건 우주 전체를 통틀어 알려져 있는 가장 큰 구조예요. 모든 은하가 초은하단에 속해있는 건 아니에요. 어떤 은하들은 한참 먼 곳에 외따로 떨어져 있죠. 텅 빈 우주 공간에 혼자서요."

월도가 하는 말은 교과서에 나오는 무언가를 외워 말하는 것에 가깝게 들린다. 그 애는 마치 좀 더 크고 심오한 무언가를, 아직 그것을 표현할 언어를 알지 못해 표현할 수 없는 내밀한 생각들을 말하려고 애를 쓰고 있는 것 같다. 모든 건 연결돼 있어요.

이제 아발론 번화가에 들어선 그들은 어느 신호등 앞에서 멈춰 있다. 태양은 하늘 높이 밝게 빛나고 있고, 어젯밤 내린 눈은 녹는 중이다. 사람들은 커다랗고 부해 보이는 코트와 부츠 차림으로 나와 걸어 다니고 있고, 앨리스는 그들 모두에게 사무치는 애정을 느낀다. 저기, 세탁소 주인 여자가 가게 문을 열고 있다. 또 저기서는 그들의 보험 담당자가 스무디를 손에 들고 건강식품 전문점에서 나오고 있다. 언젠가 오래전에, 벤저민 월프는 앨리스 옆에 무릎을 꿇고 앉아있었다. 있는 힘을 다 주세요, 앨리스. 월도는 미미 월프가 삶의 끝에 다다랐을 때 체온을 따뜻하게 유지해 주었고, 안전하다고 느끼게 해주었다. 어쩌면 그들 모두는 그저 영혼들로 이루어진 하나의 합창곡, 빛에 가 닿는 또 다른 빛일지도 모른다.

그들은 집 한 채를, 또 한 채를 지나간다. 앨리스는 집들에서 눈을 떼지 못한다. 각각의 집 앞길을, 문과 창문 하나하나를 바라본다. 올 굵은 삼베로 줄기를 감아놓은 회양목들로 둘러싸인 낡은 벽돌집. 노란색으로 칠해지고 앞쪽 현관에는 신문들이 잔뜩 쌓여있는 빅토리아 시대풍 저택. 텅 빈 화단들. 부서진 울타리. 앨리스가 전에 이런 것들에 주의를 기울여 본 적이 한 번이라도 있었던가? 아니다. 앨리스는, 앨리스와 솅크먼은 언제나 너무 바빴다. 너무 바빠서 자신들이 이 동네의 일부라는 걸 알아차리지 못했다. 이 특정한 시간, 특정한 장소에서 각자의 삶을 살아가는 각양각색의 사람들로 이루어진 이 동네의 일부라는 걸. 하나의 행동이, 하나의 결정이나 누락이 어떤 영향을 끼칠지 누가 알겠는가? 그것들이 겉으로 보기에는 아무리 임의적이고 사소하다 한들 말이다.

이를테면, 그들은 왜 월프 가족을 저녁 식사에 한 번도 초대하지 않았을까? 왜 사실은 그 부부를 피해왔을까? 마치 그 사람들이 너무 내밀한 무언가를 알고 있기라도 한 것처럼 말이다. 초대하는 건 너무도 쉬운 일이었을 텐데. 앨리스는 메모 한 장을 그 집 문 밑으로 밀어 넣을 수도, 전화기를 집어 들 수도 있었을 것이다. 지금, 앨리스는 주방 식탁에 그들과 함께 둘러앉아 촛불로 따스해진 얼굴을 하고 서로에게 와인을 따라주는 일이 어땠을지 상상해 본다. 그들이 함께하는 경험은 민망함의 원천이 아니라 우정과 친밀함의 토대가 되어주었을지도 모른다. 앨리스는 지난 몇 년 동안 벤저민 월프가 그 집에서 혼자 살고 있었다는 것조차 몰랐었다. 그의 아내가 알츠하이머병에 걸렸다는 것도. 그는 틀림없이 너무도 외로웠을 것이다. 그리고 여기 그들이 있었다. 이기적이고, 끔찍하고, 오, 너무도 비밀을 좋아하는 셍크먼 가족이, 자기들 삶의 쳇바퀴에 올라탄 채. 일하고, 찍어내고, 애를 쓰고, 움켜쥐고, 잠들고를 반복하면서.

더 이상은 아니다. 앨리스는 여기서부터 모든 걸 다르게 해볼 것이다. 일을 그만두자. 전에는 한 번도 고려해 본 적이 없는데도 이 생각은 절대적인 확신과 함께 떠오른다. 그리고 셍크먼에게 상담을 받게 해보면 어떨까. 아니면 둘이서 같이 부부 상담을 받아보면. 월도는 확실히 상담을 받게 해줘야겠다. 앨리스는 웃음을 터뜨릴 뻔한다. 모두 다 상담을 받아야겠네! 앨리스는 윌프 박사에게 연락을 할 것이고, 좋은 친구이자 이웃이 되는 법을 배워갈 것이다. 이 부분에 있어 앨리스는 그동안 너무 겁을 냈고, 너무 바빴다. 어느새 살아가는 방법을 잊어버린 자신들의 삶을 지탱하고 보호하느라.

오늘부터 시작이다. 오늘 앨리스는 라자냐를 만들면서 오후를 보낼 것이다. 두 판을 만들어야겠다. 하나는 벤저민 윌프의 집 현관문 앞에 놓아둘 것이다. 땅거미가 질 무렵이 되면 월도와 함께 산책을 하면서 지는 해가 세상을 분홍빛으로 물들이는 걸 지켜볼 것이다. 저녁 하늘에 별들이 하나둘씩 나타나기 시작하면, 앨리스는 월도에게 그 별들에 관한 이야기를 전부 해달라고 할 것이다.

"엄마?" 앨리스의 두 손 안에서 떨리기를 멈춘 월도의 손이 마침내 따뜻해지고 있다. "그건 무서운 일이 아니었어요. 제 말은, 그렇게 어둡고, 춥고, 온통 그런 곳에 있는 건 무서웠지만요, 그 할머니가, 윌프 부인이, 돌아가셨을 때는 마치 모든 게 시작도 끝도 없는 것처럼 느껴졌어요. 마치 우리가 몇 광년이나 떨어진 곳에, 그리고 여기에, 모두 동시에 존재하고 있는 것처럼요."

그들이 길모퉁이를 돌아 디비전 스트리트로 들어설 무렵, 앨리스는 스스로의 다급한 마음 때문에 녹초가 되어있다. 바로 지금, 당장 그렇게 해야겠다. 낭비할 시간이 없다. 앨리스는 별 생각 없이 한 손을 아랫배에 올려놓는다. 불과 몇 년 뒤 세포 하나가 제대로 분열하는 일에 실패하게 될 바로 그 자리에. 아들이 한 말들이 자신에게 되돌아올 때도 앨리스는 여전히 젊은 여자일 것이다. 앨리스는 조금씩 사라져 가며 그 말들을 스스로에게 읊조릴 것이다. 모든 건 연결돼 있어요. 시작도 끝도 없죠. 하지만 지금, 앨리스의 눈에는 디비전 스트리트 18번지 앞에 주차된 거대한 이삿짐 트럭 두 대가 들어온다. 남자 세 명이 윌프 가족의 집 현관에 서서 담배를 피우고 있다.

"아, 안 돼." 앨리스가 한숨을 쉰다.

"뭐가요?" 월도가 묻는다.

그들은, 셍크먼 가족 세 명은, 잠깐 동안 차 안에 앉아있다. 모두가 길 건너편의 텅 빈 집을 바라보면서. 우뚝 솟은 마술나무가 그 모든 것을 지켜본다. 그 나무는(앨리스는 그 위엄 있는 참나무가 여성일 거라고 생각한다) 그들이 도착하기 한참 전에도 이곳에 있었고, 그들이 사라진 뒤에도 이곳에 남아있을 것이다. 나무의 뿌리들은 보도 아래 한참 밑으로 보이지 않게 뻗어나갈 것이다. 그들의 눈에 그 전체가 보이는 일은 절대 없을 하나의 구조를 이루면서. 수백 개의 조그만 빛들이 반짝인다. 심지어 햇빛 속에서도.

1985년 8월 27일

벤저민

미미는 한번 잠들면 절대 깨어나지 않는 사람이다. 벤은 오랫동안 미미의 이런 점을 부러워해 왔다. 미미의 태평함을. 아니, 부러워한다는 건 그다지 적절한 말이 아닐지도 모른다. 벤은 미미의 본성을, 미미의 기본적인 만족감을 빼앗고 싶은 생각은 추호도 없다. 당연히 그런 생각은 없다. 그저 미미의 그 본성이 자신에게 조금만 옮아 왔으면 싶을 뿐이다. 심지어 오늘 밤에도, 미미는 그를 향해 옆으로 누운 채 잠들어 있다. 벤은 미미의 얼굴을 자세히 들여다본다. 그 깔끔한 턱선을, 꿈을 꾸는 동안 떨리는 눈꺼풀을. 미미의 입은 살짝 벌어져 있고, 과감하게 조금 더 가까이 가본다면 그 따스한 입김이 느껴지리라는 걸 벤은 안다. 미미라는 바로 그 물리적인 실체—미미의 쇄골에 배어나 반짝이는 땀방울, 짙은 색 유두가 달려있는 두 개의 유방, 미미 자신은 존재하는지조차 모를 수도 있는 왼쪽 귀 뒤의 작은 점. 날마다 벤을 다시금 벤이 되게 해주는 게 있다면 이런 것들이다.

일어나 침대에서 빠져나온 벤은 슬리퍼를 더듬어 찾아 신는다. 그러고는 미미의 어깨 위로 누비이불을 끌어 올려 덮어준다. 벤은 몸을 움직여 탁 트인 곳을 걸어 다닐 필요가 있다. 바람을 좀 쐬어야 할 것 같다. 아이들 중 누군가가 깰까 봐 벤은 삐걱거리는 계단을 피해 간다. 그의 아이들. 심지어 그 애들에 대한 생각도 이제 벤에게는 다르게 다가온다. 단순함도 순수함도 결여된 느낌으로. 그 애들에겐 과실이 있다. 그 애들은 죄를 지었다. 지금 침대에 들어가 누워있는 그 애들은.

벤은 뒷문 옆에 걸려있던 녹색 플리스 점퍼를 움켜쥔다. 늦여름 밤은 이제 쌀쌀하다. 아니 어쩌면 벤에게만 그렇게 느껴지는 것인지도 모른다. 밖으로 나가 진입로를 걸어 내려가는 동안 그는 몸속이 얼음처럼 차가워지는 것 같다. 보도 위에, 디비전 스트리트의 새로 포장된 검은 아스팔트 위에 산산조각 나있는 유리를 보자 한 줄기 한기가 벤의 몸속을 뚫고 지나간다. 이곳이 범죄 현장은 아닌데 (벤은 몸서리를 친다) 과학수사팀에서 그려놓은 하얀 분필 자국들과 사용한 반사 테이프 조각들이 남아있다. o들과 u들이, 짧은 줄표들과 화살표들이, 해독하기 어려운 상형문자들처럼 도로를 따라 그려져 있고, 그 참나무 줄기에도 그려져 있다. 경찰에서 이렇게 해야만 했다는 걸 벤은 안다. 기록을 위해. 보험 목적으로. 그럼에도 그는 소리 없이 스며드는 두려움을 어쩔 수가 없다. 룰렛의 휠이 돌아가고 또 돌아간다. 여기 시체 한 구가 있다. 땅 위에 고인 피 웅덩이 속에. 그런데 그건 커다랗고 묵직한 몸을 한 테오의 시체다. 여기 세라가 있다. 현관에 웅크리고 앉아 경찰이 들고 있는 음주 측정기를 불고 있는 세라. 등 뒤로 수갑이 채워져 순찰차로 호송되는 그의 딸. 그 차가 조용히, 붉은 조명들을 번쩍이며 조용히 멀어져 가는 동안 들려오는 미미의 울부짖는 소리, 어미가 토해 내는 가장 원초적인 소리.

벤은 디비전 스트리트를 걸어 내려가 포플러 스트리트에서 길 모퉁이를 돈다. 이웃들의 집은 모두 깜깜하다. 플랫 가족의 집 2층에 켜져있는 야간등의 희미한 불빛, 그리고 눈이 반쯤 안 보이는 나이 든 콜리견을 위해 버클해머 가족이 아래층에 켜둔 스탠드 불빛만 빼고는. 벤은 그 소녀를 생각한다. 죽음으로써 (벤은 내일이면 병원 측이 그 애의 생명 유지 장치를 떼어낼 거라고 확신한다. 아니면, 오지 않을 기적을 그래도 기다려 봐야겠다고 부모가 고집한다면, 아마 그다음 날에는 떼어낼 것이다) 그의 아이들의 영혼에 영원한 얼룩으로 남아있게 될 그 소녀를.

벤은 처토프 가족의 집을 지나간다. 그 집 가장 큰 침실에 있는 텔레비전 불빛이 푸르게 어른거리는 게 보인다. 시모어는 불면증이 있는 게 틀림없다. 벤은 그들의 창문에 돌을 던지고는 시모어에게 나와서 같이 산책하자고 청하고픈 충동을 느낀다. 벤은 보통은 속내를 감추는 데 능하고, 사실 거기에 자부심을 갖고 있기도 하다. 하지만 지금, 벤의 아이들은 한 소녀의 죽음에 책임이 있다. 그리고 벤은 그 자신의 공포와 그 차에 탄 채 죽은 게 자기 애들이 아니었다는 이기적인 감사의 마음 사이를 이쪽저쪽 스치며 날아다니고 있다. 그 애들은 파멸을 피한 것이다. 대가는 치르지 않아도 될 것이다.

벤은 계속 걷다가 길모퉁이를 돌아 메이플 스트리트로 향한다. 그의 심장이 불규칙하게 뛰고 있다. 부정맥이다. 놀랄 일도 아니다. 벤은 스스로에게 구역질이 난다. 그가 이토록 조야한 보호 본능을 내보인 적이 전에는 한 번도 없었다. 그에게 중요했던 것이라고는,

그 짜부라진 뷰익을 향해 전속력으로 달려가는 동안 그에게 말 그 대로 중요했던 것이라고는 자신의 아이들을 구하는 것뿐이었다. 이게 그의 실체일까? 아니 인간들 모두의 실체일까? 하는 일이라 고는 오직 생존뿐인 자연계의 어떤 생물과도 하나 다를 게 없는 이 런 모습이?

벤은 이 새로운 앎을 소화할 것이다. 받아들이는 법을 배울 것 이다. 지금은 교외인 아발론에 살고 있는 중년의 남편이자 아버지 일지 몰라도, 한때 그는 클래슨 애비뉴에서 스타이브샌트고등학교 에 가는 데, 그리고 그보다 훨씬 멀리까지 가는 데 성공한 소년, 경 쟁을 좋아하는 소년이었다. 그는 이민자 부모님의 어깨 위에 올라 서서 스스로를 화살처럼 똑바르게, 그리고 정확하게 조준했다. 목 적과 의미로 가득한 삶을 향해. 훌륭하고 쓸모 있는 삶을 향해. 그 게 벤이 스스로에게 바랐던 전부였다. 그리고 그의 가족을 위해 바 랐던 전부였다. 하지만 세라와 테오는? 그 애들은 지금껏 걸어온 길이 그보다 한참 짧지 않은가. 그 애들은 이런 일을 겪어내는 데 도움이 될 정신적 습관도, 힘도 없다. 훈련도 되어있지 않다. 그 애 들은, 벤의 아이들은 연약하다. 연약한 데다 (적어도 바로 오늘 밤 이 되기 전까지는) 교활한 면이라고는 없었다. 그 애들이 이 짐을 어떻게 지고 다닌단 말인가?

우린 이야기할 필요 없어요, 벤. 미미는 그렇게 말했었다. 이야 기하지 말아요. 벤은 미미의 그 말이 이야기는 내일 하자는, 혹은 나중에, 장래에 하자는 뜻이 아니라는 걸 알고 있다. 미미는 그들이 의지할 수 있는 최선의 방법은 이 일에 대해 다시는 이야기하지 않는 것이 될 거라고 믿는다. 다음 주면 그들은 미스티 지머먼의 장례식에 참석하게 될 것이다. 테오는 정장을 입고, 검은 머리칼은 매끈하게 뒤로 넘기고, 둥근 달 같은 얼굴을 드러내고 있을 것이다. 미미는 세라에게 무릎까지 오는 짙은 남색 원피스를 한 벌 사줄 것이다. 그들은 유대교 회당의 여섯 번째 줄에 앉아있을 것이다. 똑바로 당당하게 등을 펴고서. 그들은 가족 전체 명의로 카드 한 장을 보낼 것이고, 시바*에는 집에서 만든 쿠키 한 접시를 가져다줄 것이다.

그 말들은 말해지는 대신 삼켜질 것이다. 표현되지 않은 그 말들은 그들 한 사람 한 사람의 몸속을, 주위를, 칭칭 휘감으며 나아갈 것이다. 마치 돌보는 이 없는 한 무리의 나무들을 말라죽게 만드는 덩굴들처럼. 몇 년이 지나 벤의 아이들이 대학에 가면, 벤은 아발론고등학교에 조용히 기부할 것이다. 자기 이름은 숨기고 미스티 지머먼의 이름으로. 해마다 외국어에 재능이 있는 학생 한 명에게 수여되는 장학금을 만들 것이다. 벤은 그 이야기를 아무에게도 하지 않을 것이다. 하지만 지금, 벤은 자기 집 앞에, 차양처럼 머리 위를 덮고 있는 참나무 가지들 아래 서있다. 자동차가 들이받은 부분의 나무줄기는 마치 나무의 내장이 흘러나온 것처럼 너덜너덜해져 있다. 밤하늘의 밝은 빛이 뾰족한 지붕을 비춘다. 현관문 양쪽에 놓인 창가 화단을, 독수리 모양을 한 반질거리는 황동 노커를.

그들이 이곳에서 살아온 지도 15년이다. 이 집의 벽들 안에는 벤의 아이들이 살아 숨쉬고 있다. 그 애들이 거쳐온 모든 나이대의

---

* 유대인이 장례식 후 지키는 7일간의 애도 기간으로 상을 당한 사람은 이 기간 동안 실내에 머무른다.

모습을 하고. 저기, 주방 식탁에 앉아 화학 숙제를 하고 있는 세라가 보인다. 아빠? 분자화합물의 구조에 대한 문제인데, 저 좀 도와주실 수 있어요? 그 애의 머리칼은 귀 뒤에 꽂혀있다. 단호하게 쩡그린, 정수리에 뽀뽀해 주고 싶다는 생각이 들게 만들던 그 애의 얼굴. 그리고 저기는 테오가 있다. 벤의 마음속에서는 영원히 네 살때 모습으로 굳어진, 언제나 부모님을 향해 두 팔을 뻗어 올리고 있는 테오. 나 휘하러 갈래! 테오의 목소리는 조그만 아이치고는 깜짝할 정도로 허스키했다. 그 애는 벤과 미미 사이로 비집고 들어와서는 자기 몸을 앞뒤로 흔들라고 명령을 내리곤 했다. 벤과 미미의 팔이 아파올 때까지.

룰렛의 휠이 또다시 돌아간다. 지금부터 오랜 세월이 지난 어느 날 밤, 바로 이 참나무 밑에서, 한 작은 소년이 벤의 세상 전체를 어느 장치의 화면 위에서 빙빙 돌아가게 만들 것이다. 그 장치는 아직은 아무도 상상해 본 적이 없는 장치일 것이다. 너무도 짧은 그 순간 동안, 벤은 자신이 그 모두를, 과거를, 현재를, 미래를 두 손 안에 붙잡을 수 있다고 느낄 것이다. 하지만 지금, 그에게 다른 세계로의 그런 입구는 없다. 그가 가장 사랑하는 세 사람에게 어떤 삶이 펼쳐질지 들여다볼 수 있는 창도 아직은 없다. 벤은 몸을 굽혀 땅위에 놓인 유리 조각 하나를 집어 든다. 그들일 수도 있었다. 그와 미미일 수도 있었다. 그 가없은 소녀의 부모가 지금 하고 있는 것처럼 병원에 앉아 밤을 새우며 지켜보는 사람은. 그들일 수도 있었다. 하지만 그들은 아니다. 적어도 오늘 밤에는.

2014년 11월 2일

테오

딱 맞는 가게 장소를 찾아내는 데는 얼마간의 시간이 걸렸다. 처음에 본 몇 군데의 임대차 계약은 브루클린의 임대료와 부동산 가격이 계속 오르면서 불발로 끝났다. 게다가 테오는 공간에 아주 구체적으로 원하는 조건들이 있기도 했다. 그곳은 빛이 잘 드는 밝은 공간이어야 했다. 뜰이 있어 야외 좌석을 놓을 수 있다면 가장 이상적일 것이었다. 빠르게 고급 주택화되고 있는 그 동네는 이제 형태 없이 헐렁한 밝은색 원피스를 입고 스웨덴 클로그*를 신은 (대부분 백인인) 여자들로 가득하다. 그 여자들은 최신식 유아차를 밀며 전에는 다세대주택이었던, 제각기 다른 개조 단계에 있는 집들이 늘어선 울퉁불퉁한 보도 위를 걸어 다닌다. 그 여자들의 남편들(있다면)은 자기들이 태어나기도 전에 만들어진 빛바랜 록밴드 티셔츠와 중고 할인 매장에서 입수한 것 같은 후드 티셔츠를 입고 있다.

두 군데에 레스토랑을 갖게 되자 일은 두 배보다도 훨씬 더 많아졌다. 트웰브 테이블스는 목요일에서 일요일까지 일주일에 나흘

---

* 나무나 코르크 밑창을 붙인 튼튼한 느낌의 신발.

동안 저녁에만 영업을 한다. 그리고 '미미스'는 아침 식사 전문점이다. 혹은, 적어도 테오는 그곳이 아침 식사 전문점이라고 생각하기를 좋아한다. 테오는 미미스를 단순하고 소박한 분위기로 유지하려고 애를 쓴다. 정직하게 만든 음식과 음료로만 승부하는, 어머니가 살아계셨더라면 자기 이름을 딴 가게라는 걸 자랑스러워하셨을 법한 가게. 하지만 테오 월프가 베드퍼드스타이브샌트에 두 번째 가게를 연다는 소문이 퍼지자 사람들이 블록을 한 바퀴 돌 정도로 기다랗게 줄을 섰다. 언론에서 다뤄진 뒤에는 벤처 투자자들의 제안이 이어졌다. 테오에게는 브랜드가 생겨난 듯했다. 그것도 대단히 가치 있어질 가능성이 있는 브랜드가.

트웰브 테이블스를 처음으로 열었을 때 테오는 사진을 찍는 습관을 들였다. 텅 빈 레스토랑을, 분주한 주방을, 매일 저녁 '오픈 전'인 가게를 찍었다. 테이블이 몇 개 안 되는 데다가 이듬해 크리스마스까지 예약이 꽉 차있었으므로, 그는 이것이 사람들이 실제로는 한 번도 보게 될 일이 없는 어떤 장소를 살짝 훔쳐보게 해주는 일이라고 여겼다. 인스타그램 계정 '@12Tables'는 이제 팔로워가 거의 7만 명이고, 테오 월프의 비공식 팬페이지도 적어도 두 개는 있다. 테오가 그런 팬페이지 하나를 없애려고 애를 쓰자마자 또 하나가 불쑥 생겨난다. 그건 테오를 길에서 알아보는 사람들이 그가 원하는 것(이란 다시 말해 그런 사람들이 한 명도 없는 것이다)보다 많다는 뜻이다.

스스로 생각하기에 테오는 유명해질 만한 구석이 전혀 없는 사람이다. 사람들이 왜 그에게 신경을 쓰겠는가? 테오는 그저 사람들에게 음식을 먹여주고, 그들이 감각을 통해 새로운 세계를 경험하게 해주고 싶을 뿐이다. 그는 사람들과 대화를 나누고 싶지도, 식사가 끝날 무렵 그들의 테이블에 합석하고 싶지도 않다. 테오에게 만족감이란 한 방울도, 한 입도 남기지 않고 깨끗하게 비워져 주방으로 돌아오는 접시의 형태로 찾아온다. 그리고 벤처 투자자들이 계속 전화를 걸어오지만, 테오는 그들과는 아무것도 하고 싶지 않다. '사업 규모를 키우는' 것도, '확장하는' 것도, '급성장 일로'에 들어서는 것도 원치 않는다. 젊은 투자자들은 데이비드 장을 예로 들고, 나이가 있는 투자자들은 대니 마이어를 언급한다. 그들은 테오의 흥미 없음을 이해하지 못한다. 어떻게 이런 걸 원하지 않을 수가 있지? 그들은 테오가 장난을 치는 줄 안다.

테오는 늘 가는 길을 따라간다. 애틀랜틱 스트리트에서 노스트럼 스트리트를 거쳐 게이츠 스트리트로 향하는 길이다. 트웰브 테이블스에서 미미스까지는 몇 킬로미터밖에 되지 않고, 빠른 걸음으로 걸으면 30분쯤 걸린다. 가끔씩 시간을 아끼려고 우버를 타지만, 테오는 가능하면 언제나 걸어가려고 노력한다. 스스로를 돌보는 일에 조금 더 신경 써달라는 아버지의 간곡한 부탁 때문이다. 오늘은 구름 한 점 없는 완벽한 날이고, 도시의 튼튼한 나무들은 가을 장관의 절정을 이루고 있다. 테오는 미미스로 가는 길에 벤과 페이스타임 통화를 한다. 노력하고 있다는 걸, 정말 그렇다는 걸 아버지에게 보여드리기 위해서다. 이제 아버지의 얼굴이 휴대폰 화면을 가득 채운다. 아버지는 선글라스를 끼고 바람이 심하게 부는 해변에 나가 있다. 테오의 귀에 아버지의 목소리가 간신히 들려온다.

"테오! 여기 누가 있는지 봐라!"

벤이 서투른 솜씨로 화면을 위아래로 움직인다. 신기술을 배우는 데는 한계점이라는 게 있는 걸까? 미미가 세상을 떠나고 나서 거의 4년 동안, 벤은 완벽하게 맑은 정신을 유지했다. 하지만 그는 기계장치와 각종 영상에 관해서라면 그냥 손을 놓아버린다. 테오는 그런 그를 이해한다. 아버지는 그냥 관심이 없는 것이다. 이제 아버지의 시간은 한정되어 있다. 여든 살 생일이 금방이다. 테오가 알기로, 벤은 시를 읽으며 하루하루를 보낸다. 그는 월트 휘트먼의 시들을 다시금 읽고 또 읽지만, 이제 동시대 시인들의 시에도 관심이 생겼다. 벤은 매주 몇 시간씩을 세라의 집에서 멀지 않은 '디젤'이라는 작은 서점에서 보낸다. 마리 하우나 W.S. 머윈 같은 시인들의 시를 타이핑해 테오에게 이메일로 보내기도 한다. 가끔씩 그는 테오, 얘야, 이것 좀 들어봐라로 시작하는 긴 메시지를 남겨놓는다. 테오는 그런 메시지들을 저장해 둔다. 그것들은 아버지의 내면 세계의 지도다. 테오는 자신이 언젠가는 그것들을 원하게 되리라는 걸 안다.

테오는 몸을 옆으로 움직여 자전거 배달원을 피한다. 사실 자전거는 보도 위로 올라와서는 안 된다. 모피로 된 커다란 모자를 쓴 세 명의 남자가 지나쳐 간다. 윌리엄스버그에서 멀리까지 이탈해 나온 사트마르 하시딕 유대인들이다. 테오 앞에는 젊은 여자 두 명이 걷고 있다. 아니, 여자가 맞을까? 구분하기가 어렵다. 상체도 하체도 호리호리하고, 짧게 깎은 머리는 하얗게 탈색을 했다. 그들은 서로의 청바지 뒷주머니에 손을 집어넣고 있다. 이 자치구에 아름다움이 있다면, 그건 순전히 인간의 신체적 특징들과 그 다양함일 것이다.

테오의 조카들이 외할아버지의 휴대폰을 낚아챈다.

"테오 외삼촌!"

그 애들, 시드니와 올리비아는 이제 열일곱 살이다. 내년이면 대학에 갈 것이다. 테오는 자기가 그 애들을 구별하지 못하던 때가 있었다는 걸 믿을 수가 없다. 시드니는 피터를 닮아 빼빼 마른 데다 금발이다. 올리비아는 세라의 축소판이다. 세라가 미미의 축소판이듯이 말이다. 그런 건 중요하지 않으며 그 모든 건 그저 유전자가 뒤범벅된 결과일 뿐이라는 걸 알지만, 테오는 올리비아를 볼 때마다 안도감을 느낀다. 마치 어머니가 이 세상에 있었다는 증거가 여전히 눈에 보이는 형태로 존재하고 있는 것 같아서다.

어머니가 살아계셔서 외손녀들이 자라나는 걸 보셨더라면 좋았을 텐데, 테오는 생각한다. 세라와 피터의 결혼 생활에서 험난했던 그 시기를, 그리고 무엇보다 세라의 회복 과정을 겪으면서 조카들은 둘 다 예전보다 진지해진 것 같다. 그 애들은 중독 치료 시설에서 여는 가족 초대 주간에 참가했고, 알아넌*에 나갔다. 어떤 아이들은 어린 시절의 폭풍우를 무사히 헤쳐 나갈 수 있는 반면, 다른 아이들(테오 자신이나 세라 같은)은 한평생 그때의 피해로부터 도망쳐 다니는 건 어째서일까? 아니다. 그 질문에 대한 대답은 테오도 알고 있다. 그 피해는 그와 세라가 자초한 것이었다.

---

* Al-Anon, 알코올의존증이 있는 사람들의 가족들로 구성된 자조 모임.

아, 테오가 외삼촌 노릇을 얼마나 좋아하는지. 테오는 결혼 같은 건 절대 하지 않을 것이다. 아이들을 갖게 될 일도 없을 것이다. 그도 그걸 안다. 그동안 어쩌다 한 번씩 여자가 생기기는 했다. 테오는 싱글이면 다들 하는 데이팅 앱을 이용할 수가 없다. 시도해 본 적은 있지만, 테오는 그 앱을 하려면 그래야 하는 만큼 약삭빠르지 못한 데다 스스로를 진열대 위의 상품처럼 설명하는 일에도 알레르기가 있다. 그렇다면 남는 건 '우연한 기회'다. 2년 전, 우연한 기회는 테오의 삶 속으로 프라치라는 여자를 데려다주었고, 잠시 동안 테오는 혹시 그게 바로 자신이 기대해 왔던 그 인연일지 궁금해했다. 그들은 말하자면 트웰브 테이블스를 통해 만났다. 테오의 인생에서 모든 일은 트웰브 테이블스를 통해 일어나니 그건 놀랍지 않다. 처음부터 테오의 후원자였던 프리다와 조 글래서 부부가 두 사람을 서로 소개시켜 주었다. 테오는 소개팅 같은 것에는 절대 동의하지 않았을 테지만, 글래서 부부는 아무렇지도 않게 일을 해내는 능력이 있었고, 조가 가르치는 대학원생 가운데 한 명에게 저녁 식사를 함께하자고 초대하면서 그 만남을 용케도 별일 아닌 것으로 보이게 만드는 데 성공했다. 그건 소개팅은 절대 아니라고 했다. 절대, 절대, 절대 아니라고 했다. 나중에, 테오는 그들이 프라치에게도 똑같은 말을 했다는 걸 알게 되었다.

그날 밤 버건디색 커튼 사이로 보이던 프라치의 모습은 테오의 눈에 띄었다. 짧게 자른 검은 머리 윗부분에 흐르던 윤기, 기다란 목, 목구멍에서 터져 나오던 웃음소리. 여름이었고, 프라치는 소매 없는 크림색 상의를 입고 있었다. 프라치의 두 팔은 군살 없는 근육

질이었다. 그러자 테오에게 놀라운 이미지 하나가 떠올랐다. 그 두 팔이 자신의 몸을 안고 있는 이미지였다. 미미가 세상을 떠나고 1년 반이 지났고, 테오가 마지막으로 누군가를 끌어안았던 건 JFK 공항에서 아버지와 세라에게 작별 인사를 했을 때였다. 테오는 세라의 등에 튀어나온 좁다란 날개뼈를 느끼며 잠시 세라에게 꼭 매달려 있었다. 아버지와 누나. 그리고 땅속에 묻힌 어머니. 이제 그것이 그들의 모습이었다.

"테오 외삼촌?" 올리비아의 목소리는 마치 조개껍데기 속에서 흘러나오는 것 같다. "우리 만나러 언제 올 거예요?"

"금방." 테오는 말한다. 금방, 그게 언제나 그가 하는 말이다. 하지만 휴가를 내기는 어렵다. 트웰브 테이블스 일은 온통 그가 다 하고 있어서다. 다른 누군가가 가게를 맡았던 적은 지금껏 단 하룻밤도 없었다. 미미스는 며칠 정도 테오 없이도 돌아갈 수 있다. 테오는 한 팀의 주방장들과 부주방장들을 고용했고, 그곳은 심지어 테오의 기준으로 봐도 순조롭게 돌아가고 있다. 하지만 그게 진짜 이유일까? 테오는 자기 삶에 존재하는 세 개의 점 안에 머무를 때 스스로 안전하다고 느낀다. 그 세 개의 점이란 미미스, 트웰브 테이블스, 그리고 그의 로프트다.

"너희들이 날 만나러 오면 어때?"

나라 반대편에서 갈매기 울음소리가 들려온다. 보도 위에서는 비둘기 한 마리가 버려진 피자 껍질을 쪼아 먹고 있다. 테오는 한 가지 생각을 떠올린다. 너무도 완전하게 형태가 갖춰져 있어서 마치 그가 한동안 꿈꿔온 것만 같은 생각이다. 그 생각에는 어딘가 테자뀌 같은 데가 있다.

"사실은 말이야, 너희들이 미미스에 와서 일해보면 어떻겠니? 아마도 겨울방학 때? 아니면 여름 내내도 괜찮고! 그걸 인턴 기간이라고 하자."

테오는 벤이 외손녀들이 있는 곳에서 그리 멀리까지 가지는 않았다는 걸 깨닫는다. 이 초대의 말이 벤에게도 들릴까? 테오가 오른쪽으로 돌아 맬컴 엑스 대로로 들어서자 미미스에서 여느 때처럼 많은 사람들이 쏟아져 나오는 게 보인다. 테오는 심호흡을 하고는 머릿속에 볼륨 조절 장치 하나를 그려본 다음 그것을 돌려 볼륨을 낮춘다. 그는 이렇게 하는 법을 배웠다. 소음을 줄이는 법을. 그 소음이란 결코 완전히 잠잠해지는 법은 없는 불협화음들로 이루어진 교향곡이다. 금속이 우드득거리며 짜부라지는 그 토할 것 같던 소리, 세라의 비명 소리, 뷰익의 찌그러진 앞쪽에서 새어 나오던 쉭쉭거리는 소리, 라 카브레라의 주방에 흐르던 삼바 리듬, 불꽃이 타닥거리며 타오르던 소리, 수화기 저편에서 들려오던, 그가 맞냐고 물으며 갈라지던 어머니의 목소리. 테오? 테오? 그 장난감 집 안에서 들려오던 누나의 울부짖는 목소리, 눈 속으로 들려오던 사이렌 소리, 테오에게 무슨 생각을 하느냐고, 왜 그런 눈을 하고 있느냐고, 왜 말을 하지 않느냐고, 어디로 간 거냐고 묻던 프라치의 목소리.

"최고다! 좋아요!" 조카들은 둘 다 엄지손가락을 들어 보인다. 이 아이들이 서빙을 해본 적은 있을까? 주방에서 일해 본 적은? 아니 일이라는 걸 해본 적이 있기는 할까? 상관없다. 테오가 그 애들을 일으켜 세워서 뛰어다니게 할 테니까. 그는 자신의 로프트 안쪽을 개조할 생각이다. 벽 하나를 세워서 그 애들의 사생활이 보장되게 해줄 것이고, 그곳을 진짜 손님방으로 바꿔놓을 것이다. 그 애들은 열일곱 살이고, 곧 열여덟 살이 된다. 그동안 삶은 이미 그 애들을 복잡한 존재로 바꿔놓았다. 부모님이 이혼할 뻔했던 일. 외할머니의 죽음. 어머니의 알코올의존증. 하지만 그런 것들은 그나마 올라가기 쉬운 언덕들이다. 미미는 운이 좋으면이라는 말을 좋아했었다. 지금 테오는 그 말을 떠올린다. 운이 좋으면, 테오의 조카들은 계속 강인하고 튼튼하게 자라날 것이다. 마치 맬컴 엑스 대로 위로 차양처럼 가지를 드리운 저 나무들같이. 운이 좋으면, 테오는 오랫동안 곁에서 그 애들을 지켜보게 될 것이다.

벤저민

브루클린에 있는 월프 집안의 가족 묘지에 미미를 묻고 나자, 그리고 빈껍데기 같은 그들의 집에서 상자들에 둘러싸인 채 원래의 7일에서 3일로 기간을 축소한 시바까지 열고 나자, 벤은 세라를 따라가는 게 이치에 맞는 일로 느껴졌다. 이삿짐센터는 취소했고, 다행히 클리블랜드에서 이사를 오기로 한 가족도 대대적인 주택 개조를 시작할 일정을 융통성 있고도 친절하게 조정해 주었다. 당연하게도, 벤은 아발론 힐스로 이주할 수는 없었다. 이제는 그럴 수 없었다. 그 계획 전체가 미미와 다시 함께하기 위해 세운 것이었으니까. 게다가 벤이 보기에 그 요양 시설은 미미가 사라진 일에 대해 책임이 있었다. 벤은 그들을 고소할 수도 있었다. 친구들이 일류로 보이는 맨해튼의 여러 로펌에서 파트너 변호사로 일하는 소송 전문가들을 추천해 줬다. 소송을 했더라면 벤은 이겼을지도 몰랐다. 하지만 그래서 뭘 하겠는가? 벤은 그런 소송들이 얼마나 사람을 망가뜨리고 진을 빼놓을 수 있는지 알고 있다. 마치 피해를 보상받으면 아물지 않은 채 계속되는 슬픔의 작용을 덮을 수 있기라도 하다는 듯 그 소송들은 계속된다. 벤은 생활을 유지하기에 충분한 돈이 있다. 자식들도 모두 자리를 잡은 뒤다. 하지만 그 무엇도 시계를 뒤로 돌려 미미를 그에게 데려다주지는 않을 것이다. 생명이 빠져나간 미미의 육체를 품에 안아본 뒤로 벤이 알게 된 한 가지가 있다면, 자신에게 얼마만큼의 시간이 남아있든 보상을 받으려는 욕망으로 그 시간을 다 써버리지는 않을 거라는 사실이다. 왜냐하면 보상 같은 건 없을 테니까.

벤을 놀라게 한 건 그가 로스앤젤레스에서의 삶을 얼마나 좋아하게 되었는지다. 매일 아침 그는 언제나 그래왔듯 일찍 일어나 협곡 주위를 오랫동안 산책한다. 그는 이 동네에서 최고 연장자다. 길에는 달리기를 하는 사람들이 아주 많이 나와 있고, 속보로 걷는 중년들, 형광색 셔츠와 알록달록한 헬멧 차림으로 자전거를 타는 사람들도 있다. 달리는 사람들 중에서도 진짜배기들은 길고 가파른 계단 꼭대기에 모인다. 몇몇은 개인 트레이너로 보이는 사람들과 함께 오르막길을 전력 질주한다. 말하자면 건강에 대한, 혹은 이제는 웰니스라고 불리는 것을 탐닉하는 문화다.

세라, 피터, 그리고 그 애들의 딸들은 지중해 스타일의 주택에 살고 있다. 바닥은 테라코타, 벽들은 치장 회반죽 소재로 만들어진 집이다. 육중한 짙은 색 가구들을 보완해 주는 건 그들이 수집한 인상적인 흑백사진들이다. 벤은 사진에 대해서는 잘 모르지만 그 사진들을, 호르스트, 만 레이, 엘리엇 어윗, 샐리 만 같은 작가들의 작품을 열심히 들여다보았다. 어빙 펜의 유독 아름다운 사진 한 장은 벤이 전에 본 적이 있는, 혹은 꼭 본 적이 있는 것 같은 이미지다. 어떤 여자의 살집 좋은 허리 곡선을 찍은 사진인데, 여자의 허리에는 검은 점이 딱 하나 찍혀있다. 그 사진은 미미를 떠오르게 한다.

미미가 죽기 전, 미미를 조금씩 잃어가던 몇 년 동안 벤은 미미를 그리워했었다. 마치 미미가 부분 부분 지워지고 오직 자국들만, 흔적들만 남은 것 같았다. 하지만 미미는 그곳에 있었다. 그때 벤은 여전히 미미의 존재로 인해 안도감을 느낄 수 있었다. 그는 한 여자의 남편이었다. 지금의 벤 같은 사람을 가리키는 이름이 있다. 홀아비. 환자들의 병력을 기록해 온 그 세월 내내, 벤은 그 항목에 표시하는 환자들이 어떤 기분이었을지 한 번도 온전히는 이해해 본 적이 없었다.

세라의 집은 낮 동안에는 비어있다. 가사도우미가 왔다 가고, 정원사들과 수영장을 관리하는 남자가 드나든다. 돈. 벤이 자신의 두 아이 중 누구에 관해서도 걱정할 필요가 없는 한 가지가 있다면 그거다. 세라는 혼자 힘으로 놀랄 만큼 잘해왔다. 그 애의 최근 프로젝트인 쇼타임의 리미티드 시리즈는 어느 프랑스 작가의 논쟁적인 회고록을 각색한 작품인데 이제 막 골든글로브 세 개 부문 후보에 오른 참이다. 손님용 건물의 아래층에 있는 세라의 사무실 책장

한구석에는 그 애가 받은 상들이 숨겨져 있다. 모든 상 가운데서 가장 유명한 그 작은 조각상도 포함해서 말이다. 이제 중년에 들어선 데다 술도 끊고 나니, 세라는 옛날의 광적인 에너지보다는 조용한 단호함을 지니고 안정적으로 일에 몰두하게 되었다.

벤은 세라와 피터 사이에 정확히 무슨 일이 있었는지는 알지 못한다. 한동안 그 애들의 결혼 생활이 왜 그토록 긴장으로 가득 차고 껄끄러워 보였는지도. 사실, 벤은 알고 싶지 않다. 그가 나설 자리가 아닌 것이다. 손님용 건물 2층에서 지내고 있지 않았더라면, 벤은 고함 소리도, 문이 쾅 닫히는 소리도 듣지 못했을 것이다. 물론 벤에게도 짐작 가는 데는 있다. 피터는 더 이상 작가 조합에 회비를 내는 조합원이 아니다. 몇 년 전 그는 시나리오 쓰기를 그만두고 대학원에 입학했다. 올해 봄, 피터는 사회복지학 석사학위를 받은 다음 가족 심리상담 업무를 시작할 예정이다. 그 애들도 쉽지는 않았을 것이다. 세라의 남편에게 무관심했던 업계가 세라에게는 엄청난 성공을 안겨주었으니 말이다. 그 애들의 역할이 서로 반대였더라면 지금처럼 문제가 되지는 않았을지도 모른다. 물론 이건 대놓고 성차별적인 이야기지만, 그렇다고 해서 이 말이 조금이라도 사실이 아니게 되는 건 아니다.

하지만 벤은 그게 다가 아니라는 걸 안다. 그 애들의 문제는 미미가 세상을 떠나고 얼마 안 되어 세라가 한 달 동안 중독 치료 시설에 들어가서 지냈던 것과 관련이 있을 것이다. 세라가 로스앤젤레스에서 벤의 집으로 왔던 그날 밤, 쉬지 않고 울려대던 그 전화와도 관련이 있을 것이다. 너무나도 오래전의 그 끔찍했던 여름날 밤

과도, 벤과 미미, 테오와 세라 각자가 했던 선택들과도, 한 해 두 해 지나갈수록 그날 일어났던 일의 진실을 점점 더 깊숙한 곳으로 묻어버렸던 그 선택들과도 관련이 있을 것이다. 벤은 피터가 그 일에 관해 알고 있기는 한지 궁금해진다. 그렇지는 않을 것이다. 그들은, 그들 네 사람은, 그 사고와 그것이 남긴 여파에 관해 한마디도 하지 않았다. 벤의 혀끝에서 말들이 맴돌던 시간들이 있었다. 사고로부터 2년이 지나 그들이 아발론에서 사우스캐롤라이나까지 장거리 자동차 가족 여행을 떠났을 때, 벤은 하마터면 그 이야기를 꺼낼 뻔했다. 차 안이 그들만의 안전한 공간처럼, 바퀴 달린 고해실처럼 느껴졌던 것이다. 만약 벤이 그냥 우리 그 얘기 좀 해보는 게 어떻겠니? 하고 제안했더라면 무슨 일이 일어났을까? 그 말이 무슨 뜻인지에 관해서는 의문의 여지가 없었을 텐데.

하지만 그 말을 하는 대신, 벤은 모두가 같이 듣자고 동의했던 오디오북 카세트 하나를 밀어 넣었다. 내레이터가 읽어주는 톰 울프의 『허영의 불꽃』에 귀를 기울이는 일이 위험을 무릅쓰는 일보다는 쉬웠으니까. 하지만 정말이지, 그 위험이란 건 뭐였을까? 벤은 그것에 관해 지금껏 많은 생각을 했다. 그건 가만히 놔두면 그의 생각이 흘러가는 괴로운 장소다. 벤이 그것에 대해 최대한 이해한 바로는 이렇다. 그들은 두려움을 공유하고 있었다. 그날 밤 일어났던 일에 관해 이야기를 하면 그 말들이 하나의 완전한 서사를 만들어낼 테고, 그 서사는 그들 각자가 따로따로 품고 있던 조각난 부분들보다 끔찍할 거라는 두려움이었다. 하지만 침묵을 고수한 건 잘못이었는지도 모른다. 아니다. 침묵을 고수한 건 분명히 잘못이었다. 벤이 어딘가에서(PBS 다큐멘터리에서였나?) 들은 바에 따르면, 칼 융은 비밀이란 영혼의 독약이라고 말했다고 한다. 그 일이 주었던 느낌이 바로 그랬다. 독약. 그들 모두의 삶에, 특히 세라와 테오의 삶에 스며드는 독약. 맙소사, 그 애들은 그때 아직 어린아이들이었다.

테오 역시 적어도 돈에 관해서라면 괜찮을 것 같다. 그 애의 레스토랑들은 사람들로 꽉 차있고, 잘되고 있다. 세라가 언론에 보도된 내용 일부를 보여준 적이 있었다. 물론 테오라면 그런 건 절대 보여주지 않았을 것이다. 사진 속의 테오는 다소 수줍어하고 불편해하는 것처럼 보인다. 자신의 성공을 몸에 맞지 않는 옷처럼 걸치고 있다. 성공은 밤이 돼도 그 애의 몸과 마음을 따뜻하게 해주지 않을 것이다. 성공은 벤이 알기로 그의 아들 내면에 박혀있는 그 아픔을 없애주지도 않을 것이다. 사실 그 아픔을 더 악화시키고 있을지도 모른다. 테오의 얼굴에 떠올라 있는 표정은, 괴로워하면서 자기를 낮추는 그 표정은, 스스로가 그런 걸 누릴 자격이 없다고 명백하게 비명을 지르고 있으니 말이다. 벤은 테오가 매일 밤 가게를 닫아걸고 자기 로프트로 돌아가고 나면 어떻게 시간을 보내는지 궁금하다. 그 애는 특별한 여자친구가 있다는 이야기는 전혀 하지 않는다. 그게 주위에 사람이 아무도 없다는 뜻은 아니겠지만 말이다. 그런 삶은 분명 외로울 것이다.

하지만 다른 한편으로 테오는 최근 몇 년 들어 스스로를 좀 더 잘 돌보고 있는 것 같기도 하다. 아직도 덩치가 좀 있는 축에 들지만, 그 애는 이제 비만은 아니다. 그 애는 거의 날마다 운동을 한다고 벤에게 말해준다. 도시의 거리를 빠르게 걷는다고 한다. 벤의 머릿속에서는 어쩔 수 없이 차트 하나가 작성된다. 그가 환자를 위해 작성했을 법한, 위험 요소를 평가하는 차트다. 마흔네 살, 남성, 178센티미터, 86킬로그램. 유전적으로 테오는 몸 상태가 상당히 좋은 편인데, 심장 질환이나 암 관련 가족력이 전혀 없기 때문이다. 미미의 알츠하이머병이 있긴 하다. 벤은 그 병명이 이미 세라와 테오 둘 다의 머릿속에 끊임없이 떠오르고 있을 거라 확신한다. 하지만 그 병에 관해서는 할 수 있는 일이 없다. 그 애들이 DNA 검사 가운데 하나를 받아 유전자표지를 식별하고 싶어 하는 게 아니라면 말이다. 아마 그러지는 않겠지만, 만약 그 애들이 의견을 구한다면 벤은 검사는 받지 않는 게 좋겠다고 조언할 것이었다. 치료법도 없는 상황에서 알아봤자 무슨 소용이겠나?

벤은 종종 아발론을 떠올린다. 그곳은 벤이 떠나오기 한참 전부터 더 이상 그의 마을이 아니게 되어버렸지만 말이다. 그가 그곳에서 살았던 오랜 세월은 하나의 퇴적층 같고, 그 위에는 그 뒤로 여러 새로운 층들이 덮여 온 것 같다. 레이철 카슨은 (벤은 요즘 『침묵의 봄』을 읽고 있다) 퇴적물은 지구에 관한 일종의 서사시라고 쓴 적이 있다. 그렇다면 어떤 마을의 역사는 그 마을만의 작은 서사시일 것이다. 벤이 느끼기에 여전히 그를 끌어당기는 아발론의 힘이 딱 한 가지 있다면, 그건 그가 전에 살던 집이 아니라 길 건너편에 있던 집으로부터 나오는 힘일 것이다.

솅크먼 가족은 사정이 좋지 못하다. 그 집의 어머니인 앨리스는 병에 걸렸다. 그 소식을 처음 들었을 때 벤은 손으로 쓴 편지 한

통을 월도에게 보냈다. 그러자 월도가 곧바로 전화를 걸어왔다. 윌프 박사님? 부탁인데, 월도. 벤이라고 불러주렴. 그 애가 이제 열네 살이나 됐다니 믿어지지 않는다. 벤은 전에는 가끔씩 문자메시지만 보내다가 그 편지를 보내게 되었다. 월도와 벤은, 그렇게 불러도 된다면, 놀라운 우정을 나누고 있다. 벤은 그 우정을 어떻게 생각해야 할지 잘 모르겠다. 벤이 언젠가 듣기로 우리는 사람들과, 심지어 완전히 낯선 사람들과도 영혼이 서로 통하는 유대 관계를 맺을 수 있다고 했다. 그 생각은 지금껏 벤의 머릿속을 떠나지 않고 있다. 벤이 그 아이가 태어나는 걸 도와주었다는 건 무얼 뜻할까? 미미가 세상을 떠날 때 월도가 같이 있었다는 건 무얼 뜻할까? 그건 순전히, 그리고 단순히, 우연의 일치에 불과할까? 그런 우연의 일치 같은 게 존재하기는 할까? 가끔씩 벤은 그 참나무의 울퉁불퉁하게 비틀린 뿌리 사이에 자리 잡고 앉아 월도와 함께 보냈던 시간에 관해 생각한다. 그날 밤 조금 더 지나서, 미미는 아발론 힐스의 문틈으로 빠져나가게 된다. 그리고 그날 밤의 일 때문에, 벤 때문에 (얘, 꼬마야! 뭐 하고 있니? 그게 뭐니? 무슨, 게임 같은 거니?) 월도는 소지품들을 꾸려 집에서 도망쳐 나왔던 것이다. 어떻게인지는 몰라도 모든 것은 연결되어 있고, 벤이 어떻게 바라보아야 하는지 알기만 한다면 선으로 이어볼 수도 있을 것 같다.

월도의 목소리를 들은 벤은 깜짝 놀랐다. 변성기에 들어선 그 애의 목소리가 갈라진 데다 레코드판처럼 툭툭 끊기고 있어서였다. 월도의 새로운 목소리는 떨리고 있었다. 벤은 그 애가 울고 있다는 걸 깨달았다. 그 애를 이야기하게 만드는 건 별로 어렵지 않아서, 그저 다정한 질문 하나면 됐다. 벤은 그것이, 월도가 말들을 마구 쏟아내는 일이 얼마나 드문 일인지 알 길이 없었다. 월도가 그때까지 만난 다른 모든 어른에게는 말을 아예 못 하는 게 아닌가 싶을 만큼 조용했다는 것도. 저희 엄마가 점점 더 편찮아지고 계세요, 윌프 박······ 아니, 벤. 엄마가 정말로 편찮으세요. 벤은 쏟아지는 말들의 내용을 짜맞춰 보았다. 들어보니 난소암 같았다. 어쩌면 자궁암일지도 몰랐다. 양성(良性)은 아니었다. 마치 착한 종양이라는 게 있기라도 하다는 듯 사람들은 그렇게 말하는 걸 좋아하지만 말이다. 앨리스는 수술을 받은 뒤였다. 이제는 화학요법을 받고 있었다. 월도는 마치 별자리들의 라틴어 이름이라도 읊듯이 갖가지 약품명의 철자를 불러주었다. 그 애는 그것들을 휴대폰에 적어 저장해 두고 있었다. 목록을 만들고 있었다. 그것들이 전부 뭘 뜻하는지 벤이 말해주었으면 했던 것이다.

이제 월도는 매일같이 전화를 하거나 문자메시지를 보낸다. 벤은 무얼 하고 있다가도 월도의 연락이 오면 내려놓고 답한다. 그 애와 대화를 나누는 다른 사람은 아무도 없다는 게 분명해 보인다. 그 애의 어머니는 살아내려고 애를 쓰느라 너무도 바쁘고, 아버지는? 벤은 그 아버지를 애써 이해하는 척하지 않는다. 지금껏 살아오는 동안 벤은 수많은 감정 상태로 가득 차봤지만 만성적인 분노는 한 번도 경험해 본 적이 없었다. 그런데 미미가 세상을 떠난 날 아침에 그런 분노를 목격했다. 장난감 집 바깥에서 셍크먼이 테오에게 소리를 질렀을 때 그 소리를 들었다. 물론 그건 이해할 만했다. 그 남자는 월도에 관한 두려움 때문에 몹시 흥분해 있었으니까. 하지만 심지어 시바를 치르고 있던 그들의 집에 그 가족이 찾아왔을 때도 벤은 그 분노를 알아챌 수 있었다. 솅크먼은 몸의 외형 자체가 운명을 크게 좌우하고 있는 것처럼 보이는 사람인데, 그의 굵은 두 팔과 어깨, 짧은 목, 영영 찡그린 표정으로 굳어버린 것 같은 이마를 보면 특히 그렇다. 그 남자는 마치 무슨 찾기 힘든 행복으로 통하는 비결 같은 것이 상자 무더기들 뒤에 숨어있을지도 모른다는 듯 벤의 텅 빈 집 안을 계속 둘러보았다. 그 남자는 월도에게 무슨 말들을 하고 있었던 걸까? 화가 나있는 사람들은 이번에 그랬듯 삶에 예기치 못한 일이 생긴다고 해서 화를 덜 내지는 않는다. 벤은 그 집의 어머니가 가엾다. 그 집의 아이도.

* * *

외손녀들과 함께 부두 북쪽을 산책하고 나서 (이 산책은 그 애들이 허락해 주는 한 벤이 자주 하는 일이다) 벤은 '브렌트우드 컨트리 마트' 안마당에 있는 피크닉 테이블에 앉아있다. 이곳은 벤이 좋아하는 장소인데, 훌륭한 독립서점과 근사한 카페라는 완벽한 원투 펀치를 맛볼 수 있기 때문이다. 벤이 여기 꼭 어울리는 사람은 아니지만, 그는 단골손님이 되었다. 벤은 '레디 칙' 바비큐점과 장난감 가게 사이를 뛰어다니는 어린것들을 지켜보는 일이 즐겁다. 그 애들의 엄마들이나 아빠들의 얼굴은 종종 익숙한데, 벤은 그것 때문에 혼란을 느끼다가 그들이 텔레비전에 나오는 사람들이라는 사실을 깨달았다.

오늘, 벤은 디젤 서점의 시 코너를 훑어보다가 얇은 시집 한 권에 시선을 빼앗겼다. 에드워드 허시의 『야간 행렬』(*The Night Parade*). 어쩌면 표지 때문인지도 모르겠다. 그 시집의 표지에는 외투를 입고 기차역 플랫폼을 걷고 있는 한 여자의 어둡고 흐릿한 사진이 들어있다. 여자의 머리 위에는 불빛들로 이루어진 선이 마치 별들로 만들어진 화살표처럼 구름 덮인 밤하늘까지 뻗어있다. 여자가 카메라를 향해 다가오고 있는 건지, 카메라에서 멀어지고 있는 건지는 구별하기 어렵다. 벤은 시집을 훌훌 넘겨 본다. 작가 사진에 드러난 시인의 이목구비는 날카롭고, 두 눈에는 감정이 풍부하다. 옛날 클래슨 애비뉴에서 벤과 함께 스틱볼 게임을 했을 수도 있겠다는 생각이 드는 남자다. 벤이 젊은 시절에 알던 소년들, 브루클린에서 멀리 튀어 나가 구슬들처럼 흩어지며 각자의 삶 속으로 들어가 버린 그들에겐 무슨 일이 일어난 걸까? 가끔씩 이름 하나가 벤의 머릿속을 스친다. 그들 모두 이제는 노인이 다 됐을 것이다. 틀림없이 몇몇은 죽었을 테고.

소리들, 냄새들, 말들이 그에게 되돌아온다. 스틱볼을 할 때 빗자루 손잡이가 분홍색 고무공에 닿으며 나던 탁 하는 둔한 소리. 트럭이 맨홀 뚜껑 위를 지나갈 때 나던 쾅 하는 소리. 그의 두 손 안에 느껴지던 뜨거운 군밤이 가득 든 종이봉투의 감촉. 여름철에 열린 소화전에서 솟구쳐 나오던 물줄기. 벤의 어린 시절 친구들은 독일, 이탈리아, 아일랜드, 혹은 벤 자신의 부모님처럼 폴란드에서 온 이민자의 아들들이었다. 그 애들의 작은 집 주방에서는 양배추나 소시지나 서서히 끓고 있는 토마토소스 냄새가 났다. 베니! 현관 입구 계단에서 그를 부르던 어머니의 목소리. 저녁 먹어라! 모든 어머니가 자기 아이들의 이름을 불러댔지만, 벤의 귀에 닿는 건 그의 어머니의 목소리였다. 그 목소리는 지금도 그의 귀에 와닿는다. 그가 열심히 귀를 기울인다면 말이다.

벤은 카푸치노를 한 모금 마신다. 바리스타가 거품 속에 완벽하고도 깔끔하게 그려놓은 이파리 모양을 망가뜨리는 건 거의 신성모독에 가까운 일 같다. 테이블 위에서 벤의 휴대폰이 진동한다. 그는 방 안에서 혼자 하늘을 훑으며 별들에 새겨진 대답들을 찾는 월도의 모습을 상상해 본다.

"그래, 우리 월도구나." 벤이 말한다. "어떻게 지내는지 말해보렴."

세라

처음에 그건 부드러운, 보이지 않는 누비이불 같았다. 세라를 감싸고, 안전하고 따뜻한 느낌을 주고, 자연스럽고 자신감 넘치는 사람이 되게 해주는 이불. 몇 잔의 술은 어디에도 속할 수 없다는 느낌을 희석시켜 주었다. 그렇게나 쉬운 일이었다. 세라는 입담 좋고, 붕 떠있고, 용감하고, 웃긴 사람이 되었다. 술을 마시지 않았더라면 되는 방법을 몰랐을 그런 여자가 되었다. 그건 세라가 결국에는 벗어날 하나의 단계였는지도 모른다. 세라는 새롭고 좀 더 건강한 대응법을 배우게 되었을지도 모른다. 세라에겐 젊은 시절에 수없이 많은 무모한 일들을 하고는 이제 그 위업들을 웃으며 이야기하는 친구들이 있다. 그 친구들은 10대가 된 자기 자식들은 절대 똑같은 행동을 하지 않게끔 힘닿는 데까지 할 수 있는 일을 다한다. 그 친구들은 자기 때는 괜찮았지만 자기 아이들은 그러면 안 되는 갖가지 이유를 댄다. 요즘 약물들은 옛날보다 강력하다거나. 온라인에 흔적이 남으면 대학 입학이나 입사 지원을 할 때도 영향이 생기게될 거라거나. 하지만 진짜 이유는 이런 거다. 그들은 자기들이 그냥 운이 좋아서 살아남은 거라는 사실을 알고 있다. 어떤 차원에서든 간에 알고 있다. 그 코카인에는 펜타닐이 섞여있을 수도 있었다. 그들이 댄스플로어에서 했던 몰리*에는 메스암페타민이 들어있을 수도 있었다. 바에서 만났던 그 낯선 사람은 소시오패스일 수도 있었다.

시드니와 올리비아가 다니는 고등학교에서 엄마들의 대화는 종종 이 분야로 방향을 틀곤 한다. 세라는 보통은 다른 엄마들을 피하는 편이지만(그들 사이에 있는 스스로가 어울리지 않는다는 생각이 들어서다) 가끔 가다 한 번씩 학부모 공개 행사나 과학 박람회가 있다. 그럴 때면 언제나 극적인 사건 이야기가 조금씩은 나온다. 음주운전, 경찰에 의해 중단된 파티, 위세척을 받은 여학생 같은 이야기들이다. 목소리를 낮춘 채 나누는 그런 대화에 이끌려 들어가게 될 때면 세라는 다른 엄마들의 얼굴을 살펴본다. 세라가 중독 치료 시설에 있었다는 건 정확히 말해 공공연한 사실은 아니었

---

* 캡슐에 든 가루나 결정 형태의 엑스터시로 압착 알약 형태의 엑스터시에 비해 다른 약물과 혼합되어 있는 경우가 많다.

지만 꼭 비밀도 아니었다. 세라는 엄마들 중 한 명이 번개같이 자신을 쳐다보고는 시선을 피하는 걸 눈치채곤 한다. 부끄러움을 느끼지 않기란 힘든 일이었다. 세라는 통제력을 잃은 사람이었다. 거의 모든 것을 망가뜨릴 뻔했던 사람이었다. 딸들을, 남편을, 직업을, 세라 자신을.

세라가 술을 마시지 않은 지 이제 3년째다. 세라는 매일 모임에 나간다. 대부분 규모가 크고 사람이 많은, 방 뒤쪽 근처에 앉아 그저 듣기만 할 수 있는 모임이다. 세라가 눈에 띄거나 지목되지 않을 만한 곳. 알려지지 않을 만한 곳. 회복 과정 초기에, 세라는 도시 곳곳에서 하는 비공개 모임들에 초대받은 적이 있었다. 너무나도 서열 중심이라 박스오피스 동원력을 나타내는 A급이니 B급이니 하는 등급이 배우들에게 실제로 주어지는 업계에서, 그런 도시에서, 회복을 위한 비공개 모임들이 열리는 건 놀라운 일이 아니었다. 유명하면서 술을 끊었다는 사실도 널리 알려진 사람들은 자기 집 뒤뜰에서 모이는 걸 선호하는 경우가 많다. 세라는 그런 모임에도 한두 번쯤 나가 봤지만, 사람들의 시선이 의식되어 꼼짝할 수 없는 느낌이 들었다. 세라가 아는 얼굴들이 너무 많았다. 1990년대 말 세라가 제작했던 어느 프로그램에서 하차했던 남자 배우. 언젠가 생식 의학을 소재로 한 코미디를 공동으로 써서 세라에게 피칭을 했던 시나리오 작가 한 쌍. 세라의 작품에서 주연을 맡았던 배우가 인디펜던트 스피릿 어워즈에 후보로 오르자 그 배우에게 속이 비쳐 보이는 기괴한 드레스를 입게 했던 패션 디자이너.

그런 비공개 모임들은 규모가 작았기 때문에 모두가 자기 이야기를 해야 했다. 그게 규칙이었다. 그냥 구경만 할 수는 없었다. 하지만 입을 열고 안녕하세요, 저는 세라라고 하고 알코올의존증이 있어요라고 말할 때마다 세라는 맥박이 마구 빨라졌다. 자신에 관해 어떻게 이야기를 해야 할지 알 수가 없어서다. 세라는 다른 사람들의 이야기를 하는 일에는 아주, 아주 능숙한 사람이다. 프로듀서로서도 인물과 그의 동기에 관해서라면 유독 시나리오를 잘 읽어내는 사람으로 알려져 있다. 극의 구조를 만드는 감각도 뛰어나다. 하지만 모임에서 자기 이야기를 하려고 하면 두 뺨이 붉어지고 말을 더듬게 된다. 삶 전체가 한꺼번에 밀려드는 기분이라 어디서부터 이야기를 시작해야 할지 모르게 되어버린다.

오늘 세라는 늦은 오후에 열리는, 정기적으로 참석하는 모임에 나와 있다. 세라의 일과 가정생활 사이에 다리 역할을 해주는 모임이다. 세라는 다 타버린 맛이 나는 커피가 든 종이컵을 움켜쥐고 금속 접의자에 자리를 잡고 앉아서는, 아무도 말을 걸어오지 않도록 트위터 피드를 스크롤한다. 세라에게는 일요일 저녁이면 꼬박꼬박 전화를 걸어 보고를 하는 조력자가 있다. 세라를 어머니처럼 따뜻하게 대해줘서 눈시울이 뜨거워지게 만드는 나이 든 여성이다. 조력자는 세라에게 타인들을 향해 좀 더 손을 내밀어 보라고, 좀 더 적극적으로 공동체 활동에 참여해 보라고 지금껏 다정하게 제안해 왔다. 그래야 한다는 건 세라도 안다. 하지만 여러 해가 지나갔음에도 세라는 계속 구경꾼으로만 남아있다. 난 술을 마시지 않고 있잖아, 중요한 건 그거 아니야? 세라는 스스로에게 그렇게 되뇐다.

하지만 문제는 그 모든 게 점점 더 힘들어진다는 거다. 세라는 맑은 정신이라는 것의 가치가 혹시 과대평가된 건 아닌지 궁금해지기 시작했다. 육체적으로는 나아진 기분이다. 매일같이 숙취로 멍해지는 일 없이 바라보는 새벽녘의 분홍빛은 경이로웠다. 아침 일찍 집 밖에 나가 앉아 가족들을, 그들과 함께 있다는 게 얼마나 운 좋은 일인지를 떠올릴 때면 아주 작은 감사의 마음이 깜빡이는 게 느껴지기까지 한다. 아버지가 세라의 가족과 함께 살게 된 건 뜻밖의 선물이기도 하다. 세라의 딸들이 벤과 맺고 있는 관계는 상황이 달라져 벤이 서쪽으로 오게 되지 않았더라면 불가능했을 것이다. 세라가 그렇게 가증스러운 배신을 했는데도 피터가 곁에 머물러준 것 역시 기적이나 다름없는 일이다. 세라는 이 모든 걸 알고 있다……. 머리로는 알고 있지만, 가슴으로는 느껴지지 않는다. 다른 사람들이 느끼는 것처럼은 아닌 것 같다.

방 앞쪽으로 나온 한 남자는 계속 자기 이야기를 하고 있었던 모양이다. 세라는 자기가 그 남자의 말을 한마디도 듣지 않고 있었다는 걸 깨닫는다. 남자는 흑인이고 50대쯤 돼 보인다. 술꾼이었다가 술을 끊은 사람들은 나이를 짐작하기 어렵다. 남자는 그냥 실제 나이보다 10년쯤 더 들어 보이는 것일 수도 있다. 그는 대머리에, 여윈 몸에는 칼라가 달린 셔츠와 블레이저, 그리고 청바지를 걸치고 있다. 방 안은 사람들로 가득 차있고(200명까지 수용할 수 있는 공간이다) 남자는 마이크를 손에 들고 말하고 있다.

"그 일은 제가 취해있었기 때문에 일어났습니다." 그는 말한다. "그리고 저는 살아있는 동안 매일매일 그 사실을 받아들이며 살아가야 하죠."

방 여기저기서 사람들이 눈물을 닦아내고 있다. 세라는 자리에 앉은 채 앞으로 몸을 기울인다. 무슨 일이 일어났는데? 저 사람이 살아있는 동안 매일매일 받아들이며 살아야 하는 일이 뭔데?

남자가 다음에 하는 말들은 마치 실제로 후려치는 것 같은 힘으로 세라를 강타한다. "20년이 지났습니다." 남자의 목소리는 떨리지만, 그는 어떤 내면의 존엄 같은 것을 유지하고 있다. 그가 무슨 이야기를 하든 그 이야기가 그를 무너뜨리지는 못할 것 같다. "조이가 물에 빠져 목숨을 잃은 뒤로요. 제 아들이요. 제가 그 애를 보고 있을 때였습니다."

세라는 처음으로 조금 더 앞쪽에 앉았더라면 좋았겠다는 생각이 든다. 세라의 내면에 있던 무언가가 갑자기 예민하게 깨어난다. 이 잘생긴 남자는 어떻게 수백 명이나 되는 사람들 앞에 앉아서 이 끔찍한 사실을 이야기할 수 있는 걸까? 술에 취해 일어났던 엄청난 일에 관한 이야기라면 세라도 많이 들어봤지만, 이런 이야기는 들어본 적이 없었다. 이런 건 처음이었다. 남자의 아들은 세 살이었다고 했다. 그들은 또 다른 가족과 함께 휴가를 간 참이었다. 남자는 술을 가져오려고 오두막집 안으로 들어갔다. 그는 몹시 고통스럽지만 꼭 필요한 세부 사항을 넣어 자기 이야기를 한다. 그건 고백을 넘어서는 어떤 것이다. 하나의 증언에 가깝다. 그 이야기를 한다고 해서 조이가 돌아올 수는 없을 것이다. 그 이야기를 한다고 해서 그의 고통이 사라지지는 않을 것이다. 하지만 어딘가가 고장 나있는 사람들로 가득한 이런 방에 앉아 그 이야기를 하면서 남자는 스스로의 목숨을 몇 번이고 몇 번이고 구하고 있을 것이다.

"우리는 우리가 품고 있는 비밀들만큼만 병들어 있는 거죠." 남자는 말한다. 그건 프로그램의 금언 중 하나다. 세라는 그 말을 천 번쯤은 들어봤을 것이다. 지금껏 그 말은 세라에게 아무 의미도 없는 말이었다. 아무 흔적도 남기지 않고 머릿속을 미끄러져 가는 하나의 구절에 불과했다. 면밀하고도 두려움 없는 도덕적 성찰 목록이라거나. 우리가 피해를 끼쳤던 모든 사람들의 명단을 만들었고 그들 모두에게 기꺼이 보상을 하고픈 마음을 갖게 되었습니다 같은 말처럼. 세라는 지금까지는 이런 말들 중 어떤 것도 자신에게는 적용되지 않는다고 어찌어찌 용케 믿어왔다. 하지만 지금, 세라는 그 말들 전부가 자신에게도 적용된다는 걸 깊이, 그리고 반박의 여지 없이 실감하는 중이다. 세라가 세라의 비밀들만큼만 병들어 있다는 게 정말이라면, 세라는 사실 대단히 병들어 있다는 뜻이 된다. 세라는 오래전의 그 여름밤 이야기를 다른 사람에게 해본 적이 단 한 번도 없었다. 심지어 바움 박사에게도, 건강보험 이동성 및 책임에 관한 법률로 보호받는 그의 상담실에서 은밀하게 이야기해 본 적도 없었다.

* * *

세라가 어른이 된 이후로 줄곧 1년에 몇 번씩 해온 일이 있다. 미스터 지머먼의 부모 두 명을 각각 검색해 보는 일이다. 그들은 이제 노인이 다 됐다. 사고가 나고 1년쯤 뒤, 미스터의 아버지는 아이 둘이 있는 여자와 재혼을 했다. 그들은 야자나무들이 있는 어딘가에서 산다. 세라는 여러 해에 걸쳐 그들의 페이스북을 계속 지켜보았다. 그들의 아이들은 계속 자라나 자신들의 아이들을 낳았고, 그들에겐 손주들이 생겼고, 골든리트리버 새끼들은 위풍당당한 노견들이 되었으며, 풍선으로 된 집 모양의 놀이기구는 여름 캠프와 고등학교 졸업식과 조개구이 파티에 자리를 내주었다. 세라는 미스티 아버지의 얼굴을 자세히 들여다보며 그가 내밀하게 품고 있을 게 틀림없는 비통함의 흔적들을 찾곤 한다.

미스티 어머니의 삶은 추적하기가 좀 더 어렵다. 미스티의 어머니는 페이스북을 하지 않지만, 공개된 기록에 의하면 조지아주에 살고 있고 (그 사람이 정말로 그 루스 지머먼이 맞다면 말이다) 주소는 어떤 노인 요양 시설로 되어있다. 한번은 부동산 회사 웹사이트의 사진이 검색된 적이 있었다. 미스티의 어머니가 어느 시점에선가 주택 거래를 중개하는 일을 했던 것이다. 빨간색 블레이저를 입고 전문가다운 미소를 억지로 지어 보이며 사진에 찍혀있었다. 세라는 두툼한 눈꺼풀에 반쯤 가려진 그 여자의 두 눈 속에서, 양쪽 입꼬리에서부터 내려오며 패어있는 깊은 주름들 속에서 미스티의 흔적들을 찾아보았다. 하지만 어떤 다른 방식으로 나이를 먹었다 한들 미스티의 어머니가 하나뿐인 자식을 잃었다는 사실은 얼굴에 드러나있다. 이 사람은 아무것도 남은 게 없는 여자라고 말한다 한들, 한 장의 사진만으로 너무 많은 결론을 내리는 일이 되지는 않을 것 같다.

방이 선명해졌다가 흐릿해진다. 마치 누군가가 방의 양쪽을 풀무처럼 눌러대는 것 같다. 세라의 양쪽 귀가 윙윙 울린다. 숨을 쉬기가 힘들다. 방 앞쪽에 있는 남자가 세라를 가리키고 있다. 세라가 고개를 들자 허공으로 들려있는 자신의 손이 보인다. 한 줄기 전율이 몸을 뚫고 지나간다. 앞으로 여러 해 동안, 세라는 이 순간을 놀라워하게 될 것이다. 자신의 손이 스스로의 의지로 올라간 것처럼 보였다는 사실에 충격을 받을 것이다. 세라가 앞으로 방법을 배워 자신의 이야기를 (동생에게, 아버지에게, 남편에게, 딸들에게, 정신과 의사에게) 하게 될 때면 출발점이 되는 것도 바로 이 순간일 것이다. 네, 거기요. 뒤쪽 근처에 검은 스웨터 입고 계신 여자분. 말씀해 주세요. 누군가가 마이크를 건네준다. 세라는 정신을 잃을 것 같은 기분이지만, 설령 정신을 잃는다 해도 괜찮다. 최악의 일은 이미 일어난 뒤다. 세라는 바다 맨 밑바닥에 있다. 해야 하는 일은 딱 하나다. 세라는 자신에게는 보이지 않는 빛을 향해 있는 힘껏 몸을 던진다.

"안녕하세요, 저는 세라라고 해요." 세라는 말한다. 세라의 목소리는 내면에 있는 어떤 작고 단단한 장소로부터 흘러나오고 있다. 그것을 감싸고 있던 캡슐 같은 껍데기를 세라는 이제 막 깨뜨려 열어젖힌 참이다. "저는 알코올의존증이 있어요." 세라는 그 말들을 간신히 내뱉는다. "옛날에, 오래전에, 한 소녀가 죽었습니다. 그건 제 잘못이었습니다."

월도

어머니는 말해주지 않지만 그럼에도 월도는 알고 있다. 부모님들은 지금껏 월도가 목격하지 못한 자신들의 어떤 부분이 있다고 정말로 생각하는 걸까? 월도는 부모님의 모든 행동을 지켜봐 왔다. 아빠가 손가락 두 개를 오른쪽 관자놀이에 갖다댈 때면 평정심을 유지하려고 애를 쓰고 있는 것이고, 엄마가 화이트 와인을 세 잔째 따를 때면 슬퍼서 그러는 것임을 월도는 알고 있다. 부모님이 뉴욕에서 어떤 사람들과 약속이 있을 때면 월도는 그걸 알아볼 수 있다. 그들은 월도에게 질문들을 하고 월도가 한 대답들을 차트에 적어 넣는 사람들이다. 그런 약속이 끝나고 집에 돌아올 때면 부모님의 두 눈은 온화하게 빛나고, 아빠는 월도를 평소보다 다정하게 대해준다. 적어도 하루나 이틀 동안은 그렇다. 월도는 부모님이 속삭이듯 주고받는 대화를 지금껏 내내 들어왔다. 오랫동안 그 대화들은 월도에 관한 것이었다. (지금도 가끔씩은 그렇다. 부모님이 제일 좋아하는 대화 주제는 월도다.) 그다음에는, 부모님은 돈에 관해 말싸움을 했다. 하지만 지금, 그의 부모님은 자궁 내 종괴, 자궁절제술, 림프절 생검, 화학요법 같은 처음 들어보는 언어를 속삭이고 있다.

월도는 단정하게 접힌 월프 박사님의 편지를 일식 사진 우표가 붙은 봉투에 넣어 책상 맨 위 서랍에 보관하고 있다. 소문은 아발론에서 로스앤젤레스까지 퍼졌다. 사람들은 월도의 어머니가 아프다는 걸 알고 있다. 이웃들도 아마 알고 있을 것이다. 하지만 월도에게는 지금껏 아무도 아무 말도 하지 않았다. 월프 박사님이 말해줄 때까지는. 월도의 부모님이 월도에게 그 사실을 말하지 않기로 했을 수도 있다는 생각은 월프 박사님에게는 아예 떠오르지도 않았을 것이다. 그 생각을 할 때면 월도는 코끝과 양쪽 귀 위쪽이 빨개진다. 월도는 이제 열네 살이나 됐다! 부모님은 왜 월도에게 그 사실을 비밀로 하고 있는 걸까? 그런 행동은 불법이라거나 뭐 그래야 하지 않나.

너희 어머니는 굉장히 용감한 분이란다. 월도는 주방 바닥에 누워 자신을 낳고 있을 어머니를 떠올린다. 그 생각을 하고 싶지는 않지만, 아무튼 가끔씩은 생각이 난다. 월도의 아빠는 강한 척하기를 좋아하지만, 실제로 강한 건 엄마 쪽이다. 괜찮아질 거야. 그러길 바란다. 월프 부인과 함께 보낸 시간 이후로 줄곧, 월도의 눈에는 어떤 것들인가가 보이는 것 같다. 월도는 뉴욕의 의사들에게 이 이야기는 꺼내지 않는다. 그 의사들은 월도가 미쳤다는 증거를 찾고 있고, 이건 거기에 딱 맞는 이야기일지도 모르니 말이다.

게다가 이 이야기를 어떻게 해야 할지도 사실은 잘 모르겠다. 월프 부인은 숨이 끊어지고 나자 더 이상 육체 속에 있지 않게 되었다. 부인의 육체는 버려진 곤충 껍질처럼 그저 하나의 사물이 되었다. 하지만 부인은 사라진 게 아니었다. 벗어난 거였다. 그 장난감집의 벽들 안에는 일종의 에너지장 같은 게 있어서, 월도가 손을 뻗으면 거의 만질 수도 있을 것 같았다. 아니, 그 이상이었다. 마치 월도와 월프 부인이 그 에너지장에 둘러싸여 있는 것 같았다. 정확히 말하자면 시간이 멈춘 것 같지는 않았고, 그보다는 시간이 확장되는 느낌이었다. 그들 두 사람이 그동안 일어난 적 있는 모든 일과 앞으로 일어나게 될 모든 일의 일부가 된 것처럼 느껴졌다. 부인은 결코 정말로는 사라지지 않을 것이었다.

이 새로운 지식은(이것은 지식처럼 느껴졌다) 마치 어떤 강력한 힘처럼 월도의 머릿속에 계속 남아있었다. 만약 우리가 죽음의 순간에 그저 사라져 버리는 게 아니라면, 두려워할 것은 아무것도 없다, 그렇지 않은가? 월도의 눈에 보이는 그것들은…… 뭐라고 불러야 할지 모르겠는데…… 정확히 말하자면 영혼들도 존재들도 아니고, 간신히 보이는 어떤 그물 같은 것이다. 마치 햇빛을 받아 반짝이는 복잡한 거미줄 같다. 그 반짝이는 가닥들은 별자리 같은 패턴을 만들어낸다. 하지만 지금, 월도는 시험에 드는 중이다. 월도는 엄마와 더 많은 시간을 함께 보내고 싶다. 한참 더 많은 시간을. 월도는 엄마가 반짝이는 가닥이, 보이지 않는 패턴의 일부가 되어버리지 않았으면 좋겠다. 그런 건 싫다. 월도는 엄마가 고등학교 졸업식에 와주었으면 좋겠다. 대학교에도 데려다주었으면 좋겠다. 차 안에서 엄마와 매일같이 나누는 대화가 끝나지 않고 계속되었으면 좋겠다.

월도는 자제할 수가 없다. 그동안 적어두었던 몇몇 단어를 구글에서 검색해 본다. 월도가 안전하게 자기 방 안에 있다는 생각이 들 때면 부모님이 나누던 말들이다. 자궁내막암. 2형. 이 말들 전부를 검색엔진에 치자 곧바로 5년 생존율이 여러 개 적힌 목록이 뜬다. 맨 처음에 보이는 건 '70퍼센트'다. 그렇게 나쁘지는 않다. 학교에서도 그 정도면 합격점이다. 하지만 아니다. 그건 월도의 엄마가 걸린 암이 아니라 어떤 다른 암의 생존율이다. 월도의 위장이 갑자기 요동친다. 엄마는 생존할 가능성이 30퍼센트밖에 되지 않는다.

월도는 노트북 컴퓨터를 닫고 창밖을 빤히 내다본다. 나뭇잎들은 대부분 물들어 땅을 뒤덮고 있다. 길 건너편에 있는 집은 벽널이 갈아 끼워지고 새하얀 페인트가 칠해져 있다. 나무로 된 낡은 지붕 널도 새것으로 교체되었다. 그 집에는 일곱 살짜리 남자아이와 다섯 살짜리 여자아이가 사는데, 월도는 몇 번인가 그 집 어머니를 도와 그 애들을 봐주는 일을 한 적이 있다. 어린아이들과 아주 잘 지내는 것도 아니고, 그 애들과 어떻게 이야기를 해야 하는지도 사실은 잘 모르지만 말이다.

월도가 전에 그 집 안에 유일하게 들어가 본 건 월프 부인이 세상을 떠나고 나서 부모님과 함께 찾아갔을 때였다. 월도는 그 사실이 낯설게 느껴진다. 그때 그 집은 어둑하고 먼지투성이였고, 벽을 따라 상자들이 줄줄이 늘어서 있었고, 가구들에는 시트가 덮여있었다. 케이터링 업자들이 방문객들을 위한 접이식 테이블과 의자들을 가져다 놓은 뒤였다. 지금, 그 집의 나무로 된 바닥은 모래색이고, 월도가 기억하기로 벽이 있었던 곳은 훤히 트인 공간으로 변해있다. 가족이 공동으로 쓰는 방 한가운데에는 푸른색과 흰색의 거대한 소파가 보트처럼 떠있다. 월도는 그 집 아이들에게 거대한 평면 스크린으로 다큐멘터리 〈코스모스: 시공간 오디세이〉를 보여주려 했지만 그 애들은 칼 세이건을 좋아하지 않았다. 그때가 월도가 아이 돌보는 일을 마지막으로 부탁받은 때였다.

30퍼센트. 월도는 월프 박사님의 전화번호를 휴대폰에 즐겨찾는 번호로 저장해 두었다. 전화를 할 때마다 월도는 월프 박사님이 전화를 받지 않을까 봐 두렵다. 지금껏 다른 모든 사람이 그래왔듯 월프 박사님 역시 자신을 싫어하게 될까 봐 두렵다. 월도는 헤드폰을 쓴다. 귀가 덮이는 커다란 헤드폰을 쓰는 건 스스로 완전해졌다고 느끼는 데 도움이 돼서다. 벨이 두 번째로 울렸을 때 월프 박사님이 전화를 받는다. 월도는 그를 벤이라고 불러야 한다는 걸 알고 있고, 그래서 그렇게 한다. 그래, 우리 월도구나. 어떻게 지내는지 말해보렴. 그러자 말들이 마구 쏟아지기 시작한다. 저희 엄마가 많이 편찮으세요. 이제 머리칼이 다 빠지셔서 가발을 쓰고 계세요. 마치 제가 알아차리면 안 되는 것처럼 말이에요. 어떤 날이면 엄마는 침대에서 나오시지를 못하고, 저한테 얘기해 주는 사람은 아무도 없고, 부모님은 계속 아닌 척만 하세요. 마치 월도 셍크먼의 마음속에 잠긴 상자 하나가 있고, 그 상자 안에서는 말들이 만들어지기 전에 죽어버려서 우주 먼지의 입자들에 불과해지곤 하는데, 그 상자의 열쇠를 가지고 있는 사람이 벤인 것만 같다.

월도는 두 눈을 질끈 감고 월프 박사님의 목소리에 귀를 기울인다. 귀에 들어오는 건 그가 말하는 내용보다는 말하는 방식이다. 월프 박사님은 확신을 담아, 그리고…… 이렇게 말해도 될까? 사랑을 담아 말한다. 월도는 자신이 거의 알지도 못하는, 그저 한 줌의 시간들을 같이 보냈을 뿐인 이 노인의 목소리에서 사랑을 전해 듣는다. 월도가 별자리들을 그리며 밤하늘을 더듬을 때면, 안드로메다자리, 공기펌프자리, 극락조자리, 물병자리, 독수리자리, 제단자리, 양자리, 마차부자리…… 마치 음악가가 자기가 아는 음악 한 곡을 몇 번이고 거듭해 손가락뼈에 새겨질 때까지 연습하듯 그렇게 할 때면 찾아오는 느낌이 있다. 월프 박사님은 그 느낌을 떠오르게 해주는 사람이다. 저 바깥에는 언제나 발견되지 않은 새로운 무언가가 있다. 월도의 눈에는 보이지 않는다 해도. 특히 월도의 눈에 보이지 않을 때 그렇다.

월도가 월프 박사님에게 작별 인사를 할 무렵에는 땅거미가 지고 있다. 방에서, 집에서 조금 나가 있어야겠다는 생각이 든다. 월도가 있고 싶은 장소는 딱 한 군데다. 나간다고 부모님에게 알릴 필요는 없다. 월도는 이제 열한 살로 향해 가는 열 살짜리가 아니다. 이제 그는 10대다. 월도는 아이패드를 들고 현관문을 빠져나온 다음 등 뒤로 조용히 문을 닫는다. 그러고는 디비전 스트리트를 건너간다. 핼러윈이 막 지난 지금, 바깥은 쌀쌀하고, 마술나무 아래쪽 가지들에는 호박색 조명들과 오렌지색과 검은색의 반짝이 조각들이 한동안 걸려있었다. 여름에 핀 마지막 들꽃들은 이제 그저 황갈색으로 얽혀있는 잡초들로 변해버렸다.

월도는 마술나무를 한 바퀴 돌며 거친 나무껍질을 손으로 쓸어본다. 손에 손을 잡고 나무줄기를 빙 둘러 끝까지 감싸려면 월도 같은 아이가 다섯 명은, 어쩌면 그보다도 많이 있어야 할 것 같다. 월도는 나머지 부분들과는 감촉이 다른, 더 반들반들하고 색깔이 짙은 한 지점에서 멈춰 선 다음 손바닥을 거기에 올려놓는다. 이런 부분을 가리키는 용어가 있다. 손상유합재. 월도는 그 단어를 알지 못하지만, 그럼에도 그 단어는 월도의 몸속을 흐르는 전류처럼 느껴진다. 그 부분의 나무껍질은 전보다 단단해져 있다. 아문 상처 위에 흉터가 앉은 것이다. 월도는 땅에서 솟아난 두 개의 팔처럼 보이는 나무뿌리 사이에, 단단하고 차가운 땅바닥에 앉는다.

나쁜 생각들이란 게 어떤 건데?

아, 아시잖아요.

아니, 모르겠는데. 말해주렴.

뭐, 죽고 싶다거나 그런 거요.

월도는 고개를 뒤로 젖힌다. 아이패드가 무릎 위에 있지만, 월도는 거기에 손을 대지 않는다. 아직은 아니다. 나무 안쪽에 생명이 깃들어 있다. 무언가. 누군가. 어떤 소녀다. 그 소녀의 에너지장이 월도 주위를 온통 감싸고 있다. 아주 가느다란, 거미줄 같은 가닥들이 그들을 한데 엮어놓고 있다. 소녀는 월도와 비슷한 나이대지만, 모든 나이대로 동시에 존재한다. 갓 태어난 아기이고, 성인이 된 여자이고, 쭈글쭈글 늙은 노파다. 가닥들이 어른어른 빛나며 춤을 춘다. 월도는 전에 사진 한 장을 본 적이 있다. 나무 안쪽의 나이테와 사람의 지문 패턴을 비교하는 사진이었다. 두 장의 이미지는 거의 똑같아 보였다. 경계를 구분하기가 어려웠다. 마술나무 안에 있는 이 여자아이는 누굴까? 여기서 목숨을 잃은 아이다, 월도는 깨닫는다. 나무에 난 저 상처와, 흉터와 관계가 있다. 이 아이는 내내 여기서 이 동네의 주인 노릇을 해온 걸까? 길 건너편에서 월도가 자라나는 것도 지켜봤을까?

하늘은 거의 깜깜해져 있다. 월도의 머리 위로 저녁의 첫 번째 별들이 뜬다. 위층 손님방에 불이 켜진다. 이제 월도의 어머니가 대부분의 시간을 보내는 방이다. 30퍼센트. 월도는 그림자 하나가 창문을 가로질러 가는 걸 지켜보고는 깨닫는다. 엄마는 세상을 떠날 것이다. 오늘은 아니고, 내일도 아니지만, 오래지 않아 엄마는 세상을 떠날 것이다. 엄마는 월도의 고등학교 졸업식에 참석하지 못할 것이다. 월도를 대학교 앞에서 내려주지도 못할 것이다. 월도 곁에서 월도가 얼마나 특별한 아이인지 말해주고, 멋진 일들이 일어날 테니 기다리라고, 그냥 조금만 기다려보라고 말해주지도 못할 것이다. 월도는 두 팔로 자기 몸을 감싸안는다. 엄마가 돌아가시고 나면, 월도는 엄마가 어디 계신지 어떻게 알 수 있을까? 저 여자아이에게 물어볼 수 있었으면 좋겠다고 월도는 생각한다. 소녀는 가닥들을 사방으로 드리우고 있다. 전자기파처럼, 적외선 광자들처럼, 오직 어둠 속에서만 보이는 환한 빛줄기들처럼. 파장들은 길어지고 또 길어진다. 그러다가 갑자기, 월도는 깨닫는다. 소녀는 더 멀리까지 손을 뻗어가는 중이다. 디비전 스트리트 너머로, 아발론을 지나, 고속도로들과 육교들과 도시들과 농지를 가로질러서. 소녀의 손길을 느끼는 몇몇 사람들이 있을 것이다. 등뼈를 타고 올라오는 한 줄기 한기로, 허공에서 느껴지는 감촉으로, 기억 속에 떠오르는 한 편의 시로. 비록 그 느낌의 정체를 정확히 알지는 못한다 하더라도.

2020년 7월 2일

솅크먼

새러소타 번화가에 있는 그의 콘도에서 조금만 걸으면 홀푸드가 나온다. 그게 그 집의 이점이었다. 솅크먼은 꼭 그래야 하는 게 아니면 차에 타고 싶지 않다. 그는 자신이 아발론에서 뉴욕으로 통근하는 데 쓴 시간을 계산해 본다. 가는 데, 오는 데 각각 45분씩(막히지 않을 때). 하루에 최소한 90분. 일주일에 그렇게 5일 하면 450분이다. 1년에 50주를 일한다고 치면(그는 1년에 다 합쳐 2주 이상 휴가를 써본 적이 한 번도 없다) 1년에 통근하는 시간의 총합은 2만 2500분이다. 그걸 20년 동안 해왔다. 솅크먼은 그 시간들을 돌려받고 싶다. 시간을 쭉 뒤로 돌려 시작된 곳으로……. 음, 그게 문제다. 어디서부터 시작해야 할까?

그는 경영대학원의 마지막 해에 앨리스를 만났다. 그건 일종의 소개팅, 소개팅처럼 보이지 않게 꾸며진 그런 소개팅 중의 하나였다. 두 사람을 함께 아는 친구들이 그들을 같은 저녁 식사 모임에 초대했다. 솅크먼과 앨리스를 빼놓고는 모두가 커플이었고, 그들 두 사람은 옆자리에 나란히 앉았다. 은근슬쩍 밀고 당기며 눈빛을 주고받았다. 그들은 관련된 세부 사항 또한 미리 전달받은 뒤였다. 솅크먼이 알기로 앨리스는 뉴욕대학교 법학과 3학년생이었고, 포레스트힐스에서 자랐으며, 아버지는 치과 의사였다. 예전에 진지하게 사귀었던 남자친구가 한 명 있긴 했지만 한동안 싱글로 지내고 있었다. 앨리스는 솅크먼에 대해 무엇을 알고 있었을까? 솅크먼의 스펙은 서류상으로 꽤 괜찮아 보였다. 뉴햄프셔대학교에서 조정을 했었고, 뉴욕대학교 스턴 경영대학원에서 공부를 마쳐가고 있었으며, 이미 리먼 브라더스에 취직이 결정된 상태였다. 그런 만남의 작동 원리처럼 보이는 게 있다면 이런 것이었다. 멋지게 줄 세워진 이력서와 배경과 가문의 내력. 마치 평생의 동반자를 고르는 데 가장 좋은 방법은 공통되는 기반을 확인하는 것이라는 듯.

솅크먼은 그런 종류의 일이 지금도 일어나기는 하는지 궁금해진다. 친구들이 주선해 주는 만남 말이다. 글쎄, 그런 일은 1년 내내 똥통 같은 이곳에서는 일어나지 않는 게 확실하다. 그건 그렇고, 만약 그가 그 저녁 식사 모임에 나가지 않았더라면 어떻게 됐을까? 그 예쁜 법학도를 만나지 않았더라면? 인생은 우리가 가끔씩 뉴스에서 읽어 알게 되는 고속도로에서의 대형 충돌 사고처럼 그저 차곡차곡 쌓이는 우연들의 연속이다. 연결 부위가 잘못 꺾인 견인 트레일러 한 대가 안개 속에 서있나 싶었는데 다음 순간엔 차량 스물일곱 대의 연쇄 충돌이 일어나 있는 것이다. 만약 앨리스와 결혼하지 않았더라면, 솅크먼은 지금 홀아비가 되어 마스크를 쓰고 새러소타의 메인 스트리트를 따라 걷고 있지 않았을 것이다. 그랬더라면 전혀 다른 삶을 살았을 것이다. 전혀 다른 이야기를. 다른 아내와. 다른 교외 지역에서. 다른 아이와, 혹은 두 명이나 세 명의 다른 아이들과.

무엇보다, 그랬더라면 월도는 없었을 것이다. 솅크먼 안에서 무언가가, 어떤 오래되고 익숙한 충동이, 분노와 회한과 후회를 향해 힘껏 늘어나다가 그냥 돌아온다. 솅크먼은 자신의 인생에 쌓여 온 일들을 후회할 수가 없다. 월도를 낳은 건 그가 지금껏 한 일 중에 가장 잘한 일이었다. 그 공을 자신에게 돌릴 여지는 별로 많지 않지만 말이다. 그래도 아이의 이름은 지었다. 솅크먼은 자기 아들의 이름은 지어주었다. 그건 아무것도 아닌 게 아니다. 벤저민 윌프가 탯줄로 된 올가미에서 아기의 그 조그맣고 연약한 목을 빼내 주었을 때, 그가 앨리스의 배 위에 그 애를 올려놓았을 때 (꼬마 친구가 살짝 도움이 필요했네요) 빨간 얼굴과 미끈거리는 몸을 한 그 2.7킬로그램짜리 덩어리와 솅크먼 사이의 무언가는 이미 완전히 형성되어 있었다. 솅크먼은 그저 그걸 망치지 않기만 하면 됐다.

하지만 당연하게도 그는 그걸 망쳐버렸다. 솅크먼은 인생에서 나중에 바로잡을 방도가 없는 몇 안 되는 것들 중 한 가지를 멋지게 망쳐버렸다. 그는 형편없는 아빠였다. 그가 다른 아이의 아빠였더라도 그렇게 형편없었을까? 아니면 그건 월도와 그 사이의 공감대, 애초부터 망해버릴 운명이었던 그 공감대에 있던 어떤 문제 때문이었을까? 솅크먼은 월도를 있는 그대로 받아들이기보다는 자신이 원하는 종류의 아들로 바꿔놓으려고 애를 썼었다. 그는 남편으로서는 그보다 아주 조금은 더 잘 해냈지만, 의심할 여지 없이 앨리스는 그보다 더 나은 남자를 만났어야 했다.

솅크먼이 바로잡은 게 한 가지 있기는 했다. 앨리스가 진단을

341

받았을 때, 병에 걸렸을 때, 그는 모든 것을 쏟아부었다. 그는 당시의 용어로 '돌봄 제공자'였다. 돌봄을 제공했다. 그는 종양학과 의사의 진료 시간에 빠짐없이 동행해 메모를 했다. 자신이 갖고 있던 몇 안 되는 연줄을 동원해 제2의, 제3의 의학적 의견을 구하기도 했다. 근치자궁절제술을 받은 앨리스가 손님방으로 옮겨 가자, 셍크먼은 앨리스가 밤중에 그를 필요로 할 경우에 대비해 옛날에 월도에게 쓰던 베이비 모니터 중 하나를 자기 침대맡에 두었다. 그들의 가장 큰 침실은 구토 억제제, 진통제, 의료용 마리화나, 그리고 결국에는 모르핀 같은 의료용품들을 저장해 두는 방이 되었다. 셍크먼은 그 모든 일을 착실하게 해나가기 위해 늘 노인들을 위한 물건이라고만 생각했던 정리용 약통 하나를 구입했다.

지금 앨리스를 떠올리면 그의 생각이 향하는 곳은 이런 곳이다. 지금 떠오르는 앨리스는 그가 결혼했던 생기 넘치는 여자도 아니고, 바로 저기, 주방 바닥에 누워 그에게 내내 욕을 퍼부으며 힘을 줘 월도를 낳았던, 강인한 대지의 여신 같은 어머니도 아니다. 5년 차 소속 변호사였을 때 파트너 변호사로 뽑혔던 기민한 두뇌를 지닌 변호사도 아니다. 맙소사, 그때 셍크먼은 정말이지 앨리스를 자랑스러워했었다. 그가 앨리스에게 그걸 정말로 깨닫게 해준 적이 있었던가? 셍크먼은 그동안 사별의 슬픔에 관한 책을 몇 권 읽었다. 하지만 그런 책의 저자들 중 누구도 해주지 않는 이야기가 있다. 당신이 사랑했던 사람이 병에 걸리기 전으로, 쇠약해지기 전으로 돌아간 모습으로 떠오르려면 얼마나 시간이 걸리는지 하는 것이다. 지금 셍크먼의 눈에 보이는 앨리스는 머리칼이 다 빠져있고, 누렇게 뜬 피부는 거의 뼈에서 떨어져 나올 지경이다. 손톱들과 입술은 갈라져 있다. 두 팔은 나뭇가지 같고, 두 손은, 그 마지막 날들에 그랬듯, 짐승의 앞발 같다.

홀푸드 바깥에는 커다란 손 소독제 통 여러 개가 놓여있다. 몇몇 상점들에서 손님들이 들어오기 전에 이마에 체온계를 가져다 대긴 하지만, 여긴 웨스트체스터 교외가 아니라 플로리다다. 내리쬐는 햇빛이 이 팬데믹 상황 전체가 과장된 거라고 사람들을 설득한 모양이다. 이 주의 어떤 지역들에서는 마스크 없이 거리를 누비는 것이 자랑스러운 행동으로 여겨지고 있다. 여기 새러소타에서는 매일 밤 노천 술집에서 음악이 연주되고, 사람들은 티키 횃불* 아래서 춤을 춘다. 홀푸드 매장 바닥에 손님들의 이동 방향을 지시하고 사회적 거리 두기를 유도하는 화살표들과 판박이 그림들이 붙어있기는 하지만, 아무도 주의를 기울이지 않는다. 사람들은 너무 나이가 많거나 그런 간단한 행동조차 하기 싫어한다. 셴크먼은 이 모든 것을 한 명의 인류학자처럼 지켜본다. 언제나 규칙대로 해온 사람인 그는 마스크를 끼고, 손 소독제를 발라 따가운 손을 비벼댄다. 하지만 개인적으로는, 그는 그리 걱정이 되지는 않는다. 셴크먼은 한 인간의 평생 동안 일어날 수 있는 개떡 같은 일들의 수는 한정돼 있다는 가설을 믿는다. 그가 생각하기에 그는 이미 그 한도에 도달한 뒤다.

아발론에 있던 그의 집을 산 부부는 지금쯤은 깊이가 깊은 냉동고 두 대를 지하실에 설치했을 것이다. 자신들을 1년쯤은 버티

* 폴리네시아를 테마로 한 술집과 레스토랑에서 유행하기 시작한, 대나무로 된 기둥에 장착된 횃불.

게 해줄 통조림, 곡물류, 종이 제품, 병에 든 생수 같은 것들을 충분히 비축해 두기 위해 선반들도 만들어 달았을 것이다. 마치 Y2K를 처음부터 다시 시작하는 것만 같다. 그 부부는 자기들은 외부와의 접촉을 제한하는 소규모 모임을 만들 계획이라고(pod라는 단어는 이제 그런 모임을 만든다는 뜻의 동사로 쓰이게 되었다) 솅크먼에게 말해주었다. 디비전 스트리트에서 적어도 한 가족을 더 구해 안전한 모임을 만들고, 지역의 컨시어지 의사*와 함께 정기적인 코로나바이러스 검사 일정을 잡을 거라고 했다. 컨시어지 의사라니! 그 부부는 살아가야 할 이유가 많은 사람들이다. 두 명의 어린 자식, 부풀어 오른 시장에서 다른 구매자들보다 비싼 값을 부를 만큼 풍부한 자산, 그리고 똑똑하게 행동하고 경계를 게을리하지 않는다면 해로운 것들로부터 스스로를 보호할 수 있을 거라는 믿음.

솅크먼은 비달리아 양파 몇 개와 콜리플라워 한 송이를 바구니에 던져 넣는다. 언제나 물량이 부족해 보이는 귀리 우유 한 팩을 얼른 집어 든다. 솅크먼은 상상 속에서조차 편안하게 머무를 곳이 없다. 월도는 그에게 너무도 화가 나있고, 그 애에겐 그럴 만한 이유가 충분히 있다. 솅크먼이 알기로 화가 난다는 건 월도로선 표현 가능한 범위 바깥의 감정이지만 말이다. 솅크먼이 지금껏 월도에게 끼쳐온 피해는 껍데기 하나로 변했다. 월도는 들여보내고 솅크먼은 내치는 껍데기로. 솅크먼은 자신들을 한데 묶어주었던 집이 삶에

---

* 연회비를 낸 환자의 주치의가 되어 개별적으로 의료 서비스를 제공하는 의사. 환자 입장에서는 응급실 이용 시 대기하지 않아도 되며, 시각에 구애받지 않고 양질의 진료를 받을 수 있다는 등의 장점이 있지만 비용이 비교적 높은 편이다.

서 사라져 버린 지금, 아들을 언제 다시 보게 될지 궁금해진다.

그를 묶어두고 있던 것들은 하나씩 하나씩 느슨해지더니 멀리로 훨훨 날아가 버렸다. 그의 부모님은 세상을 떠났다. 앨리스는 화장을 원했다. 유대인들은 화장하지 않는 게 원칙인데도 그랬다. 앨리스가 세상을 떠나고 몇 주 뒤의 어느 날 오후, 셴크먼과 월도는 유골을 허드슨강에 뿌려달라는 앨리스의 지시에 따르느라 힘겨운 시간을 보냈다. 그건 아마도 불법이었을 것이다. 아니, 확실히 불법이었다. 하지만 그럼에도 두 사람은 앨리스의 유골이 담긴 튼튼한 판지 상자를 뒷좌석에 두고, 차를 몰고 기차역을 지나 강가로 내려갔다. 이른 봄의 평일 오후였고, 허드슨강을 끼고 있는 산책로는 비교적 조용했다. 이따금씩 자전거를 탄 사람이 지나가거나 걸음 수를 채우려는 몇몇 단호한 사람들이 걸어 지나갈 뿐이었다.

셴크먼은 강가에 있는, 풀들이 무성하고 조용한 장소로 상자를 가져갔다. 그 일을 어떻게 해야 하는지는 몰랐다. 그가 전에 해본 적이 있는 건 매장뿐이었다. 그는 상자 안에 든, 한때는 자신의 아내였던 물질을 향해 비이성적인 분노가 파도처럼 밀려오는 걸 느꼈다. 너무 이기적인 처사 아닌가! 앨리스는 그가 어떤 기분일지 생각해 봤을까? 여기에, 함께할 사람이라고는 오직……. 하지만 그러다가 그는 월도를 건너다보았고, 월도는 판지로 된 상자 뚜껑을 벗겨내고 안에 든 비닐봉지를 묶고 있던 철끈을 푼 뒤였다. 그 애는 유해를 손가락들로 쓰다듬고 있었다. 화장한 유골을. 맙소사, 셴크먼은 그 단어가 싫었다. 그는 월도의 손을 쳐내고 싶은 충동과 싸웠다. 그러면서 월도가 평소보다도 훨씬 골똘히 생각에 잠겨있는 것

345

처럼 보인다는 걸 깨달았다. 월도는 평온해 보였다. 꿈꾸는 것 같아 보이기까지 했다.

셍크먼은 목소리를 가다듬었다. 목에 무언가가 걸려있는 느낌이었다.

"자, 그러면. 자, 그러면, 우리 이제—,"

"엄마는 어디에나 계세요." 그 순간 월도가 그렇게 말했다. "엄마는 이 봉지 속에 계신 게 아니에요. 강물 속에 계시게 되지도 않을 거예요. 아니, 적어도 강물 속에만 계시게 되진 않을 거예요."

셍크먼은 월도가 이런 식으로 이야기하는 걸 말하자면 좋아하는 편이었다. 이유는 모르지만 위로가 되어서였다.

"어떤 별들이 죽으면, 그 별들을 이루던 물질은 우주 공간으로 돌아가요." 월도는 해박한 지식을 위해 따로 남겨둔 특별한 목소리로 말했다. "별 하나가 죽는 데는 수백만 년이 걸려요. 수백만 년이나요. 별은 붕괴해서 밀도가 아주 높은 심지어 백색왜성이 돼요. 그건 엄청나게 무거운 별이에요. 백색왜성을 이루는 물질은 겨우 한 스푼만 해도 수백 톤은 나갈 거예요. 그런 다음에, 백색왜성은 수십억 년에 걸쳐 차갑게 식어서 보이지 않게 돼요."

이 이야기를 하는 내내, 월도는 제 어머니의 유골을 강물 속으로 던져 넣었다. "하지만 다른 별들은, 진짜로 거대한 별들은, 갑작스럽게 생을 마감해요. 연료가 바닥나면 그 별들은 팽창해서 적색초거성이 되죠. 그런 다음에는 스스로를 날려버리면서 초신성 폭발을 일으키는데, 너무 거대한 폭발이라서 은하에 있는 다른 모든 별들보다도 밝은 빛을 내요. 결국, 남는 거라곤 우주 먼지가 다예

346

요."

월도는 잠시 말을 멈추더니 동그랗게 모은 두 손 안을 들여다보았다. "제가 지금 엄청 간단하게 말하고 있기는 한데요." 월도가 말했다. "아마 아실 거예요. 우주 먼지는 결국 다른 별들을 만들어내요. 그리고 행성들도요."

월도는 셍크먼에게 몸을 돌리고는 그를 빤히 쳐다보았다. 앨리스를 닮은 그 두 눈으로. 몇 달 뒤면 월도는 아발론고등학교를 졸업할 것이었다. 버클리로 갈 것이었다. 그 애는 팬데믹 상황 때문에 대학이 어쩔 수 없이 문을 닫아 달리 갈 데가 없어질 때까지 한 번도 집에 돌아오지 않을 것이었다. 셍크먼은 월도의 얼굴을 눈으로 더듬으며 자신에 대한 어떤 애정의 흔적이라도 있는지 찾아보았지만, 거기에 그런 건 없었다. 어쩌면 그래도 괜찮을지 몰랐다. 어쩌면 그게 옳은, 마땅한 일인지도 몰랐다. 상황을 바로잡아야 한다는 생각이 더이상 들지 않는다는 건 셍크먼에겐 일종의 안도감과도 같았다.

홀푸드 매장을 나선 셍크먼은 펼친 두 손바닥에 성실하게 손소독제를 짜낸다. 그의 눈앞에는 지독하게 더운 오후가 끝도 없이 펼쳐져 있다. 그가 산 양파 두 개와 콜리플라워가 비닐봉지 속에서 이리저리 덜그럭거린다. 셍크먼은 메인 스트리트를 내려가 선착장 쪽을 향해 간다. 한낮의 무더위 속에서도 공원에는 사람들이 우글거리고 있다. 어린 아이들은 분수공원에서 놀고 있고, 그 애들의 조금 더 큰 형제들은 킥보드를 타고 공원 주위를 빙빙 돈다. 한 나이 지긋한 부부가 셍크먼에게 등을 보인 채 그네에 나란히 앉아 만을 바라보고 있다. '올리어리스 티키 바'의 피크닉 테이블들은 해물 튀김을 먹으며 작은 우산이 꽂힌 음료수를 마시는 가족들로 가득 차 있다.

셍크먼은 나무 아래 벤치에 자리가 비어있는 걸 발견하고 거기에 걸터앉는다. 어쩌면 이게 다인지도 모르겠다. 그의 아내는 우주 먼지가 되었고, 그에게 그 사실을 말해준 아들은 나라 반대편으로, 그에게서 최대한 먼 곳으로 가버린 뒤다. 그가 20년 동안 살았던 집은 이제 교외의 벙커로 변해버렸다. 그는 아발론에서 한 번도 뿌리를 내리지 않은 채로 20년을 살았다. 누가 그럴 시간이, 아니, 아주 솔직히 말하자면 그러고 싶은 마음이 있었겠는가? 그리고, 그렇게 해서 그는, 셍크먼은 여기 있게 되었다. 어딘지도 모르는 새러소타에 의지할 곳 없는 처지가 되어. 그래도 그는 비슷한 나이에 갑자기 쓰러져 세상을 떠나버린 아버지와는 달리 상당히 건강한 편이다. 그 앞에는 걸어가야 할 길이 한참 더 놓여있을지도 모른다. 로프로가(셍크먼은 새로 산 콘도의 체육실에 제대로 설비가 갖춰져 있는지 확인했다) 그의 심장을 계속 뛰게 해줄 것이고, 세포들을 재생시켜 줄 것이다. 어쩌면 그는 탁 트인 물 위로 다시 나가기까지 할지도 모르겠다. 시에스타키를 지나면 바로 나오는 곳에 '새러소타 스컬러스'라는 조정 클럽이 있다. 셍크먼은 두 눈 위에 손차양을 하고 갈매기 한 마리를 지켜본다. 갈매기는 급강하를 하더니 반짝이는 수면에서 먹이를 채가고 있다. 이만하면 괜찮은 것 같기도 하다.

테오와 조카들

미미스와 트웰브 테이블스를 닫고 나서, 테오는 48시간 동안 꼼짝도 하지 않고 침대에 누워있었고, 그 상태는 심지어 그 자신조차도 겁에 질리게 만들었다. 하지만 사흘째 아침이 되자 테오는 새로워지고 선명해진 목적의식을 가지고 깨어났다. 그는 무엇을 해야 하는지 정확히 알고 있었다. 테오는 페이스북에 있는 (전에는 어떤 소셜 미디어 전문가가 관리했던) 자신의 공식 페이지로 가서 다음과 같은 글을 올렸다. 저는 여기 있습니다. 혼자예요. 음식을 원하시는 분이 있다면 제가 요리를 해드리겠습니다. 자세한 사항은 전화 주세요. 그런 다음 그는 자신의 휴대폰 번호와 함께 미미스의 유선 전화번호를 적어놓았다. 그러고는 인스타그램 계정에도 똑같은 글을 올렸다. 결연한 마음이, 그리고 스스로가 약간 미친 것 같다는 감정이 똑같은 양으로 느껴졌다. 그가 취하는 조치 하나하나는 예전에 상상할 수 있었을 그 어떤 조치와도 너무나 극단적으로 달랐다. 그래서 그런 조치가 불가피해 보인다는 사실은 충격으로 다가왔다. 그것이 반드시 필요해 보인다는 사실이 말이다.

지금 테오는 3월 중순부터 매일 아침 그래왔던 것처럼 오늘의 메뉴를 미미스의 창문 안쪽에 테이프로 붙인다. 테오 자신의 손으로 최대한 알아보기 쉽게 쓴 메뉴다. 오늘의 메뉴는 아르헨티나식 쇠고기 엠파나다*, 돼지고기 라구를 얹은 부드러운 폴렌타, 오크라

---

* 고기, 생선, 야채 등으로 속을 채운 파이와 비슷한 음식.

검보*, 로티세리**로 구운 닭고기를 넣은 파이, 그리고 삶은 판체타와 마늘을 곁들인 녹색 채소다. 버텨나갈 힘을 주는 소울 푸드. 테오는 사람들이 기대하게 된 몇 가지 주요 메뉴도 떨어지지 않게 하려고 노력하는데, 네 가지 치즈를 넣어 구운 파케리***, 브로콜리 라브, 그리고 매운 소시지가 이 동네 사람들이 좋아하는 메뉴다. 손님들은 캐서롤을 통째로 주문해서 먹고 남은 건 냉동시킨다. 테오는 음식이 남을 것을 염두에 두고 요리한 적은 한 번도 없지만, 지금은 어떤 것도 낭비해서는 안 되는 시기다.

오늘은 휴일이 낀 주말의 시작이지만, 올해는 휴일이 낀 주말 같은 건 사실상 없는 거나 마찬가지다. 독립기념일 폭죽들이 터지는 대신, 저녁마다 7시 정각이 되면 냄비를 두드려 연주하는 교향곡이 울려 퍼지고, 사람들은 열린 창문에서 몸을 내밀고 필수 인력들을 지지하는 의미로 환호를 보낸다. 이것은 뉴욕시의 다섯 개 자치구뿐 아니라 지구 곳곳의 도시들과 소도시들에서도 일어나고 있는 일이다. 저녁 식사를 가지러 온 사람들이 맬컴 엑스 대로에 2미터씩 떨어져서 줄을 설 때면 스푼으로 냄비를 두드리는 원초적인 소리가 따라붙곤 한다. 테오는 주방 안을 이리저리 움직여 다니며 주문받은 요리들을 포장하면서 그 소리를 들으려고 귀를 기울인다. 예측할 수 없는 세상에도 예측할 수 있는 것이 한 가지는 있다.

---

   *   닭고기나 해산물 등에 오크라를 넣고 끓여 걸쭉하게 만든 수프.

  **   고기를 꼬챙이에 꿰어 굽는 기구.

***   파스타의 한 종류로 펜네와 비슷하지만 구멍이 더 크고 넓어서 여러 가지 재료로 속을 채워 넣을 수 있다.

그 연주는 시간의 경과를 측정하는 하나의 방법이 된다.

레스토랑 자체는 어둡고, 의자들은 뒤집힌 채 테이블 위로 올라가 있다. 바닥은 빗자루로 깨끗하게 청소되어 있다. 몇 달 전 테오가 직원 모두를 집으로 돌려보낸 뒤로 아무것도 건드리지 않은 상태다. 하얀 벽돌로 된 벽에는 액자에 담긴 미미의 흑백 사진 한 장이 걸려있다. 아빠가 아발론에 있던 엄마의 정원에서 찍어둔 사진을 테오가 포스터 크기로 확대한 것이다. 테오의 엄마는 멜빵바지 차림으로 케일 모판 곁에 쪼그리고 앉아서(엄마는 케일 파티*라는 개념을 일찌감치 받아들인 편이었다) 얼굴을 빛내며 두 손으로 흙을 파헤치고 있다. 테오는 엄마를 이런 모습으로 기억하는 걸 좋아한다. 매일 아침 금속 격자문을 열어 들어 올리고 레스토랑의 으스스한 고요함 속으로 들어서고 나면, 테오는 어머니와 잠시 시간을 보낸다. 그러면서 어머니가 그의 모습을 볼 수 있는 차원에 존재하고 있기를 바란다. 미미는 테오가 5년 동안 사라졌던 사건으로부터 끝내 완전히는 회복되지 못했다. 테오가 돌아온 뒤 미미의 알츠하이머병이 발병하기 전까지의 그 몇 년 안 되는 기간 동안, 테오를 바라보는 미미의 눈빛 속에는 두려워하는 기색이 엿보였다. 마치 테오가 또다시 그냥 도망쳐 버릴 수도 있는 야생의 짐승이라도 되는 것처럼. 저 여기 있어요, 엄마. 테오는 앞치마를 두르고 버켄스탁 신발을 신는다. 손가락들을 풀어본다. 어깨를 돌려 본다. 저 여기서 요리하고 있어요.

---

* 애피타이저부터 디저트까지 모든 요리를 케일이 들어간 음식으로 내
   는 파티.

테오는 한동안 직원들에게 계속 봉급을 지급했지만, 끝이 보이지 않는 팬데믹 상황이 계속되면서 더 이상 그럴 여력이 없는 지점에 도달했다. 테오가 미미스에 고용한 직원은 주방 직원, 종업원, 비영업 부서 직원을 통틀어 스물여섯 명이었다. 트웰브 테이블스에는 세 명의 아르바이트 직원과 부주방장이 다녔다. 그러니 서른 명의 사람이(그중 상당수가 가족과 함께 이민 온 사람이다) 실업 상태인 것이다. 테오는 책임을 느낀다. 그에겐 실제로 책임이 있기도 하다.

테오가 붙이는 그날그날의 메뉴에는 요리마다 서로 다른 두 가지 가격이 적혀있다. 어느 쪽이든 거의 거저나 다름없는 가격이긴 하다. 하나는 아직 일자리가 있는 사람을 위한 가격이다. 그리고 다른 하나는 그렇지 않은 모든 사람을 위한 가격이다. 테오는 하루 종일 옛날 손님들과, 새로운 손님들과 이야기를 나눈다. 그들의 목소리에서 묻어나는 정돈되지 않은 음색이 감사의 마음이라는 걸 알아차리기도 한다. 하지만 테오는 누군가의 감사의 마음을 원하지도, 필요로 하지도 않는다. 주방에서 보내는 이 시간들이 오히려 그를 구원해 주고 있기 때문이다. 여기까지 오는 도중 어디선가, 테오는 이 일을 어떻게 시작했는지를 잊어버렸었다. 어머니와 함께 주방에 있고 싶다는 단순한 욕망을 안고, 얼룩진 요리책 한 권을, 마르첼라 하잔, 줄리아 차일드, 자크 페펭 같은 저자들의 책을 조리대에 펼쳐놓고 어머니와 나란히 서서 일하던 그때의 마음을. 어머니와 함께 요리를 시작하기 전에 테오는 들어가는 모든 재료를 줄지어 늘어놓곤 했다. 계량컵들, 스푼들, 팬들, 철제 압력솥과 함께, 그리고 그 밖에 필요한 것이 있다면 무엇이든 그것도 함께. 테오는 레인지에 올려두고 몇 시간 동안 서서히 끓여 복합적인 맛이 나는 스튜들을 만드는 걸 특히 좋아했다. 그들이 요리할 때면 미미는 라디오를 켜곤 했고, 가끔씩 자신이 좋아하는 노래가 나오면 따라 부르기도 했다. 그러면 테오는 엄마가 소녀 시절에 어땠을지 슬쩍 감을 잡곤 했다.

테오가 오래전 주방에서 미미와 함께 보냈던 그 오후들에서 가장 중요한 것을, 정수를 뽑아내야 한다면, 그건 간단했다. 그건 사랑이었다. 테오는 언제나 자신과 함께 식사하는 사람들을 사랑해 왔지만, 그 사랑에는 조금 다른 특징이 있었다. 그건 일종의 탄원에 더 가까웠다. 공들여 만든 요리 한 접시마다, 새로 개발한 메뉴마다, 테오는 스스로의 가치를 증명하려고 시도했다. 그는 손님들로부터, 그들의 만족감으로부터, 그들의 포만감으로부터, 스스로의 고행으로부터 분리된 채 판유리 한쪽에 서있었다. 이제 그걸 알 것 같다. 그는 가장 중요한 것으로부터 멀어져 떠내려온 것이었다. 그리고 지금, 여기 그가 있다. 생명을 유지해 주고 영혼에 위안이 되어주는 존재로서의 음식, 사람들 사이의 연결 고리로서의 음식을 제공해 주고 있는 그가. 그 판유리는 이제 사라졌다.

테오의 앞치마 주머니 속에서는 밤낮없이 휴대폰이 울려댄다. 테오의 귀에 그 스스로의 목소리는 생소한 음악처럼 들린다. 테오 윌프입니다. 그는 몇 번이고 거듭 그렇게 대답한다. 이제 분리 같은 건 없다. 드러나는 일의 두려움도, 소외되는 일의 두려움도 없다. 테오는 사람들을 꺼리지도, 숨지도 않는다. 그 모든 것이 깨끗이 사라진 건 팬데믹 상황이 되기 한참 전, 테오가 세라와 연달아 몇 번에 걸쳐 긴 통화를 하게 되면서였다. 세라의 이런 말들. 그건 나 때문이었어, 테오. 오래전 그때, 내가 나 때문이었다고 말했던 건 정말로 나 때문에 일어난 일이어서 그랬던 거야. 나는 네 누나였고, 그 일은 내 잘못이었어. 난 그래서는 안 됐어……. 그리고 그들의 숨소리, 그들 위로 담요처럼 드리워 있던 고요함. 걔 생각나? 세라는 그에게 물었다. 항상 생각나지, 테오는 대답했고, 그러면서 그말이 얼마나 사실인지를 실감했다. 왜냐하면 그건 나 때문에 일어난 일이니까, 테오는 누나에게 그렇게 말했다. 누나 때문이 아니었어. 나였어. 빌어먹을 바보처럼 운전하고 있었던 건 나였잖아. 그들은 이런 식으로 이야기를 계속했다. 테오는 브루클린에서, 세라는 샌타모니카에서. 이제 중년이 된, 그들 자신의 두려움과 수치심에 수십 년 동안 시달리고 침묵당해 온 그들은.

테오의 조카들이 곧 올 것이다. 그들은 외부와의 접촉을 제한하면서 안전한 소규모 모임을 만들 것이다. 그 애들의 대학 졸업식은 줌으로 열렸고, 현재 모든 계획은 보류된 상태다. 팬데믹 기간에 얻은 많은 교훈 가운데 한 가지는, 계획이 단지 환상에 불과하다는 것이다. 계획들은 언제든 대체될 수 있다. 우리가 계획을 세우면 신은 웃을 뿐이다. 시드니는 로드아일랜드 디자인 스쿨을 이제 막 졸업했고 9월부터 로스앤젤레스에 있는 디자이너 톰 포드의 사무실에 출근하기로 되어있다. 올리비아는 다소 비범한 제빵사가 되었다. 올리비아는 낸시 실버턴 밑에서 견습 기간을 거칠 예정이었는데, 지금 그 계획은 보류되었다. 좋은 소식이 있다면 이런 보류 때문에 그 애들이 이리로 오게 되었다는 것이다. 테오의 조카들이. 그 애들은 테오가 로프트 안쪽에 만들어준 방에서 한 번 더 지내게 될 것이고, 그들 세 사람은 음식을 만들어 브루클린과 그 너머에 사는 사람들에게 공급해 주면서 하루하루를 보낼 것이다. 자신들을 지켜보는 외할머니 미미의 세심한 시선 아래에서.

근처에 있는 길에서 사이렌이 요란하게 울려댄다. 병원들은 호흡이 곤란한 환자들로 넘쳐난다. 수천 수만 명의 사람들이 외롭고 끔찍하게 죽음을 맞고 있다. 테오는 냉동탑차들이 시체 보관소로 사용된다는 이야기를 들은 적이 있었다. 백악관에는 광인 하나가 들어앉아 있다. 세상의 공기는 사별의 슬픔으로 무거워졌다. 마치 그 슬픔이 만질 수 있는 것, 부재보다는 존재에 가까운 것이기라도 하듯이. 그럼에도 그는, 곧 쉰 살이 되는 테오 울프는, 자신의 삶과 가정과 주방 한복판에서, 그가 어머니를 기념하기 위해 이름을 붙인 레스토랑에서, 감칠맛을 내는 꾸덕꾸덕한 육수 큐브 하나를 치킨 스톡에 넣고 휘젓고 있다.

이것도 넣자, 그는 국물 맛을 보면서 생각한다. 그는 자신이 오늘 밤 먹이게 될 모든 사람들을 떠올린다. 경찰들을, 교사들을, 미용사들을, 요가 강사들을. 집 없는 사람들을, 일자리를 잃은 배우들을, 응급실 간호사들을, 접시 나르는 소년들을, 조산사들을, 법률사무원들을, 택배 기사들을. 이것도 넣어야겠어, 이것도. 그는 자신이 가진 모든 것으로 그들을 먹일 것이다. 테오는 어제 쓰고 남은 당근을 깍둑썰기하면서 머릿속으로 메모한다. 주 북부에서 유기농 농사를 짓고 있는 친구들에게 연락을 해서 지금 땅에서 나오는 게 뭐든 간에 좀 달라고 해야겠다. 테오는 그 친구들의 농작물을 활용할 것이다. 그 스스로를 활용할 것이다. 이것이 그가 할 수 있는 유일한 일이기 때문이다. 테오의 휴대폰이 울린다. 북쪽으로 40분쯤 가면 나오는 곳에서, 오래전에 세상을 떠난 한 소녀가 빛으로 된 올가미 밧줄들을 내보내고 있다. 소녀는 그 일을 오랜 세월 동안 하고 있었지만, 상황이 정확히 들어맞아야 한다. 테오도 준비가 되어야 한다. 이제, 소녀는 시간과 공간을 건너온다. 소녀는 묘지의 뼈들이다. 세포 물질이다. 소녀는 아주 오래된 어느 나무 안쪽의 나이테들 속에 살고 있다. 그 여름밤에 사라지지 않은 소녀의 모든 부분이 테오 주위를 고리 모양으로 둘러싼다. 테오에게는 그저 뜻밖에 솟아나는 의지와 건강한 감각으로만 느껴지는, 포옹에 가까운 몸짓이다. 테오 윌프입니다, 테오는 부름에 대답한다. 그러고는 또다시 대답한다. 테오 윌프입니다.

월도와 벤저민

월도는 책들과 사진 앨범들, 상자들을 꾸려 넣은 자동차를 타고 국토 횡단 여행을 시작한다. 그가 자라난 집에서 언제가 되든 보관해 두고 싶어질지도 모르는 것들은 이제 모두 그의 프리우스에 실려 있다. 어머니가 그에게 남긴 보험금으로 산 자동차다. 월도는 자신의 껍데기를 운반 중인 한 마리 거북이다. 그는 남쪽으로 가는 길을 골랐다. 그의 아버지는 이렇게 말했다. 대학 시절에 내가 거기 갔을 때, 우린 북쪽으로 가는 길을 골랐단다. 그 순간까지 여행 경로를 계획해 두지 않았던 월도는 말했다. 전 남쪽으로 갈게요.

　　진입로를 벗어나 디비전 스트리트로 나오면서, 월도는 지금 이 순간이 이 집을, 이 동네를, 이 작은 도시를 마지막으로 보는 순간 이라는 걸 깨닫는다. 돌아올 이유가 뭐가 있겠는가? 여긴 월도를 위한 것이 아무것도 없는 곳이다. 20년. 그의 삶 전체다. 월도가 어느 한 장소에 이렇게 오랫동안 살게 될 일이 다시 있기는 할까? 사실은, 있을 것이다. 40대 후반이 되면 월도는 아내와 아이들과 함께 버클리 산기슭의 작은 언덕에 있는 방갈로식 주택으로 이사를 갈 것이다. 그곳에서 그는 묘목들을 심을 것이고, 그 묘목들은 커다랗고 튼튼한 나무들로 자라나 오랜 세월 동안 그에게 그늘을 드리워 줄 것이다. 월도 셍크먼 박사는 과학자들과 대학교수들의 세계에서 출중하고 유명한 인물이 될 것이다. 그는 있어야 할 바로 그 장소에 있는 자신을 발견하게 될 것이다. 그리고 디비전 스트리트로 다시는 돌아올 일이 없으리라는 그의 생각은 틀렸다. 그는 대학 갈 나이가 된 딸과 함께 꼭 한 번 이곳을 찾아올 것이다. 그들은 셍크먼 가족이 옛날에 살던 집의 건너편에 서있을 것이다. 하지만 그때쯤에는 마술나무는 사라져 있을 것이다. 그 나무의 뿌리들이 거의 30미터나 떨어진 곳에서 새고 있던 하수관 속으로 침범해 들어가는 일이 생겨서다. 동네의 몇몇 사람들은 상당한 비용을 내고라도 그 거대한 참나무를 지켜야 한다고 청원했을 테고, 다른 사람들은 그 나무를 귀찮은 골칫거리로 치부하며 퇴짜를 놓았을 것이다. 나무를 베어낸 다음, 수목 관리 업체에서는 그 거대하고 아름다운 그

루터기 속 나이테들을 확인해 본 끝에 그 나무가 거의 500년 가까이 살아있었다고 추정할 수 있었을 것이다.

월도는 자신이 고른 경로를 알고 있다. 펜실베이니아 유료도로에서 70번 주간고속도로를 타고 서쪽으로 세인트루이스까지 간다. 거기서 44번 주간고속도로를 타고 오클라호마시티까지 간 다음, 40번 주간고속도로를 타고 서쪽으로 애리조나를 지나 캘리포니아까지 쭉 간다. 그런 다음 15번 주간고속도로를 타고 로스앤젤레스까지 가는 것이다. 모텔들은 안전하지 않게 느껴진다. 문손잡이, 주방 조리대, 침구류…… 갖가지 평범한 것들이 최근에는 불길한 것이 되어버렸다. 월도는 휴게소에 세워둔 차 안에서 잠을 자고 해가 뜨면 일어난다. 프리우스에 기름을 넣을 때는 1회용 비닐장갑을 끼고 넣는다. 조수석에는 손 소독제와 소독용 물티슈들, 푸른색의 수술용 종이 마스크들이 흩어져 있다.

뉴멕시코주에 도착한 월도는 경로를 벗어나 돌아다니다가 어느 주립공원에서 하룻밤을 보낸다. 가장 가까운 인공 광원으로부터도 64킬로미터는 떨어져 있는 공원이다. 태어나서 본 것 가운데 가장 칠흑같이 새까만 하늘 아래, 월도는 망원경을 설치한다. 오리온의 허리띠에서 가장 동쪽에 있는 별인 알니타크 바로 남쪽에서, 관측하기 매우 힘든 성운인 말머리성운이 그의 눈에 들어온다. 1500광년쯤 떨어져 있는 그 성운은 또렷한 검은 실루엣인데, 전리된 방출 가스로 이루어진 분홍빛 배경물질에 의해 역광을 받고 있다. 그 성운은 사람들에게 인기 있는 목표이고, 말하자면 천문학계의 관광객용 볼거리지만(별 관측을 하는 사람들 중에도 말머리성운의 문신을 새겨 넣은 사람들이 많다) 그럼에도 월도는 맥박이 빨라지고, 웃음이 터져 나온다. 저건 클리셰인지도 모르겠으나, 그렇다 해도 굉장히 아름다운 클리셰다. 너무 외롭게 느껴질까 봐 생각을 온전히 구체화하지는 않지만, 월도는 그 광경을 함께 나눌 누군가가 있었으면 좋겠다고 생각한다. 전 여자친구 소피. 엄마. 벤.

아주 긴 낮 시간을 한 번 더 보내면 월도는 로스앤젤레스에 도착할 것이다. 여기까지 운전해 오는 동안 다른 사람과는 절대 접촉하지 않도록 확실히 해둔 터다. 월도는 각별히 조심하고 있다. 네가 찾아와 주면 너무 좋겠구나, 월도. 안전하게 만난다는 보장만 있으면 될 것 같아. 내가 팔팔한 젊은이는 전혀 아니라서 말이다. 월도는 아발론을 떠나기 전에 검사를 받았고, 벤을 만나기 전에 다시 한 번 검사를 받을 것이다. 월도는 친구도 거의 없고, 아는 사람이라곤 전 여자친구 한 명뿐인 데다, 이제 가족이라고 할 만한 사람도 없기에, 이 방문의 의미는 하루하루 지나갈수록 점점 크게 다가왔다. 다시 말해 너무 과할 정도로. 하지만 어쩌면 그래도 괜찮을것이다. 어쩌면 우주의 블랙홀들만 찾아다니는 게 아니라 진짜 사람 한 명과 함께 있는 것 정도는 존재 전체로 갈망하도록 스스로에게 허용해도 괜찮을지 모른다. 누군가에게 애정을 느낀다는 위험을 무릅써도 괜찮을지 모른다.

여행의 마지막 구간에 접어들면서 아발론에서 1킬로미터씩 더 멀어질 때마다 월도는 좀 더 온전한 자기 자신이 되는 기분이다. 공기는 점점 희박해지고 건조해진다. 사막에 들어서자 숨이 쉬어지는 것 같다. 고속도로변에 서있는 선인장들은 딴 세상에 속해있는 것처럼, 다른 행성에서 온 식물군처럼 보인다. 월도는 말코손바닥사슴과 아르마딜로가 자주 횡단하는 지역임을 나타내는 각각의 표지판들을 지나쳐 간다. 여기서 살아야겠다고 월도는 생각한다. 여기란 미국의 서쪽 가장자리 어딘가라는 뜻이다. 잘못된 집에서, 잘못된 거리에서, 잘못된 도시에서, 이 나라의 잘못된 지역에서 자라나는 건 가능한 일이다. 잘못된 학교에 가는 것도 그렇다. 잘못된 아빠를 만나는 것도. 잘못된 일들을 하라고 강요받는 것도. 하지만 자신의 있는 그대로를 알아봐 주는 사람이 한 명만, 어쩌면 두 명 정도만 있으면 그 모든 정신적인 모욕감을 이겨내는 것 또한 가능한 일이다. 엄마는 월도를 알아봐 주었다. 알아봄으로써 월도를 구해주었다. 그리고 월도가 지금껏 살아온 것의 절반만큼 시간을 뒤로 돌리면 나오는 오래전의 어느 겨울날 밤, 한 나이 든 의사는 한 팔을 월도의 몸에 걸치고 앞뒤로 흔들어주었다. 마치 그와 월도가 간신히 들려오는 하나의 음악을 듣고 있기라도 했던 것처럼.

월도는 이것들 중 어느 것도 이해하는 척 굴지 않는다. 그가 아는 건 자신이 항상 이해할 수 있는 건 아닌 어떤 패턴을 따라가고 있다는 사실뿐이다. 그 패턴은 알아보기 힘들고, 비현실적이며, 막다른 골목길로 자주 빠져버리는 데다 갑작스럽게 사라져 버리는 일도 잦다. 찾아보는 걸 깜빡하기 쉬운 패턴이다. 하지만 지금처럼 눈에 보일 때면, 그 패턴은 밤하늘을 통과하는 혜성처럼 월도가 나아갈 길을 밝혀준다. 월도는 그저 믿고 따라가기만 하면 된다. 이건 평생 동안 그에게 적용되는 이야기일 것이다. 월도는 자신의 몸속에 흐르는 한 줄기 전류를, 그가 열한 살이 되어가는 소년으로서 이해했던 세계에 그를 연결시켜 주는 힘을 알아보게 될 것이다. 시공간을 뚫고 자신에게 손을 뻗고 있는 사람이 누구인지는 알 수 없겠지만, 자신이 혼자가 아니라는 건 알게 될 것이다.

＊ ＊ ＊

그리고 여기 그들이 있다. 박사였던 사람과 박사가 될 사람, 벤저민 월프와 월도 셍크먼이. 그들이 서로를 만나지 못한 지도 10년이나 됐다. 그들 두 사람 모두를 영원히 바꿔놓은 그날로부터 10년. 벤은 이제 거동이 조금 더 느려져 있다. 그는 심지어 그 옛날에도 노인이었으니 그럴 만도 하다. 하지만 가장 많이 달라진 사람은 물론 월도다. 벤은 소년이었던 월도를 기억한다. 작은 소년이었던, 아직 어린애였던, 부드러운 두 뺨과 늘어진 머리칼, 기다란 속눈썹을 지니고 있던 월도를. 그때 월도의 얼굴은 창백했었다. 눈에 띌 정도로, 햇빛을 거의 보지 못한 것처럼 그랬다. 얼굴에는 화면의 푸른빛이 비치고 있었다. 별들을 향해 화면을 치켜들고 기울일 때면 그랬다. 그때 그 소년은 여전히 지금의 이 청년 안에, 턱수염이 드문드문 나고 안경을 낀, 그때와 똑같은 두 눈 밑에 다크서클이 생겨나 있는 이 남자 안에 숨쉬고 있다. 벤은 자신이 기억하는, 절 과소평가하면 후회하게 될걸요 하고 말하는 듯한 불꽃이 여전히 담겨있는 두 눈을 알아보며 안도감을 느낀다.

브로드 비치는 거의 텅 비어있다. 웨트슈트를 입은 두 남자가 멀리서 서핑보드를 운반하고 있다. 까만 개 한 마리가 바위들 위에서 맴을 돈다. 그들은 이날을 위해 세라의 자동차인 컨버터블을 빌렸고, 지붕을 젖힌 채 태평양 연안 고속도로를 따라 말리부의 가장 북쪽 끝까지 운전해 올라왔다. 그 해변은(벤은 그곳을 자신과 미미가 1970년대의 어느 해인가에 결혼기념일을 맞아 찾았던 여행지로 기억한다) 최근 50년 동안 완전히 바뀌었다. 침식이 너무 많이 진행된 까닭에 이제 쭉 뻗은 해안선을 따라 서있는 집들은 콘크리트로 만든 거대한 인공 바위들로 막혀있다. 그 바위들은 한때는 모래사장이었던 곳에서 방파벽 역할을 하고 있다. 다시 50년이 지나면 이 모든 것은 물속에 잠길 거라고 벤은 상상한다. 서로에게 몸을 딱 붙인 채 빽빽하게 솟아있는 저 1층, 2층, 3층짜리 맨션들도. 차량 출입구 아래쪽에 주차되어 있는 스포츠카들도, 모래 언덕들 위에, 그리고 수영장 가장자리를 따라 줄지어 놓여있는 부드러운 테리천을 댄 긴 의자들도, 진달래도, 히비스커스도, 공기 중에 떠다니는 레몬 향도…… 안전과 안정이라는 환상을 만들어내는 이 모든 것들이.

"슬프구나." 그럴 생각은 없었는데, 벤의 입에서 말이 큰 소리로 나와버린다.

"뭐가요?" 월도가 고개를 벤 쪽으로 돌린다.

"이것들." 벤은 마치 스러져버린 고대의 문명을 가리키기라도 하듯 한 팔로 허공을 훑는다. "이것들 모두가 머지않아 사라져 버릴 테니까 말이다."

"사라지지 않을 거예요." 월도가 말한다. 월도는 읽고 있던 제임스 글릭의 책에 나오는 한 구절을 벤에게 외워서 들려준다. "만약 시간 전체를 볼 수만 있다면, 우리는 백미러 속에서 사라지는 대신 온전한 형태로 남아있는 과거를 볼 수 있을 것이다."

"그 말을 믿니?" 벤이 묻는다.

"이건 믿음의 문제가 아니에요. 물리학이거든요."

어울려 보이지 않는 그들 한 쌍은, 잠시 멈춰 서서 해변가를 따라 몇 킬로미터나 쌓여있는 모래 포대들에 관해 곰곰이 생각해 본다. 월도는 벤을 힐끗 쳐다본다. "게다가, 전 그걸 느낄 수 있기도 하고요."

바람이 강해진다. 벤은 두 손을 주머니에 밀어 넣는다. 그는 이 청년에게서 편안함을 느낀다. 그들은 마치 아주 오랫동안 서로를 알고 지내온 것 같다.

"어떻게 지내니, 월도? 내 말은, 어머니에 관해서 말이야."

앨리스가 세상을 떠난 지 3년이 지났다. 하지만 그토록 깊은 상실감에 관해서라면 시간이 전혀 흐르지 않은 것만 같다. 벤은 이 사실을 알고 있다. 사별의 슬픔은 파도처럼 연달아 밀려온다. 바위에 부딪치는 파도처럼, 힘을 모았다가 가장 예상할 수 없는 순간에 부서진다.

월도는 어깨를 으쓱한다. 벤은 레드삭스 파자마를 입고 있던 그 작은 소년이 이렇게 어깨를 으쓱하던 걸 기억해 낸다. 그건 반사적인 동작이다. 마치 누군가가 자신에게 주의를 기울여 주는 일이 익숙하지 않아서 주위의 모든 걸 밀어내는 게 더 편하다는 듯이.

"괜찮은 것 같아요. 엄마가 보고 싶어요."

그들 두 사람은 발치를 내려다보며 걷는다. 모래사장에는 연체

동물의 부서진 껍데기들, 마모된 유리 조각들이 흩어져 있다. 그들 가족이 카리브해로 여행을 갈 때면 미미는 거기서 주운 조개껍데기를 집에 가져오곤 했다. 불완전하든, 부서져 있든 신경 쓰지 않았다. 미미는 그것들을 도자기 사발에 모아두었고, 그 사발은 오랜 세월에 걸쳐 채워지고 또 채워졌다. 그건 그들이 어디에 갔었는지, 그들이 누구였고 무엇을 했는지에 관한 촉각적 기억을 만들어내는 일이었다. 집에 있던 물건들을 꾸리는데, 그 조개껍데기들을 원하는 사람이 아무도 없었다. 벤은 차마 그것들을 쓰레기통에 던져 넣을 수가 없어서 뒷마당에 있는 회양목 뒤쪽에 사발째로 밀어 넣어두었다. 어쩌면 새로 이사 올 가족의 아이들 중 한 명이 어느 날 우연히 발견하게 될지도 몰랐다.

"박사님은요?" 월도가 묻는다.

"나는, 뭐?"

"박사님은 어떻게 지내세요?"

갑자기 당혹감이 밀려온다. 누군가가 자신에게 마지막으로 이런 질문을 했던 게 언제였는지 벤은 기억나지 않는다. 그는 삶의 너무도 많은 시간을 견실한 사람으로, 언제나 책임을 맡고 있는 사람으로 살아왔다. 그가 정말로 어떤지 물어보는 건 그의 아이들에게는 너무 힘든 일일 것이다. 아니 어쩌면, 그에게 너무 힘든 일일지도 모른다. 사실 그는 외롭기 때문이다. 미미가 세상을 떠난 뒤로 지금까지 10년 동안, 벤은 새로운 누군가를 만나고 싶었던 적이 한 번도 없었다. 어쩌다 한 번씩 세라나 피터가 자기 친구 어머니가 최근에 사별을 했다는 둥 뭐 그런 식의 언급을 하곤 했지만, 그 생각은 이치에 맞지 않는 것처럼 느껴졌다. 벤은 자신의 일생을 미미와 함께 살아왔다. 그는 또 다른 장(章)을 원치 않았다.

"내 딸 세라가 나한테 선물을 하나 줬단다." 벤은 월도에게 말하면서 그런 스스로에게 놀란다. "그 애가 같이 일하는 영화 제작자한테 부탁해서, 우리 가족이 여러 해 동안 찍어둔 사진들하고 동영상들을 한데 모은…… 몽타주를, 아마 그렇게 부르는 것 같던데, 그걸 만들어달라고 했더구나."

월도는 까만 개가 파도 속으로 뛰어들었다가 선명한 빨간색 프리스비 하나를 물고 달려서 돌아오는 걸 지켜본다. 월도는 벤을 쳐다보고 싶지는 않다. 그랬다간 벤이 이야기를 멈출 것 같아서다.

"그 몽타주를 아마 천 번은 봤을 거야."

"도움이 되던가요?"

벤의 두 뺨이 분홍빛으로 물든다.

"실은 별로 그렇지가 못해." 벤이 걸음을 멈춘다. "상당히 딱해 보이겠지. 하지만 내가 어떻게 지내는지 묻는다면, 그게 대답이야."

월도는 완벽하게 화석으로 변해있는 한 마리의 불가사리 앞에서 멈춰 선다. 사실 월도는 불가사리를 보는 게 처음이다. 사진으로는 본 적이 있지만, 해변에서 시간을 보내본 적은 별로 없다. 월도는 몸을 굽혀 불가사리를 집어 든다. 극피동물. 불가사리강. 이 친구들은 해수면에서 6킬로미터쯤 내려간 곳에서 산다.

"있죠, 저 부인을 봤어요."

그 말들은 그냥 나와버린다. 여러 해 동안, 월도는 장난감 집 안에서 그날 아침에 경험한 일을 혼자만의 비밀로 간직해 왔다. 그 이야기를 하면 문제가 생길 게 틀림없었다. 의사들이 너무도 즐거워할 것이었다. 아하, 이 아이의 눈에는 죽은 사람들이 보인다 이거죠.

"그래, 그랬잖니." 벤은 말한다. 벤은 혼란스러운 표정이다. 이건 그다지 새로운 이야기가 아니지 않은가.

"아뇨." 월도가 밀어붙인다. "제 말은, 그 뒤에요."

벤은 불어오는 바람에 힘겹게 눈을 깜빡인다. 그는 그동안 그렇게 작은 소년이 미미의 죽음을 목격했다는 생각으로 시달려왔다. 그리고 머리가 너무 혼란스러워진 나머지 미미가 월도를 자기 아들로 착각했다는 사실에도. 하지만 이건 또 무슨 말인가? 월도가 정신적 외상을 입은 모양이다. 그게 아니라면 왜…….

"그분은 마치 그때까지 존재한 적이 있는 모든 모습으로 존재하시는 것 같았어요." 월도가 말한다. "하얀 원피스를 입은 아이를 본 게 기억나요. 그리고 검은 머리칼을 한 여자분도요. 그 여자분은 머리가 너무 길어서 그 위에 앉을 수도 있을 것 같았어요."

벤은 귀를 기울이고 있다. 소리가 물러난다. 바람이 잠잠해진 것처럼, 바다가 해변을 때리던 파도들을 멈추게 한 것처럼.

"그분은 행복해 보였어요, 벤. 그러더니 청바지랑 체크무늬 셔츠를 입고 임신한 모습이 되어있었어요. 어린 여자애 손을 잡고 있었고요. 전부 다 알아볼 수는 없었어요. 그것들 모두, 말하자면, 깜빡이는 것처럼 보였거든요. 옛날식 영사기로 보는 이미지들처럼요. 하지만 전 제가 본 게 뭔지 알아요."

벤의 두 뺨 위로 눈물이 흘러내린다. 벤은 눈물을 닦아내려고도 하지 않는다. 그는 의심을 놓아버리고, 그저 월도가 보고 있는

366

그 광경을 본다. 그의 미미. 온전한 모습을 한 미미. 사라지고 있는 게 아닌 미미. 한 번이라도 일어난 적 있는 모든 일은 여전히 일어나고 있다. 미미는 동영상 몽타주 속에 보존해 두지 않아도 된다. 벤은 미미를 브루클린 묘지에, 벤의 부모님 곁에 두고 온 게 아니다. 벤은 두 눈을 감고 심호흡을 한다. 바람이 다시 강해진다. 온몸이 물에 젖은 까만 개가 기쁜 듯 요란하게 짖으며 그들을 향해 달려온다. 벤은 한쪽 팔을 월도의 몸에 걸친다. 두 남자는 이제 키가 비슷하다. 그들은 일어서서 몸을 흔들며 수평선 쪽을 내다본다.

"지어낸 거 아니에요." 월도가 말한다.

"지어낸 거라고 하지 않았어."

"하지만 그렇게 생각하시잖아요."

"글쎄, 정말 그럴까."

햇빛은 하얀 물결을 따라 춤추고 있다. 바다는 마치 수천 수만의 깜빡이는 별들로 채워져 있는 것처럼 보인다. 어쩌면 그 별들 하나하나는 이 세상에 살았던 적이 있는 영혼 하나하나가 남긴 것들일지도 모른다. 어쩌면 시간은 하나의 연속체가 아니고, 과거와 현재와 미래가 언제나, 그리고 언제까지나 펼쳐지고 있는 것일지도 모른다. 벤의 곁에 서있는 청년은 벤이 그 어머니의 배 위에 올려주었던 아기이고, 스스로 마음을 열 때 구원받는다고 느끼는 한 남편이자 아버지이며, 우리 태양계 너머의 거주 가능한 행성을 찾는 일에 일생을 바치고 있는 나이 지긋한 천체물리학자다. 그 사람들 모두가 여기에, 보이지 않게 그들을 둘러싸고 있다. 벤이 사랑한 적이 있는 모든 사람의 빛으로 공기가 희미하게 빛난다. 벤은 삶의 끝에 가까워져 있고, 또 다른 차원에서는 이제 막 삶을 시작하고 있기도 하다. 그는 이 이야기를 믿고 싶다. 그리고, 믿어서는 안 될 이유가 뭐가 있겠는가? 그는 오래지 않아 알아내게 될 것이다.

1970년 6월 5일

월프 가족

새 집의 계단을 걸어 올라가는 그들, 벤과 미미 월프를 보라. 디비전 스트리트 18번지. 그들은 자신들이 18번지에 살게 될 거라는 사실이 몹시 마음에 든다. 히브리어로 18을 뜻하는 하이(Chai)라는 단어에는 삶이라는 뜻도 있기 때문이다. 벤은 신부를 안아 들고 문지방을 넘어야 할지 잠깐 동안 곰곰이 생각해 보지만, 미미는 임신해서 덩치가 어마어마하므로 그건 아마 아주 좋은 생각은 아닐 것 같다. 미미는 빛나는 얼굴로 청바지(임산부용 청바지가 아직 발명되기 전이라 배 근처 단추가 풀려있다)와 플란넬 셔츠를 입고 있다. 그들로선 알 방법이 없지만, 다들 임신한 배 모양으로 보아 아들일 거라고 그들에게 말해준다. 미미는 세라의 손을 잡고 있다. 두 살이 된 세라는 언젠가는 자신의 트레이드마크가 될 단호한 태도로 가파른 계단을 똑바로 올라가려고 시도하고 있다.

　그들의 집에는(그들의 집이라니!) 아름답고 나이 많은 참나무 한 그루가, 그 블록 전체를 통틀어 가장 키가 큰 나무가 그늘을 드리우고 있다. 벤은 그 나무 아래에 놓인 야외용 접의자에 앉아 책을 읽는 걸 상상해 본다. 이웃들은 다들 어린아이가 있고, 가족을 만들어가는 중인 걸로 보인다. 벤의 눈에 세발자전거들이, 포고 스틱*들이, 집 앞 계단에 쌓여있는 캔버스천으로 된 조그만 운동화들이 들어온다. 세라와 그 애의 남동생이(벤은 둘째가 아들이기를 남몰래 바라고 있다) 자라나게 될 이 조용한 거리는 클래슨 애비뉴와는 전혀 다르다. 벤은 자신의 행운을 믿기가 힘들다. 그는 일생의 사랑과 결혼했고, 그들에겐 가슴 설레도록 어른스러운 딸이 있으며, 이제 몇 주만 더 지나면 그들은 4인 가족이 될 것이다.

그 집에서 보내는 첫날 밤에, 세라가 위층에 있는 새로 산 아기 침대에서 마침내 잠들고 나자 벤과 미미는 현관에 앉는다. 벤은 맥주를, 미미는 캐모마일 차를 손에 들고서. 현관문은 살짝 열려있고, 계단 위로는 따스한 빛 한 줄기가 드리워져 있다. 귀뚜라미 소리가 허공을 가득 채운다. 아기가 발로 차는 바람에 미미는 두 손을 배에 올린 채 웃음을 터뜨린다. 그들은 벨벳처럼 짙은 이런 하늘에는 익숙하지 않은 도시 사람들이다.

디비전 스트리트를 천천히 올라가는 차 한 대가 헤드라이트로 그들의 몸 위를 쓸고 간다. 만약 아발론에서 삶을 시작하는 그들을, 벤과 미미 울프를 보게 된다면, 당신은 그들에게 축복의 기원을 보내주게 될 것이다. 자신들이 얼마나 운이 좋은지, 얼마나 축복받은 사람들인지 그들이 깨닫기를 바랄 것이다.

---

* 기다란 막대기 아랫부분의 발판에 용수철이 붙어있어 콩콩거리며 타고 다닐 수 있는 놀이기구.

감사의 말

한 권의 책은 고독 속에서 쓰이지만, 그럼에도 그 책의 페이지들에는 다른 사람들의 숱한 지문과 헌신과 사랑이 묻어있습니다.

초기 원고를 읽어준 독자들, 몰리 자쿠르, 데비 아타나시오, 앤디 맥니콜, 그리고 애비게일 포그레빈, 이분들은 퇴고에 도움이 되는 예리하면서도 귀중한 조언을 제공해 주셨습니다.

시기적절하게 오랫동안 이어진 제프 고디니어와의 통화는 제가 이 소설이라는 퍼즐에 없어서는 안 되는 하나의 조각을 채워 넣는 일을 도와주었습니다.

'더 벙커'라고도 알려진 저의 글쓰기 모임에, 그 연대와 문학적 우정에 감사드립니다. 그게 누구누구인지 본인들은 다 알 거예요.

앤 호로비츠는 한 명의 작가가 오직 꿈만 꿀 수 있을 만큼 훌륭한 교열 담당자입니다.

조던 파블린, 레이건 아서, 앨리슨 리치, 스테퍼니 보웬, 이저벨 야오 메이어스, 세라 이글, 애비 엔들러, 그리고 크노프 출판사의 가족 모두에게 깊은 감사를 전합니다. 폴 보가즈, 당신이 계속 제 편이 되어주셔서 영광이고 행운입니다. 영국에서 제 책이 머무를 보금자리를 만들어주신 포피 햄슨과 채토 앤드 윈더스 출판사에 감사드립니다.

마거릿 라일리 킹, 당신은 마지막 순간에 저를 위해 판도를 완전히 바꿔주셨지요. 저의 WME팀 모두에게, 힐러리 자이츠 마이클, 로라 보너, 피오나 베어드, 벤 데이비스에게 감사드립니다. 저는 여러분이 이 책에 보내주신 관심과 지지로 축복받은 사람입니다.

제니퍼 이건에게는 특히 큰 감사의 마음을 표하고 싶습니다. 당신은 10년도 더 전에 시간 순서로 된 배열이란 어떤 종류건 간에 지루하다는 제안을 제게 해주셨지요. 위험한 곳이야말로 작가에게 가치가 있는 유일한 장소라는 사실을 몸소 본을 보이며 저에게 일깨워 주셔서 감사합니다.

가이 버스터와 찰스 실로나, 여러분의 멋진 레스토랑 RSVP에서 했던 헤아릴 수 없이 많은 저녁 식사는 이 이야기에 영감이 되고, 테오의 세계로 들어가는 입구가 되어주었습니다.

그리고 마지막으로, 제 가족에게 감사드립니다. 제 남편 마이클 마렌은 저의 첫 번째 독자이자 제가 가장 신뢰하는 독자이고, 제가 높이 도약해도 될 만큼 안전하다는 느낌을 선사해 주는 사람입니다. 제 아들 제이콥 마렌은 이 책의 페이지들이 막 쓰였을 때부터 원고를 읽는 제 목소리에 오래오래, 열심히 귀를 기울여 주었습니다. 미래라고는 잘 보이지 않던 그 시간 동안에요. 제이콥이 없었더라면 이 책은 존재하지 않았을 거라고 해도 과언이 아닐 겁니다.

저의 모든 사랑과 감사를 보냅니다.

옮긴이의 말

별자리로 존재하기

사고가 일어난다. 분명 누구도 의도한 바는 아니었지만, 안이함과 부주의가 실수를 낳고, 당황과 두려움이 일으킨 최악의 연쇄 작용 속에서 결국 한 사람이 죽는다. 그럼에도 현장에 있었던 이들은 적어도 눈에 보이는 처벌은 받지 않는다. 거짓말은 발각되지 않고, 모두가 입을 다물면서 누구도 가해자로 기록되지 않는다. 그리고 세상의 숱한 비극들과 마찬가지로, 사건은 세월이 흐르면서 희미해진다. 한 가족은 파괴되지만 또 한 가족은 위기를 넘긴다. 아니, 정말 그럴까.

　침묵을 강요당해 본 적이 있는 사람은 알 것이다. 자신의 목구멍이 감당할 수 없는 크기의 진실을 혼자서 삼켜 없애야 하는 느낌을. 그런 밤은 끝나는 법이 없고, 일상은 깰 수 없는 악몽이 된다. 흔히들 '양심의 가책'이라 부르는 그것은 실은 그렇게 고상한 고통이기 이전에 세상 전체로부터 일순간에 차단되는 물리적인 질식이다. 당신은 소통을 금지당하고 언어를 빼앗긴다. 부정당하고 내쫓긴다. 침묵을 강요하는 힘으로부터, 평온한 외부 세계로부터, 그리고 진실을 모르고 싶은 당신 자신으로부터.

375

사건은 잊히고 그들은 계속 살아가지만, 그들의 몸은 기억한다. 누군가의 삶을 앗아가 버린 두 손은 또 다른 생명을 구하는 그 순간에도 과거 속에서 후들거린다. 생각을 견딜 수 없는 뇌는 중독으로 스스로를 내몰고, 받아야 할 벌을 받지 못한 두 귀는 모욕과 경멸을 퍼부어 줄 입을 찾아다닌다. 재능 속으로 도망친 팔과 다리는 쉬지 않고 움직여 성공을 거두지만, 어떤 갈채 속에서도 자긍심을 품지 못한다. 비밀은 가족이 해체되는 시기에 접어든 다음에야 그들의 입을 통해 발화되고, 공기를 울리고, 존재하는 것이 될 기회를 얻는다.

『별들이 우리를 발견하기를』은 가족이라는 생명체가 스스로의 항상성을 유지하기 위해 만들어낸 비밀이 오랜 세월에 걸쳐 그 구성원들의 삶을 어떻게 옭아매고 변형시키는지 집요하게 응시한다. 이것은 가해자가 흐느끼며 늘어놓는 자기연민의 서사도, 피해자의 대변자를 자처하며 도덕과 정의의 회복을 촉구하는 서사도 아니다. 그보다는 차라리 장기간에 걸쳐 인간 정신에 대해 이뤄진 냉정한 의학적 관찰에 가깝다. 산소를 공급받지 못해 괴사되어 가는 마음. 마음을 배신하고 삶을 향해 뛰쳐나가는 몸. 의식에서는 은폐되었으나 무의식 밑바닥에서까지 지워낼 수는 없는 것들. 몸에 배어 사라지지 않는 우리의 근원들. 또한 이 소설은 인간이 얼마나 습관적으로 서로를 소외시키는지, 우리가 함께하는 일에 얼마나 서툰 종(種)인지에 관한 서글픈 고찰이기도 하다. 나름의 장점과 단점을 지닌 채 삶을 향해, 행복을 향해 힘껏 몸을 움직여 가는 각각의 인물들은 치열하고 생생하게 살아있지만 밤하늘의 별들처럼 각자의 자리에서 모두 혼자다. 비범하고 영민하지만 '정상적'인 세계에서는 오해와 폭력과 교정의 대상이 될 뿐인 소년 월도가 어느 날 밤 마치 신호의 불꽃을 쏘아 올리듯 구조를 요청해 오기 전까지는.

비선형적으로 흩어져 있는 서사를 한 조각씩 맞춰가다 보면 이 야기의 두 중심축인 월프 가족과 셍크면 가족의 삶이 실은 전에도 교차했던 적이 있음을 깨닫게 된다. 그렇다면 이것은 이른바 '운명의 실'로 맺어져 있는 두 특별한 가족이 계속되는 기이한 우연에 의해 자꾸만 마주치게 된다는 동화 같은 이야기일까? 이 이야기는 그보다는, 우리의 삶은 사실 이만큼이나 연결의 가능성들로 가득하지만 우리가 매번 그 가능성들을 놓치고 있음을 보여주고 있는 게 아닐까. 우리는 길 하나를 사이에 두고 매일 보는 서로를 말없이 지나쳐 간다. 매번 기회가 주어지지만, 매번 방치하고 외면하고 잊는다. 선의로 연결된, 평생의 인연이 될 것 같던 관계도 기대가 무색할 만큼 쉽게 시들어버린다. 그러나 그 하나하나의 오류를, 과오를, 상실을 최종적인 것으로 받아들이고 마음을 닫아버리지만 않는다면 우리는 다시금 고립된 별들이 아니라 별자리로 존재할 수 있게 된다. 서로가 지금과는 다른 모습으로 존재한 적도 있었음을 증언함으로써 허무에 맞서는 참조점이 되어주고, 소멸이라는 피할 수 없는 목적지를 향해 가는 삶의 여정에 작은 위로가 되어줄 수도 있다. 그리고 수용소나 납골당으로밖에 느껴지지 않는 이 세상에서 길을 잃은 채 무심히 하늘을 올려다본 누군가는 그런 우리를 보고 다시금 길을 찾아 나설 수도 있을 것이다.

소설로는 국내에 처음 소개되지만, 대니 샤피로는 데뷔한 뒤로 줄곧 '가족의 비밀과 그것의 여파'라는 주제에 천착해 온 작가다. 자신의 아버지가 실은 생부가 아니었다는 사실을 54세라는 뒤늦은 나이에 알게 된 경험을 담은 『상속』(*Inheritance*)을 비롯해 여러 편의 회고록에서 자기 가족의 내밀한 이야기를 파고들었고, 여섯 권의 소설에서도 가족 이야기를 주로 다뤄왔다. 또한 팟캐스트 〈패밀리 시크릿〉(Family Secrets)을 운영하고 있으며, 부모들이 은폐해 온 이야기, 어린 시절에는 오직 부분적으로만 인식 가능했던 비밀들을 파고드는 것을 성인이 된 작가로서 자신의 책무라고 여긴다고 『계속 쓰기』를 비롯한 여러 작품을 통해 밝혀왔다. 그의 유년기를 장악하고 있었다는 유난히 수수께끼 같은 집안 분위기, 해명되지 않은 채 거실과 복도를 떠다니던 물음표들이 그를 먼저 선택해 작가가 되게 한 것이라면, 그가 이토록 격투기 선수처럼 비밀이라는 주제를 붙잡고 놔주지 않는 이유도 어느 정도 이해할 수 있을 것 같았다. 아마도 작가에게 이것은 평생의 싸움이리라.

작업을 끝낼 때쯤엔 알게 되었다. 샤피로의 글쓰기의 최종 목적지는 비밀의 유독함에 대한 미움이 아니다. 그가 비밀의 파괴에 관한 이야기를 쓰는 건 비밀이 가로막고 있는 인간과 인간 사이의 연결이 여전히 가능하다는 끈덕진 믿음 때문이다. 기만이 걷히고 우리의 결함이 드러났을 때 그것에 단절로 반응하는 대신 공유하고 견디고 함께 다뤄줄 타인들이 있다는 믿음, 똑같은 일이 타인들에게 일어났을 때 기꺼이 다가가 함께해 줄 능력이 우리 자신에게 있다는 믿음 때문이다. 세라와 테오가 자신에게 정직해지기를 선택한다고 해서 그 옛날의 사고가, 그들의 과오가 없었던 일이 될 수는 없다. 마비에서 벗어난 삶에는 마비로 유지되던 삶과는 또 다른 방식의 고통이 필연적으로 뒤따르기도 할 것이다. 그러나 그들은 결함 있는 존재인 채 세상에 섞여들기를 간절히 원한다. 이해받고 이해받기를, 사랑하고 사랑받기를 갈망한다. 팬데믹이라는 엄혹한 상황 속에서 이 이야기의 모든 인물들이 서로와 함께하고자 누구보다 적극적으로 몸을 움직이는 건 어찌 보면 당연해 보인다. 그들은 고립이 인간을 얼마나 취약하게 만드는지 누구보다 잘 아는 사람들이다.

그들의 이야기를 따라가며 옮기는 동안 뜻밖의 순간들에 많은 위로를 받았다. 그리고 몇 번인가 어딘가에 메일을 쓰고 전화를 걸어 안부를 전하고 싶다는 생각을 했다. 멋진 작품을 소개해 주시고 작업을 너그러이 기다려주신 강소영 편집자님께 감사드린다.

별자리 찾아보기

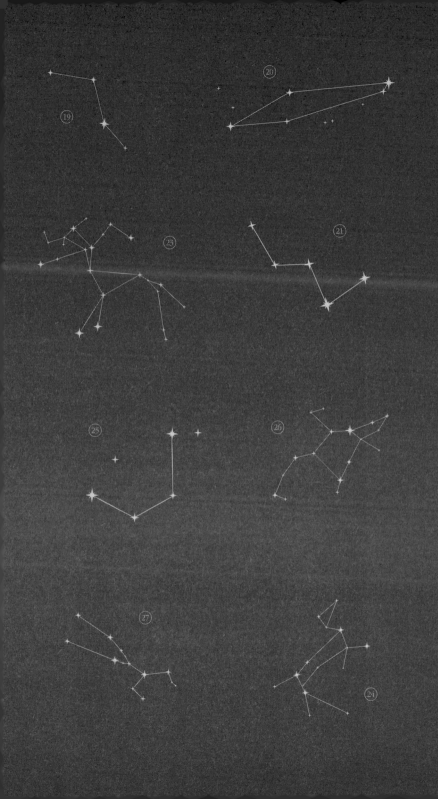

별들이 우리를 발견하기를

초판 1쇄 인쇄 2024년 8월 21일
초판 1쇄 발행 2024년 8월 28일

지은이 대니 샤피로
옮긴이 서제인
펴낸이 최순영

출판2 본부장 박태근
논픽션 팀장 강소영
편집 강소영
디자인 함지현
일러스트 원원원(작은 역동성)

펴낸곳 ㈜위즈덤하우스   **출판등록** 2000년 5월 23일 제13-1071호
주소 서울특별시 마포구 양화로 19 합정오피스빌딩 17층
전화 02) 2179-5600   **홈페이지** www.wisdomhouse.co.kr

ISBN 979-11-7171-259-5 03840